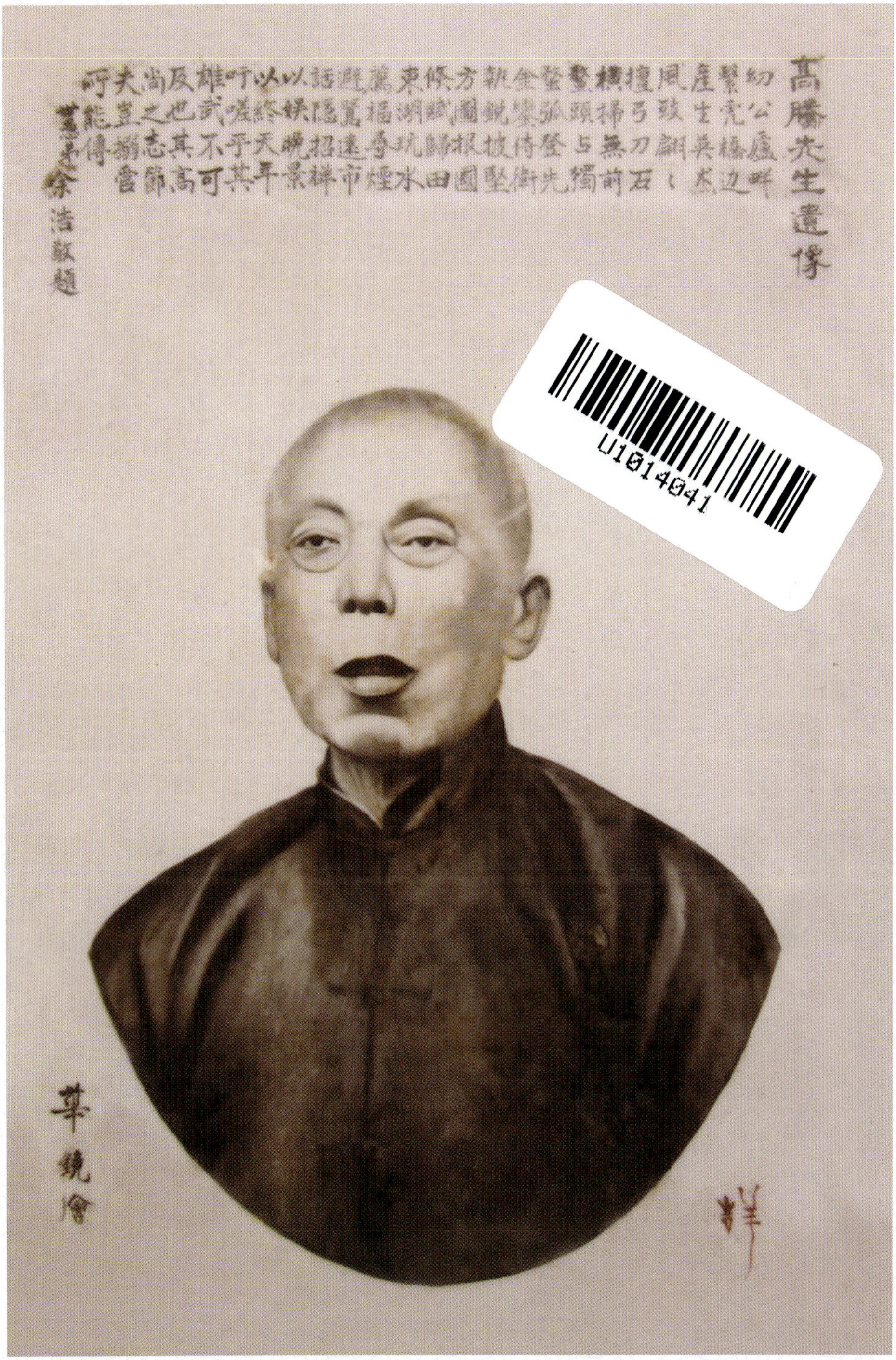

▲ 张鸿翥（1868 ~ 1931）清光绪甲午科（1894）武状元，谱名世龙，亦名显绎，字长河，号高腾。此画像为鄱阳县城早期华镜照相馆所摄所绘，题铭为荐福寺私塾校长余浩先生 1931 年撰写。

▲ 张鸿翥任职京城乾清门，书法师承翰林编修、书法家周承光。此联为其亲笔撰书。

▲ 张鸿翥父亲张永春在其子武状元及第时，朝廷诏封其为武显将军。逝世时朝廷又追赠振威将军。

▲ 清同治年　鄱阳县治城郭图
城东永平门外东湖里村（现名东湖路）乃张鸿翥出生、成长之地。

弓张鄱阳湖

姚道生 著

中国社会出版社
国家一级出版社 全国百佳图书出版单位

序

金榜高悬姓字真，分明折得一枝春。
蓬瀛乍接神仙侣，江海回思耕钓人。
九万抟扶排羽翼，十年辛苦涉风尘。
升平时节逢公道，不觉龙门是崄津。

唐　袁皓·及第后作

在中国封建社会中，选拔人才、任用官吏的科举制度，从隋大业元年（605 年）始至清光绪三十一年（1905 年）止，经隋、唐、五代、宋、元、明、清多个朝代，历时 1300 年。据有关专家学者考证统计，历史上记载有名姓的文武状元也只有 777 名，其中武状元 293 名。千千万万文武才俊，在这“出将入相”的主要通道上，能夺冠而为状元者倒真的是凤毛麟角。虽然唐诗人袁皓进士及第后，有“不觉龙门是□津”的悲喜和欢愉，但宋代大文豪苏洵却发过“莫道登科易，老夫如登天”的慨叹。历史证明，这些在科举仕途上脱颖而出的状元们都是时代的佼佼者。这些佼佼者在中国历史政坛、文坛上不仅留下了深远的影响，而且也成了中国传统文化中的奇迹。

自古以来，“文治武功”以文教佐天下、以武功勘祸乱的思想，发挥了教化民众、维护社会稳定、巩固国家政权、保护国家安宁的重要作用。故《书经》有“乃文乃武，相与并论”和孔子“有文事者必有武备，有武事者必有文备”之说。虽然文、武状元，在世人眼中的历史影响及认同价值取向有所不同，但他们在历史上的作用却是相得益彰。因此自武周武则天长安二年（702 年）创导开始，历代相沿选取武官的武科，同样不失为中国军事史上的一个创举。

江西省鄱阳县历史悠久，古今人文荟萃，中国历史上 700 多名文武状元中，竟占有两名：一为宋治平二年（1065 年）文科状元彭汝砺；一为清光绪二十年（1894 年）甲午恩科武状元、殿试钦点花翎头等带刀侍卫加三级、上三代晋封武显将军和诰命夫人、独占鳌头的张鸿翥。

张鸿翥是鄱阳县东湖里村一个农民的儿子，自小在家帮助父亲放牛干农活，稍长随师学武习文，由武生、武举、进士到武状元，一路考来一路坎坷，因此他也就十分珍惜自己通过奋斗来之不易的成就。光绪二十年十月（1894 年），朝廷选任他为乾清门侍卫、乾清门行走，负责内廷侍值稽查官员出入、带领被引见的官员入觐皇帝和扈从皇帝出行。按清朝官制规定，乾清门侍卫、乾清门行走之职，应从一等优秀侍卫中的满族成员中选拔，稍次于侍从皇帝近前、居武官二品的御前侍卫、御前行走。汉人中能得朝廷如此倚重者，除嘉庆年间的杨芳外，则是张鸿翥，而别无第三人。光绪二十九年（1903 年）九月，张鸿翥因父亲张永春病逝，奉旨回鄱阳“丁忧守制”，赋闲在家。光绪三十四年（1908 年），光绪、慈禧相继驾崩。宣统元年（1909 年）溥仪继位，载沣任监国摄政王。此后不久清廷兵制改组，张鸿翥奉旨起复，结束侍卫生涯，外任湖北参将仍官秩三品兼汉阳兵器厂监造。1911 年，张鸿翥奉义旗支持辛亥革命留职湖北，民军不费一枪一弹取兵器厂，直到他反对袁世凯与日本签订辱国条约二十一条及称帝洪宪，愤而弃职归里务农蔬时止。

纵观张鸿翥一生，他出身式微，官职侍卫身在皇城大内，没有轰轰烈烈的军事建树，也没有同科文状元张謇办实业、建女子学校的历史影响，但他却是铮铮铁骨、忧国忧民、深具民族气节。他与张謇联名上书支持戊戌变法维新以图国强；他在同乡京官翰林院编修周承光的指导下，勤奋学习文学大进，倚马千言书法佳；他待湖北德安营士兵如兄弟，常常劝导士兵学习文化知识为国效力。他返归故里后，从不张扬十年京城侍君侧的名和事，草履布衣荷担入市，公平买卖童叟无欺，始终不失农民本色。

古人云：“江山之好，亦赖文章为助。古今不朽之业，其必有藉以存乎。”遗憾的是，对于状元这个群体的记载，因年代久远，所留完整的、有价值的资料却不多。而对于武状元张鸿翥的记载，虽散见于不同版本的状元名录中，《鄱阳县志》中也记有其名，却仅限于名姓、籍贯、中状元朝代年号等脸谱化的描述，无以立传。但欣慰的是，泱泱大国不乏有识之士、不乏有心之人，鄱阳县东湖村姚道生老师本着保存中华历史文化之精神，孜孜以求、锲而不舍潜心研究，历时数年撰写出20余万字的描写张鸿翥一生事迹的长篇传奇小说《弓张鄱阳湖》。小说通过张鸿翥人生历程这一主线，反映了当时的历史风云和鄱阳的风土人情以及人性的价值取向，可读性、趣味性俱佳。

作为鄱阳人，我为鄱阳县骄傲，因为可爱祖国第一大淡水湖——鄱阳湖与其同名，就在其境内；为东湖里村骄傲，因为它诞生了武状元张鸿翥，也是我中学母校所在地；更为张鸿翥骄傲，因为张鸿翥是我祖母的父亲，是我的先人，是我家族的荣耀。姚道生老师著有状元张鸿翥的小说，对我和我的家族而言，是一件喜事。更令我感激的是，作者以要找一位张鸿翥的后人作序为理由，再三诚恳邀请我为此书写序。盛情难却之下，写此短文，代为序。

2013年6月16日

目录

第 一 回　嫦娥奔月歼奸寇　饶州铸刀思良师 ……………… 001

第 二 回　名师收徒东湖畔　古刹惊偷掌碎碑 ……………… 008

第 三 回　荐福高僧谈禅事　银溪儒侠析疑缘 ……………… 018

第 四 回　节外生枝田主贪　较力解纷箭理通 ……………… 025

第 五 回　弓开梅花郎妹心　枪留义诚青石坡 ……………… 035

第 六 回　乡试中举定良缘　系虎桥头伏怒牛 ……………… 043

第 七 回　喜结连理武会友　匪贼寻仇东湖村 ……………… 052

第 八 回　宗武悲诉失父恨　当铺无信欺良善 ……………… 061

第 九 回　夜半夺镯鬼敲碗　乐伯狱中得奇遇 ……………… 069

第 十 回　双珠罹灾鄱阳湖　千里查盗马鞍山 ……………… 077

第十一回　恩怨分明故人助　双珠现踪斗义庄 ……………… 088

第十二回　拜庄误困戴天明　怒箭克敌单珠还 ……………… 098

第十三回　洒泪别师赴京路　古祠野村怪事生 ……………… 108

第十四回　相会横山玄女观　三英共援斗恶擂 ……………… 117

第十五回　黄河激流匡复舟　鸳鸯长带侠情萌 ……………… 127

第十六回　痛惩浪人救宫女　殿试智勇搏猛虎 ………… 136
第十七回　秀云怡英明月情　无忌赠枪传警讯 ………… 146
第十八回　枫林救人吻喉针　陷阱疗毒患难共 ………… 156
第十九回　白云皎月寺中会　百日变法危机生 ………… 165
第二十回　夜闯宵禁刑部狱　春花秋水伊人心 ………… 176
第二十一回　总管探监赚休书　药用“天地知心红” ………… 186
第二十二回　文武状元相揖别　京津热血战外敌 ………… 197
第二十三回　奉命护驾解友围　乐伯殉义蜂子死 ………… 204
第二十四回　丁忧起复赴湖北　德安夜失藩库银 ………… 212
第二十五回　推官滥刑三代冤　受任特使察窃案 ………… 220
第二十六回　蛛丝马迹问现场　诚服山夫雨中车 ………… 229
第二十七回　一枚荆刺一支纱　蒙家村访四湖邪 ………… 236
第二十八回　鬼怪祖宗惩鬼怪　策反匪首破匪寨 ………… 244
第二十九回　平等相待照肝胆　良友反目兵械厂 ………… 256
第 三 十 回　大势所趋奉义旗　情寄长弓鄱湖水 ………… 264
附　小说之外的武状元张鸿翥 ………… 272
后　记 ………… 276

第一回 嫦娥奔月歼奸寇 饶州铸刀思良师

光绪二十年秋，就在北洋水师惨烈悲壮地同日本海军鏖战之际，皇太后六旬万寿庆贺大典却仍然如期举行。紫禁城内遍搭龙亭凤楼，宫廷韶乐声透九重云天。

万寿庆贺之日，虽然阴云沉沉的天公不作美，但身着龙凤呈祥礼服的慈禧太后，仍然喜滋滋地坐在颐和园排云殿中的御座上，在接受了皇帝、宫眷和满朝文武的叩拜朝贺后，又接受了在总理各国事务衙门官员引导下的各国驻京使节的祝贺。

恩科文状元张謇敬颂祝寿赋。辞藻华丽，音节铿锵，如花团锦簇，倾倒四座。大殿内外，寿庆气氛十分热烈。

五枚锃亮的金钱，高高地悬吊在大树枝梢头，随着和风在微微晃动。奉旨演武贺寿的新科武状元张鸿翥身着戎装，左手托持着四石硬弓，右手扣着五支雕翎，神定气凝，身稳如山岳。

红旗挥下，发射令出。张鸿翥箭飞五子同登科，嗖嗖声中五枚金钱同时坠落地上，顿时欢叫声、啧啧称奇声如炸雷般地响起。张鸿翥正待返身复旨谢恩，突然看见有两个人手提着形同圆筒宛若千里镜似的器物，正行踪诡异地向丹墀左侧掩去，心中咯噔一激灵，习武之人所特有的临敌潜能和警觉反应立刻布满了全身，五支雕翎又搭在了硬弓上。也就在那渗入丹墀左侧混在贺庆人群中的两个人，互相掩护着举起千里镜似的物件时，也就在李莲英大叫“快护驾”和一道刺目的炽光亮起的同时，弓上飞箭“嫦娥奔月”登上了那两个人的颈项和额头上。被这突如其来的猝变吓得举止失措的各色人等，此刻方听见和看到排云殿上的两盏大红宫灯“噗”地爆开声和碎片的纷纷飞扬。

当时大内总管李莲英目睹箭出金钱坠，高兴地指着演武场内喊道：“老佛爷，您快看！这恩科武状元的箭真是神……”话未说完，他也发现了左侧有两个人拿着圆形器物，对着御座比比画画的鬼祟举动。

他心知有异，闪身就挡在了慈禧身前，大声喊叫道：“快！有刺客!”话音刚落，那指着丹墀御座的圆形器物突地往后斜斜抛起。两点炫目蓝光寒星伴着嗖嗖的一串尖锐破风声，径奔光绪、慈禧所处方位袭去，紧接着爆响的就是“哎哟，哎哟”的短促惨叫和“扑通，扑通”的倒地声。两名刺客还没有来得及闭上嘴，喉咙洞穿，人已气绝身亡。排云殿内外的贺寿观礼人群立时被这突如其来的猝变，惊得如坠巢乱蜂陷入了混乱。

京城东交民巷一座四合院的侧厅里，中堂上挂着一面血红的太阳旗，旗下方写着“武运长久”四个字。

浪人坂田、山野和以重金收买的亡命之徒汪直、刁忠，恭谨地盘膝跪坐在矮方桌几左、右和下方，认真地听着使馆武官伊藤太郎的“后羿弓舞”计划：“古时天上出现了多个太阳，与我天照大神相争。天帝派神箭射手后羿逐个射除，护佑着我大和民族。现在这个慈禧、光绪一再阻挠和反对我们对朝鲜、台湾的共荣要求，因此嘛，所以嘛，我们这个‘后羿弓舞’计划，就是要对凡敢同我大日本帝国，这个嘛，这个东出之阳争辉者，一律以后羿之弓矢除之。恪遵天皇之旨意，开拓万里边疆，布国威于四方。”伊藤太郎鼓突着充满血丝的金鱼眼，口沫迸喷：“为配合朝鲜半岛、黄海海域的军事进攻，这一计划在清皇太后寿庆之时进行。你们必须发扬武士道精神为天皇尽忠，不成功，则成仁。你们的，明白的?”“哈咦!”

排云殿内传出谕旨：皇太后和皇上升陛大殿丹墀，观看新科武状元张鸿翥演武献技、箭射金钱贺万寿。

化装成日本使节跟班的山野、汪直因无法进入排云殿内，正焦急得干瞪眼的时候，听到这道谕旨传出，顿时喜出望外。他二人立即悄悄地向大殿丹墀左侧靠近，然而在侍卫、禁军的森严警卫下，山野、汪直虽几经尝试，却仍然无法混进警卫界线之内，只好隐蔽一旁等待时机，以求孤注一掷。

虽说万寿庆典观礼的人多，但大内禁卫的森严气势，加上张鸿翥箭断悬钱丝绦的神武，依然令混在人群中的汪直胆寒心战，面如死灰，犹豫迟疑，步挪难前。“八嘎！”山野眼冒凶光，气得咬牙切齿地骂了一句，急从抖个不停的汪直手中，抢过伪装的暗火器对着既定目标就欲击发，殊不料那摁着机关的右手却被尖啸而来的飞箭击中。暗火器脱手斜抛，机关却仍然被山野触发。随着一道炫光闪起，二人额头已被飞矢叮上。也就在这一瞬间，山野和汪直还同时发现对方额头上的箭羽，仍在微微地颤动着。张鸿翥以“嫦娥奔月”中“各就其位”的连珠五箭，分别射手部、阻暗器、射刺客头和足的绝技，毫厘无差地粉碎了日人妄图制造动乱的“后羿弓舞”阴谋。

在惊慌中稍稍镇定下来的光绪皇帝异常震怒，切饬礼部、禁军官员的疏忽，严谕领侍卫大臣，禁军统领协调有司彻查刺客来历。那些就地匍匐的官员则是噤若寒蝉，汗流浃背。

李莲英不愧是内廷幸臣，望了望又气又怒脸绷得如铁板似的皇太后，立刻上前跪下：“皇上，老佛爷万寿大典，岂可让这两个亡命之徒扰了欢庆。此案就让刑部和总理衙门查办去吧！老佛爷是观世音菩萨，百邪难犯。这两名小鬼不就在菩萨御前现形难逃嘛！奴才恭祝老佛爷万寿无疆，万寿无疆！皇上万岁，万万岁！”文武百官竟也知趣，立时心领神会地“啪”的一声，马蹄袖一甩，齐刷刷地跪了一地，“老佛爷万寿无疆，万寿无疆，皇上万岁，万万岁”的山呼声响彻排云殿。

慈禧太后脸上此时才稍稍转了颜色：“起来吧！”“谢老佛爷！”李莲英又讨好卖乖地禀道：“奴才恭喜老佛爷了！那天我说武曲星来侍候您啦，今天状元公五箭护驾毙刺客，您看，奴才这不就说中了嘛！”慈禧望着光绪道：“皇帝，你看见了吧！小李子大忠臣哪，危机时就是能舍命护驾。有赏！”光绪道：“皇阿玛说的是！该赏，该赏！”慈禧又面对百官道：“你们身为朝廷臣子，当应以李总管为榜样哪！”众官轰然齐答：“喳！”

李莲英忙又跪下道：“谢老佛爷、皇上恩典。奴才护主是本分，奴才的命就是为老佛爷准备的。老佛爷要赏，就赏菩萨开口一笑，大伙儿就都得福了！”

慈禧还真的被李莲英又哄又逗地展颜笑了起来：“你这个小李子啊！我就喜欢你的嘴甜，来！快宣新科武状元。”

张鸿翥领旨，趋步上殿，三拜九叩跪在丹陛上：“臣，张鸿翥敬聆圣谕！”

慈禧笑吟吟地吩咐：“状元郎，你抬起头来！”“微臣不敢！”光绪道：“皇太后叫你抬起头来，你就抬起头来吧！”“臣遵旨。”张鸿翥稍稍抬起头来，心中大为惊叹：“六十岁的人了，容颜之美不弱于少女之靓，真是皇家天人哪！”

慈禧仔细地打量着他，见他虎目剑眉、气宇轩昂、魁伟英俊，圣心大悦，对光绪笑道：“皇上好眼力啊！”光绪被夸也很高兴，忙欠身道：“儿臣全赖皇阿玛之福！”“嗯，张鸿翥，你今天护驾有功，更难得的是你的忠勇之心，好！忠勇可嘉。”言毕，亲手为张鸿翥顶戴左右插上金花翎，一边吩咐：“赏状元郎七星宝刀一把，御厩白马一匹，紫檀朝珠一挂，领御前侍卫职。”“喳！”李莲英恭诺，即命小文子去内务府领柄镶北斗七星的宝刀、朝珠和白马。这时军机大臣刚毅趋跪殿前，奏道：“老佛爷英明，恩科得文武二元，文才武勇。真是喜上添寿，寿上添喜啊！奴才恭贺圣母皇太后万寿无疆！张鸿翥忠勇护驾该当重赏。老佛爷英明，也是张鸿翥之福啊。不过按祖制规定这御前侍卫之职，非皇亲贵胄子弟中的英俊之才莫属。奴才窃以为还是赏为乾清门侍卫为妥，请老佛爷圣鉴。”

慈禧听了刚毅禀奏很是扫兴，微显愠容地斥道：“我大清入主中原近二百六十余年，满汉畛域尽除。真是多事！你跪安吧。既是有碍祖制，那就恩赏黄马褂、乾清门行走、头等带刀侍卫加三级吧！上三代诰赠为武显将军及夫人。状元妻室同样封赠为诰命夫人。皇帝，你意如何？”“皇阿玛英明，儿臣谨遵懿旨。”光绪又谕张鸿翥：“望尔深体皇太后圣意，多多为国出力吧。”张鸿翥叩首谢恩。

“大姑娘，大姑娘！”慈禧未听到回答，回首看见李莲英的妹妹——大姑娘正目不转睛地凝视着殿下站着的张鸿翥。那魂不守舍的俏模样令她又怜又爱，心中暗笑道：“嘿！这妮子动了春心啦。”就一手拉过大姑娘，一边对光绪道：“我要去看戏了，你们君臣同乐吧！”

庆寿宴毕，众官散去。同科文状元、新授翰林院修撰张謇同鸿翥礼揖毕，转达了军机大臣翁同龢上折联保康有为之意。鸿翥满口应承：“康举人之《新学伪经考》，弟已拜读。此书不仅振聋发聩，更谋改革图新，何罪之有？弟愿与兄同进退。”

“好！兄果是豪爽。”张謇礼揖道，“那我们就此一言为定了。”

鸿翥别过张謇，牵着御赐白马在西华门同伊藤一伙擦肩而过。刁忠眼尖，认出了箭毙山野、汪直的新科武状元就是当日在长安街上痛揍他们之人。伊藤听后，铁青着脸，恶狠狠地下达严密监视、不可放过的命令。

凌晨天还没有放亮，鸿翥就离开了京西荐福寺，去赴皇太后万寿庆典。宗武一改往日长安街上逛街市、天桥场子看杂艺的习性，一会儿在寺东院子里转圈圈，一会儿跑到寺门外看看动静，嘴里翻来覆去的老是“怎么还不回来”的一句话，一刻也不消停。不管乐伯怎么劝解，就是解不了他心中的那一份焦急和牵挂。再劝多了，他甚至还冲着乐伯就是一句：“乐前辈，怎么连你都不知道伴君如伴虎呢?”后来，乐伯也没有了办法，干脆就陪着他坐在寺门槛上，眼巴巴地等着鸿翥回来。

正当两人望眼欲穿的时候，宗武从门槛上跳了起来，“乐前辈，你快看，那不是师弟回来了吗？哇嚓，怎么还弄来了一匹大白马呀!”正在闭目养神的乐伯闻声睁眼望去，正是张鸿翥骑着高头体俊的大白马回来了。

兴冲冲地往京西荐福寺行来的张鸿翥，还未到寺门处，就被急匆匆赶来迎接的宗武、乐伯扶下了白马。他一边回答着宗武连珠炮似的询问，一边请乐伯帮忙去准备香烛，说是要叩谢皇恩。宗武牵着白马，鸿翥捧着那把御赐七星宝刀，两人兴高采烈地进了寺东院。乐伯此时已将香烛等一应物件准备妥当，又和宗武按照鸿翥的意见，将屋里的香案抬到了院子里。鸿翥将黄马褂、七星宝刀恭恭敬敬地摆放在香案正中，点燃香烛。然后，他诚惶诚恐地行三跪九叩大礼，望阙敬谢皇太后、皇帝的宠爱隆恩。礼毕，张鸿翥这才请乐伯、宗武坐下，从头到尾地讲起了庆寿大典上发生的事情。他讲得眉飞色舞，宗武、乐伯也听得色舞眉飞。

这也难怪，他们三人平日里所见所闻的都是江湖风波、民间喜哀，哪曾见闻到皇城大内、朝廷机枢的风吹草动、鬼蜮行凶？所以他们三人真的是讲者讲得激动惊心，听者听得新奇羡慕。

宗武从鸿翥手中拿过七星宝刀，小心翼翼地抚摸着那以鲨鱼皮制作的黑色刀鞘，然后轻轻地将宝刀从鞘中抽出，立刻感到一般冷飕飕、有如凝冰冻霜的寒气直逼肌肤，不禁打了一寒战，脱口惊呼“好刀!”

“什么好刀哇?”此时从寺外办事回来的徐光斗，刚一迈进寺东院门就听见了宗武的惊呼。他快步近前一看，爱刀成癖的他顿时眼睛一亮，曲指弹刀静听刀鸣，良久方赞声不绝地朗声说道：“音色清纯，余音悠长。好刀！好刀!”他握刀在手连挽了几个刀花后，又细细地逐段察看刀体鳞花叠痕，对鸿翥道：“张兄，你看这刀上的鳞花叠痕，排序紧密精致，大小不差毫厘，而且滑溜不滞。这只有经过千锤百炼火功老到，才能达到如此的优良哪！也不知此刀是出于信州上饶，还是出于饶州鄱阳名炉名匠之手哇?”

鸿翥听了后接过宝刀细看，终于在刀体北斗七星中的“天枢、天璇”二星之间下方，发现有“永平监造”四个篆刻小字。“哦！这个永平监，不就是我们饶州府鄱阳东直街水巷口东的铸钱监吗?”

乐伯道：“不错。就是这个永平监，这个地方我也进去过。嘿嘿！不好意思了。那天晚上，我是脱下裤子装了一裤子的锃亮铜角子。唉！我是好不容易才溜了出来的哟。虽然是‘财宝入库（裤）’了，可也真的是累死我了哇!”

宗武笑嘻嘻地说道：“乐前辈，你就不要不好意思了。本来永平监这个铸钱的地方，就不在你那‘二家半’之内嘛！对不对？乐前辈。”

“去去去！你昨天的酒钱还是我垫付的，什么时候还我呢？嗯!”乐伯故意板着脸向宗武讨起债来了。

“哎哟哟！你刚说拿了永平监的钱，怎么又向我要起钱来了。亏你还是老前辈呢，真是见者不乐了!”宗武憨笑着看看这个，望望那个，自己倒不好意思了。

“阿弥陀佛！善哉，善哉。”普照长老同周承光侍郎，在大佛殿听到寺东院如此热闹，就相偕来到这里，鸿翥等人见了都上来给长老、侍郎行礼请安。侍郎听了鸿翥的介绍后，接过七星宝刀，看过刀上镌字很内行地说道：“你们说得不错，此刀确是饶州鄱阳永平监所锻铸，也是其监所造雁翎刀的品类之一。此监不仅锻铸技艺精湛，而且铸造历史在全国也算是最长的了……”

饶州永平监是天下铸钱名监，自唐乾元初创办，元和年间移于饶州治所鄱阳县城东直街，至宋代时冶铸铜钱数量高达六十一万五千余贯。所铸铜钱“周郭精妙”，质量上乘，成为天下四监之首，而得朝廷诏列“上贡”收归国库。此监冶铸钢刀坚致，声誉传入朝廷，因此在铸造铜钱的基础上，又承诏铸造雁翎刀，很受军队喜爱更令朝廷满意。清雍正年间，大将军年羹尧征抚青海时，永平监曾为军队铸造了一批雁翎快刀和七星腰刀。雁翎刀运往前线分发大营亲军，而七星腰刀则留为赏赐大内侍卫佩带使用。

“鸿翥此把御赐七星宝刀，就是当年饶州上贡极品。”周侍郎边讲边将宝刀交还鸿翥并嘱咐他，“你可要好生珍惜呀。”

这时，宗武又从住房中扛出师父戴天明临终时遗赠鸿翥的镌龙大刀，请周侍郎鉴定鉴定是产于何地。侍郎就近看过后道：“此是传世名刀，当为信州上饶葛溪名匠所造。”宗武道：“我师父也是如此对我讲过。你看这里，这里不是有一个小崩口吗？师父说这是当年关胜大战鲁达的时候，刀断铁禅杖才留下来的。”

鸿翥见宗武扛出师父赠给自己的大刀，又听宗武如此一说，他手握师赠大刀心中痛楚顿起，不禁鼻子一酸热泪溢眶而出。侍郎见状和众人对鸿翥又是一番劝慰，才使其心情稍稍平复。

睹物思恩师的张鸿翥，将师赠大刀立在香案前，跪在尘埃纳头便拜：“师父！徒弟能有今天成就，全拜恩师您的所赐啊！您老要我忠国家敬父师的教导，徒弟一定会牢记在心头。”

侍郎扶起鸿翥道：“你有此心，天明师傅在九天之上定会放心的。忠国家敬父师，立身之本哪！”

“南无阿弥陀佛！善哉，善哉！”普照长老诵佛声，“君子记其本，本立佛心生。我佛慈悲！”

第二回 名师收徒东湖畔 古刹惊偷掌碎碑

鸿翥的师父戴天明，祖籍饶州府鄱阳县桂湖乡，武自家传，为省城信诚镖局浔阳分局镖头。行镖江湖多遇异人，他虚心广纳，博采众家，功夫更是精纯。一杆红缨枪使得出神入化，连珠三箭箭无虚发，挣得“花枪戴”之称。强人屡受其挫，于是相互告诫：“花枪押镖，不惹为妙。”

盛名之下，必寓风险。伤人伤己，结仇结怨。刀头舔血生涯，就算是处处得理让人，也还是难以避免贻下祸患。戴天明深明此理，尤其是那次保镖在鄂皖道上遇强贼邀劫的惨痛，始终如同沉重的石磨压抑在心头。

在那次保镖混战中，贼首老二重创宗一勇，还要置他于死地。天明见情况紧急，为援救宗一勇之危，不得不挥枪将其刺杀于马下。镖师江雄带伤不退，持镔铁棍力残贼首老三左腿，打得众贼作鸟兽散。后宗一勇伤重不治，临终时将幼子宗武托付于戴天明。此事给戴天明震撼极大，萌退之心也更加坚决，于是在小有积蓄之后，辞去镖头之职回归故里，带着宗武在本府县城东湖里村设天明武馆授徒。

村东有名刹禅林荐福寺，内存“运去雷轰荐福碑”的巨大字碑和东湖十大名景“颜亭荷雨”，纪念颜真卿、范仲淹的二贤祠及名闻遐迩的晋朝太尉陶侃墓。寺西侧就是妈妈墩，唐时此处建有马王庙，后来香火冷落，武馆就借设在此庙中。

天明师傅为人诚恳，授徒甚严。他因人施教，很得其法，四岸农家子弟多投其门下。

启明星尚在闪烁，“嘿！嘿！嘿！”声传庙外，欢呼着朝阳东起。弟子们按师所教，刻苦勤练。辰时散场，回家务农操业，风雨不辍。

清风习习，草长莺飞。野外气息分外芬芳，令人心旷神怡。禾青苗壮，农人耘草正忙。

“戴师傅！来，这边来！”汤家老秀才见戴天明漫步至此，就从田里走上田埂，招手相邀。二人揖谈间，一阵阵叫好声、嬉笑声频频传来。放目望去，前面湖边的草地上几个放牛娃儿，正围在一起比试翻“鹞子”。其中一名十岁左右的少儿，一气连翻二十余个，身手矫健。只见他双手着地脚向上，头部微微昂起，倒体“竖花”行走数十余步，然后双手用力一振，耸身而起，体转圆弧，脚尖点地站立，转折轻灵，态姿优美。“此位是谁家之子，小小年纪，竟有如此身手？”戴天明惊奇不已。汤家老汉道：“这鬼伢（这男孩）是张家永春的老三鸿翥啊！蛮懂事的。放牛割草，农忙时田间送茶送饭，勤快得很呢！”

戴师傅来到草地，上前拉住他的手问道：“你就是鸿翥吧？”“嗯！”“今年多大了？”“十岁。”问答间，天明仔细地打量着鸿翥，见其骨骼清秀，机体强壮，言语自然，见生人不怯，心中已是十分喜爱。于是他又问道：“你喜欢练习武艺吗？我教你，你愿意吗？”“喜欢！就是家里没有钱。”“除了‘翻鹞子’、‘竖花’，你还会些什么？”“游水，摸鱼。”“游给我看看行吗？”鸿翥低头不语，可禁不住放牛娃儿的怂恿，就跳到湖里，双手伸直护头合掌，猛吸一口气，身微下蹲，双足一蹬，头下脚上纵潜水中。小片浪花伴着涟漪悄悄放，波纹微漾瞬间即逝。

戴师傅站在湖岸畔，心在默计数。百数之后，人、声仍俱渺。就在众人心起忐忑、焦虑不安的时候，只听得左侧数十丈外“泼刺”声起，在众人的惊讶欢呼声中，鸿翥冲水而出，双足踩水，水至腰际已然近到岸边。

张鸿翥人在水中，右手举着一条约有斤重的黑背红尾鲫鱼，喷出口中含水，左手一挥抹去脸上的湖水，高兴地喊道“东湖玉鲫一条”，纵身跃起上到岸来，双手捧着鲫鱼往戴天明手上一塞说道：“给师傅下酒！”说完就同众放牛娃一起嘻嘻哈哈地转身就跑。

因荐福寺之建而传名为珍品的东湖鲫鱼，背脊呈褐黑色，腹泛玉白，大者重达三斤有余，肉质肥腴，汤鲜味甜。产妇若乳汁不丰，以鱼烹汁而饮，有催乳之功效。而刨花鱼（鲚花），则体扁平为玉乳色，晾干以油浸或烹蒸，格外爽口，且能鱼、刺同食，增补钙质。二鱼量少惜贵，更因跻身神话中，声名不凡成珍贡。

当初荐福寺在兴建大雄殿的紧要时刻，缘捐之款却迟迟不能到位，木石工匠少饭无菜，导致工程渐滞。

这天晚餐厨下仅有米饭一碗，大司务望着进棚的众工匠正一筹莫展之时，一位衣服褴褛、脚步蹒跚的老妇进棚乞食。木匠领工见此情状即说道：“明天就要停工了，此刻这一碗饭也难济众人之饥，施与老人尚可一饱，不知众位意下如何?”众人闻说齐声响应。

老妇人食罢双手合十道：“修佛寺，悟佛意，济人者自济。”说完手捧檀木片屑和杉木刨花抛入湖水之中。说也奇怪，湖中顿时喧闹起来，满湖鲫鱼、刨花鱼，鳞闪银光，凌微波而跃。

众人正看得眼花缭乱，“啧啧”称奇之声不绝时，回头已不见老妇人的影踪，耳畔却响起了一片仙乐声，仰首上望，霭云中观音大士端坐在金色莲花台上渐渐远去。

在观音大士的赐鱼帮助下，通过以鱼易食肴，工程得以照常进行。自此东湖鲫鱼又得佳名，被世人称之为玉鲫或观音鲫。

戴天明手上提着东湖玉鲫，望着鸿翥离去的背影，良久，方连连赞道：“此子乃石中之玉，当为我徒也!”

月上柳树梢，夜色已深。豆油灯下，戴天明还在厅堂中和张永春对坐而谈。他从永春口中得知其子鸿翥谱名世龙，名显绎，字长河，号高腾，其九世上祖启一公喜芝山毓秀、鄱水钟灵，遂举家由婺源清华街迁到东湖里村定居下来了，世代繁衍生息，人丁兴旺，无奈自乾、嘉以来，清廷颓败，天灾人祸屡降，到了永春这一代，家道贫穷维艰。

鸿翥自打五岁起，就能帮家里放牛拾柴，下湖摸鱼采藕，磨炼得机敏懂事，体壮力强。

天明道：“这崽伢是习武的上好资材，将来必有出息。而且和我深有缘分，随我学点功夫，一可健身壮体，二可多了一条谋生之路，三嘛！我的技艺也有了传人。传艺也是传缘哪！所以教授鸿翥武功乃我心愿。不收一文钱，也不会误你家农活，你就成全他和我的一番缘分吧!”永春见戴师傅豪爽、热心，立刻满口应承："师傅如此厚爱，是我家鸿翥的福分。只是害得师傅又要为他劳心费力了!"戴师傅连称应该，心遂意足地高兴而归。

马王庙内，关圣帝君坐看春秋。鸿翥行拜师之礼，聆听师训："重武德，不可挟技凌弱。忠国家，敬父师不可数典忘祖。明心性，光大师门。"

首练站桩功：体为马步坐式，头顶满碗水，臀下置燃香，焰尽方收功。二练圆手功：青纱严蒙目，双手圆转，下至丹田上到头，交叉互替缠桌角，上部俱在掌臂相护中。

师父严教，徒儿坚毅。张鸿翥按照要领，一丝不苟，冬练三九，夏练三伏。随着时日的增续，眼神、气涵、步武、腰劲、臂力等功大进。练得险未及体意先动，步随手圆，身随腰旋。徒手相搏，间不留隙。空手入白刃，贴体而近。场中一站，任凭众师兄弟以腿扫足蹬掌推拳击，都稳如磐石屹立，难动摇其脚步分毫。

长兵尤善大刀，深得师父亲传。弓射虽然能开四百斤张力硬弓，却因未能悟透要理，终是难尽如人意，难达师父连珠射法之神境。

鸿翥生性好强好胜，心里不免烦躁。天明师傅谆谆善导道："练功夫除了要有苦练的恒心外，还要靠悟性。你现在差的只是悟通二字，所以还须勤练多体会。世上岂有一学而成之事？别急，别急！一旦灵性通悟，那就是水到渠成，一通百通了!"说毕，又亲自下到场子里演练、解析，细说诀要。

师徒切磋兴正浓时，突听一名弟子对宗武讲："大师兄，你说怪不怪！这些日子里，我发觉一些来历不明的人，在东湖里进进出出。老是围着荐福寺转悠，鬼鬼祟祟的也不知想干些什么?"另一名弟子接茬道："不错！昨天我同老爹上街卖菜回来时，也听见走在我们前面的两个人，交头接耳地在嘀咕着什么金银三斗呢!"

天明师傅一听此话，心中顿生警觉：江湖武人好勇斗强，常借比武踢场子以扬名。是不是天明武馆因名声极佳，引起了此辈嫉妒而来寻衅闹事呢？思虑至此，不待宗武答言，立即说道："不明身份之人来东湖，若不是江湖寻仇，也必是另有所图。大家当得小心为是!"同时暗嘱宗武、鸿翥多多留意，严密注视。

繁星满天，月色朦胧。夜深人静，栖鸟无惊。师兄弟二人遵照师父的谨防异变之嘱，今晚又守候在东湖碾子下。背靠背坐在石碾轮架上，静静地听着宗武讲述当年跟着师父和父亲随镖队行镖的故事。

“师弟快看！”鸿翥闻警，顺着宗武手指之处看去，就见荐福寺西围墙外的柳树上，飞下一条灰色人影，身形转折轻盈地足点墙头，向四周略略张望，就悄没声息地翻入了寺院内。宗武道：“此人夜行还敢身穿白衣，这么晚了还翻墙入寺，也不知所来何为，又有何凭恃？”鸿翥道：“不管他有何凭恃，既是被我们撞上了，那就跟上去瞧个究竟。师兄，你绕到前面从寺院大门进寺，我尾随其后监视。先别惊动他，待我俩在大雄宝殿外会合后再说。”说完，箭步跃上寺西围墙，纵入了寺内，贴身在围墙树下黑暗之中，拢住目光，四下细细打量。他很快就看见了那条灰白影子，身手敏捷行动轻灵，此时正从放生荷花池护栏暗处纵跃而起，箭步蹿进了大佛殿内。

除了风吹树叶沙沙声外，一切都是那么的宁静。

鸿翥同宗武在放生荷花池边会合，略略商量了一下，就由宗武守住佛殿口，鸿翥悄悄地跟着白衣人摸进了大雄宝殿内。

那身着白色衣扎的人，此刻正站在大佛前，在暗淡的灯光下，双手合十，口中喃喃言道：“南无阿弥陀佛！佛祖原谅，深夜而来，没带烛香，告罪！告罪！莫要见怪，多多帮忙。”说罢，从怀中掏出一张纸来，摊在佛前香案上，借着昏暗香油灯光边念边打量着大佛：“弄口处弄口，哎！这说的是什么嘛？哪里有弄口呢？哦！有了！这弄口处弄口，不就是大佛口对大殿口吗？不错，不错啊！”于是用脚跺、以手敲，鼓捣着从大佛座下至大殿门口一段地面，见无空洞异样之声：“怎么没有动静呢？那光明在佛手呢？噢，是了！奥妙就在这句‘光明在佛手’上哪！好！上去看看。”

他跳上佛座，从大佛肩部到手掌，整条胳膊摸了个遍，还是没有找到可疑之处。失望之余，又拿起那张纸来，横读直念，嘟嘟囔囔，跳上蹦下，弄得头上脸上满是灰尘，却仍是毫无所获。气得骂了起来：“这个宏德老和尚，搞的什么鬼名堂！死了都不自在，害得老子……”就听身后有人接言道：“我看是你活得不自在吧！深更半夜，在菩萨面前蹿上跳下。我倒要问你是在搞什么鬼名堂呢？”

白衣人乍然一听，竟吓得跳了起来，急忙返身纵下香案，摆出了一副迎斗的架势，稍稍定下神来，见是一名十六七岁的年轻人，才把吊在嗓子口的一颗心放回胸膛中，暗道真是做贼的心虚啊！收起架势，揩揩头上冒出的冷汗，嘻嘻笑道："小倌伪，这么晚还不回去，干什么来了？"

"我问你干什么来了？鬼鬼祟祟，神头鬼脸的，肯定没安好心！"白衣人不恼，反招手道："来！来！来！你过来看看，大佛手上有什么来着，我就是干什么来的。"鸿翥近前，凑身往佛手处细看后，说道："佛手上没有什么啊！"

白衣人拉起张鸿翥的右手，一边指着大佛，一边手上暗地里运功用力，口里却说道："呐！这不是嘛？哎，哎哟！"怎知他自己的左手一阵椎心刺痛，就像被夹进了拶子里似的。痛得他慌忙撤手，可是无论他如何使劲，手就是松不开、甩不脱了。他情急忍痛，右手直往鸿翥颈部叉去。鸿翥偏首让过，手上再加三分力。白衣人痛得龇牙咧嘴，又不敢大声嚷叫，脚下踉跄腿一软，就跪坐在地上。

鸿翥笑道："不必行礼！"白衣人顺势套近乎，忍痛道："要行！要行！岂可无礼。少兄老弟，你兄我弟嘛！哎哟，松一点，求你松一点啊！""我说了不用行礼，你怎么还要行礼！"

"哎哟！哎哟！小祖宗啊别再使劲了。你说不要我行礼，我就不行礼了，这总可以了吧！"

"那你为什么还要跪着赖着不起来？"

"哎哟！啧！啧！啧！哎、哎哟！我本来就没有想向你行礼啊！实在是痛得撑不住起不来了哇。"心中直骂自己太大意，才在阴沟里翻了船，栽到一个乳臭未干的青年人手里，"该死"二字脱口骂出。

"什么？你没向我行礼，我也不怪你无礼，你怎么不承情，反敢骂人！"

"哎哟！快松手吧！我是骂我自己该死的！绝对不敢骂你这个小祖宗啊！"

"不敢骂就好！那你告诉我，你叫什么名字，来此干什么？说清楚了，马上放你走！"

白衣人还想支吾过去，哼哼唧唧的。鸿翥笑道："那好！愿说你就说，不说也随你。"

“骨头要碎了！哎哟哟！轻一点，求你轻一点哪，我说还不行吗？”心里却在说今天可真是撞上了鬼了。

“那就快说吧！免得人不难受手难受哇！”

“我，我叫乐伯，深夜来此，实为寻宝。”

“哦！你就是夜走一条街、只有两家半不去的不乐前辈啊！能人！能人！”

“见笑！见笑！嘻嘻！我就是‘见者不乐’啊！”心中却道今天我是再能也是乐不起来了哇。

“这里有什么宝可寻？”

“我也是听说。呶！那纸上写得明明白白，你看了就知道。”鸿翥放开手，从案桌上拿起那张纸来，上面写的是四句偈语：弄口处弄口，金珠留三斗。十方善结缘，光明在佛手。“这是什么意思啊？”鸿翥不解。

乐伯道：“我也是在琢磨着呢！”眼珠一转，趁着鸿翥盯着字纸低头沉思之机，捷撤一步，急溜扯活，飞身就蹿出了大殿。守候在大殿门口的宗武，在他前脚刚刚迈出大殿门槛时，一伸手就抓住了他的上衣。乐伯此刻急溜扯活要紧，急忙奋力碎衣而脱，箭步腾身就上了大雄宝殿顶，蹿上伏下，一溜烟地往城东门逸去。

鸿翥把字纸收进衣袋，就同宗武相随其后追进城里。行不多远，就听见屋上有兵器相击之声，只见乐伯正和一个蒙面黑衣人骂骂咧咧，斗得难解难分。

乐伯在荐福寺受挫，狼狈万分地逃进城里，耳听梆锣响，深恐惊动更夫再惹麻烦，就又跃身上房偎在暗处，一边揉着还在疼痛的手腕，一边骂着自己：“晦气！晦气！真的是大大有违祖师爷之规哟！哎！偷鸡不着，反倒蚀了一把米。流年不利，流年大大不利！”正恼叹之时，隐隐约约听到身下房内似有挣扎拒斗的窒息呼喊声，惊诧之下，猎奇心起，于是就轻轻地揭开盖瓦、沟瓦往下偷窥。只见在微暗的油灯光照下，一个黑纱蒙面的青衣汉子，一手叉着一位少女的脖子，一手在强撕她的内衣裤，那少女手拒足蹬，抵死不从，气息渐微。

乐伯心头火起，怒气炸胸膛，拔刀在手，大叫一声：“好你一个不要脸的采花淫贼！欺凌弱女，天理不容，快快滚出来吃你乐伯大爷一刀。”

蒙面汉子闻声惊起，急忙操刀纵窗而出，跃身上房，刀指乐伯，恶狠狠地骂道："敢坏老子好事，老子要你不得好死！"刀兵相接，二人缠战在一起。贼人技高一筹，乐伯渐显力竭。危急间，鸿翥、宗武二人赶到，已经明白了所发生的情况，双双夹击而上，相助乐伯。

鸿翥趁隙揭起一摞土瓦，迎面就向贼人砸去。贼人正被宗武、乐伯杀得手忙脚乱疲于招架，土瓦飞来避让不及被砸个正着，顿时头脸开花，两眼漆黑，脚下一滑往后仰倒。

乐伯赶上前去，单刀顺势兜裆一撩，贼人裤裆绽裂，胯下血流如注。贼人"那活儿"被伤个正着，痛得站立不稳，轰然跌落在院中昏死过去，又被屋内闻声一拥而出的诸人，以棍棒打了个半死，然后被裹粽子似的捆绑起来，连夜扭送官衙收监候审。

乐伯得意，"嘿嘿"地大笑："今天总算运气还好！掸掉了晦气，没有违背祖师爷'不打空手'之规。贼子莫怪，你莫怪耶！老子今天不乐，只好让你来替老子不乐了啊！哼！做此事撞到我乐伯老爷子，那准保是见者不乐，见者不乐了！"

窃者空手而归，那是偷门大忌，一旦出手，除了锅外，再没有什么可偷，都要顺手牵羊捞回一物，才可撤回，这就叫"贼不打空手"，否则大犯流年不利之忌。此次乐伯在荐福寺深夜寻宝，空手碎衣而逃本觉晦气，却在城内摘了贼人的"那活儿"，自觉有获，所以就大乐不已了。殊不知他虽除此贼"淫棍"，却又为鸿翥师门增添下了祸根。

鸿翥同宗武望望得意大笑的乐伯，也觉好笑，看看天破晓，二人双双纵身下房，迈步就走。乐伯忙追上前来，对着二人深深一揖道："多谢小哥俩出手相助，不然我真要被那采花淫贼杀得不亦乐乎了哇！请教尊姓大名，来日必当报答！"鸿翥还礼道："报答就不必了。前辈虽是夜行百户，却能见义勇为，此举不仅出在下意外，也令在下佩服啊！好了！看在这一点上，今晚荐福寺的事就算了。你看东边快亮了，我还要赶早上街去卖菜呢。来日方长，咱们后会有期。"乐伯心中暗道还后会有期呢，那我就是又要自寻不乐了，然而嘴里却还是答道："后会有期，后会有期！"转身如飞而去。

可是急匆匆赶回家中的张鸿翥，万万没想到卖菜却又卖出一场恶斗奇遇来。

"水菜啵！"第二天清晨，鸿翥同往日一样，荷担卖菜走在上节街，在石灰巷弄口“泰山石敢当”碑石旁，歇下菜担任人挑拣选买。

“你再这样挑拣，我不卖了！”

“你不卖？不卖挑到街上来做什么？嗯！”一獐头鼠目、满脸烟容的猥琐汉子，蹲在菜担前啐哂道：“买你的菜是看得起你，不识好歹的东西！”歪着头，斜眼瞪着张鸿翥。

“你这样挑，我能卖吗？你看看，菜叶帮子剥得一地。我是卖水菜，不是卖菜心哪！”“你不卖菜心，我要买菜心，难道你还要搭菜帮子卖给我？哼！真是岂有此理。”“你这个人怎么这样哇事，不讲道理！”“老子就是这样哇事的！”那人顺手又从菜担上拿起一棵菜来，使劲往后一甩，菜上水珠洒得后边等着买菜的大娘大婶满头满脸。人们见是直街上惹不起的二癞子，菜也不敢买了连忙往后退避。

二癞子更是得意，指着鸿翥鼻子说：“老子要吃菜，你敢说不卖！也不去打听打听老子是谁！”

“我管你是谁，就是不卖给你怎么样？”鸿翥见此人如此不通情理也恼了，劈手将菜抢了过来，放回菜担里。

二癞子大怒，陡地站了起来，一巴掌就往鸿翥脸上掴去。“啪”的一声，毫无防备的张鸿翥被打个正着。同二癞子结成一伙的狐兄狗弟，闻讯围了上来，大声喊叫着：“狠狠教训这个不懂事的乡巴佬！”一个个揎袖伸拳，大有大打出手之势。

也就在此时，二癞子打人之手还没有来得及缩收，就已被张鸿翥施展“缠丝手”拿住手腕脉部别在了背上。二癞子顿感刺心剧痛，自觉地弯下身子，胸部乖乖地被压在“泰山石敢当”石碑上，硌得他肋骨生痛却又动弹不得，只是连连呼叫着：“兄弟们，快动手帮忙哪！”

那伙人刚欲挪步，就听鸿翥一声大叫：“你们哪个敢动！”说着举掌拍下，只见碑石随掌迸飞一角。歹徒们见此情状如遭雷殛，呆若木鸡，谁也不敢乱动一下。

鸿翥将二癞子由碑石上提起，单臂一振就把他摔在了街中心：“你睁眼看清楚！是你的头硬，还是这石碑硬。”

二癞子被摔得头肿眼青鼻出血，浑身直打哆嗦地躺在街当中，带着哭声连连道：“爷爷手硬，爷爷手比石头硬！”翻身跪着磕头作揖不绝口地求饶。“滚吧！再为非作歹被我碰到，小心你的狗头！”二癞子如奉赦令，挣扎着爬起，抱头鼠窜而溜。

围观众人赞道：“这些坏家伙、害群之马也有今朝，真是解恨又解气啊!”

鸿翥手抚脸上被打之处，余愠未尽，回手一掌，碑石上截应手断碎，然后长叹一声道：“挨了打不能回手，学武又有何用啊!”

“小倌仂，此言差矣！年轻人身怀绝艺，那是大有用武之地，怎可言之无用呢?”说话者身着青衫，年约六旬，双目炯炯有神，透溢着坚毅和智慧。

鸿翥见是客居在荐福寺内的郑志鸿先生，忙上前行礼：“刚才之事，叫先生见笑了。”“哪里！哪里！此等下流之辈，令人不齿。有此薄惩足矣，小倌仂为此气恼不值啊!”“先生所教甚是。”“小倌仂，你我相见有缘。午后有空，请到寺内居处一叙，老汉温茶以候。如何?”“小辈一定前往候教!”鸿翥早知此位先生是位江湖奇人，再三称谢，满口答应，二人互揖别过。

第三回 荐福高僧谈禅事 银溪儒侠析疑缘

午后，鸿翥随着蝉声，来到了荐福寺郑志鸿先生下榻之处。他刚要行礼，即被先生拉住："不必如此，我已相候多时矣！"二人在小桌边坐下，正要叙谈就听"阿弥陀佛"一声佛号响自门口。先生一听就对鸿翥说道"普明长老来了！"忙起身相迎。

普明长老笑眯眯地立掌胸前为礼，吩咐身后小沙弥奉茶。先生笑曰："长老大发慈悲也！敝人居此有年，这荐福佛茶嘛，连今天算在内也只得两回饮哪！想是托这位小友之福吧？"

长老不禁哈哈大笑："阿弥陀佛！这佛茶虽为本寺所产，可产量却少，又被定为皇室贡品，小寺多受其累啊！尚请先生见谅贫僧无能广济之过了。""哪里，哪里！说笑而已，说笑而已！"郑志鸿先生深知此茶珍贵量少，虽然荐福寺因此茶而为贡赋所累所扰，倒也因此茶而得有东湖十景"荐福茶烟"这一美景名。

荐福佛茶就长在荐福山上的荐福寺茶园里。据老人相传，此数株茶树的种子还是一只翠鸟衔来的，后发芽抽枝又在寺中长老的精心培育下，方得逐渐长成。

说起荐福寺，明太守陈策那首"隅东屼嵫山，梵刹青云起。松篁十里荫，风涛落湖水"诗中的屼嵫山，就是上下湖之东的荐福山，而梵刹松篁为荐福寺、荐福茶园、支家嘴万松关与寺后张家竹林。"门依东湖小浦滨，春来景物益精神。百花洲接新桥路，五老峰连荐福云。风度鼓钟孤寺晓，烟横杨柳万家春。风光尚想还依旧，上苑题诗得具陈”，县城环荐福十大景观，基本上都被明代诗人张琬囊括在其诗中。

荐福寺香火之盛，在鄱阳寺宇中可以算是首屈一指。史载此寺建于唐初，后得抚州刺史戴叔伦捐读书宅并建，规模益大。张景修为宋时《望戴轩》题诗有“开元寺前莫骑马，叔伦宅在东水湄”，说的就是荐福山此处。

元末时荐福寺遭兵毁，到明永乐十二年（1414 年）方行鼎建，历时二十八年，于正统七年（1442 年）告竣。南昌寓鄱名贤胡俨适逢其会，于当年农历二月初一日在《重建荐福寺记》中，记载建大雄殿五间，高七丈，宽九丈，纵不及广者三之一，中塑三佛，旁列十八罗汉；大殿甬壁后，有观音大士立于海山；大雄殿后有法堂五间，高五丈，长五丈二尺，宽九丈二尺，堂内分东西列诸天象；天王殿五间，高二丈六尺，长宽近如佛殿，殿中立列四大天王，各高一丈五尺；千佛阁中有千佛之像，金刚二尊；弥陀阁中供净土佛，观音阁内有大士三梵像，尚有清隐山房、妙栖禅所、毗庐阁、斋庖僧舍位于观音阁东西两侧。莫莫堂则传为是范文正公所建。

大雄宝殿丹墀前建有以汉白玉为围栏的放生池，夏季荷花盛开，龟、鱼谐嬉。寺有茶园，茶园垅后广有林竹，挺拔近云；寺东有佛井一口，深不见底且水质清冽。

寺中所产佛茶形似修眉，茶白无异色，故被名为荐福白眉，乃为一绝。当年邑中名贤吴名凤诗赞此茶道：“荐福有茶园，碾出眉上白。老僧具风炉，饮此湖中客。”“活水汲来活火烹，蟹眼沸过鱼眼鸣。喫得卢仝茶七碗，两腋习习清风生。”

白眉佛茶之美，主要还是因寺中茶道、茶艺、茶情、茶思所致。无论是烹煎或是沸冲，用的都是从佛井中刚汲之水，操作火候掌握极工。每当煎烹沸冲时，茶叶在壶中碗内舒展浮沉，热气如轻烟缕缕袅飘，溢香盈座。据传碾制时配有松果籽仁，品啜中清心明目，慕茶者趋之如鹜。元时吴存诗称“晴霏冉冉上松枝，莫莫堂中茗事迟。欲访赵州消午困，趁渠蟹眼末生时”。真的是论佛清尘俗，闻茶沐醉霞。

元时黎廷瑞雨游荐福寺诗咏“小瀹孤亭兴未澜，共为长岁坐蒲团。半林空翠湿晴露，满院秋香吃晚寒。吊古并扪碑字读，好奇更借藏经看。归舟莫笑清狂绝，得句从来胜得官”和清鄱令王克生在寺中欣看“红叶秋霞满”，“花荫晓露轻”时，也在《荐福寺志感》中写道：“荐福年多四海名，却怜碑字受雷轰”。诗中所题“碑字”即为鲁公亭中的荐福碑。那脍炙人口近千年的名句“时来风送滕王阁，运去雷轰荐福碑”就典出于此。

清同治版《饶州府志》载，唐乾元二年颜真卿出守饶郡，临治所鄱阳时，盗匪甚为猖獗，民众一日数惊，旦夕不宁。颜公行政伊始，即设奇计，率军兵力擒首恶诛之于市。余恶分别伏法，明正典刑。自此“四境肃然”，百姓欢欣。颜公亲书其事刻碑石以铭记，云“颜司徒碑”，并作亭覆盖以阻风化雨蚀。碑立寺园东，用以警示世人。颜真卿历官鲁郡公，人称颜鲁公。德宗年间，淮宁节度使李希烈反，鲁公被派前往劝谕为希烈缢死。邑人崇其忠德，尊称碑、亭为鲁公亭、荐福碑。

据传鲁公亭、二贤祠之间有一古樟，四人双手相牵方能拥抱，枝叶繁茂亭亭如盖。夏暑时，每当风起亭角铃鸣，枝叶丛间轻烟袅漫，俄顷暴雨骤至。雨过艳阳临空，湖村如洗。那留驻的水滴随拂荷风动，若如银珠聚散于绿玉晶盘，尤显诗情画意盎然。

自荐福寺南大门连通德新桥之路名东堤，路面是清一色的长条青麻石，全路共有三桥。一在寺南大门前为荐福桥，砖砌单孔，亦称荐福柳堤。寺僧在桥上立有照明夜灯称为“天灯”，以利路人夜行，其处又名“天灯架下”；磨子桥为中桥，长宽为东堤之首，桥上设有直径三尺六寸和二尺七寸的大石磨十三扇半，石砌单孔拱构，桥体正当上下东湖风口浪尖，却又是东湖四岸进城必经通途；系虎桥直接永平市街，砖砌单孔，连通上下两湖。

人站三桥上眺望两湖，波流三汲，水共一源，浪拥云天。笛曲垂柳飘飞絮，莺鸣其间；歌起荷花拂绿红，霞染莲舫。古迹古韵名茶，真如人间神仙佳境。

农人之子张鸿翥自小在此钟灵毓秀之地嬉戏长大，受此灵秀之气的自然熏陶，因而成就功名当非偶然，也应在必然之数了。

此时普明长老回过头来问道：“小友名鸿翥对吧？”鸿翥立起恭敬地答道：“小可正是鸿翥！”“昨夜初见小友身手，确是不同凡响。”鸿翥听普明长老此言，顿时一愣。先生接言道：“昨夜乐伯进寺，小友二人跟进。殿内发生之事，我和长老均已目睹，只是没有现身相见，小友可别见怪啊！”鸿翥忙道：“不敢！不敢！”“小友别站着，快快请坐下，不用拘礼，先用茶吧！”

以取自大殿东侧佛井的甘泉沸水冲泡的佛茶，如轻烟般的袅袅飘旋，茶香淡而不散，尚未饮品口中已觉沁人心脾。

先生浅啜一口，咂着舌头品赞道：“荐福茶能跻身东湖十大美景和朝廷贡品，也确实是名不虚致啊！每品一次，每次体会都不一样。品味品景，东湖一绝，未品茶淳先闻香哪！长老奉佛，有此清福，令志鸿钦羡矣！”“先生此言，品茶尚可。若说钦羡，违心之论哪！今天清晨，你漫步松林间，还在吟‘佛前问伏魔，间关万里心’呢！你心在万里，何能清静？又何有对老僧之羡哪！”说得志鸿先生不禁哈哈大笑。

鸿翥对昨夜之事如骨鲠在喉，忍不住开口问道：“长老，小可请问乐伯入寺寻宝之由，不知可告否？”又自衣袋中拿出那张从乐伯手中取来的字纸交给长老。普明长老看过递给志鸿先生，然后说道：“此事说来话长哪！”

荐福寺为鄱阳名寺，香火甚盛。寺内大佛庄严宝相，双手平放于膝，高大宏观，放牛娃能卧掌栖憩，小童玩耍，可藏身于大佛耳中。咸丰三年，寺宇大殿不幸毁于兵焚。望着残墟颓宇，当时的住持长老宏德禅师发下誓愿，要重建寺宇于瓦砾灰烬之上。他同众僧徒含辛茹苦十数载，四处化缘，十方求捐。在各地商贾绅士、善男信女的倾力资助下，终于在同治七年修建竣成。捐资人众遑论捐缘多寡，均被镌名于碑石，立在大雄宝殿之前，传以铭记。

寺宇重建竣成、开光庆典之日，佛殿内钟钹齐鸣，僧众排班梵唱。进香朝佛男女，络绎不绝，香烛昼夜长明。斋棚设于寺内西侧，款待观光人众。真是佛法广被，盛况空前。讲到此处，普明长老稍歇，端茶小啜。

鸿翥问道：“这与昨夜之事，有何关联？”普明长老道：“正有关联呢！多年来，尤其是近段时期，不速之客明里暗地频频而至，正有其之所图也！”志鸿先生插言道：“是否同这四句偈言有关？”

普明长老稽首道：“一点不错，正与宏德禅师的这四句偈言有关哪！”他接着又说起了由来。

三天佛事毕，功德圆满。菩萨柳枝拂甘霖，大佛笑容喜如来，善男信女顶礼膜拜、虔心诵佛。宏德禅师身披袈裟礼拜佛前，然后面向众人稽首再三：“善哉！善哉！阿弥陀佛！”并当殿宣布：重建寺宇得十方捐助，佛光普照功德无量，愿我佛慈悲，福佑众生。所募缘捐，尚余金珠三斗，现存寺内留待有缘。十方之缘，必存福十方，同时口诵四句偈言："弄口处弄口，金珠留三斗。十方善结缘，光明在佛手。"

志鸿先生道："宏德高僧也！语涉机锋总不离一个缘字啊！"鸿翥问道："请教那四句偈言何解？而三斗金银后来又怎样了呢？"志鸿先生道："偈言何解？金银怎样？我看哪，还是在一个缘字上。佛手结缘，才得十方金银也！"

"那么请教这余下金珠是在佛手，还是在弄口之处呢？"

"这个么！"志鸿先生指叩桌面，会神细析偈言，良久方说道："是了！金珠留在善处啊。此偈重点是取每句第三个字，以逢二退四，从三进一，起三配二，由四合三之法暗示十方金珠，佛手结缘。金珠三斗不在弄口，而是留在善处啊！玄意深寓，妙哉！妙哉！"

普明合掌道："善哉！善哉！"

鸿翥道："留在善处？善处在哪里啊？"

志鸿先生笑道："鸿翥痴也！善处在哪？善处在心，在心缘，在心悟啊！当年高僧慧棱大师，坐破七个蒲团，苦悟二十年，才得出一悟：掀起帘子见大千。通悟见天下，何问有与无，又何为区区金珠有误心缘，心悟除心障哪！习文练武，同出此理呢。"

普明长老念佛道："先生所言极是！高见妙解，也顿释老僧久存心中之障惑也！老僧师兄弟三人，普照、普惠和我。师兄普照深得师传，早年由师伯宏广禅师携往京城京西荐福寺，现任该寺住持。二师兄普惠在师父圆寂之际，询问金珠所藏之处，师父不语，询之再三，师父才言'有缘可启，逢学必发。'普惠不悟，师父道：'咄！身入三宝地，心往佛外求，着色着相，面壁去吧！'如是才由我继任了本寺住持，其理在此也。善哉！善哉矣。"

鸿翥仍是不解："那么这三斗金珠之事，就这样算了？"

普明长老笑道："宏德禅师其实已经说得清清楚楚。有缘可启，自在可启之处。逢学必发，当有应发之时，岂可强求！乐伯如此，其他来寺寻宝之客亦是如此。都在缘字，留在善处结善缘哪！阿弥陀佛！"

志鸿先生道："长老所言，佛理也！鸿翥明白否？"鸿翥忙站起答道："听先生和长老相教，金银善物应善在心，善则长有。机遇缘分其缘在悟，悟则无失，悟则自有。在下愚钝，不知所思对否？”

志鸿先生闻听大喜道：“明理明缘，对矣哉也！乐伯夜寻宝，非缘悖理，当无所获。就拿你来说吧！得遇明师，渐入武道，算是遇缘。虽得启蒙，学文努力，却因家境贫寒，未得深造，所学有限，灵智为之所束，这是阻缘。擅武不文，武夫也！不明世务，武愚也！文武兼通，国之武杰也！这就是宏德禅师圆寂时所说的‘逢学必发’之喻，也是解你‘学武有何用’之答也！”鸿翥正襟聆听，那金珠何在之思，已抛脑后无踪，心中清明。

普明长老接言道：“佛以缘致善，正以力除邪，均在‘渡’（度）意中，均在慈航普渡（度）中。”“长老好一个‘渡’也！深刻至极。可野渡无人舟自横，何渡？”“野渡还可渡，船横是已渡。当年先生四海漂泊，曾渡否？”先生大笑：“在渡！在渡！”长老亦笑：“可渡！可渡！”又合掌对鸿翥道：“昨夜小友正与我佛结缘，老僧必有一谢。今日相叙谈，都在舟渡中。志鸿先生哪！应操楫时当操楫，助小友之渡，也可酬先生当年之志也！”先生欣诺，连连称道：“领教！领教！”

郑志鸿先生，饶州府鄱阳县银溪里村人氏。历经道、咸、同、光四朝。好文精武，十六岁乡试中举，对科举之弊，深感厌恶，见官场腐败，耻于为伍。游学四方，以文武会友，见识广博，对中外古今世事很是练达。道光十九年，他在游粤境时，适逢虎门焚烟，英人横蛮，竟然炮舰犯境。两广总督林则徐不惧强权，整备战事，招募勇壮，力遏洋人凶焰。血气方刚的郑志鸿激于义愤，毅然报名从戎。在演技选拔时，水军提督见其不仅智勇双全，而且龙形剑法尤为一绝，遂破格提拔为亲兵领队。

虎门炮战中，主炮台陷入孤军作战，弹尽炮毁，后援不至。主帅身负重伤，仍然不避炮矢大呼杀贼。志鸿护在主帅左右，手刃贼人多名，终因被枪弹击伤流血过多、体力不支，倒在了炮台之下的乱尸堆里。侥幸未死的郑志鸿被夜半海风惊醒，强忍着重伤剧痛挣扎着爬上塌毁的炮台残墟上，借着朦胧的星光看见主帅身倚炮座、手拄战刀挺立如生，立即拜伏在地，然后起身背负主帅遗体奔赴大营。待略理枪伤后，他见主和派已占上风，兵将无斗志，深深感到自己留此已无所可为，遂扬长离去。

听志鸿先生如此一说，普明长老连称：“善哉！善哉！”鸿翥听得有如身临先生当年保国卫疆、奋勇杀贼之境而心驰神往。

郑志鸿端起茶盏浅酌一口，接着长长嘘了一口气，然后长叹道：“数十年来，目睹朝廷内虐国民，外惧洋人，割地赔款，只求苟安，不思振奋，国耻也！言之令人痛彻心扉。唉！如今我已老矣，想当年我舍弃科举之业投笔从戎，每每自省就是没有悟透这个‘渡’字。西人以枪炮轰开了我国的国门，却也促使我国智识之士从炮声中探悟到强国之法，还真应了古人‘塞翁失马，焉知非福’的那句老话也！小友啊，国家兴亡匹夫有责，学好文武艺当为国家奋力呀！”郑先生这番溢于言表的激奋之言，鸿翥顿觉茅塞顿开，心中热血沸腾，已然有重担在负之感。

是夜，鸿翥端坐在天明师傅面前，细述着志鸿先生、普明长老所谈之言。天明师傅听后说道：“此辈奇人义士也！能得到他们的青睐器重，实在是贤契的奇遇。尔当把握机缘虚心求教以期深造，莫负为师之望。切记！切记！”

张鸿翥遵行天明师傅嘱咐，第二天就早早地来到荐福寺，请谒普明长老，虔诚地说明求教来意，并在禅师的陪同下，到志鸿寓居住房行过了拜师大礼。

志鸿先生教授鸿翥文课时，将“经”、“史”之义和世事兴衰之理，结合现状实际，深入浅出地进行解释和剖析，务求透彻；在演论兵策时，则按天时地理人况结合为将之道，落实到实战战例运用上，以通悟为要；教练武技时，则博采众家之长，寓有形之动化于无形之中，借他者之力入于自然之用，均都摒弃了一招一式的拘束。先生的得法教导，徒弟的认真勤学，鸿翥的知识面由简单到宽阔，由新奇到充实，日渐长进，眼前的世界也就变得无比之大了。同时天明师傅经鸿翥的牵线搭桥，与志鸿先生、普明长老则也成了莫逆之交和方外之友了。

“师弟！师弟！松关田主和他的儿子正在你家中找你呢，非要同你见面不可。”宗武气喘吁吁、满头淌汗地在寺院古樟下找到了正在观先生和普明长老弈棋的张鸿翥。鸿翥略略向宗武问了问情况后，即向棋战正酣的先生禀告。志鸿先生连头也没抬，只说了句“去吧！好生处之”，话音一落，“啪”地驰出了左马。普明长老笑道：“好棋！进退自如也。”

第四回 节外生枝田主贪 较力解纷箭理通

饶州府治鄱阳县城十大美景之一的“两堤柳色”的东堤，就在东湖里村。“五九和六九，湖边看杨柳”，初春寒风过，正是春暖花开草长莺唱时。湖村飞絮，鹅黄遍地，微波涟漪，风光绮丽。清康熙十一年举人、直隶长垣知县、鄱阳县城永平关人程作舟在《东湖赋》中，赞东湖为“鄱之有东湖，犹杭之有西湖也。鄱之江绕城南而西溢焉，此湖则绕城东而北焉。一堤中分，两湖夹镜，水色山光，四时变态，不待点缀而自然清丽。”

东湖里村位于县城之东，南望十里长街，东连茅园、小路口，北接支家嘴，船通高家洼、黄家洲和松关诸村。村庄为妈妈墩、婆婆墩、高家山、蒋家山、姚家山、荐福山、狮子山、绣球岭等山陵阻绕。村中人丁众多，务农为主，田地稀少不敷耕种，因此农家多在饶河南岸、松关村处租佃田地耕作以为生计。

松关吴姓田东有田地二十余亩，地处偏僻，灌溉不便，杂草丛生，荒芜在野。经中人介绍撮合，东湖里村数家农户以较合算的租金承佃了这处田地，经过精耕细作，庄稼长势很旺，真的是人勤地不懒，收获在望。

东湖、松关两村隔湖相望，佃户上田畈劳动和收工回家以及运送肥料全靠船运往返，舍此则别无他途可行，来回两头带着星星行，很是辛苦，而两村村民劳作在野外，你来我往互相帮助，相处倒也融洽。佃户船只停泊在吴田东所辖管的湖地岸畔，一直相安无事，如今田东佃户却为这船只停泊之地起了纠纷。

纷争之因很是简单，就是吴田东见多年荒芜的土地，如今长出了绿油油的庄稼眼红生妒意，不思荒耕之时的颗粒无有，只觉得佃租定得太低了，吃了大亏生起了反悔之心。无奈双方有契约在先，找不到增加佃租的理由，他左思右想，竟然想出了一条节外生枝、过河拆桥、上岸阻路之法，向租种田地的农户提出了泊船岸地不在契约议定范围之内，要另外增收泊船行走占用费，否则不准由此过往。

佃户当然不会同意而据理力争，提出泊船之地原先是荆棘载途并无可行之路，后经佃户众人费工费时辟路筑垒，方能靠岸泊船、牵牛挑担行走，如今提出要增收泊船停靠过路费实在是太无道理。双方吵吵闹闹，几经交涉都没有定论结果，一拖再拖也就拖了下来。佃户坚持不交过路费，不等于田东就不要过路费了，于是这么一拖，一场难免的冲突也就拖了出来。

这天，雨过天晴的东湖风平浪静，山林滴翠，碧空如洗。高耸云霄的宋代永福寺塔，倒映在水中显得格外清晰。时逢农田后期管理时节，农人楫舟湖上运肥正忙，正当船要靠岸的时候，十多名由田东雇来的彪形大汉手持棍棒、扁担，气势汹汹地守在岸畔，不准运肥船只靠岸停泊。

一方在船上，一方在岸上，双方对骂争吵，围观的村人也越聚越多，众说纷纭各执一词，气氛激烈僵持不下。船上的众人毫不相让，强行将船靠岸，手持扁担、粪勺冲上岸来，群殴之势一触即发。

宗武随船帮忙，见情形紧迫，立即跃身场中两边劝拦，忽听身后风声响起，忙转身斜步闪过，猝不及防之下，险些被田东雇来的彪形大汉砸了一棒，“好哇！连劝架的也要打，那我就打给你们看看。”心中顿然恼怒起来，施开拳脚连连掼翻近身多人，场上气氛才稍稍平缓下来。田东雇来的打手虽然为宗武的气势镇住往后略退，却仍然横拦在道路中间，就是不让运肥佃户送肥过往。双方推推搡搡，刚平缓下来的气氛顿时又激化起来了。

争斗之声传到了湖对面，东湖里村闻讯在村长的带领下，船载多人赶了过来，齐请吴田东出来说话，指斥他节外生枝、财迷心窍不信守诺言。吴田东极力巧辩道：“呸！你们口说无凭，难道连私凭文书官凭印的道理都不懂了吗？契约上写了的我守约不悔，怎么能说我节外生枝不守承诺之言呢？真是岂有此理。”村长接言道：“吴东家，当时租佃双方签约时，我也被邀请到场为你们做中证，你确实说了除按契约交纳租金外，不附加其他任何东西，还要尽力为他们提供便利。现在又要向他们收停船靠岸过路费，从道理上就有些说不过去，何况世上只有人相见，哪有以钱相见之理呢？我看东家就不要出尔反尔了。”

“这，这个！那你们总不能就这样白白地在我的地面上来来往往吧？况且你们在此靠岸停船，事先也没有得到我的许可啊！”吴田东被驳得无言可答，只有强词夺理了。

佃户见吴田东不讲道理愈是气愤，又你一言我一语地责问他：“你不是说了要提供一切便利吗？我们租种了你的田地不在这里停船过往，这田地怎么去种呀！飞得过去吗？”“没有得到你的许可？我们辟路泊船之初，那你因何不出来阻止，提出要收过路费的事呢？”

“现在提出来也不迟啊！啊！”站在吴田东身边的一位五大三粗、年约二十多岁的汉子，揎袖挥拳大声答道：“尔等废话少说，交钱过往，不交就莫想由此通行，否则就试试，看谁斗过谁。”田东雇来的那些人也大声附和乱喊乱叫：“交钱过路，不交，拳头说话。”

这位要凭拳头说话的汉子是谁呢？他就是吴田东的养子吴继成。吴田东财多“肾虚”，年过半百却身后无嗣，本想娶妾试试，却又不奈老婆上吊投水、寻死觅活之何，只好将堂弟的第二个儿子过继名下，以接香火。吴继成虽是侄子，却对吴田东夫妇很是孝顺，所以吴田东夫妇对他也是十分宠爱。

吴继成跟着武师学过几年拳脚功夫，蛮力不小也蛮横不讲道理，在村里与人发生争执时动辄挥拳。村人多不愿同他计较，遇事总是避而远之。如此一来，他也就觉得自己武功高强没有敌手，说话、做事任性而为，任谁不让。此时吴继成两眼朝天、雄赳赳气昂昂地对着佃户们大声喊道：“听见没有？啊！架得住老子的拳头，靠船走路随你们的便。嘿，嘿！架不住的话嘛，那就乖乖地给老子签字交钱。”

“做事不讲信用，你们还是人吗？打就打，难道还怕了你不成！”佃户群情激愤，你一言我一语争执不下，双方推推搡搡各不相让。眼看一场械斗一触即发势所难免之时，一直没有言语的张鸿翥排众而前，向周围村民拱手揖礼道：“乡邻们，请大家先听我一言，再打不迟。”吴继成一见有人出头，毫不示弱，更无丝毫怯意，拔步就往前冲。吴田东心恐养子失手酿祸，伸手想拉住继成却没拉住，只急得连连顿脚。

鸿翥、继成二人，在场中打了照面，双方近身立定。鸿翥拱手刚要开言，而吴继成根本就不把鸿翥放在眼里，他把手一挥道："凭什么要听你的？你算老几？这里有你说话的份吗？啊！签字交钱，其余免谈，不服就拳脚上分输赢。"鸿翥见他如此狂妄蛮横，知道不是靠讲道理就能解决今天的争执了，也只有按古人所言的"遇文王讲礼义，逢桀纣诉于力"了，心中立即打定了主意，那就是既要镇住他的邪火，让其知难而退，又要顾及到田东、佃户日后双方的相处和利益，而且自己既不能逞一时快意酿成仇恨，又要使其明白事理接受教训。于是张鸿翥轻轻地将吴继成伸到鼻子前面的拳头往下按了按，拱手劝道："蒙吴东主关照，将田地租给我们耕作，我们一定会按契约交租，即使是因路起了争执，我们也还是心存感激的。而今田东节外生枝，否认前诺，食言自肥，却是有违情理。田东啊！做人做事当要讲讲道理，摸摸良心，上半夜想自己，下半夜也要想想别人哪……"

"闲话你就别说了！"吴继成很不耐烦地打断了张鸿翥的话，"我还是那句话，要么签字交钱，要么拳脚说话，你们赢了我，什么钱都不要了。你有这个胆吗？有，就放马过来。"

鸿翥道："这位兄台，你说话怎么如此咄咄逼人不通情理，刚才你说只要我们赢了，就什么钱都不收了，此话可否算数？""哼！"继成鼻子一哼、头一摆、将大拇指一翘道，"地是我家的，我说了就算数，就看你有没有这个能耐！"

"好！田地是你家的，你说的话想必是能够算数的。"鸿翥抱拳向四周围观人众揖礼后，又朗朗而言，"乡邻们，诸位都听到了，也看到了，就请做个见证吧！东湖四岸都是亲人，就是人不亲水也亲哪！还有这些东家请来帮场的人，我们也是近日无冤往日无仇，我想你们也是碍于情面才来助拳的。但拳脚相搏没长眼睛，我们都是靠劳力挣饭吃，伤了身体就是伤了饭碗，何况还要拖累妻儿父母。动起手来有了误伤，就算东家能养你一时，也难养你全家一辈子，我们何必硬要斗个你死我活呢！人情留一线日后好相见，不必结仇结怨，主佃两家的事还是由两家来解决，无须自惹是非牵连无辜，你们认为此话对，就请往后退一退。"

吴继成见请来帮场的人听了鸿翥话后，有些迟疑犹豫不前，就很不耐烦地大声喊道：“要打就快动手，谁要听你这些屁话。”“既然兄弟硬要以武相逼，那也只好舍命陪君子了。”鸿翥就是泥人此时也有些生气了，他口中的兄台也变成了兄弟了。鸿翥紧了紧腰带说道：“但有一事却必须声明，如果我输了，原先已交的定金，包括田地里的青苗统统拱手相奉，我们立刻驾船回村另谋生业；如果我侥幸赢了，我们按契约交租，田东从此不得再生枝节，乡邻们以为如何?”

两村众人听了，都说此话有理。吴田东至此也无话可说了，而那些幸灾乐祸、巴不得打起来好看热闹的人，更是大声叫好。

鸿翥面对吴继成说道：“既然大伙都没有异议，就请兄弟画下道来，弟兄照此奉陪是了。”“你要怎么比，就怎么比，难道我还怕你不成!”吴继成眼见张鸿翥的悠然神态，又听了他那处处占理的话语，此时在心中竟然生出空虚的感觉，却因狠话说得过头过死，又不愿示弱蚀了面子，只好硬着头皮死撑着。

鸿翥道：“那好吧，既然兄弟客气，那弟兄就要说说比试规矩的事了。俗话说得好，拳脚无眼，死伤难料，我们要立下生死文书，无论生死伤残，各凭天命互不追究，免得口说无凭又出这停船过路要过路费的无理之事了。”继成听了面现犹豫之色，鸿翥见状立即将话带转回来：“不过嘛，为这区区过路停船的小事，也犯不上以性命相拼。我看哪！还是以挤棍较力一分胜负为好。”

吴继成在人前人后炫耀的就是蛮力，听到鸿翥如此一说正中下怀，就迫不及待地接过鸿翥话音说道：“挤棍就挤棍，看你输了还有什么话可说。”回首向那些帮场的人喊道：“快拿一条结实的扁担过来。”

“且慢！挤扁担不是好佬所为。”宗武一边喊着，一边带着两个人，从船上搬下一块长九尺、宽二尺、用三根杉木并接而成的跳板抬到了场子中间，一边指着跳板说：“是好佬，要挤就挤这个。”

双方同意以跳板为较力工具，并由东湖里和松关村各推举一位老者做中证，用白石灰粉在场子中画好了一个大圆圈，议定被挤出圈者为输。

鸿翥、继成相向而站，各出右手分执跳板一端，随着中证人宣布“开始”的喊声，二人挺起单臂将跳板平抬而起。

吴继成运劲于臂，吐气开声往前推挤，虽然已拼尽全力，却无能动摇鸿翥脚步分毫。二人相持渐久，继成额上开始青筋暴起、双睛凸出，满脸涨成紫色，气喘如牛马步浮动，很不情愿却又无可奈何地一步一步向后退移。

双方的助威者扯开喉咙大叫：“继成加油!”“鸿翥加油!”尤以东湖里的佃户为甚，这也难怪，因为切身利益的得失就在此一挤，当然也就叫喊得最响。

张鸿翥上身中正涵胸拔背，双腿前弓后蹬，右臂平挺，不慌不躁，小步进迫。吴继成终于力竭步乱，脚下一歪，手臂再也无力把持跳板，反而被跳板压屈在胸前，就这样噌噌噌地被一步一步地挤出了圈界外，又踉踉跄跄站立不稳摔倒在地上。跳板从他手中脱落，重重地压住了他的腹部和大腿。在众人惊呼声中，鸿翥急步上前将跳板从继成身上移开，又俯身将他搀扶起来。

从来都是别人让着他的吴继成，此时恼羞成怒，趁着鸿翥俯身弯腰搀扶自己的机会，突然出拳往鸿翥胸口猛地击去。可是令继成始终都没弄明白的是，自己的拳头怎么还没有近到鸿翥胸前，竟然莫名其妙的就被鸿翥拿住了右腕脉门。

鸿翥见他如此桀骜不驯，为留退步后着就右手暗一用力，顺势在他的左肩井穴部一拍，然后松开手笑着说道：“兄弟不必如此，弟兄领承让之情了。哦！我还有一要事相告，三天之内兄弟若是觉得有什么不适，请到东湖里村找我，千万记住绝莫延过三天哪。”

“哼，吓谁啊!”吴继成当时只觉得左手左腿略一酸麻，而酸麻感觉却又瞬间消失，因此根本没有把鸿翥的话放在意下，嘴上虽然强硬，而人却是怔怔地呆立在场地中。

鸿翥再次向在场众人揖礼：“比试胜负已分，请中人和在场乡邻作证，也请东家见谅。此事就此带过，宾主还是好宾主，以后就不要再为这些区区小事起纷争了。”众人也道：“这样了结最好，仁好义好本来就该如此，今后可不要再无事寻事了。”众口一词，吴田东见此也只有当场认了。

当晚，吴继成闷闷不乐地坐在家中，对白天之败很不服气，恨声不绝地对其父说：“收不到过路费还不要紧，就这样低头认输真的是越想越不甘心。”吴田东埋怨说：“你在当场把话说得太死，有那么多的人现场见证，你不甘心又能怎样？何况人家说话、行事句句占理，我们还能反悔吗？就这样算了吧！等租约到期后再说。”继成道：“我就是咽不下这口气，今后在村里谁还会怕我。明天我去请师父来，无论如何也要扳回这个……哎哟！”他话还没有说完，却突然全身抽搐起来，从左手到左腿连同左边半个身子由酸麻变为了螯痛，只痛得他胸口心跳加剧呼吸急促，脸色苍白大汗淋漓。

全家人被继成的这一突然变故吓得慌了神，吴田东更是急得搓手顿足：“刚才说话还是好好的，怎么在家里还会撞了邪呢。”急忙叫人请来了郎中，经郎中诊视后，既不见继成身有伤痕，又查不出痛起何因，正当郎中束手无策的时候，继成的疼痛却又消失了。

郎中甚觉怪异，忙向吴田东细问缘由。吴田东说到白天挤棍较力的事时，继成突然记起了张鸿翥搀扶他起来，圈住他拳头扣住他手腕脉门的瞬间，曾在他左臂上随意地拍了一掌，还说了一句“三天之内若有不适，可来找我”的话。郎中听后道：“如此看来，你恐怕是被点了什么穴道。”

“没有见他用手指点击我，”继成接着说，“他只是轻轻地拍了一下。”“民间有拍穴一说，比点穴更难练哪！他只拍你的肩膀，说明此人宅心仁厚，若是拍在你的将台穴上，一旦发作起来，那可就要咯血难止、伤肺伤肝了。”吴田东听了忙向郎中问道：“先生可有什么法子解除小儿的病痛吗？”

郎中答道：“解铃还须系铃人，这是独门绝技，不是用药物可以除去的。你们只有去找他方能施解。这事还真不可延误，以免血脉受阻过久留下隐患。”继成听了把头一别道：“哼！我就是痛死，也不会去求他。”郎中道：“此言差矣！请恕我直言，也是为了你们好，若论理亏其错在你呀！他好意搀扶你，是不想结冤仇。你却出拳暗算他，想要伤害他，而他还是手下留情。谁对谁错，一目了然还用说吗？不要意气用事方为上哪！”

事要他人说，话是开心钥。吴田东想想事情首尾，也确实怪自己图利眼红节外生枝，怨不得别人。何况养子怪病在身，后果难料，因此纡尊降贵前去赔礼道歉，是势所必然也理所当然，事情一想开，也就心平气和了。

郎中走后，继成在下半夜又发作了一次，疼痛如先。吴田东眼睁睁地等到了天放亮，就迫不及待地带着情有不愿，却又被时发时停的疼痛折磨得无可奈何的继成进到城里，买上果品糕点到东湖里找鸿翥求治来了。

鸿翥随着宗武从荐福寺赶到家中，见吴田东父子站在厅堂等候自己，就急忙上前合手揖礼，恭敬地请他们父子就座奉茶。

吴田东道："鸿翥老弟呀，过去的那些事嘛，也确实是怪我们做得有些过分，多有得罪。今天特意来赔个不是，还请你看在宾主缘分上，不要生小儿鲁莽之气。"

"哪里！哪里！事情昨天已经了结，什么事也没有了。今天劳动东家和兄台到来，那是看得起我，本就不敢当啦！哪里还会见气呢。"鸿翥说完又上前拉住继成的手，很诚恳地说道："昨天多有得罪，别往心里去啊。"继成红着脸不好意思答话。鸿翥一边笑着，一边很不经意地用右手在其左手曲泽穴部一摁道："不打不相识，这也是缘分哪！兄台如不嫌弃，今后我们还会成为好朋友，你说是不是?"

吴田东赶忙接嘴说："那是！那是！日后还望老弟对小儿多多照应。"接着又搭讪着道："关于小儿的事呢?"鸿翥忙道："兄台没有事。""是郎中说的穴道之事啊!"田东急着解释。"我知道，刚才我已经同兄台拉过手了，现在真的是没有事了。东家请放心好了，我保证兄台绝不会有事。"

继成见鸿翥如此大度，不但顾全自己的颜面，而且还不用自己相求就暗中替自己解开了穴道，内心也是十分感动而生钦佩。田东父子连声致谢，并再三重申一定按租约办事，再也不会另生枝节纠纷。鸿翥代表佃户谢过，不顾吴田东的再三谢辞，坚持同宗武一道将其父子二人送到了村口方告辞而别。

想不到张鸿翥这一送却又送出了一番奇遇，更是助他解决了弓射未得进展的难题，恐怕这就是人们常说的赶得早不如赶得巧吧。

鸿翥同宗武在直街上桂元吉老字号，买了"长峰鸡狼毫"、"双峰用久"毛笔各两支。出得店来，宗武指着笔店招牌楹联读道："店号元吉今五代，笔发鄱阳几万家。哈！口气好大哟!""嗯！这副对联还是鄱阳知县书赠的呢。先生也讲过，这桂元吉老店由才子之乡，迁来鄱阳有好几代了，一直很有名气。我买的这两种毛笔，在邻近各县都很畅销，写起正楷或行草体来，很是好用，顺畅。"

师兄弟二人，沿街边看边谈，由中和巷转到了河街。一色长条青麻石铺道，人来车往，倒也繁忙。商贾店铺，各业作坊，此邻彼接。他府州县驻鄱十大会馆，面临饶河而建。饶河水运上溯昌江、乐安江、信江，下经鄱阳湖通江达海，帆樯云集如林。浮梁瓷器由此中转，南北杂货经此趸发。百货归墟，商贸兴旺。

河街三孔石桥，横跨新桥进出水道渠沟。桥面麻石被车轮碾轧出的凹痕，清晰可辨。桥下游鱼，逆流冲水而上。施家巷一排吊脚楼，基脚伸进水道渠沟中。水流楼下，旋涡回转，凭栏俯观，别有风情。新桥酒望飘扬其上，掀帘远眺，东湖美景，尽呈眼前。

二人挨挨挤挤，来到了新桥油行前，见多人挤在柜台边，不住声地在叫好。二人挤到前面，只见一名伙计手持油斗，从大缸中舀起油来，高高提起，突地一倾，油伴清香，成型一线，不歪不斜，笔直地倒进了油瓶之中，又快又准，不外溅一滴。

鸿翥看得甚是惊奇：油瓶口只有铜钱孔大小，一次两次还可说是碰巧，瓶瓶如此那就是技巧了。思忖至此，脑海中似有火花一迸，立即觉悟到这就是先生常说的“自然”了。里面肯定就寓有着必然和规律。于是待到买油的众人离去之后，上前向着这名伙计拱手揖礼道：“师傅请了！”伙计抬头一看，见是一位后生小倌对自己这么有礼，心中顿生好感，忙道：“不敢！请问有啥事相询？”鸿翥道：“岂敢相询！在下是有事请教啊！刚才见师傅倒油入瓶，那么小的瓶口，不置放漏斗，又快又准，还不外洒一滴，真是了不起的绝技啊！在下看后，大开眼界，十分佩服。这才不揣冒昧地请教师傅是如何做到的？”

一技在身，得人赞赏，伙计听了很是高兴，十分乐意地告诉鸿翥道：“实不相瞒，我家三代都在这油行帮工。能得到东家这样信任，待如亲人，除了忠诚、勤快外，就是这手倒油功夫。嘿嘿！说句笑话吧，买油的顾主就是冲着要看我倒油而来的。别人只是好奇当戏法，而小倌却识得是绝活，说明小倌对我的手艺看得起！实话对你说吧，我既是家传，也是从小练就的。每天我目注瓶口，专心致志，心不旁骛。时长日久，铜钱孔大的瓶口，在我眼中有如碗口之大。再加上我神定气凝，手法快捷，不就功到事成嘛！”

“谢谢师傅指教！不过在下还有一问相求，那就是倒油之时，突然风起相冲呢？”“小倌仂啊！风起无突然，‘突然’在心中。我临街舀油装瓶，何止有风动？可我早已算计在心中。练在恒心，变在机心，这就是秘诀呢！不是有滴水穿石一说吗，滴水何穿石？久滴石方穿哪。在下雨时，你以手指接檐间水滴，试试即知啊！”一言醒鸿翥，可谓是掀开帘子见大千，久久未悟之题，豁然而通。鸿翥诚恳敬服地连连向伙计致礼：“多谢师傅指教！七十二行，行行出状元，师傅就是此行状元了啊！”

鸿翥遵照油行伙计所教，日悬铜钱于柳梢，夜置燃香于案桌，身站百步之外，张弓凝注，日夜苦练。直练到悬钱在他眼中大如米筛，燃香火头有如钵碗。目标如此明确，张弓发箭，得心应手，箭至钱落，炬随矢灭。

真是一通百通，鸿翥在师父的“三箭连珠”射技基础上，又练出了失传已久的“梅花五点一心开”。他还从风动枝叶惊鸟飞中，掌握了风雨相从，相从动静的规律，达到了箭随弓发，弓随心定，箭长多少，弓张大小，箭矢、靶的同在自然行，心中早有度量衡，恒心融机心的高境界，练出了“投怀送抱终不悔”、“箭候惊鸟先，前途必相会”的绝技。

第五回 弓开梅花郎妹心 枪留义诚青石坡

清光绪戊子年，饶州府鄱阳县乡试文武科考正在热烈地进行。

阳光朗朗，蹄声嘚嘚。咚！终！咚！三通鼓催。武生张鸿翥，绕场急驰马，托弓扣箭，背向靶台。疾进中，突地返转身躯，随着弓弦弹响，已是五箭连发。靶台红旗挥，监靶衙吏呈靶上验，一孔而过，名为“伤心一点中”。骑射五箭，均中靶心，状呈梅花，乃为绝射“梅花五点一心开”。“验讫！”“好！”报禀声停，全场爆彩，声震武场内外。

府治演武场监考台上，护兵雁翅般排列。“回避”、“肃静”虎头牌置立台畔。府台大人居中就座，参将相随。四乡八圩的考试武生，恭立台前，听候记录考绩的府县师爷唱名宣点。

“报：饶州府鄱阳县凰岗乡武生徐光斗，步射三箭三中。骑射五箭五中，落点略偏……”

考试在继续，红旗频举，验报声、喝彩声不停。

日已西斜，红霞烧天。步射、骑射考毕，府台大人端起茶盅，向参将略语数言，令其知会师爷。于是师爷走临台前高声宣布：“明日按时例考，各乡武生遵照勿误。府台大人有令，传东湖里村武生张鸿翥进见！”张鸿翥听传疾步上台，躬腰拱揖禀报道：“武生张鸿翥，拜见诸位大人。”

“免礼！”府台大人见该武生浓眉大眼，神采奕奕，体格魁伟，岳峙亭立，却斯斯文文毫无粗野之态，心中甚喜。即详细地询问其家族履历，师承何人，有何绝艺等等。张鸿翥一一禀告。府台听后，很是赞赏地鼓励道："年轻有为，很好！很好！下面认真考去，莫负朝廷取士所望。""武生明白！谢谢大人关照。""去吧！晚上好生休息，以迎明日之考。""是！谢大人。"鸿翥再揖，退下监考台。

众师兄弟互相簇拥着，一同回到村里，各自打起精神，以迎翌日考试。

晨风爽人，今天又是一个好天气。观考人众，小商小贩，络绎于道，交谈着昨日的考况，预测着今天胜负，拥向演武场。

竞技场上，摆放着石担、石锁、石磙、石磨。重量不等，武生可自选，以举石重量、成功与否定胜负。

凰岗武生徐光斗，双手握住重达一百二十斤的石担，弓腰、蹲身、吸气、凝力。"嘿!"猛地大叫一声，石担提举过顶。"好!"喝彩声鹊起。徐光斗双臂举石担，稳步前迈，迅即绕场三圈，将石担轻轻放回原处，面不改色，气不粗喘，揖礼回列。

张鸿翥听点躬身施礼后，步入场中，略略整理衣襟，把头一甩，将长辫缠围颈项，从从容容，双手各提八十斤重的石锁，平挺而上，直举过顶，不疾不急，绕场三匝。他返回原处，略一收臂，又振臂上挺。众人高呼："好！真是太……"后边"好了"二字还没呼喊出唇，就见石锁双双脱手上冲，迅即往下坠落。

众人都被这一突变惊得音滞鲠喉，场上顿时静寂得针落可闻。此时只见张鸿翥右腿后撤半步，目注石锁，双手疾抓，已将石锁把孔牢牢握住。他双手顺势往胸前一伸、手心向上一翻，垂直平托，再绕场三周。直到这时，观试人众才缓过气来回过神，"好了"二字暴喊而出。台上台下，一片掌声。

武技竞试更是精彩。张鸿翥考试的伏虎拳、龙形剑，沉稳灵捷，大显猛虎之威、游龙之矫。接着一套岳拳散打，凝重沉稳，进退有方，更是切合临战实用。只见他纵骑挥大刀，刀重九十八斤，那杨家刀法一百零八招，招沉势猛，攻防如意。张鸿翥以其精湛的武艺，博得阵阵如同雷鸣般的喝彩声，声震当场。

"鸿翥哥！快坐下来歇一歇。"散考回到家中，怡英急忙上前接过他手中衣物，端来座椅，又递上泡好的酽茶和热热的毛巾，一会儿"鸿翥哥！

快喝口茶解解渴。”一会儿“鸿翥哥，快坐下来歇歇，擦擦汗。”师兄宗武“扑哧”笑出声来，“未过门的好弟媳妇啊！你这是让你的鸿翥哥哥歇呢，还是不让你的鸿翥哥哥歇呀。”怡英脸上一热布满红云，嗔道：“就是你的事多！”说着，双掌捂着脸，羞得急忙退躲人后，引得众人哄堂大笑。

黄怡英家住下东湖北岸黄家洲村。张家与黄家两家世交，往来密切。鸿翥同怡英两人自幼在婆婆墩山脚下一起放牛割草，一起嬉玩，青梅竹马，亲如兄妹。怡英待年至及笄就由父母做主，媒人上前，把两人的婚事定了下来。下过聘礼后，却因鸿翥专心习练武功，完婚之期也就一拖再拖地拖到至今。

暮霭渐收，炊烟淡去，玉兔东起，鸿翥划船送怡英回家。舟桨起微波，扰散水中月。习习清风，熏人欲醉。荷花绽放，幽香袭衣。怡英斜坐船头上，不时以手撩水，翻摘菱角，剥壳留实，放置手帕中。二人你望望我，我望望你，情意款款心有灵犀却无语。

船近百花洲，花香更浓。怡英轻声问道：“累了吧？停下来歇歇吧！”此时，湖水共月华一色，岸畔丛中蛙唱欢。怡英将剥好的菱角抛入鸿翥怀中：“吃吧！好甜哩。”“嗯，好嫩，甜丝丝的。”

鸿翥边吃边说道“这里是我们东湖十景之一，景名叫‘洲上百花’呢。”“这名字真美，那又为什么叫百花洲呢？”“听汤老秀才讲哪，那是在元朝快要灭亡之时，明朝刚刚建立之初，浙江有一位名叫陆景明的种花能人来到这里，见上下东湖，水山秀美，田园叠翠，金鲤翔跃，玉鲫浮游，农歌牧唱悠悦，鸟鸣蝉声相续，情系花匠心，深爱不舍离去，就在此处租地辟园种花，花开四季如锦，于是此处也就被大家称为百花洲了。”

“鸿翥哥，你真行，什么都晓得。我来这里多回，只知看看花开，闻闻花香，还真不晓得有这么美丽的故事呢。鸿翥哥，你看我有多笨喽。”鸿翥忙道：“不，你不笨，在我心里你不但不笨，还是世上最能干最好的人呢。”“真的？”怡英歪着头，心里美滋滋地笑道，“你不是哄我吧。”“哄你干什么，我就是这样想的。为了让我专心练武艺，一直耽误着你，心中真的是觉得对不住你啊。”“鸿翥哥，我可不怪你啊，真的。你只要把武艺练好，我等着你，不管等到何时。”

怡英说着，心里就像口嚼嫩菱角一般甜，笑意盈盈的凤眼，望着淳厚的鸿翥直笑。

府衙放榜，宗武在前面边看边喊：“师弟！师弟！快来看哪，我们都中了，都中了啊。”直高兴得手舞足蹈。

榜上有名的凰岗乡武举走上前来，向张鸿翥拱手礼揖：“张兄，光斗心仰了！”“岂敢，岂敢！”鸿翥还礼不迭。“此次比武，幸得相会。张兄若不嫌冒昧，敢请一叙。”“结识徐兄，三生有幸。承蒙错爱，弟当相随。”宗武性急不耐道：“走，走吧，既是意气相投，就别文绉绉了！我们这就去浮舟寺一坐如何？”众人皆称好，遂相偕出城东门，往柴家巷行去。

穿过西堤柳荫，鸿翥、光斗、宗武等六人经浮舟寺前东南单孔石拱桥径登伴鸥亭中，围石桌而坐。

亭临水而建，深处湖心。浮舟寺庙，庄严肃穆，古树参天，鸥声欢鸣，翔舞湖面，不惊于人。微波不兴，湖平如镜，永福寺塔影倒映在水中，四岸美景尽收眼底。

光斗远眺近观，如痴如醉地感叹道：“东湖如此秀丽，让人有置身于画卷之感，真是名不虚致啊！”鸿翥笑道：“东湖啊！她不仅秀美，却也雄威凛凛。莫看此时风平浪静温柔如处子，一旦风浪骤起，那气势就是万马腾驰，千军疾发。”

光斗听了鸿翥此言后，竟生向往之心而言道：“如此浩浩荡荡，那可真是太壮观了！”

“徐兄请想一想，这数千亩湖面，最深处达二丈有余，大风催动，后浪追前浪，岂有不浩浩荡荡的道理？”鸿翥接着说道，“秦时鄱县县令吴芮，就曾令部将梅鋗在湖中操练水军，也就在此处以巨木夯土搭建督军台，演习围追攻拒、远矢近矛、诸种水战之法，鼓角杀伐之声响彻湖天。想想当时的情景，何止是壮观，更是激人心魄了！来年徐兄有暇，请在三月来东湖一玩，那时小弟陪兄前往领略涛激磨子桥，那风浪磨砺人的体魄和意志的酣畅，体会体会那携风挟浪龙出雄关的威力，再神思那督军台前旌旗舞，劈开惊涛战舟还的威武和悲壮，那可真是让人胆气冲天哪。”

光斗听了连连说道：“壮哉！壮哉！当睹为快。我们击掌为约，明年定然如期而来。”众人大悦，连称：“爽快！爽快！”

这时，宗武已从新桥酒家叫来酒肴，置放在石桌上。武人豪放，也就毫不谦让，边谈边酌起来。

光斗道：“比武会试，张兄身手不凡，刀法严谨圆浑，击之有力，守之有方。尤其是那连珠箭法和‘梅花五点一心开’，稳、准、疾，真是天下一绝啊！”“徐兄如此推崇，实是令弟汗颜。恩师和先生经常训导‘天下武无第一’，小弟岂敢当天下一绝？西人火器较我之弓箭、矛、刀更为犀利。因此应敌之时，散打拼刺胜负各半。阵战群拒，我则弱矣！这就是艺精不如业精哪！”

宗武道：“两军相逢勇者胜。武器好，也要人用。艺高人胆大，绝处可逢生。”鸿翥叹道：“师兄此言虽是有理，可要练成绝艺却是不易啊！内练丹田一口气，外练腰腿筋骨力。敢打能打还要能挨打，这其中多少甜酸苦辣血和汗，你我兄弟身受心知。今日侥幸登武举黄榜，不知耗费了师父、先生的多少心血和心力，唉！场内考武生，场外考师尊哪！我武艺有如此进步，说句心里话，除了师父教导之功外，就连新桥油行的卖油郎和东湖的惊涛骇浪也给了我不少助益呢。”

光斗心有同感，拱手问道：“请教尊师高姓大名？”

鸿翥还礼答道：“桂湖戴天明。”

“哦！尊师就是江湖人称‘花枪戴’戴天明老英雄哇！”光斗从座位上站了起来，连连拱手道：“久仰！久仰！难怪张兄艺精不同凡响，原来是得名师所授。我师父对尊师的‘花开胸前，三箭追命’的绝招是赞不绝口，常以无缘相会为人生一憾呢。”

鸿翥耳听光斗对自己恩师的如此敬赞很是高兴，端起酒杯一饮而尽，口里答说着：“谢谢贵师的称赞，师恩深重，也是我辈的幸遇和幸运哪！”他在为自己能得名师器重和偏爱感到庆幸的同时，更对师父充满了敬重，不禁由衷地感叹道：“若不是光斗兄提起，我们还真不知道师父原来还有如此之多的传奇故事呢。还请徐兄将贵师讲的也讲给我们听听。”

随着光斗的讲述，鸿翥的脑海里也随着浮现出师父当年保镖生涯的艰辛历程……

夜色已深，马蹄声疾。村落掩在黑暗中，除了远处传来的狗吠声外，寂静得令人心悸。刘迁驰至村前才缓下速来，刚要纵身下马，已从大槐树下闪出两条人影。其中一人伸手拉住缰绳轻声问道：“兄弟，路上情形如何？镖车已到了哪里？”刘迁翻身下马，用衣袖揩了揩汗：“见过老大再说。”

茅草苫顶、泥坯砌墙的屋厅中，烟雾呛人。十余人挤坐一起，边抽着旱烟，边你一言我一语地议论着："唉！老天就是不下一滴雨，田地都旱得开了口子。这样下去，怎么得了啊！""人都讨饭逃荒，无家可归。官府还在催款抓人，非要赔洋人的钱，这不是在逼命吗？"

这时那端坐在上首的俊秀汉子，气冲冲地一拳砸在桌上，骂道："这些赃官……"话未说完见刘迁三人进来，就起身问道："前面情况探清了没有？""探清楚了！这趟镖银是江西各界募捐的赈灾银，分九辆箱车装运。""何人押银？""信诚镖局的戴镖头。镖师和车夫共十四人，到此地还有一天的路程呢。"

"老大，你说怎么办？""怎么办？大人小孩要吃饭！劫下再说。明天在三十里外的青石坡动手，左林右山，地形有利。刘迁、高云跟随镖队，其余人等随我行动。"人员安排后，又商量了动手时和得手后的镖银运藏诸般细节。众人振奋，摩拳擦掌，各自准备。

同治末年，朝政更是颓败。天灾异变，外患愈烈，割地辱国，赔款伤民。灾区百姓流离失所，外出逃荒求食。强悍之徒，结伙啸聚，拦道邀劫，道路不靖。

热得吱呀吱呀的镖车上插着黄色小旗，上书：江西义赈。镖头戴天明行走江湖多年，历练得谨慎稳重，不轻易蹈险，每逢通邑大道，就日夜兼程，遇险峻地处，则晓行夜宿，一路行来，颇是劳顿辛苦。进入灾区后，只见村庄凋敝难见炊烟，行人稀少，触目荒凉。白花花的烈日令人窒息，田野里寸草不生，树木也被剥摘得皮叶无存。偶尔看见一只野犬，也是瘦骨嶙峋，耷拉着耳朵，伸吞着舌头，听到声响就往偏僻处避去，惊吓得不敢回顾。

戴天明对宗一勇、江雄四位镖师叮嘱道："久灾之下，必有强人。前途灾情越见严重，大家当多加小心在意。"正谈着，就听后边马蹄声起，二人二马沿着镖队两旁擦身而过。不久，又是四人四马，迎面朝着镖队来路方向驰去。天明心中暗道那活儿来了！当即交代："前边有险情，大家做好准备。"众人心中亦是明白，各自振作精神，鼓勇而进。

按路引所示，再行十多里路，就过了险地青石坡。戴天明一边思考着对策，一边催促众人快行。

噹！噹！噹！锣声骤响。"快快停下，都别乱动！"一名俊秀汉子骑在马上，领着三十余人在镖队前一字排开，挡在了道路正中。后边蹄声又起，原先驰去的四人四马也兜了回来。刘迁高声叫道："老大！前边十里之外已无路人。动手吧！"

镖队已然停下。车夫们多年随镖，遇到紧急情况时，早有俗成章程。迅即将镖车圈在一块，不惊不乍，双手抱头蹲在车把手处。单刀宗一勇和江雄各带一名镖师，紧握兵刃，站好方位，护住镖车。

戴天明催马上前，拱手礼揖："老大请了！在下戴天明押镖路经贵宝地，未先程拜会，多有失礼！在此赔罪了。兄弟们相阻，不知有何见教，敬请明示。"

那位俊秀汉子在马上也双手一拱道："明人不做暗事，我就是高老大。闻听有镖货过此，弟兄们就讨饭来了。留下镖银，尔等自行离去，决不留难。"

戴天明将枪横放在鞍前，再三礼揖请求："镖银是我省捐济贵地的义赈，已定好送交地点。敝镖局也是本着为灾区有钱出钱，有力出力的宗旨，义镖义保，不收分文镖酬。此事尚请高老大见谅，借路一行。我们也必有一份人情相赠，不使弟兄们空辛苦。""既是赈灾捐银，就请交给我们。戴师傅也就不必跋涉劳累，由我们代劳好了。""岂敢麻烦诸位。戴某职责攸关，这就谢了！请放路一行。""戴师傅执意如此，我们就只好得罪，自己动手取了。动手！"

高老大把手一挥，同时又大声吩咐道，"别伤了车夫！除万不得已，不可伤害镖师性命！"就是这句话，高老大险死还生，正应了那句"不管什么时候，只要人存一线善心，当有逢凶化吉报应"的老话。

高老大手执镔铁双锏放马冲来，戴天明挥长枪相迎。"当"的一声，枪锏相碰，两马错身而过。盘过马来，马头对马头，再次冲刺而上。就在此时，高老大猛然发现大如碗口、灿若烈火般的一朵大红花，在自己胸前炸开，惊慌中，忙将身躯后仰，右手锏急行下砸。

戴天明轻抖长枪，顺势一挑。高老大虎口发热，右手锏即脱出右手望空飞去，双马又错身而过。

急忙中，高老大左锏交右手，勒转马首正要往前冲刺之时，耳听弓弦声响起，只见戴天明稳坐雕鞍返身发箭，疾矢"嗖"的一声直向自己左肩窝奔来。他忙身往右倾，箭穿衣袖而过，还没有来得及恢复坐姿，甚至连弦声都没有听清，第二箭还是紧紧盯住左肩窝不放，他只好继续往右倾去，躲闪虽然快捷，可是左胳膊仍是留下了一道血槽，左足也脱出了马蹬，同时猛听得坐下马一声悲嘶，马前右腿已对穿一箭，有如人立般地直立而起，人、马立被掀翻在地，手中铁锏脱手往后抛飞。

戴天明驰马奔来，长枪朝仰翻在地的高老大胸口点去。“哎哟！”一声惊叫起，血光迸现。激斗双方的叫喊声，兵器撞击声，顿时静寂了下来。好一会儿，惊愕的众人才清醒过来。原来是同宗一勇格斗的高云，见飞锏往自己头上砸来，忙侧身让过，刚好瞧见高老大落马，长枪径往其胸口刺去，大惊之下，不及避让宗一勇的单刀疾砍，左腿正中一刀，痛得汗出如豆滴，忍不住呼叫出声。

高老大置身枪尖之下脸色如土，好一会才惊魂稍定，“嘿嘿”一笑道：“你以为镖银送到官府，灾民就能得到吗？下手吧！”戴天明长叹一声：“内忧外患，百姓苦难哪！”想想，就收回长枪：“你起来走吧！”刘迁听了，抛下手中刀，急步上前扶起高老大，疑惑地问道：“戴师傅，你刚才所言当真？”戴天明挥挥手说：“走吧！你们都走吧！”

高老大在刘迁的搀扶下低首无语，高云也在同伙的背负下尾随其后默默离去。

望着渐渐远去的沉重身影，戴天明对宗一勇耳语了数句。宗一勇拔步就追了上去，大声地喊着：“停下，停下！请众位留步。”高老大等人闻听，转过身来满脸惶惑。

“请诸位不要误会！”宗一勇喘息着说道，“戴师傅对各位的境遇，深感同情，却又爱莫能助，请老大体谅。现赠上白银百两和上好的刀伤药数包，给被误伤的弟兄们疗治疗治。望勿见少！”高老大热泪夺眶而出，拱拱手道：“戴师傅箭枪留义，在下深铭在心。金砖不厚，泥瓦不薄，大义不言谢，他日相逢，必当涌泉相报。”

其实，高老大如不是在劫镖之初的一言之善，那一枪“花开胸前”和“三箭追命”，他是一样也逃不过去的。高老大也是尚武之人，照面三个回合即落马待死，心中很是明白，所以败得心服口服而退。

第六回 乡试中举定良缘 系虎桥头伏怒牛

天道酬勤，皇天不负有心人！张鸿翥终于在乡试三场竞技中，夺得武举归。

报捷锣声，由远而近。二名府县衙吏在城里一伙帮闲人等的簇拥下来到张家门前，锣敲三响，大声报道："恭贺饶州府鄱阳县东湖里村张老爷讳鸿翥，高中光绪戊子科第四名武举人！"随来的帮闲们高喊着："快快鸣放鞭炮接喜报！请举人张老爷发赏哪！"一片喧闹。

鸿翥之父永春，从来没有见过这等场面，一时惊呆，不知所措。亏得志鸿先生知此习例，一边叫人去买鞭炮，一边请府县衙吏进屋坐定，奉茶。不一会鞭炮声起，邻居们齐向永春道喜。先生掏出小银锭，赏给了衙吏，又摸出了数两碎银请衙吏代为赏给随来的帮闲们。他送报喜衙吏出门后，返回身来，又指挥众人将红底金字报帖置放在堂中案桌上，点起香烛以庆贺。鸿翥遵先生指教，拜谢了祖先和师、父。全家沉浸在一片喜气中。

第二天上午，鸿翥、宗武手捧志鸿先生备好的门生帖子，前往府县拜见府台和县令大人。府台和县令勉励他们多求进取，为梓里争光，为国出力等等。二人诺诺领教，拜揖而别。

寂静的东湖里热闹起来了，鞭炮声声，响彻全村。再拮据也不能怠慢了乡亲们的盛情，永春筹办酒宴要与大家同喜。本家子弟，劈柴挑水，各负所司，正灶前灶后忙得不可开交之时，鸿翥房中突然传出“嗵”的巨响和“哎哟”痛呼及乒乒乓乓重物倒地之声。众人惊闻，立即涌向房里。原来是鸿翥二堂弟长善，趁大家忙碌之际溜入房中，取弓欲上弦，终因气力不继，硬弓脱手飞出，撞在墙上后，又反弹回来，正好砸在他额顶上，血流满面，痛昏倒地。

永春急得连叫：“这怎么得了？这怎么得了啊！”此时，鸿翥已从武馆将师父、师兄弟们请到了家中。天明师傅立即说道：“不要慌！把人先抬到竹床上去，打盆清水来。”说着，他将其头上创口洗揩干净，敷上刀伤药，待包扎好后，血也止住了。过了一会儿，长善慢慢醒了过来，用手摸摸疼痛的头部，望望围在床边的众人翻身坐了起来，趁师傅劝慰父亲之机，对着大家吐了吐舌头，一溜烟似的溜到厨房去了。

“不错！东湖里的风水确实是好。”汤家老秀才接过蒋家长兴递来的烟筒长吸了一口，一番喷云吐雾后，又接着说道，“光绪初年吧！那天大清早我出门捡粪，在永春家门前，看见一位过路的道长，盯着这房子左比看，右打量。我觉得很奇怪，就上前请问他在看些什么。你们知道那道长怎么说的吧？”他望望众人，见大家都在急等着他讲下去，才又悠悠地讲道：“那道长对我说啊！这家要出文武二状元。说这屋正好建在子午线上，早上日出，一束阳光正照厅堂中央，是紫气东来迎阳至。当玉兔东起，同样是一束月霞直映厅堂中，是月霞帔坤映桂明，此村要出将爷诰命了。乖乖！承天地浩气，养日月精华，三代福荫，可贺可叹哪！”

蒋家长兴忙问道：“那牛鼻子既说可贺又说可叹，弄什么玄虚啊？”“唉！我也是这样问他的，可他只说了一句‘世事变化，天机不可泄啊！’拔步就走了。”

“子不语神怪力，道长之言暂且不谈。就说鸿翥这后生吧！从小到大，懂事勤奋，禀性忠厚，做事稳重。松关解纷，有理有节，弭祸于无形。仅此一端，其能萌焉。虚心好学，求进明理，既得名师教授，又得侠儒修养。此子早晚必成大器矣！”汤家老秀才摇头晃脑缓缓而讲：“天明、志鸿二师功不可没也！”

“承赞！承赞！”天明抱拳致谢，抬头未见志鸿，忙问道，“先生怎么还没有来呢？”“鸿翥已经去请了！”永春正和姻亲黄立勤在谈论儿女之事，闻言即答道，“那我就再去催一催吧！”

荐福寺千佛阁里，志鸿正和普明长老谈论着近年来夷人侮我华夏气焰嚣张之事。越南先失，朝鲜又危，南北屏藩尽失。朝廷不思振作，却对智识之士的图新之举横加压制，长此以往，国家危殆。先生谈得悲愤填膺，嗟叹不已。长老连呼“善哉！善哉”。侧听在旁的鸿翥，联想到自家之窘迫，压抑之感也不觉油然而生。

志鸿先生见永春到来，忙起身相迎。永春坚请禅师同往，普明长老连连稽首道：“老僧方外之人，就不去打扰了。阿弥陀佛！善哉！善哉！先生启驾吧，莫劳施主久候了!”

酒过三巡，汤家老秀才从邻桌过来，举杯请永春、立勤同饮。先贺鸿翥高中举人，再又提议二老为鸿翥、怡英早完婚。永春、立勤二老满饮盏中酒，高兴地表态道：“八月十五中秋节，到时准办!”

宗武用手捅捅鸿翥，闹得鸿翥满脸通红憨憨地笑，嘴上虽是不语，心里却是十分高兴，不禁想道：“这会儿，怡英在干什么呢?”

这会儿，怡英正独坐窗前，千行万针织情爱，飞针走线纳腰带，思忖郎身走天下，牵系妹心时时在呢。她神情专注，眼不旁视，心动伴随针线行，绣出荷花鸳鸯情，甜甜的微笑盛漾在脸庞酒窝中。

老爹带回来的喜讯，令全家高兴，怡英躲在房里偷偷地乐。花季少女的心中，装的就是恋人。鸿翥憨厚的形象，时刻映现在她的脑海里。两小无猜的兄妹之好，却在一次险死还生的刹那，织进了生死与共的异样情结。

那是一个酷热的下午，火辣辣的太阳孤悬天空。人藏树下草蔫蔫，牛滚泥坑嫌水浅。鸟踪飞不见，蝉噪叹凄凉。空气沉闷，令人窒息。

一丝凉风袭来，酷热下的人们，顿觉精神一爽。紧接着风力骤增，那令人听了愈加烦躁的蝉声停了，伴之而来的是农人们的“咿嗬嗬”的吆喝声，助风推雨。原本还是万里无云，此刻已是云驰电掣雷声隆，暴风雨劈头盖脸倾盆狂泻。野放在草地上的牛，惊得散了群，四处乱窜。

鸿翥刚把大水牯系在大树干上，就听得风雨中传来“怡英掉入东湖了，快来救人哪”的呼叫声，于是他不顾一切地从高家山上直扑湖畔。

暴风骤雨中，怡英急急地紧追着惊牛。她刚刚拉住牛索，一道灼眼的闪电有如火球似的掠过，霹雳陡地炸响。黄牛惊吓得俯下头，四蹄一挣，发狂般的直往前蹿。岸陡地滑，黄牛一蹿就蹿入了东湖深水处。死死拉住牛索不放的怡英，随牛跌进了湖中又被风浪推到了湖中心。

风狂雨骤浪正猛，怡英在湖浪里挣扎浮沉，黑发飘散在水面上，情况十分危急，生死命悬一线。

急急赶来的鸿翥箭步飞纵入水，一个“猛子”直往怡英身沉处潜进，奋力向怡英靠拢，一伸手就抓住了怡英衣襟，双手托住复挟在腋下迅捷地冲出了水面，然后翻转身躯，半侧半卧地冲开层层波涛游到了岸边。在众人的帮助下两人被拉到了岸上，又惊又吓被湖水灌晕了头的怡英，经鸿翥控水、拍击背部施救后，终于“嘘”地开声缓过气来。

东湖的暴风雨就是这样的奇特，说来就来，说收就收。这时风过雨止，那七彩斑斓的彩虹若如弧形拱桥架在东天，很是绚丽。怡英坐在鸿翥的左腿上，头偎靠在鸿翥结实有力的右肩膀，惊魂稍定也不顾人们的围观，突然搂住鸿翥脖颈，叫了一声“鸿翥哥”就放声大哭了起来……

怡英思着想着，摸摸滚烫发热的脸颊，情不自禁“嘤”的一声笑出声来。“呸！死丫头，一个人坐在房里都笑得起来，我看你是不是撞了邪了！”怡英的母亲正好经过窗前听得笑声，她探头一望，就看见女儿手中那条织得十分精致的腰带，当然明了女儿此时的笑意和心思，于是就故意如此这般地调侃啐笑着说道。“姆妈！”怡英脸染胭脂色，双睛斜睃，嘴唇一翘娇羞地嗔道“你也笑我呀！”“死丫头，姆妈是在替你高兴哪！”

男大当婚，女大望嫁。女儿的心思做娘的最清楚，老头子从东湖里带回来的喜讯，不仅是怡英的大喜事，而且也了了做娘的一桩牵心事。现今女婿中了乡武举有了功名，人前人后做丈母娘的都跟着体面风光，难怪她一想起这场婚事来，心里也同女儿一样像口中含着蜜，心里甜滋滋。

端午节快到了，按照饶州府鄱阳县城近郊的俗成仪礼，鸿翥在师兄宗武的陪同下，前往怡英家里送追节、“起媒”下书礼金和礼品。

宗武挑着满盛着两家先前约定认亲分送亲眷友好、以葱酥饼为主的各色果点和对藕、面条、酒、肉、鸡、鱼的礼盒春箱在前，鸿翥跟在他的后边，二人大清早动身，经支家嘴，过高家洼，穿婆婆墩，沿着朱元璋、陈友谅大战过的风雨山西南侧的田埂小道，一路往黄家洲村行去。

“我这个师兄当得好哇！师弟讨老婆，师兄成挑夫，你说冤不冤?”宗武抹着满头大汗嬉笑着说道："嘿！你打算怎么谢我。"鸿翥道："嗯！怎么谢你吧？到时多敬你三杯酒就是了。""这还差不多。""差得远呢！我现在就撕破你的嘴，到时看你怎么喝！馋死你这个酒鬼。""好哇！你就是这样恩将仇报哇。你等着，到闹洞房的时候，看我怎么整你吧。"

人逢喜事精神爽，二人说说笑笑，轮流替换挑着礼品担子，不知不觉地就到了黄家洲村。

喜鹊枝头叫，家中喜事到。就连那长长的鞭炮也高高兴兴、格外卖劲、又跳又唱地凑起了热闹。黄立勤老汉在清脆的鞭炮声中，从屋里迎了出来，接过宗武肩上的礼担，一迭声地请二人进到屋里中厅上，分主宾坐下。笑逐颜开的准丈母娘，端上了香溢厅堂的小磨芝麻油茶，一个劲地招呼鸿翥、宗武品尝。立勤老汉又请来了本家长老叔伯相陪，于是理所当然地又是一番礼敬寒暄。

宴散品茶歇息之时，怡英从厅堂侧门探出头来，见除了宗武在座外别无他人，就悄悄地向鸿翥招手示意，偏偏又让宗武瞧见，宗武忍俊不禁"扑哧"一笑，羞得怡英急忙缩了回去。宗武用手推推鸿翥笑道"弟夫人相招，必有好事。你就快去吧，不然又要把我夹在中间做嫌人了。"鸿翥讪笑道"你呀你！什么时候才能改得了你这张嘴。"边说边站起身来，往厅堂后走去。

怡英迎上来，把那条纳好了的长腰带递到鸿翥手中，深情地说道："这是给你练功扎腰用的，快试试合不合适。"

鸿翥捧着这千针万线纳得平平整整、上绣鸳鸯戏水并蒂荷花的腰带，感动地说道："纳得这么熨帖，真的是费了你不少心血，这叫我怎么……"

"你心里知道了就好，快试试看。"怡英满脸羞红地阻住鸿翥的话，亲自将腰带帮鸿翥紧紧地系在了腰上。

鸿翥用手一拍腰际道："好！有了这条腰带系在身，今后我无论走到哪里，都会心雄胆壮腰杆硬。怡英！这太难为你了。"

"我不要你说什么难为，只要你喜欢称心就好了。"怡英一语双关，小手被握在鸿翥的大手里，头垂鸿翥胸脯上，充满着深情，而又几乎是耳语般地说道，"我就是要系住你的心……"

六月骄阳似火灼，饶河南岸田地里，农家正忙着抢种抢收。永春家也不例外，何况随着鸿翥婚期的临近，更是指望着这季收成办喜事，因此全家不敢稍误农时，起早贪黑齐心上力忙在田地里。

“喔，喔！别头，别头！”鸿翥扶犁耕地到田头，一手提犁起铧，一手扯动着牛绳导牛转向，然后斜提犁柄，犁头深入土层，随着一声吆喝“嘿”，水牯牛不用鞭催，就埋头拱肩蹬腿使力地向前拉去。黑油油的沃土随着犁铧翻转，在阳光下散发着清新的泥香。一沟沟、一垄垄，犁耕得又深又直，不偏一沟，不漏一行。

老农们看后称赞道：“鸿翥啊！你田里的活干得平整哪！看都是好看的。”此时，鸿翥总是拍拍牛背笑着答道：“还是我这水牯牛得力啊！拉犁稳、不蹿不颠的，力气大、听使唤着呢！”“是啊！你家大水牯，确是经管得好哇！用起来要顶人家两条牛呢。”水牯牛好像知道在夸它，昂起头来，舌头在嘴唇两边一舔，“哞呜哞呜”地甩起尾巴欢叫起来。

水牯牛膘肥腿壮，浑身毛色有如缎子般的光泽。还是小牛犊子时，就是鸿翥放养。渴了，鸿翥牵到溪头饮清泉；饥了，鸿翥伴着野外拣嫩草；脏了，鸿翥湖边帮它勤擦洗；兴起时，双双湖中共游嬉。长期相伴，人、牛还真是挺有情义，只要鸿翥一声“嘿”，牛放步就行，喊声“喔”，牛止蹄就停。大水牯跟随在鸿翥身旁服帖温驯，从不撅蹄子撒野。

有一次野外放青时，鸿翥兴起在水牯背上玩起了大“竖花”，当他纵身向空中翻转身时，却失手跌下了牛背，扭伤了脚脖子。脚脖子立时肿胀起来，痛得他吸气咧齿，无法站立。四周又无人，求助也无法，在此为难之际，水牯牛却偎到他的身旁，屈腿卧了下来。鸿翥感动地拍拍它的头，咬牙忍痛、挣扎着骑上了它的背上。待主人坐稳后，大水牯才慢慢地站立起来，平平安安地回到了家里。

知道此事的人，没有一个人不说这条水牯牛是通了灵性的忠牛呢。可就是这条通了灵性的大水牯，今天却险些在系虎桥头上，闯出了一起连鸿翥想都不会想到的祸事来。

火烧云把西天烧得一片通红，农人们要赶渡船过饶河，强撑着疲惫的身子，匆匆卸牛收镰，把谷子一担一担地挑上渡船。人们坐在船头上，手拉着牛缰绳，牵着牛群随在船侧浮水而渡。农人劳累无语，只听桨声咿呀，虽然未听牧笛悠悠舒心喜乐奏，倒也算是晚霞彤彤映得耕牛归。

系虎桥畔，鸿翥放下扛在肩上的犁耙，顺手将大水牯系在大柳树上，又快步赶往河边帮堂兄弟长善、长林一同挑谷上岸。三人刚近系虎桥时，就见自家的大水牯低首挺角，狂猛地冲向站在桥上的人群。突如其来的危险，顿时将桥上的大人、小孩惊得躲闪失措，吓得放声大叫不知如何是好。眼看一起伤人祸事就要惨发当场。

说时迟，那时快，急忙抛下谷担的张鸿翥，“噌”地一个猛虎下山赶在了牛的前面，右手倏伸抓住了牛的右角，稳住脚步，一招虎踞高岗，左手虎口拔牙，双指拘住了牛鼻孔，接着右手贯力往左翻扳，左手扣牢牛鼻向上方扭转，脚绊牛前双腿。大水牯颈脖被歪扭得疼痛难忍，“哞”的一声悲吼倒翻在桥上，四蹄望空一个劲地乱蹬。鸿翥使力用腿压住牛的脖子，呼叫长善提来冷水，只管往牛头上泼去。好一会儿，大水牯在鸿翥强力压制下，再也无能挣扎，狂性渐敛，慢慢地安静了下来。

围观的村民，远远地目睹了这场人、牛搏斗的场面，久久地才惊魂稍定，如释重负地说道：“好神力啊，好神力！当年，老辈人讲荐福寺的末末禅师训虎，将猛虎系在这桥上，还是传说的。而今天，才是亲眼看到鸿翥一个人，就把这发了狂的水牯牛制服在桥头上。真是了不得啊！他真的是不弱于当年的伏虎末末禅师呢！”

相传唐初，同饶州府鄱阳县接邻的皖省原始山林，突发大火，烈焰腾空，浓烟蔽日，林中藏兽，四窜逃生。一对白额吊睛斑斓猛虎，带着一只幼虎窜到了鄱阳县境内。经枧田、过金盘岭，沿途伤残人畜多起。衙门闻讯，组织兵卒民壮截捕围歼。

公虎为了保护母虎和幼虎奋力前冲后卫，终于重伤力竭，被歼于田畈街金家桥附近的灌木丛中。母虎偕同幼虎悲嗥着，仓皇地往五十里岗方向逃窜。

畜有灵性，出于求生本能，白昼忍着饥渴，潜伏在山林草丛之间，深夜才小心翼翼地出来觅水寻食，结果还是在四十里街华岭山间被猎户发现。母虎身负多处箭铳之伤，拼死护着幼虎，径奔十七里弄而逃，已是伤重难支，无力再行。幼虎依偎身旁，呜咽着不肯离去。猎户们的呐喊声，猎犬的狂吠声渐近。母虎圆睁着双目，竭尽全力，猛地一掌将幼虎推出丈余之远，大吼一声倒毙在邱家墩、大路口之间的野畈上。

幼虎依依不舍，频频回顾，孤零零地逃到风雨山旁。晚间，趁无人之时，潜行躲藏到支家嘴村的繁茂竹林之中时，已然是奄奄一息了。

拂晓，幼虎被村人发现。虎灵惊危，恃强蹲踞威风不倒。一时沸沸扬扬，各家紧闭门户，禁止孩童外出。

竹林里来了老虎的消息，惊动了村前荐福寺及从浙江云游到此挂单的高僧末末禅师。禅师立即赶到竹林，走近虎前，双手合十："阿弥陀佛!"佛号唱醒，幼虎张目见是禅师，不惊不乍合目卧下。禅师以手抚摸着虎额道："善哉！善哉！随我去吧。"幼虎似通禅师之言，偎身在禅师腿旁，情极依依。于是禅师抱虎于怀，携回寺中下榻之处。经过精心疗伤、喂养，幼虎渐渐长大，训练得温顺异常，成了末末禅师的坐骑脚力，往来于东湖四岸，村人见惯无惊。

末末禅师深爱东湖，遂留在了荐福寺内，后任寺监之职。人虽精瘦，却善伏虎拳术，传授寺中众僧以健体护身。从此，宵小之徒不敢萌生歹念，来寺搅扰。然而进城购物，禅师乘虎至桥，恐虎惊城内商贾人众，每每系虎在此桥畔，此桥也就成为名桥"系虎桥"了。

此时，鸿翥站在系虎桥上，思忖着牛被牢牢地系在树干上，好端端的怎么会把牵绳挣断呢？真是咄咄怪事。

"不是挣断的!"长善拿着牛绳端头说道："你看！这一定是被人用刀割断的，挣断的茬口不可能有这么齐整。"

在桥上围观的民众看过牛绳断处后纷纷议论着"是什么人闲得无聊，竟然干出这种事来。""我看这不是无聊，硬是缺德呢！都差点出人命了。"

"哦！我想起来了。"这时有人接嘴说道，"我看到是有一个人围着这牛转来转去的，只是当时我没有太在意。""那你看没看到那个人的长相是什么样子呢?""这个倒没有看清楚，只看见这牛把背拱了起来，突然朝他冲去。嗯！这个人手里好像还提着一条红汗巾在牛的眼前晃啊晃的。这人身子好灵活哟，一闪就避过牛角闪到了这牛的后面。哦！对了，我还看到他在牛屁股上拍了一巴掌，也不知怎么搞的，这牛不去怪他，却不要命地朝我们冲了过来，要不是我提醒你们躲得快的话，你们现在还想站在这里。嘿！想想刚才的情景，你们不怕我倒是有点后怕呢，大家都晓得我的胆量算是比你们大，你摸摸，我心里还在咚咚地跳个不停呢。"

"你就别吹了，你有胆量？当时为什么不上前把牛拦住，还要一个劲地往我身后躲干什么!""你啊，怎么老是喜欢同我抬杠。好了，好了，不和你这个胆小鬼说了。算你狠些!"惹得众人哄堂大笑。

鸿翥听了在场众人的话后，就绕着大水牯仔细地察看起来，长善、长林也相帮着察看寻找原因。最后长林终于在牛的左臀部上方，发现了一个不易被人察觉的小亮点，就连忙喊叫道："这是什么鬼东西?"鸿翥看过后即运力于双指，钳住这个亮点猛地往外一拔，却是一枚细长的缝衣针。从牛臀部拔出的长针上面，晶亮不沾点血很是犀利。

众人目睹明白破口大骂："连牛都要害的人绝对不是人，而是畜生，抓到了决不能放过他。"鸿翥心中也很气愤，恨不得马上将此作恶之人抓住，狠狠地教训他一顿，方解胸中的一口恶气。

"佛以缘致善，武以力压邪。"普明禅师的话此时又在鸿翥耳畔响起，是呀！当年末末禅师以佛缘驯化猛虎，化虎野性戾气后，尚恐惊扰民众而系虎于桥头。今天我虽然在此桥头力制怒牛，消弭了一场伤人惨祸，可牛不是虎啊！牛狂人为，牛怒针邪，针上之邪又从何来，又是何人作祟呢?鸿翥手指捏着那枚缝衣长针，久思未得其解。

也就在鸿翥牵牛站在系虎桥头，沉思着牛狂肇祸事出何故的时候，离此不远的屋后偏僻处，同样也有一人犹如泥塑木雕似的面现震骇，愕然呆立，良久方偷偷地离去。

第七回 喜结连理武会友 匪贼寻仇东湖村

五月节前已经“预报佳期”，“纳彩文定”，“旋筐双喜”，“于归见期”，也就是俗称的订婚“送日子”。随着中秋佳节的临近，接着又是“起媒”、舅公、叔公“看盘酒”、“期成佳礼”、“谢媒”等等，总之特定礼仪，不可缺一。礼品中必须要、也决不少的一对长藕，藕上的子藕是越多越佳。双藕双偶，多子多孙，天仙佳偶。

鸿翥头戴上插金花的礼帽，身着长衫马褂、披红挂彩，喜上眉梢。媒人、伴娘随在花轿前后两旁，后边一行是娘家送嫁的亲人。怡英穿着大红喜服、凤冠霞帔，头上罩着红绫盖头巾，端坐在花轿里，虽然辞拜父母时，哭嫁哭得双眼略显红肿，可是心中却满溢着喜悦的甜蜜。

鼓乐声渐近，人们笑呼着“花轿来了，花轿来了”，簇拥欢迎。分列两边的礼铳“嗵嗵嗵”地轰鸣，鞭炮声乐成一片。

赞礼先生高唱：“花轿停在福地上，迎来新娘金凤凰！”待花轿落稳后，再唱：“新郎秤挑轿门帘，万事如意呈吉祥！”秤挑轿帘后，伴娘扶出新娘来。赞礼先生在前引导新郎、新娘步入厅堂，又高声赞唱：“一双新人登厅堂，同心同力步步上！”中堂上，张灯结彩、红烛燃香明亮辉煌，映照在金色“囍”字红幛上，更是祥和喜气旺。一拜天地、二拜高堂、夫妻对拜。在“今日拜喜堂，百世乃其昌！礼成！新人入洞房”的赞礼声中，鸿翥手握红绫带，在前牵领着怡英而行。人们围拥着一对玉人称赞不已，孩子们笑着、闹着，口中喊着“连生贵子、早生贵子”和“先生哥哥后生妹，哥哥妹妹插花生”，手中的枣子、花生、楝树籽大把大把地往新人身上掷去。掷上了祝愿，也掷上了吉利。

月圆如镜，银霞似水，泻进了东湖，映进了洞房，也淌入了新人的心田里。龙凤花烛分外高兴地爆着喜花。端坐喜床，垂首不语的新娘子，沐浴在烛光月华中，灿若牡丹花。鸿翥掀起怡英头上的红绫盖头来，四目相视，那系虎桥头制伏怒牛的豪气和烦心事，以及万千言语都被激情柔意所融化。

“怡英，你看!”鸿翥扶着新娘的肩膀，指着大红木盆中团团排列整齐的双双嫁鞋道，“中间那双绣鞋套在男鞋里，是祝福着我们‘同偕到老’啊!”怡英深情地听着，眯眯地笑着，一头扎进了鸿翥的怀抱中。少时情谊，闺房情思，幸福的热泪夺眶而出。并蒂连理，如玉美眷，说不完的缠绵与缱绻。

日月如梭似白驹过隙，又迎一年新春来。二月刚尽，凰岗武举徐光斗遵去年浮舟寺伴鸥亭中之约，如期来赴东湖磨子桥“三月三，龙出关”之会。武友们相见，亲热万分。

冬威尚犹存，春寒如锋刃。西北风依然凛冽、侵肤如割。鸿翥伴着光斗，后随宗武等数位师兄弟，来到了磨子桥上。迎着呼啸的西北风，极目远眺，只见风雨山隐约藏身朦胧中，数千亩湖面上，汹涌的后浪催赶着前浪，此起彼伏，一浪盖过一浪地自北向南迅推而进。在轰轰隆隆声中，巨涛碎做白玉珠，浪花迸溅冲天起，由下东湖向上东湖凌空罩扑全桥而越。人站在桥上，就好像是置身于一叶小舟中。

徐光斗力沉双腿稳住脚桩，大声喊道：“壮哉！壮哉！好风好涛更是座好桥啊!”

鸿翥也高声说道：“上辈父老留下一句话，说经不住磨子桥上的西北风，就不能算是东湖人哪！所以在建桥之时，特铺设巨石磨十三扇半，借磨子磨酱之义，诠释先辈开发东湖的创业艰辛，勉励后人发奋求进的坚韧志气，寓含着脚走石磨上，磨砺出将才的深意啊！自然之力天公威，给人险阻也催吾辈图强，敢闯则胜，懦怯则退。愿徐兄效风浪之勇，竟取前程。”“谢谢张兄金言相勉！小弟此来，除观这涛景外，正是为此事来同兄相商。”“徐兄有何事相商，请讲!”“大考之期又近，弟欲约张兄同往，赴京一搏。张兄意下如何?”“徐兄相邀理当陪往。到时待我禀过父母和师父、先生后，再定行止可好?”“好！我就候张兄之信好了。”

鸿翥、光斗二人正商量着赴京参加武进士考试的事时，宗武同众师弟迎着冲激磨子桥的骤风急浪，紧紧地手拉着手互相依靠而立，一边迫不及待地高声催着光斗：“徐兄，请你快过来演示演示武技，斗斗风浪，让我们开开眼界。大家说好不好!”“好!”众位师弟笑闹着齐声响应。

光斗见难以推辞众人对自己敬重的一番热心好意，加上风浪所激，蕴含在胸内的豪气沛然而萌，就爽快地应道：“既蒙抬爱，那我就献拙了。”说着，拉开架式，以掌代刀，有若小龙奔江，凌空飞身“嗖”地跃起，接着巨蟒翻滚缠腰斩足，进退飘忽草动蛇惊……六六三十六招，每招三式。刀挥足蹬，缠绞蹿伏，攻守无形，穿插迅猛，招招攻敌不备，式式令敌难防。

闻讯赶来观看武举人切磋演武的人们，你挤我我挤你地挤在磨子桥两头，随着徐光斗的刀动身变，那不绝于耳的喝彩声回响在大风大浪的呼啸中。

“好一个地趟刀法!”鸿翥赞道，“野战近搏辅以阵战章法，只要各兵协同，攻入敌阵中，那实战的威力呀，真是不可小觑也!”光斗收招连声说道：“献拙了，献拙了！小弟更是久慕张兄的龙形剑法，却因无能一睹全豹，心中一直引为憾事。今日有幸有兴，再次与众位弟兄聚会，还请张兄让小弟了却一饱眼福心愿。”鸿翥道：“既然徐兄有切磋之愿，小弟再辞就是矫情了。我师父和先生也再三说过武人别保守，武艺要多与人切磋，取人之长补己之短，武术才能精益。好！我也不客套了，还望徐兄多多指点。”说罢一拱手，也以指代剑，一领剑诀，巨龙昂首剑指长天；环剑下指见龙在田；剑身斜撩飞龙腾海；剑走“之”字上点咽喉，蛟龙移形挂刺两肩。张鸿翥招出半途，突然剑尖下点借力弹起，空中换式龙飞九天；剑随身转，龙卷旋风；神龙摆尾，人剑合融。当他刚要出招龙盘玉柱时，双睛透过涛幕浪帘，只见磨子桥头西端有人从人群中挤身而出，手持状如短帚之物直直指向自己，心中一惊立感有异，大叫一声“注意”，迅即变龙盘玉柱招式为亢龙有悔沉力迅坠，身卧桥面化招为潜龙勿用。

当光斗、宗武等人听到鸿翥的喊声，那炫目的火光伴带着“砰”声已然一闪而逝，同时一声嘶鸣从头顶破风掠过。

桥头上的观众也为这突如其来的变故，惊吓得大呼小叫地一哄而散。待到宗武、光斗、鸿翥等人追到桥头时，已是难以查寻到混在人群中、开枪暗算自己的那个人了，然而此时的东湖却依然不减威势，大风越刮越猛，巨涛越激越狂。

县城最有名气的醉仙楼，来了一位阔绰大方的外地客人。客人身穿淡绿色团花杭纺长绸衫，浓黑油滑的长发辫垂至腰际，胸前挂着一条银色链悬的十字架，脑门额头锃亮，圆圆的脸上，白净无须鹰钩鼻，眉尖略锁双眼睑，眼睛开合时往往透露出阴鸷般的凶光。此人装扮虽然有些不伦不类，但初看之下，人还倒是斯文秀气。

醉仙楼住客簿上清清楚楚地登记填写着：史文，男，山东人氏，二十四岁，来此访友。

史文真名史宏志，山东史家村史财主的独生子，从小被溺爱放纵得骄蛮任性，在一帮无赖帮闲之徒的撺掇教唆怂恿下，狂赌滥嫖抽鸦片，挥霍无度，财主夫妇管束不得气忧而死。如此一来，史宏志耳旁无人絮叨，就更加无忌无惮了。

武师吴良贪史宏志资财，主动上门收他为徒授其武功。多年练来，史宏志颇得乃师所传，虽然不能说是身如飞燕，但轻功在当地也算是较好的，因而自号史蜂子。于是他自恃武功高强，在地方上交通恶吏，欺凌良善，盗抢横行无恶不作。人们对他深恶痛绝，可又无奈其何，便将其号史蜂子诅咒为“史疯子”。反正史蜂子、史疯子谐音不清，史宏志我行我素，既无所谓也毫不在乎。久而久之，史蜂子之名竟出江湖，真名倒少有人提起。

此日，史宏志在集市上闲逛，见张屠夫的妻子容颜姣好，顿起垂涎淫心，在众目睽睽之下，公然动手动脚肆意调戏。其恶行激起了张屠夫及其众亲友的愤怒，甚至连过往路人都同仇敌忾地一拥而上，将他围住痛殴。鼻青眼肿的史蜂子双拳难敌四手，怒从心头起，恶从胆边生，撩起衣襟拔出匕首，当场刺杀张屠夫和杀伤路人多名后，趁着众人惊慌失措、乱成一团无暇顾及之机，落荒而逃。

官府迫于民众压力受理此案，却是追捕无果，只好籍没、变卖其家财产，抚恤死者亲属和受伤人等，同时下海捕文书至各府州县请予协同缉拿，时间一长也就作为悬案不了了之。

史宏志从此浪迹江湖不改劣性，流窜各地作歹犯案，又在皖省东南宁国府结识从湘、淮军伍裁汰下来的散兵流勇头目胡尚兴、周宝、齐人玉等人。

人以群分，物以类聚。史蜂子、胡尚兴四人相见恨晚，遂歃血为盟，结拜为异姓兄弟。

胡尚兴这伙兵痞，都是镇压太平军、捻军的凶狠之徒。在天京城陷，清军屠城之时，纵火烧房，强掠民财，奸淫妇女，残杀老幼，眼睛是眨都不眨一下。裁汰下来后，无能农桑，于是啸聚亡命恶徒，在鄂皖赣交界山林处为盗为匪，祸害道路。

浔阳分局镖头戴天明受总镖局的指派，在九江接手押保皖商数家合股货银，一过长江就被这伙盗匪侦知，在黄梅、宿松之间的山道上与周宝、齐人玉预先设伏的匪徒相遇。混战之中，老二周宝重创镖师宗一勇。镖头戴天明大怒，一反过去只伤不杀的做法，枪挑周宝于马下。镖师江雄在其他镖师的协同下，棍扫多名匪贼，击碎齐人玉左腿胫骨。齐人玉重伤不支，在亲信的背负下，领着未死的匪贼呼啸而逃……

史宏志独坐客房中，往事历历仍在目。手抚伤残之处，老仇旧恨齐涌心头，越想越是气恨难消，一拳砸在桌上，茶壶、茶杯震落在楼板上摔得粉碎。

周宝、齐人玉劫镖失手，落得一死一残的下场。这时，胡尚兴和史宏志正远在山东，闻听噩耗急急赶回时，已是事过日久。有仇不报非为人，胡尚兴、史宏志为了报周宝、齐人玉之仇，一直耿耿于怀。多方遣人探查，方知周宝是死于江西信诚镖局浔阳分局镖头，现已辞职回归故里的“花枪戴”枪下。于是二人在三年前，就追寻到饶州府鄱阳县城，住进客寓歇息下来，商定先查清戴天明目前居住之地，然后行动务求出手奏功。

孰料，就在二人来到鄱阳县城的当天晚上，史宏志狗走千里改不了吃屎的恶性，又犯案出事几乎命丧当场。

那天，史宏志躺在客铺上，心猿意马捺不住烦躁，就翻身而起，出客寓沿街而游。信步行到城东门附近，看见一位年约二八的端庄窈窕少女正购物归家。见美如同猫见腥而淫心萌动的史宏志，将当年刺杀张屠夫之祸抛到了九天云外，暗暗尾随少女之后，在其家院前屋后探路踩点转悠着不思离去。

少女探身窗外收理晾晒衣物，瞥见史宏志攀附院墙，正贼眼呆呆地注视着自己，就横目怒向"呸"的一啐，"哐"的一声，愤然地关上了窗户。

当晚夜半，心痒难熬的史宏志趁着胡尚兴酣睡之际，穿好黑色夜行服，偷偷地溜出了客寓，顺利地翻进了少女家的院墙，撬开窗户，蒙上面罩，潜入了少女房中。

在暗淡的灯光下，少女穿着薄纱内衣，系着芙蓉出水的粉红肚兜，睡意正酣。玉颈脂肤，曲线分明，比日间所见，更显娇美万分。史宏志欲火中烧，猛扑上去就要强行施暴。少女霍然惊觉，大声呼救，极力反抗，正抵死不从危急之际，乐伯却鬼使神差似的从荐福寺逃到了城里，就藏身在此家屋顶暗处。听见屋内的异常动静，揭瓦下窥，不禁大怒，挥手就将一叠瓦从揭瓦之孔，往蒙面贼人砸去，且也顾不得被鸿翥、宗武发觉，大叫道："无耻淫贼！竟敢强暴良家少女，快快滚出来吃你乐伯大爷一刀。"

史宏志闻声惊起，放开少女，挥掌搪开落瓦，操刀纵出窗外，在屋顶上同乐伯就战在了一起。乐伯久战不支，身陷危急。幸好鸿翥、宗武赶到，相助乐伯夹击此贼。史宏志以一敌三，立处下风，手忙脚乱时，又被鸿翥近面一摞瓦，砸得头晕眼黑，往后仰倒。乐伯抢上顺势一刀，削掉其"淫根"，随即复上一脚，将其踢落院中。

胡尚兴一觉醒来，天已大明，不见史宏志在房，心中就忐忑不安起来。下楼听见伙计在有声有色地讲述城东门昨晚强盗潜入民宅偷盗，被当场抓获，已送押县衙班房之事时，就知道是史宏志所为。当店里无他人之时装着打听路途，向伙计问明了县衙班房去向，急忙揣好银票，赶到县衙，找到了看守衙役。当衙役怀中揣进了一百两银票后，二人也成了亲属。

全靠银票之力，通过衙役、刑名师爷等人的活动、帮助，再加上原告为顾全自家名声、体面不愿深究，史宏志连堂也没有过，被判定为夜入民宅，意欲偷窃未遂，衙前枷号以儆效尤。念其初犯，身伤体残，责令取保回家疗治。保人是谁？保人也是银子。时未过午，一切手续就全部办妥。胡尚兴急急雇来轿夫，匆匆地将史宏志领出，绕路抬往天主教堂。

光绪初年，法籍神父在县城东湖旁，建造起天主教堂，内设医室，规模颇是完备。

胡尚兴求见神父，谎称史宏志被迫自卫，胯部为人所伤，请求救治，医疗费用照奉。神父查视歪在轿中呻吟不止的史宏志，又见其胯下血迹斑斑，连连画着十字："主啊！请宽恕他吧！"

教堂医生很快就将史宏志胯下伤口清洗干净，敷上药料，注射消炎。处理完毕后，又详细地交代了用药方法和护理事项。

三天后，史宏志高热已退，伤情也稳定下来了。胡尚兴老谋深算，既防仇家查寻，又防案情反复，就决定三十六计，走为上计，先离险地为上。于是谢过神父和医生，奉上医酬，礼别天主。临行时，史宏志为了感激上帝的医救，又向神父请求入教，一条基督受难的十字架挂在了胸前。然后，二人高价雇了一艘小火轮匆匆地离开了鄱阳县城。

三年过去了，史宏志报仇心不死。这次是以游览访友为由，二度寻仇到鄱阳。他一改上次的轻浮孟浪，还真的悠游芝峤饶河观山水，闲登永福寺塔望晚霞。当然也在无聊和无奈时，妒羡此地的俊女如花娇美，好在拜乐伯所赐，断了淫根，徒有蜂子之名，难行采花之实，只能心动，无能行动，唯有望美兴叹了。兴叹之余，既恨乐伯坏其好事，摘去了命根子，更恨相助乐伯的那二人。若不是此二人，乐伯当时就难逃自己一刀，自己也不会落得如此结果。

恨事归恨事，办事归办事。史宏志沉下心来，往来于市井、教堂，千方百计地打听查寻。终于在教友的协助下，弄清了乐伯行踪无定，不在鄱阳。相助乐伯的就是东湖里村新科武举人张鸿翥、宗武二人，二人之师正是枪挑周宝的"花枪戴"戴天明。

见仇已恨，同出一源。史宏志多次潜往东湖里，欲求一逞。结果终觉自己力薄势孤，不敢贸然行动。

这天傍晚，从天主教堂出来，正好遇见张鸿翥把大水牯牛拴在系虎桥旁的树上，又见多人围在桥头叙谈，立时计上心头，急往新桥布店购来红巾，用利匕斩断牛绳，挥红巾和以针将大水牯牛激怒。眼看着牛毁人亡，移祸鸿翥的阴谋就要得逞，史宏志躲在暗处欣喜得意，心中欢呼道："张鸿翥啊张鸿翥，你也该尝尝老子的厉害了，哼哼！老鼠拖棒槌，大头还在后面呢，你就等着吧。"可就在这千钧一发间，鸿翥挑谷赶到力伏牛，史宏志是功亏一篑，枉费心机诡计败。

史宏志寻仇不逞，在客房绕桌顿足叹恨。想到鸿翥那矫健的身手，惊人的武技，勇猛的神力，已是胆寒心悸，深知单凭自己个人之力，万无奏功的可能。长吁短叹之际，蓦然记起临行之时，老大胡尚兴的叮嘱：此次去鄱阳，千万别性急，更不可贸然蛮动。查清情况，就有胜机。君子报仇，不争早晚！何况我们十年都等了，不在一时。切记，切记！想到此，史宏志不由得兴奋起来："好！来日方长，不死不休。我要让你们明枪易躲，暗箭难防。来年邀集同党，再求后图。"

张鸿翥虽然觉得大水牯发狂，多有疑处，但事过境迁，也就渐渐地淡忘于脑后。天明师父老于世故，总觉得事非偶然，必与身历某事有牵连，除嘱众弟子小心之外，自己也格外留意静观其变。

史宏志二下鄱阳寻仇，纵牛伤人嫁祸无功而返，回到匪巢向胡尚兴、齐人玉详细地讲述了寻仇东湖里的经过情况。当他讲到张鸿翥的师父就是枪挑周宝的"花枪戴"后，胡尚兴击案大叫"天助我也！这回可以新仇旧恨两仇同报了。"于是过了元宵节，胡尚兴留下因被江雄镔铁棍棒打断左腿、远出不便的齐人玉看守山寨，自己就同史宏志一道三赴鄱阳县城，徜徉在东湖附近，窥测报复时机，以求一逞。

此日，胡尚兴、史宏志二人，从天主教堂出来穿过系虎桥时，听见风狂浪急的磨子桥那边，传来阵阵的喝彩叫好声。二人赶到桥头挤进人群里踮脚伸头一看，血就从心尖往上直贯脑顶。

胡尚兴趁鸿翥纵身悬空之机，掏出火药短枪罩住鸿翥就打。令胡尚兴弄不明白的是自己举枪瞄得准妥开枪的时候，却不知何故身后偏偏有人被挤倒，而且说巧不巧的是那被人挤倒的人，肘拐又偏偏顶撞上了自己的腰后部，身子不得已被顶撞得一歪，偏偏在这个要命的时候火药枪已被击发，枪弹也就歪着飞出了枪膛。胡尚兴一击不中又见众人惊觉，不敢稍延立即混在慌乱的人群中向南逃逸而去。匆忙之中他两人竟没有留意身后有人，正亦步亦趋、时近时远、遮遮掩掩地尾随跟踪着自己。

胡、史二人垂头丧气地回到寓所，待缓过气来静心一思忖，觉得张鸿翥现在定会警觉必有防范，而且在他乡硬拼寻仇，既失人势也失地利，势力孤单难达目的。看来还是要找准时机，招纳同党谋定后动，再图报复。心有不甘却又不得不面对现实的胡尚兴咬牙切齿对史宏志说道："你我兄弟四人情同手足，如今一死一伤一残，都为戴天明师徒所害，不报此仇枉为英雄。戴天明哪戴天明，你们就等着吧！老子犁不死你耙也要耙死你。”

鸿翥、光斗等人回到家中，同胡尚兴一样也在细细琢磨着系虎桥上、磨子桥头所发生的事故。有人寻仇，恶意报复是没有了任何疑问。可仇从何起，寻仇者又是谁呢？议来议去却毫无头绪。

正在猜疑之际，一位不速之客闯进屋来，众人惊起，刚要喝问，却见来人对鸿翥一拱手，说道：“小哥！一别多年，不知还记不记得当年城内屋上相助之事啊？”鸿翥忆起：“噢！前辈是不是那……”“不错！我就是乐伯，见者不乐的乐伯呀！”“不知前辈来此，有何见教？”“岂敢！不过此番前来，却确是有要事相告。”鸿翥忙请乐伯坐下，奉茶。乐伯啜了一口茶后，方把所探之事细细讲来。

乐伯告诉众人自己在皖省过了元宵节后，辞别当地友人回到九江。那天在下榻的如归客栈中，在深夜无意中听到隔壁房里好似提到了乐伯“花枪戴”什么的谈话声，立即引起了他的注意。通过板隙察听，他弄清了此二人就是去鄱阳寻仇的胡尚兴和史宏志，心里暗暗高兴：好哇！要找老子乐伯啊，那就该你们要见者不乐了哇！于是他就暗暗地跟踪着他们返回了鄱阳县城，监视着胡、史二人的一举一动。

在磨子桥西端，胡尚兴趁鸿翥身旋半空之机，正举枪欲击之时，尾随其后的乐伯急中生智，假装被人挤倒身往前倾，左手撑地，右手猛地搡了胡尚兴腰部一掌，也就这样解了鸿翥遭枪袭的危险。直待胡、史二人溜回客栈后，乐伯这才返身找鸿翥报信。

至此，鸿翥和众人这才恍然大悟，明白了胡尚兴、史宏志这两个贼人就是冲着自己、宗武、乐伯和天明师父而来的寻仇根由。众人正要商讨应对之法时，突听“爹啊”一声撕心裂肺的痛哭声陡然而起……

第八回 宗武悲诉失父恨 当铺无信欺良善

凌晨丑时，宗一勇心急火燎地赶到桂湖家中，四周漆黑寂静无声。

简陋的房中一盏暗淡的油灯，跳动着如豆粒似的黄光，忽闪忽闪着几乎被宗一勇闯入的气流刮灭。

一位五十多岁的老妇，急忙用手护在灯前："嘘！轻点。"回头一望，才说道，"哎哟！一勇呀，你也来了啊！""三婶，茶花现在怎么样了？""唉！半个月前就托人捎信给你，你怎么拖到这时才来啊？""我也是出镖刚刚回局，一接到信后就连日连夜地往回赶啦！已经三天没歇脚了。茶花到底怎么样哪？"

三婶轻轻地拉着宗一勇退到房门口，又轻轻地说道："唉！眼看不行了。郎中先生已经推了手，不肯再用药了，叫预备着后事呢。多么贤惠的人哪！嗯！嗯！"说着，忍不住伤心地哽咽了起来。宗一勇听了，心如刀绞。望着在昏黄的灯光下，躺在木板床上被病折磨得不成人形的妻子和在睡梦中把头偎在娘怀里仍不时抽泣着的儿子宗武，这位走南闯北、栉风沐雨的汉子，大滴大滴的泪珠，就如泉涌般地滚落在衣襟上。

三婶摸索着从灶膛里取出铁鼎罐，盛了一碗凉开水过来，一边递给宗一勇，一边招呼他坐下来。宗一勇接过茶碗刚喝了一口，就见妻子动弹了一下，立即放下茶碗赶到床边，握住妻子那枯瘦的手，轻声唤道："茶花！茶花！你醒醒，是我回来了啊！"

茶花闻声艰涩地睁开眼睛，定定地望着一勇断断续续地说道：“你、你可回、回来了啊！我在盼哪！”一边抚摸着宗武的头，喘息着：“我可怜的孩子啊！我就是放心不下他呀！”泪水淌在干黄的脸庞上，令人看着心碎。

三婶不时地撩起衣襟，揩着布满血丝的干涩眼睛，催促着宗一勇：“你要快拿主意啊！可不能再拖了啊！”

宗一勇忍着悲伤对妻子道：“茶花，你要挺住啊！就是典地卖房，我也要为你把病治好。啊！天一亮，我们就去县城，到张致和药房去找名医宋先生。他一定能治好你的病的，你千万要挺住啊！”妻子流着泪道：“我是不行了，我心里明白。我放心不下的是你们爷俩啊！”

宗武被哭声惊醒，望望父亲，看看母亲，嘶哑着嗓子哭着喊着：“姆妈，姆妈！你不要扔下我不管哪！啊！啊！”

宗一勇请三婶去找人帮忙，自己一边准备抬椅，一边对妻子说：“你别想得太多了，什么事都交给我。现在就去县城，县城不行，再去省城，我一定要把你的病治好。我对不住你啊！”“嗯！嗯！你可要答应我啊！不管怎么苦，都不能苦了我们的孩子呀！”“茶花！你放心！啊！”宗一勇应着又悲从心头起，抑制不住地放声哀泣。三人泪流在一起。

茶花一手握着宗一勇，一手拉着小宗武，刚才浮现在脸上的红晕消退无存，睁着空洞洞的大眼，翕动着干白的嘴唇已是无力言语。年仅四岁的小宗武望着母亲，突然把头昂起：“姆妈！你看，我大了！我要和爹爹天天陪着你，不再烦你。”茶花听着，笑容浮在脸上，泪水却又涌出了眼眶。

灯光突突地跳着，盏内油渐枯。茶花抓着宗一勇和小宗武的手慢慢地松开了。随着“茶花!”、“姆妈!”那悲凄的哭叫声，灯火苗儿陡地一蹿，倏地而熄了……

“母亲离开我们后，父亲抱着我，背着我回到了镖局。无论到哪里，都把我带在身边。”宗武悲痛地讲述着幼年往事：“师父更是疼爱我。从六岁起，就教我功夫，打磨基础。因我臂力不强，师父就特制了一把弹弓，手把手地教我习练。在师父的严督下，百步之内倒也弹无虚发。在八岁那一年，我跟着师父和父亲走镖在鄂皖道上，遇强盗劫镖。我随镖师守在镖车旁，左手执弓右手扣着一把弹丸。见哪位镖师危急，我就用弹丸向与其对敌的匪贼打去。混战中，我父亲不慎失手被贼头目一刀砍倒。我急忙将手中数弹连番射去，弹丸打得那贼在马上乱晃，脸上开花，号叫着朝我杀来，我一边取丸发弹相阻，一边后撤。幸好师父纵马赶到，一枪将此贼挑到马下，返身一枪结果了他的狗命。贼人不敌逃走后，我们才在掩埋贼人尸体时，从一个刚要断气的小喽啰口里得知了这伙贼人的来历。”

当年宗武虽然年仅八岁，可对当时发生的事，却是深深地记忆在脑海里。那悲壮的护镖鏖战，那贼人的凶残，父亲那挚爱不舍的眼睛和师父抱着父亲的悲声，又一一涌现在宗武眼前。他一拳砸在桌子上，恨声高叫：“这伙该杀千刀的恶贼，竟敢追到这里来寻仇，真是昏了他奶奶的头啊！杀父之仇，不共戴天。不报此仇，我枉为人子。乐前辈，你是老江湖，经验老到，可要帮我的忙哪！”

众师兄弟和客人徐光斗都被宗武的故事，讲得热泪横流悲愤满胸膛，摩拳擦掌地请乐伯带路，就要去寻胡尚兴、史宏志为宗武报仇。

“且慢！”鸿翥思忖定妥后，对大家说道，“我们都知道，对方持有火枪，如此莽撞行动，势必吃亏。我看这么办行不行？对方不认识徐兄，是否请徐兄带一名师弟，由乐前辈指路以找人为由，先叫开其门进入客房。如无异常情况，就借咳嗽为号，我和宗师兄立即冲入房中，打他个措手不及，最主要的就是不令其有暇掏出火枪来，力争一举制服。其余师兄弟三人一组，分守楼口和客栈前后，听招呼行事，切断他们的退路。这样互相呼应，方保无失。大家以为如何？”

乐伯道：“如此安排最好。行动时尽量不要惊动官府，一切小心在意。”

宗武道：“好！就这么办。逮住二贼后马上出城，带到婆婆墩山中再请师父发落。”话音一落，报仇心切的宗武提刀拔腿就跑。鸿翥悄声地对堂兄弟长善、长林交代了几句话后，邀同光斗领着吵吵嚷嚷的众人一道追了上去。

胡尚兴、史宏志在客房中，听到店门被拍得咚咚的响即感有变。史宏志急忙下去探看，刚走到楼梯拐弯处就瞥见了乐伯、宗武被店老板阻在大厅内。他二话不说从腰上取出柳叶飞刀就往宗武梭去。飞刀被乐伯挥刀一挡，转向钉在客栈老板的肩窝上。

“好你个贼子，竟敢暗器伤人！”宗武大叫着抢步就往楼上追去。

“别慌！把行李背上，随我来。”胡尚兴话落手起举起木桌，把刚刚露出头来的宗武砸下了楼，接着纵身从楼道侧窗而出，脚尖刚点上邻家墙头，就被鸿翥手起一石砸中右腿。他脚下一软身子一晃，眼看就要从墙头上栽跌下去，幸得史宏志赶到伸手拼力拉住了他的左足，然后二人蹿房越脊如飞般地逸去。当乐伯跟着纵窗而出追寻时，二贼已是不见了踪影。

正在客店附近弄巷搜索的鸿翥，耳畔似是听到了东面传来的一声枪响，急忙纵上屋顶察看，看见武馆方位蹿起了火光立感不妙，骂了一声“该死”，领着众人就往回跑。

一拐一瘸的胡尚兴深知异地寻仇，优劣各半，一击不中，即应遁走的道理，可就这样罢手心又不甘。此刻他腿痛恨意生，对史宏志道：“这伙贼子正在城里寻找我们，家中必然无人。一不做，二不休，抄他的老家去！”

二人窜进东湖里，就被守候在家门口的长善、长林二兄弟的丈二白蜡杆挡在了晒谷场上，双方缠斗在一起。这时，天明师父带着两名弟子闻讯赶到，一拳就把史宏志崩出丈外。史宏志翻身纵起，大叫道：“大哥，风紧扯乎！”胡尚兴慌忙拔出火枪，放了一枪就跑。当二人跑到二贤祠旁，村中锣声已经响成一片，“抓贼”叫喊声渐近。胡尚兴心想这不是在撵鸭子吗？就又想出了由史宏志速潜武馆纵火调开追兵，自己则诱阻追兵，然后再求图谋之策。

鸿翥、光斗、乐伯等人赶回村里，武馆之火已被村人救熄，只烧坍了两间偏房，幸好没有伤人。鸿翥顿足自责：“唉！全怪我虑事不周，竟被二贼抄了后路，真的是枉读兵书了！”

当时除了鸿翥在出门时，心有所感而暗嘱长善、长林二兄弟小心戒备外，众人都没有想到胡、史二人在奔逃之时，还会使出回马枪的伎俩，并且在袭击宅院未遂之后又火焚武馆。所以众人围在天明师父和乐伯身旁，坐在火烧后的武馆院内，一个个像霜打了的茄子耷拉着脑袋，懊恼异常。

胡尚兴、史宏志二人，从小路口樟树下潜往天主教堂，在神父的庇护下见风声不紧，商妥了另谋报复之策，也在数日后离开了鄱阳。

鸿翥、宗武等人客栈扑空恨恨而回。天明师傅待大家坐定后，又听乐伯详尽地讲述了事情经过，多年来沉积在天明心中的谜团终于得以破译。仇人的老谋深算、穷追不舍及报复手段的狠毒都让人惊诧。天明师傅道：

“吃一堑，长一智，也是好事，尤其是弄清了贼匪的寻仇根由。这还得谢谢乐前辈了！”

乐伯拱手礼揖道：“天明师傅谬夸了！何谢之有啊！不过众位也别气恼，狡诈之人必遭恶报。当年我在大狱中，就遇到这么一个大盗，那人比史蜂子之辈还要狠毒。结果呢？还不是弃尸街头。”

天明道：“本来我护镖你劫镖，生死勿论。如此寻仇报复，完全有悖江湖道义和规矩啊！现在，得乐前辈之助，已弄清楚了胡、史二贼的身份及寻仇缘由，事已由暗化明。但是此等鼠辈，今后还会以何种手段伺机报复呢？我们仍是难以预料。大家还得要小心在意，切忌轻心哪！”

宗武气愤愤地骂道：“不怕他来，就怕他不来！躲躲藏藏，暗箭伤人，算个什么鬼东西！真有本事，就明刀明枪的干。”鸿翥拉着他坐下，悄声劝慰。宗武也就慢慢地冷静了下来，和大家一起静听师父和乐伯的谈话。

“戴师傅言重了，实在令我有愧。路见不平，拔刀相助，乃是我该为之事。何况此事不仅是你们的事，同样也是我自己的事啊！可以说是我连累了二位小兄弟呢。当年，不是得他二人相助，我恐怕已成史蜂子的刀下之鬼了。说起感谢来，我还真的是要感谢他们啊！”

鸿翥拱手道：“当年前辈见义勇为，不顾自身凶危，拼死解救那素不相识的少女，真的是叫人钦佩了。我们相助更是分内之事啊！今夜又热心来报信，使我们明了了胡、史二贼的鬼魅伎俩，知彼毒蝎之心不会再遭其暗算，当应向前辈您致以深谢呢。”

宗武道：“哎呀！你们哪！都是为了惩治恶人，谢来谢去做什么嘛！乐前辈，还是请您讲讲夜走一条街，江湖任来往的故事吧，也让我们长长见识！”

“嘿嘿嘿！”乐伯尴尬地笑道，“小兄取笑了。”天明师傅喝道：“宗武不得对乐前辈无礼。”

宗武道：“我怎么会对乐前辈无礼呢！当年，我们屋上相见时，乐前辈就没有生气。对吧？乐前辈那一刀，是又快又准哪！叫什么见者不乐吧？前辈，你说是吧！”

说到那一刀，乐伯就兴奋了起来，高兴地说道：“小兄说的是实话，真的！在县城里除了几家是关门睡觉外，其余什么钱庄哪、当铺啊、商行啦！对我来说，统统都是‘门户开放’。嘿嘿！还没有我不能进去的地方呢！史蜂子采花，撞到我手上，一刀就摘掉了他的‘那活儿’。哼！看看是他乐，还是我乐。该死的东西，不知悔改，还要来此寻仇，真是不自量力。上次要了他的‘四两’，下次我就要他交出‘三斤半’来。见到我乐伯，对不住，只好请他见者不乐了！”众人看着乐伯乐，也都“哈哈哈”地大笑了起来。

在那兵荒马乱的岁月里，乐伯的父亲死于杀良冒功的官兵手里。母亲带着他背井离乡外出逃生，又万般无奈地扔下了他，病死在讨饭途中。幼小孤苦的乐伯流落江湖靠乞讨、偷窃和随着师父街头卖艺以魔术杂技混糊口。大户的恶犬，地痞的拳脚，人世的白眼将他磨炼得放荡不羁，亦正亦邪。官吏贪贿之赃，劣绅豪夺之银，商民蝇头小利，只要他一时兴起，都会顺手牵羊席卷而去。

乐伯虽是令人见者不乐，但绝不伤害、欺凌良家妇女。因为他在幼时乞讨、病饥交加冻倒在大风雪中的时候，曾得一妇人相救。那位好心肠的妇人以冰雪擦其身，以姜汤暖其心，竭力呵护才使他活了下来。

人世间，那至真至纯的母性之爱，也就深深地烙刻在他那饱受创伤的心上。所以当史宏志欲伤害那少女之时，他才会挺身相救，不顾安危地以死相拼。他不管在什么时候，都喜穿白色衣服，这也是为了不忘那雪冻之灾和雪救之恩。

天明师傅、鸿翥、徐光斗等人听着乐伯的述讲，叹息不已。

乐伯接着讲道：“我真正的技艺，倒是得于一次难中奇遇。那天清晨，我漫步在永平街市上。见当铺前人声喧闹，人挤人地连道路都被堵塞得不通了。我挤进去一看，嘿！那情景真叫惨哪！”“怎么惨哪？嘿！你就别卖关子了。”宗武催促着。

“别急，别急！且听我慢慢讲来……”

天才蒙蒙亮，一位赶早做生意的小贩路过当铺前，突然瞥见当铺店门上方，吊着一个长发披面的妇人，手足还在挣动着呢。吓得他撂下担子大声尖叫“有人上吊了，有人上吊了！快来救人哪。”

顿时，左右街坊和当铺值守人员都被叫声惊起。有机敏者迅捷搬来了长梯，七手八脚地把那上吊的妇人解了下来，平放在当铺的石阶上。

那妇人此时已是脸如贴黄，奄奄一息昏迷不醒。有人认出是汝家秀才娘子。几位热心老成的妇女立即上去，掐“人中”的掐“人中”，揉“虎口”的揉“虎口”，进行施救。围观的人越聚越多，议论纷纷地说道：“这真是作孽啊！人要不是冤屈太甚，也不会走这条绝路啊！”

“让一让！让一让！”一位热心的汉子用力分开围观的人群，护着一名少年和少年搀扶着的白发老妪，跌跌撞撞、哭哭啼啼地挤了进来。

一近石阶，那少年悲号着“姆妈呀！”就向躺在当铺门前的妇人扑去。老妪失去扶持跌倒在地，也挣扎着向妇人身边爬去，枯瘦的双手抱着那妇人的头号啕大哭：“儿哟！你怎么能扔下我这一老一小哇，拿自己的命去拼哪！你一走我祖孙俩怎么办哪？你这万恶的当铺，黑了心肝的当铺啊！你害死了我的好儿媳啊！我一家三口，今天就死在你这里啊！你这吃人不吐骨头的贼店哪！”一口气没缓过来也昏死了过去。

老妪汝吴氏，婆、媳、孙三口一家，相依为命。其子汝敏才，一领青衿，秀才功名，娶妻李氏。李氏女贤惠勤俭性格坚毅，相夫教子夫妻恩爱。无奈天妒其美，敏才刚过而立之年就得绝症不起。可怜李氏女祈医求药，禳神拜佛，也曾割股疗夫终是无力回天。敏才抛下了老母贤妻爱儿而殁，孝养婆母，抚育孤儿的重担，压在了李氏女的弱肩上。

家中薄产当卖告罄，全靠针黹女红维系，唯一留下的只有婚时婆母所给的一副碧绿流霞、夏凉冬温的祖传玉镯。为了传给儿子，无论日子过得怎么艰难，她都舍不得变卖。可是贫寒交加雪带霜，婆母风烛残年又染病。李氏女为了医治婆母，忍辱含羞求亲告友，已是山穷水尽难筹措，只得忍痛含泪取出玉镯，前去当铺典押。

掌柜的一见玉镯，即知是旷世奇珍，又欺汝李氏是女流之辈，顿起黑诈之心。他在当票上做起了手脚，上写：典当玉镯一副成色无疵优计当银五两逾期不赎。故意文不加点，含糊其辞。李氏女虽略通文墨，却因求资医母心切，又见当票已写“成色无疵优”，也就没有过分计较，于是落入了当铺掌柜的谋算之中。

当汝李氏如期持票赎当时，当铺以一副上好的玉镯换票，虽无瑕疵，却已不是原来的碧玉镯了。几经涉官，掌柜咬定玉镯无疵，却不是珍品，还是体恤当事人贫苦才“优计当银”等等。

当铺有当票为证，李氏女口说无凭，官司败诉，还落下刁妇之名。气怒攻心，恨海难填，她横下心来告庙状，拜求菩萨开眼申冤。李氏女身披麻布片，披散头发额缠白巾，上插黄纸标，手提菜刀、砧板，日游府城隍庙、张王庙、郭西昭明太子庙、姚公渡黄龙庙、周王庙等十大庙，焚状纸痛哭冤，刀剁砧板诅咒当铺。跟随围看的人众，人山人海，轰动当时。那哭庙的悲惨之状，令观者都毛发悚然，不寒而栗。

游过十庙后，李氏女彻夜饮泣未眠。凌晨，趁婆母幼儿昏昏沉睡之际，叩首出血，拜别婆母吻别心上肉，身怀状纸衔发口中而出，一根绳子吊在了当铺店门上。

“丧信不仁，欺诈良善，可恶复可杀！”鸿翥等人静听至此，无不切齿气愤。

“我挤在人群中，听了人们的不平议论。不禁心头火起，拨开人群闯进了当铺，对仍在强词夺理的掌柜，迎面就给了他一拳，逼令他交出碧玉镯。掌柜的不知我是何来头，先还有些胆怯连连向我拱手道‘有话好说，有话好说’，当知我是过路人之后，复又气焰嚣张，喝令伙计围攻。结果我是双拳难敌四手，被打出了当铺。气怒之下，我指着掌柜大骂：你等着！三天之内，你若没有原物归主，老子我就要你全家鸡犬不宁。我操你奶奶的！欺凌孤儿寡母、孝媳贤妇，你还是人吗？还有天理吗？呸！碰到了我啊！老子和你不死不休。我从怀里掏出十两一锭的小银锞子交给老婆婆，叫她请人帮助把媳妇抬回家好好将息，三天后听我的音信。此时，李氏女也在众人相救下苏醒了过来，正搂着儿子哀哀悲哭，见我如此仗义，拉着儿子就朝我跪下行礼。我慌忙向一边避过，离开人群回到了宿处。”

天明道：“乐伯真义士也！闻名不如见面，见面才知是条好汉哪。”

“我也听汤家老秀才谈过这样事，说汝家碰上了好人哪！但不知就是你。”永春也说道，“那么夜入掌柜家的也是你了？”乐伯道：“那当然是我喽！”

永春道：“那李氏女好有骨气！那天跪在当铺门前大街上，用刀剁鸡头。咬开中指滴血状纸上，焚烧在当铺门前告天状，呼天喊地地大叫：‘人眼不见天眼见！老天爷啊！你要睁开眼哪！’连泪都成了红色。汤家老秀才说背上都被那女人哭叫得寒碜碜的。后来又听说就在那女人上吊被救下后的当晚，当铺里就闹鬼了。”

第九回 夜半夺镯鬼敲碗 乐伯狱中得奇遇

“嘿嘿！闹什么鬼？那是我捣的鬼啊。”乐伯笑着说道，“当天晚上，我就潜入了当铺后进，躲在不易被人察觉的暗处。待到人声静后，又溜到了掌柜住房窗下。我用唾沫沾湿窗纸捅了一孔，就木匠吊线单眼往里瞧。看到那黑心贼一边拨拉着算盘结算账目，一边把玩着那玉镯。碧玉镯映在灯光下，碧绿碧绿的，果然通体霞碧流溢。老板娘坐在床沿上，轻声劝道：‘早上的事太吓人了！还是悄悄地退还给她们算了。若是闹出了人命来，那可真是不得了。’‘你啊！什么不得了，真是妇人之见！死了怪谁啊？怪她们不应有这宝物。我不取，别人也会取的。别唠叨了，快睡吧。’起身把玉镯放回抽屉里，脱衣上床。我听到耳里看在眼里，更是怒上加气，强压心头蹿起之火，嗯，小不忍则乱大谋嘛！时近四更，鸡犬无声，嘿，倒不是鸡犬得了我什么好处不出声，而是那当铺里的狗，早已被我用放有耗子药的肉包子药倒，鸡窝里的鸡也让我毫无声息地扭断了脖子，它们是想出声也出不了哇。我悄悄地溜到厨房里，把碗盘等物从大立橱里取出沉入水缸中，又拆掉里面的分层隔板，然后我就舒舒服服地坐在了碗橱里。关上橱门，我端起两只碗时重时轻地敲了起来。叮当，叮叮当！夜深人静，格外脆响悦耳，好听着呢。”

老板娘睡梦中被“叮当”之声惊醒，推了推睡得迷迷糊糊的掌柜：“你听听，厨下是什么在响？”掌柜的揉揉眼睛，侧耳静听了一会儿，说道："可能是老鼠进了碗橱里。你怎么没有把橱门关好啊！"就"哈！哈哈！"大声地喊着，又用手在床头板上使劲地拍了几下，于是"叮当"之声立即停了。过了一会儿，"叮当，叮叮当"声又起，掌柜的又是几声喊。如是"哈哈"声起，"叮当"声停。"哈哈"声停，"叮当"声起。

闹得掌柜的不得不起身下床，趿着鞋子，端起油灯前往厨房里查看。见碗橱门关得严严的，灶上灶下均无异状，就转身回房。刚要躺下，"叮当"声重起。只好又踅进厨房，一手擎着灯一手就要去拉碗橱门。灯光摇晃，四周寂静得令人心悸。

掌柜的心中突然发毛，一股寒流自腹部往上漫起，又不得不强提起胆子，嘴里嘟嘟囔囔地骂道："响什么响！半夜三更，有鬼差不多。"言还未停，"吱"的一声碗橱门突地自己洞开。一阵风起，也就在油灯被吹得将熄未熄之时，一团白蒙蒙的影子"嗖"地朝着掌柜迎面扑下。掌柜的吓得大叫一声"有鬼！"心胆俱碎，口吐白沫，抛灯地下往后昏倒。

睡在房里的老板娘听到"有鬼"的尖叫声，吓得全身缩进被窝里，除了床在抖动外，她是连半丝大气也不敢出。

"乐前辈此招妙绝！"徐光斗说，"做了亏心事的人，不被吓死才怪呢。"宗武也道："我是天不怕地不怕的人，此时听来心中都有些冷飕飕的，何况那掌柜的心中还有鬼。不知前辈得手没有？"乐伯道："岂有不得手之理！我迅速地在房中抽屉里取出碧玉镯揣入怀中，纵身上屋就往上节街方向'扯活'。可刚离开当铺不远，锣声、抓贼声就在沿街闹成一片，连巡街的衙役也追踪过来了。"

宗武忙问："那前辈脱身了没有啊？"又为乐伯添茶。

乐伯接过喝了一口，接着讲道："我心知事难善了脱身很难，于是找了一个稳妥之处藏好玉镯，做上记号记牢方位，就又蹿房越墙，高纵低跃竭力奔逃。说起来也好笑！我在屋上逃，他们在下面追。我累得汗流浃背，他们也累得没了喊声，逃、追不舍啊！嗨！别的倒没有什么，倒霉的是那些无辜的瓦哟，被我踩得噼里啪啦地碎了半条街。唉！遇到乐伯，也确实是见者不乐啊！跑到水巷口正街附近的张家巷时，我见巷身很窄就止步下降，双手双脚叉开呈大字撑住两边巷墙，隐身巷内上方屏息不动。追我的人埋头苦追，追着追着，突然不见了屋上被追的人。当他们正陷于惶惑觉得奇怪的时候，就有人提议道：'这贼一定是经张家巷往东湖里跑了，快！快追啊！’于是他们就又一窝蜂似的从爷爷的胯裆下，穿巷径往东湖方向追去。我心中就是乐：嗯！真刁！你们快到东湖里去吧！爷爷快要撑不住了啊！”

众人听讲到此处，那为乐伯悬着的心方稍稍放下，宗武嘘了一口气：“乐前辈，您岂止是刁，而且是刁得很哪！别急，这时再撑不住您也要撑住。后来呢？”

“眼看就要脱身，坏就坏在一个该死的家伙手上。”乐伯接着说道，“那个该死的家伙被人绊得摔了个四脚朝天，杀猪般地大叫起来‘贼在这里啊！’‘在哪里？’‘呐！在我上面哪。’我知大事不妙就往屋上耸蹿。火光一闪铳声响，数粒铳弹扫上了我的右腿，一个把持不住摔跌了下来。”

于是众人的心又悬了起来，而乐伯却鼻子一耸，“哼！这些狗杂种打死老鼠倒是很在行哪！你一拳我一脚，比赛似的尽往我身上招呼。话又说回来，那些追我的人也实在是累得够呛的，尤其是屋瓦被我踩得烂碎的屋主，练练拳脚出出气也没什么，我心里反倒是觉得舒坦。而有些莫名其妙的人也来凑热闹，还真有些莫名其妙呢！反正老鼠过街人人喊打，也是理所当然。你们说对不对？”

乐伯如此一问，不仅大家忍俊不禁，连天明师傅也被问得笑了起来。

“嘿嘿！不好意思，乐伯成了老鼠喽！好在贼不怕打，我双手抱头缩成一团，随着拳来脚往，翻来滚去如球转，好玩着呢！你别笑！一位不承情的家伙揉着手腕不但不乐，还莫名其妙地埋怨道：‘哎哟！累死我了！把我的手都打酸了。’好像是我请他来似的，闹得见者不乐的乐伯我也不乐了。唉！你们说说，怄气不怄气啊？”

鸿翥道：“在公堂之上，前辈又受了不少罪吧！”

“也没有什么！”乐伯轻松地说道，“当铺主事上堂来，就指控我夜入当铺偷窃碧玉镯。我反诘他怎么知道当铺有碧玉镯？主事道：‘我怎么不知道有碧玉镯？那妇人来当时还是我先接待的。’好！老子要的就是这句话。就说道你可别诬咬我，我什么也没有偷啊！除了汝李氏家有传家碧玉镯外，你们有什么碧玉镯？主事的一急，脱口而出‘不错！就是她家来当的那副碧……’话未说完即知失言，马上闭嘴不语脸色如土。我说好啊！真是贼不打自招。大人可听清楚了吧！汝李氏家的祖传碧玉镯就是他们黑诈了。当时堂上县太爷听了也是一震，他同师爷一番耳语后，把惊堂木一拍，仍然一个劲地逼我交出赃物。”

乐伯喝了一大口茶，又对众人说道：“我一听不乐了。我说大人，你是糊涂还是没有听清楚？那不是赃物是汝家之宝，大人要为孤儿寡母做主啊！你们知县大人怎么说的吧！他说这事不是我要管的事，只要我把碧玉镯交出来，他自会明断。挺机灵着呢！可我也不能白挨一顿揍哇！何况我还不知你和当铺是不是穿一条裤子的呢！于是我就对知县瞎诌起来：唉！大人哪，可惜啊！本来是要交的，可又被那些抓我的人搜了去，害得我冤枉跑了一夜路。县太爷道：‘乐伯啊！你就不要狡辩了。交出碧玉镯，本县饶了你这回。’我说：‘什么？照大人说来，这镯子他们没有上交给你？你记清了没有哇？若是这样的话，那这些人的胆子太大了！大人，你就别管我了，快去找那些抓我的人，该问的问，该打的打。晚了就难办了，那你真的是害得我白累了一回呢。’县太爷气得把惊堂木拍得山响，连连说我胡说。我说这不是胡说的，是我说的。你当真要快去找抓我的那些人哪。晚了的话，那可是你误的事啊！县太爷大叫夹棍侍候。就这样我被衙役们夹了起来，夹棍一收，就昏了过去，当时也不知道痛不痛。衙役又按县令吩咐，剥光了我的衣服，全身搜查，挠得痒痒的，我忍不住咯咯地大笑了起来。县令怒不可遏地差点把公堂桌子拍破：‘泼皮贱贼！在公堂之上你还笑得出来！’我说大人，不是我要笑哇！而是他们挠撩得我笑的。谁也忍不住啊！不信？你老爷也可下来试试看！衙役们忍不住也笑了起来。县令气得手都发抖，大骂我是泼皮，要我知道什么官法如炉，喝令再收夹棍。夹棍的味道刚刚试过，不好受啊！我马上喝道：‘且慢！请问大老爷，我犯了什么大罪？你有什么凭据，竟给我上此大刑哪！抓贼抓赃，赃证何在？你想赌气打死我吧！还是碧玉镯在衙门里想夹死我灭口？还要王法不要？贼有死罪吗？’县令道：‘你夜入民宅非偷即盗，公堂之上玩耍本官，没有死罪也要整死你！’他一夹，我又昏了过去。县令拿我也没有办法，只好退堂，连同当铺主事一道收监了事。”讲得舌干唇燥的乐伯，急急接过宗武换过的茶水，又喝了一大口揩揩嘴道，“以后嘛！这以后就好喽，真是善有善报恶有恶报，一点不差。当时收在监内，哎呀！那臭虫、老鼠可把我害苦了，弄得一晚上都不安宁，真比上夹棍还难受呢。不过话又说回来，对我乐伯来讲哪！倒是时来运来福气来也！哈哈哈！”乐伯大笑起来。笑得宗武忙问道：“牢里臭虫叮、老鼠闹，怎么还说是时来运来福气来呢？在下被你弄得糊里又糊涂了。”“你有所不知啊！还是听我慢慢讲来吧。”

乾字号监房内，刺鼻的腥臭、霉味让人作呕。老鼠窜来窜去，毫不惧人。乐伯拢住目光打量察看，只见有一人蜷卧在烂草垫上一动不动。此人衣裤褴褛破碎，须发灰白形影模糊，心中暗忖此人手铐脚镣地关在乾字号监内，也不知犯了何等大罪。初到不便启问，只是纳闷在心中。

一缕亮光终于从牢墙上面的小孔中透了进来。此人翻身坐起，重镣随着双脚动弹哗然作响。凶鸷般的双眼死死地盯着乐伯，直盯得乐伯心中发毛，背脊上冒起了丝丝寒气。

“开饭喽！快点，你快一点！你们这些该死的东西，天天要老子来侍候！”狱卒的喝骂声不时响起。乐伯急忙拆开发辫，从中取出一枚金戒指握在手中，待狱卒弯腰舀粥时，把戒指往其面前一现。狱卒眼睛顿时发亮，抬头问道：“你要干什么？”“不干什么！我有一事相托，也以此金相酬。如何？”“什么事？”“只请你老辛苦一趟，到东门口客寓把我的行李包裹取来。在下还有重谢在后呢，怎么样？”

狱卒盯着那沉甸甸黄澄澄的金戒指，咽咽口水，望望四周，见前后无人就说道：“那好吧，不过客寓里的人，怎么才会将包裹让我取出来呢？”“你只要拿这个存单给他们，就可取出。”乐伯从裤腰折层里抽出存单递给他道，“嘞！这个金戒指就送给你了。”

送饭打水的狱卒算是狱卒之下的狱卒，低微得连克扣犯人的那点少得可怜的清汤寡水，有时也很难沾到点滴。这枚沉甸甸的金戒指就足以令其眼花目眩了，何况包裹取来时乐伯拆开夹层，一张五十两的“永丰钱庄”银票又到了他的手中。乐得他“大爷！大爷”地叫着，借事寻由地围着乐伯待着的号子转悠，等候乐伯的差遣。

当晚，没有披戴刑具的乐伯跷起二郎腿，畅饮着饶州醇酒，啃起了嫩黄的鸡腿。受铳弹所伤的腿上敷了药，包扎得妥妥帖帖，除了讨厌的臭虫、老鼠，他自我感觉惬意极了。

“哐啷！”镣铐声响，正吃得满嘴油腻腻的乐伯被惊得一跳，侧首望去，老囚犯的那双眼睛闪着饿狼般的凶光，又死死地在盯着自己。他略略迟疑了一下就擎着鸡腿，试探着问道：“前辈是不是要这个？”老囚犯摇了摇头，把嘴一噘道：“呶!”“那前辈是要这个了。”乐伯端起酒碗，老囚犯“嗯！嗯”地连连点头。于是乐伯从锡壶里把色纯香醇的酒倒满碗，端到他面前。老囚犯接过，一仰脖子就咕噜咕噜一饮而尽意犹未尽。乐伯把壶中之酒全倾在碗里，老囚犯再饮而尽。他放下碗来，身子往墙壁一靠，“哼！我好恨哪!”就再也不吱声了。

舍得花钱，又有钱花，再难讲话的狱卒牢头都好讲话了。乐伯把这些人打发得乐乐呵呵!

“唉!”乐伯叹了一口气道，“我乐伯关在牢里，看牢的他乐呵。真的，我和他们的关系处得好似兄弟差不多。过去谁见了我乐伯，谁就见者不乐。这回倒好，谁见着乐伯，谁准乐！我乐伯的见者不乐，已是名不副实了哇！唉！可叹哪可叹!”

宗武忙安慰道：“不可叹，不可叹！理所当然呢。过去你要人家的钱，人家当然不乐。这次你送人银钱，谁会不乐呢?”

乐伯道：“理是这个理啊！不过这些人也还讲些义气，没有一个人舍得我出去的。都说啊！‘乐爷！有你老在这里，我们觉得日子都好像过得快了些!’言下之意，巴不得一天分成两天过才好。你们听听，好笑不好笑!”

鸿翥插言问道：“那同监老者，其所犯何罪?”

“哦！那是一名独脚大盗，身上背着数条人命血案。潜窜到此被尾随而来的缉捕人员围困，老囚犯拒捕、当场格杀两名捕快衙役，最后力竭被擒。已判斩监候，只等秋后处决呢。”

天明师傅道：“真是死有余辜。此辈不除，人间祸害啊!”

“不过，他和我还挺有缘分的。人哪！一死无大罪，可怜又可嫌哪！脚筋挑断，锁骨敲折，巨镣重铐，刑伤化脓，蛆虫在伤口蠕动，一身屎尿臭，功力全失。我看在眼里心里也很是不忍哪！就拿银子让狱卒请来郎中给他疗治。我也亲自为他擦洗，慢慢地三言两语地搭讪着，他盯着我的目光也渐渐地柔和了起来。有一天，在我替他洗完伤处包扎停当后，他突然问我是何事关押在此？我就讲给他听。谁知他把嘴一撇，说道：‘像你这样的本事也想打抱不平，哼！真是太不自量力了。笨蛋！蠢货!’我把头一扬不服道：什么？我是笨蛋？蠢货？不自量力！你呢？他说：‘像这样的小事，我只要动一动小指头就成了。想抓我没门!’我说那你怎么还会落到如此地步呢？他说：‘哼哼！所以我才常说好恨哪！死也不甘心哪。我是上了朋友的大当，喝了他下了蒙药的酒，被他卖了才落入了鹰爪们的手里。’哼！我鼻子一哼，这也难怪，像你这样伤天害理的人，交的朋友当然好不到哪里去的。他听了不但没恼反而说我骂得好骂得对！是老天对他的报应，说听了我的话是又恨又悔，等等。真是人之将死，其言也善啦。老囚犯低下那长发杂乱的白头哽咽着，据说这还是他第一次流出的混浊泪水呢！”

鸿翥道：“天作孽犹可违，人作孽不可活。罪恶铸成，悔之晚矣！”

乐伯点头道：“不错！小兄弟说得对，自作孽是不可活啊！不过此人不但是恶贯满盈，而且还是身负奇技的异人，功夫高得很呢！他说平生没有见过像我这样的大好人。哎！你们不要笑！我算不上大好人，也总不会是大坏人吧。”

宗武连连点头道：“前辈怎么能算是坏人呢！不是！绝对不是。虽说嘛，名声好像有点那个，但有的也是误传的嘛！心是好的，你不用解释，我也清楚。来！喝口水，再慢慢讲，反正夜时绵长，谁也睡不着。”

乐伯道：“知我者，宗老弟也！后来老囚犯对我说，他是灶神菩萨贴在背上走到哪背到哪，本是无牵无挂，想不到临到死期，还欠了我的人情感到很是不安。我说这算什么话，牢中相遇是前世的缘分，我不帮忙照料那还叫人吗！老囚犯听我如此说更是感动，说道：‘既然如此，我就不讲客套话了。老弟所犯之事不大，要不了多久就会出去。有一事相托，不知能不能答应？’我说，如果叫我替你干坏事就别开尊口，我是不会答应的。他说：‘岂敢！我是想求老弟在我秋后临刑时代为收殓，一领草席就可以了，不知能否？’我说此是小事我包了，安埋殡葬，请僧道做法事，让你来世改恶从善做个好人。老囚犯说只有等来世相报我的大德，并把他的一切也告诉了我。为了不欠我的狱中照料之情，还硬要将他的武功相赠。我在推辞不脱的情况下，只好勉为其难地受其所授了。真的！如果我早练有这身功夫，那天晚上的确是难以抓住我的。”

在老囚犯的悉心教授下，乐伯很快就练得一身软硬功夫。尤其是轻身柔术，如墙面贴画、壁虎游墙、君子卧梁、卷挂珠帘、头出身出、屋里量天，等等，所缺的就是功力火候。

乐伯道：“反正有的是时间，学到老，练到老，一点也不急。急的倒是当日我对汝家婆媳说的三日后听我回音的事啊！现在陷身狱中也不知她们是死是活呢！哎，做事不稳妥，见者不乐啊！”宗武道：“你和牢头狱卒的关系那么好，叫他们去问问不就成了。”

“唉！忙着练功夫忘了问哪！真的是忙晕了头。”乐伯拍拍后脑勺，满脸的不好意思。

永春接言道：“这事呀！我在街上卖菜时听人讲过。汝秀才的老婆在当铺门口上吊的第二天，就被县衙门传去公堂对质。只因原物已失，判令当铺折银赔偿，当铺主事枷号示众。掌柜的经那晚一吓，吓成了失心疯，呆呆癫癫的一天到晚念叨着有鬼，有鬼！关闭了当铺，盘给了他人。县太爷还说汝秀才的老婆是节妇呢！说要呈报表彰，竖牌坊。真是善有善报，恶有恶报啊！”

乐伯笑道：“放我出来的时候，那些衙役还挺舍不得我走呢。都说‘乐爷，你老以后要常来啊！’还常来啊？再来，银子就来不了喽！”乐伯一会儿学县太爷讲话，一会儿学狱卒讲话，惟妙惟肖，亦诙亦谐的神态，引得大家哄然大笑。

彻夜长谈，天已微明。留在城内哨探的四人已返回，均称没有发现胡、史二人的行踪消息。宗武道：“死蜂子、胡伤心！这两个坏家伙除了暗算伤人外，也不见得有什么真本事。”鸿翥道：“师兄此言差矣！这二人不死不休地寻仇报复，绝对是难缠之辈。我们是决不可掉以轻心哪！”

乐伯起身对天明师傅讲：“我上次去皖省也是同这碧玉镯藏而复失有关，而这次到九江也是受友人之托代为办理一事。事已有眉目，过几天就要去浮梁，然后再去安徽。至于胡、史二人之事，我会加意留心。一有他们的踪迹、动静，我会及时告知。诸位多防范，就此告别了。”众人再三挽留不住就直送到系虎桥头，互道保重拱手礼别。

天明师傅站在桥头上望着东湖涛浪，心中突然冒出了一种不祥之感。近日才知其名素未谋面的胡、史二人，就像是一条毒蟒似的紧紧地缠住了自己，突突地吐着红芯的血口，正朝着胸口咬来。那不死不休、非见血不止的重负压在了心头。果不其然，天明师傅这一不祥之感，倒真的随着朝廷筹办慈禧万寿庆典寿贡，由江西抚台贡奉的那对鄱阳湖蓝、白双珠的灾难而罹灭顶奇祸。

第十回 双珠罹灾鄱阳湖 千里查盗马鞍山

在那浩渺的鄱阳湖之东，“江山清壮，物产丰饶”的饶州府治鄱阳县西，有一水乡湖村，唐时曾产明月珠而得名为珠湖。湖域六万余亩，同鄱阳湖水共一源。湖中孤岛，岛形宛似复瓢，俗称瓢里山。山上风景秀丽，绿草茵茵，鸥鹤舞翔。苍松翠柏古寺隐现。宋时饶州太守范仲淹誉赞其为《小南海》，曾赠岛村山寺楹联“佛寺飞来小南海，禅心静到大西天”。然而此地风景虽好，村民却是过着“危风险浪行，衣食性命时时忧”的生活。

低矮、破旧的渔舍，就散落在岛上。半渔半耕的村民们，躬劳在野，涉浪于湖，生活得艰难困苦。

那年八月十五中秋夜，碧天无云，苍穹如洗，微波濯明月，细浪拍轻舟。无风三尺浪的鄱阳湖，此时竟然是格外的平静。

“今天是怎么了啊！网网无鱼？”李根茂老汉边收网，边对在船尾楫桨的女儿说道，“眼看这过期的湖租又要变成‘驴打滚’了。唉！连中秋节都不能让你在家歇歇，爹爹对不住你啊！”老汉用手背揩着湿漉漉的老花眼，唉声叹气咳嗽不停。

根茂老汉年近花甲，瘦黑瘦黑满头白发。因家境赤贫，他在四十多岁时，才娶下一逃难的女人为妻。夫妇二人破船破网，同心苦熬在鄱阳湖上，喜得一女，取名湖花。为债和生活所迫，湖花娘生下女儿的第二天就下湖捕鱼，落下了产后疾病，诊治无效撒手西去。

十六岁的湖花，听着父亲的咳嗽声悲从心头起，含着盈眶欲滴的眼泪叫道："爹爹！时候不早，你也该歇歇了！我们回去吧。""闺女！再撒三网吧！不管有鱼无鱼都回去。"

月移中天，冷华伴着细碎的浪花，就像是连缀成一片片的银光片，在湖面上波跃闪亮。

"爹！你快看！"湖花眼尖，在第二网撒出收回无获后，突然发现在离船左侧不远处的湖面上，有一蓝一白两缕光华随波涌浮。

根茂老汉顺着湖花的手指处，拢凝着目光死死地盯注着那蓝、白光华说道："奇怪！我在湖上打了一辈子的鱼，从来也没有见到过这种奇事，一定是出宝贝了！"按捺住心中的惊喜，吩咐湖花轻荡船桨，缓缓地往光华出处靠去。待船稳住后，他口里喃喃地祝祷道："老天爷多保佑！"沉气凝力，朝着蓝、白光处撒网罩下，稍停拉网上船，除了一只硕大老蚌外，网中别无他物。再定眼细察发光之处，蓝白二光已是消逝无影。父女二人大失所望，互相安慰着驾船回岛。

根茂老汉担着渔网拎着老蚌回到家里，随手就把老蚌扔在了水缸脚下。抽出竹烟筒坐在门槛上，吧嗒着旱烟。此时忙着烧水做饭的湖花，提着舀完锅中开水的木瓢再往缸中打水时，那瓢中残留的开水滴在了老蚌身上。老蚌受烫双壳骤张即合。蓝、白二光也就随着开合瞬间，在湖花眼前倏闪即逝。

根茂老汉即知老蚌含珠，取来剖刀就着昏黄的油灯微亮，小心翼翼地将老蚌剖开。两颗圆溜溜、蓝盈盈的偌大蓝、白明珠，顿时映得满屋熠熠生辉。根茂老汉双手捧着这湖天赐予的珍宝，颤抖着说不出话来。

湖花接过双珠，紧贴在面颊上爱不释手，什么劳累，什么饥寒都被抛到了九霄云外。父女二人喜不自禁地谢天谢地谢菩萨，又万般小心地将双珠藏了起来。

后来不管老汉如何矢口否认，鄱阳湖瓢里山岛渔户李根茂在八月十五中秋夜，获得双珠的消息还是不胫而走，在湖区渐渐地传了出来。

湖主贾海发，土豪大户，凭借地处偏僻之利，肆无忌惮地愚弄和欺凌佃户渔民。租地租港，高利放债，手狠心黑，横行乡里。财大气粗之余，总觉得朝中无人为官美中不足。当听知蓝、白二珠之事，又逢各地为慈禧太后万寿大庆寻访献宝之时，认为是天赐良机起了侵吞之心。策划谋夺明珠，以此为大儿子贾仁兴买官爵的晋身之阶。

风急浪高，乌云翻滚。贾海发率领儿子贾仁兴和如虎似狼的家丁闯上岛来，村子里立时鸡飞狗叫，哭声四起。

贾海发虎起猴腮脸，瞪着三角眼，一掌打掉湖花端上的茶碗，跷起二郎腿，对着根茂吼道："你欠的湖租、捐税，还有借给你女人治病、料理丧事的钱，今天是非要结清不可的。哼！你倒好！我不催，你就不交。嗨！良心到哪里去了？欠债不还，你有几个胆子？啊！今年本息一次清，听见没有？你说什么，结不了，那好办！就拿你女儿抵债好了。"

根茂老汉低头哈腰，连连作揖："老爷，我不是有钱不还。拼着少吃少穿，我月月都按时把利息交了过去。无奈今年渔汛不旺，十网九空，总是空船而归。请老爷高抬贵手，再宽限、宽限！""你皇粮不交，欠债不还。我宽限你，谁宽限我呀！李根茂哇李根茂，得了珍珠藏匿不报，你好大的胆子！什么？"只听得"啪"的一声，根茂老汉脸上着着实实地挨了一巴掌。桌子被贾海发拍得"砰砰"山响，"好哇！你还敢在真人面前说假话，你想找死啊！不要再说了，今天你要么纳捐还债，要么拿珍珠来抵，否则就卖你的女儿。"

李根茂被吓得魂飞魄散，忙跪在地上"咚咚"地叩着头。湖花跪在父亲身边，低头痛哭也跟着哀哀苦求。

贾海发恶狠狠地骂道："你们是不是不见棺材不掉泪呀！"一脚踢翻李根茂，喝令家丁搜屋。这伙凶三恶四的打手，摔锅砸缸，连少得可怜的老鼠洞也没有放过，结果一无所获。

"把这个死丫头给我带走！"贾海发把手一挥，打手们一拥而上，抓起湖花就往外拖。湖花双脚死死撑在门槛上奋力反抗，拼死挣扎着不走。老汉翻身站起，紧紧地抱住女儿死不放手。兽性大发的贾海发举起嵌铁手杖，狠狠地砸在根茂老汉的头上。根茂老汉仰身栽倒，当场气绝身亡。

湖花挣脱家丁的拖扯，扑在父亲身上悲凄惨号，只哭得天晕地转观者心寒。村民们对湖主的兽行愤恨在心，却敢怒而不敢言。

"老不死的早就该死，你哭什么哭！我叫你哭！"贾仁兴大骂着，抓住湖花的头发往门外倒拖。此情此景激怒了贾海发的堂侄、佃农贾仁平，他冲上前去一拳就把贾仁兴打了个满脸开花，又将湖花护在身后，指着贾海发大骂："你们这伙吃人不吐骨头的强盗！眼里还有王法没有？天理都不容你啊！"

贾海发见是本家堂侄出头打抱不平，气得暴跳如雷："反了，反了！你这个胳膊外拐的贼坯，竟敢管老子的闲事。无法无天，无法无天了！来人哪！快给我捆起来，押回祠堂去，看是你的王法厉害，还是我的家法厉害！"众打手一拥而上，围住贾仁平拳打脚踢。贾仁平终是力寡不敌，昏死过去后被捆绑了起来。

湖花突地站了起来，已将生死置于度外，指着贾海发大骂："你们这班吃人不吐骨头的土匪啊！谋财害命哪！打死了我的爹爹，我做鬼也要寻你啊！"从怀中掏出双珠，只见蓝、白光华一闪，就被湖花吞入了口中。人性尽丧的贾仁兴急忙扑了上去，双手死死地掐住湖花的喉颈，活活地将她掐死，从湖花口中掏出了双珠。

贾海发杖指远远围观的村民，大逞淫威地吼道："谁敢多事，这是榜样！"指使家丁纵火烧屋毁尸灭迹，强拖着贾仁平呼啸而去。

饶州府幕僚汝继孝公差赴省返程时，在鄱阳湖遇大风浪，泊船暂避长山岛，乍闻这起惨案也不禁毛骨悚然。联想起当年祖传碧玉镯，横遭黑心当铺老板的讹诈之祸，若不是得江湖义士乐伯之助，一家三人几入虎狼之口。思想至此心头怒意顿起，正义之感油然而生，即对随行人员道："劣绅恶霸如此鱼肉乡民，无法无天，这还了得！任其暴行肆虐，小民百姓哪里还有活路可行。这事既然被我撞上，我倒要非管不可了。"当即令船夫起航开船，顶着狂风险浪赶往瓢里山岛。

他在访探查证时，却被贾海发知觉，几乎遭其毒手。汝继孝冲破贾海发设置的重重阻力，在当地村民的帮助下终于探明案情，取得了证据，智救出被以背宗叛祖忤逆族长之罪，关押在贾氏祠堂、绑在长梯上准备沉湖处死已是奄奄一息的贾仁平。汝继孝赶回府衙后，禀报了案情。府台大人震怒，立刻传见鄱阳县令，遣派府县衙役捕快抄近路，星夜赶赴湖乡贾村。贾海发父子慑于官府威势，不敢拒捕束手就擒，人赃俱获。

放告牌一挂出，饱受迫害的村民纷纷投告。府县联审，贾仁平当堂指证，诉其罪行，令人发指。贾海发父子在铁证之下无可遁词，一一供认不讳。后贾海发刑伤迸发瘐死狱中，贾仁兴也在秋后斩决，其余从犯按罪刑罚。

蓝、白二珠因根茂父女双亡，无主领认，由府衙呈交抚台收存在库。

光绪二十年的新春佳节，鸿翥驮着已有三岁能喊爹叫娘的儿子小金生，要去武馆给师父拜年。怡英将送给师父的贺年礼品递到丈夫手上，又亲着儿子的额头，悄声叮嘱着这爷俩早去早回。

到了武馆，头戴瓜皮帽、身着长衫马褂、胸佩百家银锁的小金生，学着大人的样子拱手叩首，稚声稚气地叫道："拜年，拜年！师祖发财！"

天明师傅非常高兴地把金生抱放腿上，抚弄着他那麻雀尾巴似的小辫子，一个红包塞进了徒孙的怀里。宗武端上茶来，师兄弟互致了新年问候。

鸿翥道："我去荐福寺给先生和禅师拜年，请师父、师兄少歇。"天明问道："志鸿先生不是在外游历吗？他什么时候回来的？""腊月初。先生外游回鄱阳，途中取道去了凰岗，登郭璞峰观仙人棋局偶感风寒，后由光斗兄相陪回寺。""那好，我们就同去荐福寺拜访好了。"

普明长老在大佛殿降阶相迎，诵道："施主新年好！阿弥陀佛！"天明师傅抱拳胸前："拜年！拜年！禅师新年好！"一路欢笑着来到志鸿居处。

小金生跟着大人行礼："爷爷，拜年！"先生抚摸着他的小头道："嗯！我们的小金生又大了一岁，懂事了哇！爷爷祝你长命百岁，肯长肯大！"小金生擎着红包，依偎在先生身边，跟着说："爷爷长命百岁，肯长肯大！"童趣引得众人捧腹大笑。

志鸿感慨地对天明、普明长老道："一代新人胜旧人，此言不谬也！此儿三岁就如此聪慧，该是一代新人出了！老矣！我们老矣哉！"

普明长老笑着说道："先生别着相了！岂可忘了江南归仁禅师所说'男儿胜败事，不需惆怅对西风'的至论啊！一代新人出，恰证因果缘。不需惆怅又何须惆怅。我佛如来，善哉，善哉！"

志鸿道："禅师高论。未来如来，如来未来！妙哉，妙哉！"天明问道："先生此次游历各处，时事有何新闻？"

志鸿道："此番历阅鄂皖苏诸省，增见识多矣！在汉口友人处，有幸得教于光绪癸巳科举人康有为先生，真令我胜读十年书也。他所著的《新学伪经考》破守旧之僵死，立改革时政之依据，本是变法改制救亡图强的好书，却不见容于朝廷。悲乎！不过其影响之大朝野皆闻，足以破‘万马齐喑究可哀’之沉寂矣！”

张鸿翥第一次听到了康有为的大名，第一次知道了变法改制是救亡图存的复兴之道，虽是不甚了了，却也默记在心中。

时已正午，普明长老盛情坚留众人寺内用斋，以酬平日礼佛之缘。众人也不惺惺作态，欣然应诺。

僧家所用，虽然不是琼浆佳肴，却也丰盛清新。雪藕嫩笋甜脆爽口，素菜豆腐青白悦目。特别是“素鸡”一菜，色、香、味更是不亚于清烹嫩鸡之鲜美。

此“素鸡”一菜为饶州府鄱阳县城之特产，尤以东湖里所产为最佳。此品由当年从婺源县清华街迁到东湖兴隆社磨子桥东定居的姚姓祖先，以从淮安带来的豆制品制作工艺，结合东湖四郊所产的优质特产黄豆，细磨成浆滤去豆渣放入锅中温火沸煮，再以长为二尺的瘦竹棍精心细致地从锅中一张一张挑起来的薄薄豆浆皮制成。

制作这道名肴时，必须将每张晾干成半月形的豆浆薄皮，用湿巾润软不燥脆为度，再十张一叠卷束成捆，然后用湿巾、细麻绳裹包缠扎放入锅中煮熟取出，拆去湿巾斜斜切成一寸二分一截，那制成品上的颜色呈褐黄、浅表皮状如鸡毛根孔列序细密，肉质滑嫩爽口，故得“素鸡”名，从而成为大贾商家待客必用及佛家素食的珍品。食用时拌和麻油及香味调料，令尝者尝后思尝。

众人浅酌欢饮饶州糯米水酒“鄱阳意”和逢年过节才得一尝的“素鸡”，可真的是齿颊留香、兴致怡然。

席间，先生嘱咐鸿翥道：“国家内忧外患，正值多事之秋。贤契精专武事已名列武举，也正当年富力强之时，莫效儿女情长，隐居于山野之间空负所学。当应百尺竿头竞高处，学岳武穆精忠报国也。”

鸿翥道：“先生所教甚是！无奈家中窘迫，川资难以筹措。上届科考本欲赴试，也限于此而未能成行哪！”

“川资之事，我已为你备妥，贤契不必过虑。按大清科考定例，今为甲午之期，又适逢皇太后万寿大典，必开文武恩科。我意过了元宵佳节，你即可同光斗一道赴京参试。早早起行，沿途还可以武会友，历练见识。”

天明接言道：“先生所言，深合我意。若能凭技夺魁，师门同增光彩。

宗武陪同前往也可互相照应，我看就这么定了。”

鸿翥道：“弟子悉遵先生、师父之教。待光斗兄到来同往可矣。”

普明长老道：“小友赴京，人地陌生。可持老僧书信，前往京西荐福寺交于主持普照禅师，他自会为你安排在京诸事。”

众人谈饮正欢之时，一位满脸劳顿身背青布包裹风尘仆仆的大汉，在武馆弟子的引领下走了进来。

宗武立起就叫：“江师叔，是您来了啊！真的想死我了。”

“江雄贤弟，大年初一的，你不在家过新年却为何事匆匆到此啊？莫非是镖局出了什么大事了！来！先坐下歇歇，用过饭后，我们再细谈。”天明站起相迎，又把江雄介绍给大家。

江雄一一礼揖道好，饮过茶后，就迫不及待地对天明道：“戴老师，镖局确实是遭到天大的祸事了。莫说是过新年，连除夕也过不成哪！小弟是连夜奔波前来报信的啊！”天明安慰道：“别急！别急！我们边吃边谈吧。”

江雄把事发原委讲完后，不仅众人惊讶不已，天明师傅更是震愕万分，气得连连顿足道：“这从何说起？这从何说起啊！”

光绪二十年十月十日，是慈禧皇太后的六旬万寿之期。在头年之初，朝廷委托礼亲王世铎为万寿庆典总办。由于内务府库支短绌，就暗示内外大员献奉寿礼以定升迁。慈禧太后更是谕饬各部，在庆典操办上要听总管李莲英的指挥。李莲英成了总办之上的督办了。礼亲王慑于慈禧之威和李总管之势，干脆顺水推舟，上下其手中饱私囊。各地官吏竭力巴结争功邀宠，巧取豪夺搜刮民脂民膏。

从上至下筹办寿庆大典，正紧锣密鼓地在进行。抚台大人为寿贡一事，焦虑得寝食不安。身边亲信进言说饶州知府在不久前呈报的“蓝、白明珠抢劫案”中的双珠实是罕世奇珍，现正收在藩库里。大人若以此为敬寿之贡，必能邀老佛爷恩宠。抚台听了大喜，急令提调。

双珠盛在玉盘里，摆在了抚台的书案上。蓝珠圆浑映蓝，若如紫蓝花瓣展卧中央，蓝彩瑛瑛；白珠晶亮皎洁，似雨后荷珠，又似寒冰凝滴，冷华莹莹。更可奇的是双珠径同，置于暗中，蓝、白光照互映，满堂生辉。

“绝世无价瑰宝啊！”抚台观叹不舍，立命名匠精制镶金锦盒将双珠安放其中。

当时路途不靖，官银、商货被劫之事屡屡发生。抚台深恐驿送出差错，特委江西信诚镖局专程押保送往京师。总镖头欧阳飞鹏见是宪命官差，不敢违逆怠慢，验镖、签保，选精干镖师四人，亲自随镖押送。又几经仔细商研，决定从九江沿长江转大运河，暗保双珠到京。没想到欧阳飞鹏的过分神秘和惶恐，反倒引起了匪人的注意，事泄内部，真是不怕贼偷盗，就怕贼惦记，应了古人智者千虑，必有一失之言。就在他们押送镖货到达九江浔阳分局的当夜，宝珠即被贼人窃盗而去。

双珠失窃，信诚镖局立陷不复之劫。官府震怒，唯镖局是问，不但总镖头立被羁押，而且事发浔阳分局，江雄责在难免，同被收监。经镖局多方托人联名铺保，并以江雄的大儿子入监为质，江雄方得以出狱进行追查。抚台衙门派出了两名捕头名为参加追缉，实是监视镖局举动。镖局通过自身的各种渠道关系，排查侦访摸捞双珠线索。正在毫无眉目之时，抚台衙门有人夤夜潜入并留下匿名柬帖纸，柬帖上写着“绝世名珠何处寻？当问饶州戴天明”。抚台得此柬帖，不问青红皂白，就要谕令饶州府缉拿戴天明归案。幸得镖局江雄等人为之力辩，并以身家性命相保，抚台才同意让戴天明挂案参加追查，限期破获。

天明、江雄、宗武一行五人装扮成江湖卖艺班伙，进入了皖东南山区。

时已近暮，飞鸟投林。在马鞍山附近小镇的客栈前，江雄翻身下马，就有伙计上前相迎。客栈伙计接过缰绳，招呼众人进店歇息。

江雄要了后进两间客房，安排众人住下。天明、宗武合住一室，江雄及伙计同住一房。

众人刚刚坐下就有人推门闪身而入，对着天明拱手道：“他乡遇故人，幸会，幸会！”来人却是乐伯。

天明大喜急忙抱拳回礼，同时指了指对面房间，做了个轻声的手势，悄声告道：“那二位是抚台衙门派来监视我等的捕头，我们谈话时，可要留意啊！”然后说道：“一别有年，乐前辈鸿雁杳杳，不知游戏何方，甚是想念。今日在此相逢，真是令人喜出望外呢！来，快请坐下。”

宗武端茶奉上，问道：“前辈是怎么得知我们到了此地的？”乐伯道：“你们一进镇，我就发现了你们。因在路上不便招呼，所以就尾随到此了。”

天明问道：“前辈到此何为？”“我也是前天才到这里的，实为探访一起不义之财而来。”

天明好奇地问道：“请教前辈访探的是何不义之财啊？”乐伯答道：“年前我应友人之约，在当涂县协助调处了一宗纠纷。事后留在当涂过年，今天这个邀，明天那个请，应酬扰得人心烦喽！溜出来散散心，却在酒店独酌时于无意中听到邻桌三人悄语，说是马鞍山有什么不义之财。我想，既是不义之财，那就应该见者有份。反正也是闲着无事，就暗地里尾随着他们，想等探明以后再做打算。”

天明听着乐伯讲述，思忖着这两个多月来，渡江涉水翻山越岭，千里辗转循踪追查之事，是否同乐伯所说之事有关？那三人是否就是自己要找的人呢？思想至此就又请教那三人的动态细情。

乐伯对天明说道：“那三人就住在镇西头的客店里，早出晚归。今天尚未见着他们，也不知他们干什么去了。我正在街头巷尾满镇子里访查，意料之外地却看见了你们。”“那么这三人长相如何？有些什么异常举动？”“那三人嘛！为首之人年约四旬，白净脸挺壮实。另一位长相憨厚，眼睛看人甚是活络。脾气最大的是瘸子，拄着铁拐说话粗豪。至于他们的来历嘛，还都没有弄清楚。你们此番长途远行，身旁竟有府衙捕头监视，究竟是出了何事啊？”

“唉！”天明长叹，“我是人在家中坐，祸从天上来，被贼人一口攀咬上了哇！如今是挂案在身，以后还不知如何善了呢！”

“我的爷啊！到底怎么回事？你就快讲嘛！”乐伯催道。

天明答道：“一言难尽哪！当年，因胡尚兴寻仇之事，我们相聚分手后一直平安无事，想不到从大年初一起，就被一场莫名其妙的无妄之灾，搅得不自在了啊！”

“唉！”江雄也长叹一声，“别处不说，就说我们镖局吧。抚台为庆太后万寿奉寿贡，差委我们总局押送的千年难得一遇、孕产在鄱阳湖涛浪里的蓝、白孪生双珠，就已经染上四条人命之血了。而今这祸患又随着这对明珠降临到信诚镖局和天明老师的头上来了。唉，这不祥的带祸双珠呀！”

乐伯听江雄讲完鄱阳湖蓝、白明月双珠和汝继孝秉公办案之事后，长长嘘了一口大气：“这真是人欺天难欺啊！贾海发父子掠宝害命不得好死，也总算是老天有眼了。可敬的是汝继孝身在公门，能恤民苦为民申冤，也不枉我当年数月牢狱之苦了。可叹的是根茂父女为双珠惨遭灭门之灾，实在是令人悲愤也!”然后又问道，“蓝、白双珠虽说是不祥之物，怎么又祸患贵镖局和天明师傅了呢?”

江雄说道:“乐前辈此问甚是!这不祥之物确实是罹祸根苗，谁被沾上谁就是患祸难逃。双珠由省城到我浔阳分局当晚就被人窃走了。这祸事真的是摊上我们了啊。”

天明师傅接着苦笑道:“我这不就是陷入了莫名其妙的无妄之灾了吗?”

乐伯安慰道:“天明师傅不用着急!贼人能盗，我们就能破。世上没有做得天衣无缝之事，否则玉帝老倌要织女干什么?你们这一路查来，查到了什么踪迹没有?”“唉!”天明叹气道，“我们一路追查，不仅没见到贼人的影子，却反被贼人牵着鼻子团团转。真是盲人骑瞎马，夜半临深渊呢!”

乐伯问道:“此话怎讲?”

江雄接言道:“乐前辈有所不知啊!当抚台衙门夜接匿名柬帖时，浔阳分局也接到了一份无名帖子。帖子上面写着:欲知双珠在何处?首先到四湖;去后三天无着落，再去长岭铺。对于此帖，我们明知有蹊跷，但在这毫无头绪之际，也只得宁可照其行了。查阅舆图，方知这长岭铺就在皖省安庆府辖内。可这四湖在哪儿呢?怎么查也查不到这个地方。我们一商量，就决定死马当作活马医，过了长江再说。过江后，才知哪里是什么四湖，其实是龙感湖、大官湖、黄湖、泊湖这四个湖哇。贼人给我们弄了一个大玄虚。我们沿着这四湖翻了个遍，也没有找到同双珠有关联的蛛丝马迹。只好赶往长岭铺，刚刚落店就接到一名小叫花子送来的帖子。那帖子上又写着:有劳辛苦随我行，马鞍山里设宴迎。地点、行踪写得很明白，也说明了贼人一直在暗中跟踪着我们，一举一动都在人家的掌握之中。事已至此，就是龙潭虎穴也势所必行。又恐贼人明下字帖，暗里蒙人。我们不敢径走马鞍山，仍是一处一处沿途查寻。经和县，再渡长江，这才到了此地。”

乐伯道:“贼人如此胆大狡诈，诱你们到此，必已安排了陷阱。那就更要谨慎了，莫要坠入其彀才是!”

天明道:“此言甚是!我想来想去，总觉得这事必和胡尚兴、史蜂子一伙有关，否则不会牵涉到我。来者不善，善者不来。若是我所料不错，此事绝难善了。一场血战在所难免，我们是得步步为防，随时都应准备拼斗，不可轻心！”

乐伯突然问道：“鸿翥小兄因何没有一道前来？有他在此，该是一大臂助也。”

天明答道：“今年朝廷开科取士，鸿翥已和凰岗徐光斗武举约定，过了元宵节赴京应试耽误不得，所以才没有和我们一道同行。”

“既然是过了元宵起程，那已在途中了。不知他们走哪条路线赴京？”

“原说走陆路，经浮梁入祁门走宁国府这条路的。”

乐伯道：“若是这样走的话，估计也快到芜湖、当涂了。那我马上托人传信当涂的好友云龙，请他帮助找一找，见到鸿翥、光斗二人，就通知他们尽快地赶到马鞍山区来同我们会合。你看如何？”

天明道：“如此甚好，那就有劳乐前辈了。”话音刚落，他就警觉到房门外有动静，立即大喝一声：“门外是谁？”倏地拉开房门，立见一人迅速地往客店外边逸去。天明师傅一个箭步，迎头拦在了此人前面，说道：“朋友慢走，请留步说话！”乐伯、江雄等人也围了上来。

那人见对方人多无法避去，当即停下脚步说道：“大路朝天，各走各边。你们拦住在下不知有何见教？”边说边警惕地打量着天明等人，突然说道：“哎呀！这不是信诚镖局的‘花枪戴’，戴老师吗？”

正是：追寻失珠千里行，马鞍山下遇故人。

第十一回 恩怨分明故人助 双珠现踪斗义庄

"壮士何人?"天明师傅听言不觉一愣，急忙问道，"刚才隐身门外也不知有何贵干？还请明示。"

"嘿！戴老师，你老怎么就不认识我了啊!"此人调侃道，"真是贵人多忘事，怎么能忘了我们呢?"

"请恕老朽眼拙，一时半会还倒真的是记不起来了呢！请壮士赐教高姓大名？哦！顺便请问壮士和戴镖头有何瓜葛?"天明师傅一边抱拳揖礼，一边又以眼色示意众人。

乐伯等人心领意会，各自站定方位，虎视眈眈地全神戒备着这位不速之客。此人看到场上气氛紧张，立刻正色而言道："请大家不要误会！在下免贵姓刘小名迁。请问戴镖头是否还能记起当年护送义赈，青石坡赠我银票留药之事?"

天明师傅定睛细细地打量着此人，迟迟疑疑地说道："哦！那刘壮士就是高老大的人了。""一点不错！在下正是高老大手下的那位刘迁。"说完，恭恭敬敬地施了一礼。天明还礼不迭："岂敢，岂敢！请恕老朽刚才失认、失敬之罪了!"刘迁道："岂敢！岂敢!"

乐伯上前附在天明耳畔，悄悄地告知此人就是自己刚才所说的尾随之人后，抱拳也向刘迁施了一礼："刘师傅请了！此地谈话多有不便，还是进房一叙吧!"天明心里自然明白乐伯之意，也就不动声色地拉着刘迁的手道："刘壮士！乐前辈此言有理，此处人杂说话大有不便。你若不嫌客中简慢，就请进房一叙吧！""有幸天赐你我在此相遇，实在是意外之喜，岂有嫌简慢之理？一切谨遵戴老师吩咐。"

江雄也在此时蹑足轻步溜向对面客房，侧耳贴靠房门上凝神静听，然后又悄悄地过来对天明说道："没有动静，想必已是睡熟了。"

刘迁见他那副神秘兮兮的样子很是惊诧，忙问道："这是怎么回事啊，是不是有什么忌讳不便之处？我要不要回避一下？要不然，我改日再来拜访可好？"

天明师傅急忙拉住他，诚恳地将他邀进客房内，向他解释道："千万不要误会！此事和你到此没有任何关碍，壮士快快请坐。若有失礼之处，还请体谅！"

"不敢！何况江湖上讲究一个义字，更讲一个信字。当年戴老师以德报怨，不但枪下留情，而且还赠银赠药。这份高义，我们始终牢记，不敢有忘。高老大也总是说山不转路转，路不转水转，萍水总有相会时。这不，我们今天不又在这里会面了吗？这就叫有缘千里来相会呀。"

"谢谢高老大、刘壮士！你们不计前嫌，实在是令老朽感动。老朽何德何能？竟劳动诸位朋友如此挂记在心，实在是惭愧啊！请问诸位可好？"

"唉！天灾人祸不断，内忧外患不绝，还能有什么好！"刘迁坦诚地说道，"不敢相瞒相欺戴老师，我们还是在道上混饭吃。劫官银，也干黑吃黑的勾当。"乐伯听了忍不住笑了起来。刘迁说道："前辈请别见笑，官逼民为盗，饥寒不由人哪！我们那里一直是三年两头灾，闹了洪灾闹旱灾，蝗虫伴着兵灾来。现在又闹什么寿贡，当官的为升官，拼命搜刮老百姓。雪上加霜，这让小百姓怎么活？"

乐伯连忙站起作揖："请别误会，请别误会！切莫见怪，切莫见怪！我绝不是笑话诸位，我是笑我又得了一位黑吃黑的道上朋友。有礼了！有礼了！"

"刘壮士，你们也认识认识！"天明师傅向刘迁介绍道，"这位就是名闻江湖的乐伯老前辈，人称'见者不乐'的就是他也！"刘迁站起向乐伯拱拱手道："哦！你老就是'见者不乐'啊！失敬，失敬！想必这些天来，从当涂一直跟在我们后面、跟到此地的就是你老了哇！"

乐伯脸上一红，讪笑道："太对不起了！真人面前不说假话。那天在当涂酒店，听到兄等在谈什么不义之财，令老朽动了心，起了黑吃黑的念头。得罪得罪，多有得罪呀！老朽在此赔礼了！”刘迁连忙拉住乐伯，真诚地说道：“你老想折杀在下呀！冲着戴老师在此，我哪里敢言得罪二字。快请坐下，你老坐下，我们才好讲话啊。”

天明也说道：“乐前辈，你就别客气了。听刘壮士吩咐，你就坐下吧。”

乐伯坐下又是一礼道：“刘壮士，我有一事请教，可又不知当不当问？”“乐前辈有事相询，请讲无妨。只要是在下所知，一切都可奉告。”“那天，刘兄等人讲的不义之财，究竟是指何宗不义之财啊？”

“若说此事嘛！”刘迁听此一问似有难言之色，他稍稍迟疑地停顿了一下后，接着还是说出了事情原委，“我们也是在上个月听道上朋友说的。说鄂皖道上，有一个绰号‘老胡子’的，从江西九江获得一宗无价珍宝，名为蓝、白双珠，是抚台敬献的寿贡。我们想呐，既然是官府寿贡，那么任谁能劫而取之都是应该的。反正黑吃黑不伤德！老胡子取得，我们也取得。正在有了一点眉目时，却发觉了尾随窃视在旁的乐老前辈，我们也疑虑乐老前辈同老胡子一伙有关。所以嘛！今天高老大和高云赶早就动身去了义庄，拜访他的义兄明振义，而我就留在镇子里监视乐老前辈的动静。先是看见你们进了镇里，我原先还当是跑马卖艺的。后来又见了乐老前辈跟在你们之后进了客栈。我心中就琢磨着这其中有没有什么关联，于是也悄悄地跟缀而至掩身门外偷听。当听了你们说的双珠奇案后，才明白了你们并非跑马卖艺，而是来查找双珠。正想继续往下听，行踪却被戴老师隔门察觉。哎！真是不好意思了，险些大水冲了龙王庙，闹起误会来。”

乐伯听了脸上火辣辣的发热，想不到自己一路跟来还以为很是隐秘，谁知行踪早被对方察觉自己却丝毫不知。真是阴沟里翻船，大丢其人哪！只好嘿嘿地以讪笑掩盖着一脸的尴尬。待到刘迁说完此行经过，他才接嘴套着近乎道：“如此说来，我们都是冲着蓝、白双珠而来，三行一路了。不知刘兄等下步做何打算？”刘迁道：“这事既然牵涉到戴老师，我们理应鼎力相助，责无旁贷。据我们所知，老胡子这个人在道上，还是小有名气的。说他很是仗义，肯助道上同源……”话未说完，乐伯插言道：“这个‘老胡子’胡尚兴的底细我清楚。什么讲义气？全是假仁假义。”就把胡、史等人的江湖所为以及他的湘淮军的来历抖搂了一番。刘迁听后说道：

“若是这样，那此人就太阴险了，倒真要提防着呢！至于下步打算嘛，还得从长计议。我想等高老大从义庄回来再做商量，你们认为如何?”

天明师傅道：“刘壮士如此重情重义，天明除深表感激外岂有他哉!”

“请戴老师就别再见外了，总之请相信我们。时候已是不早，我还要赶回住处听候消息。高老大一回店，我们准定来回信。”天明师傅站立起来，双手抱拳于胸前深深一揖道：“刘壮士请便，我们在此恭候佳音。高老大一回来，我们得信即去拜访，这就有劳刘壮士了。”

高老大、高云二人雇了一辆牛车，颠颠簸簸地沿着山间小道赶往义庄。路上树木稀疏，山也像是被大火烧了似的显现出黄褐锈色，凄凉悲壮地孤立在蓝天下。

高云在牛车上调换了一个坐姿，眯睁着眼睛望了望天上如火球般的太阳，问道：“老大，还有多远？路上看不见行人，地里也没人干活，也不知方向对不对？这么难走的路，骨头都快被颠散了架呀!”高老大答道：“当年我随老爹来此，也只有十多岁吧。时间虽然隔了这么久，路向还是记得一些的。”车把式插口道：“客官，那是不会错的，前不久，也是两个人雇我的车到义庄去的。再向前走一里多路，转个岔就可看到义庄了。”提起牛鞭，高喊一声：“嘿!”牛猛往前蹿，快跑了几步后，又慢吞吞地往前拉去。

绕过山角，路是越来越窄。一条溪涧，水流潺潺。四周静悄悄的未闻人声，举目望去，一座山庄隐隐约约地出现在树林中。

车把式勒住牛缰，转过头来对高老大说道：“前面就是义庄了。路窄得牛车行不过去，只好请二位爷下车走去了。”高老大连说：“没啥！没啥！这是车费，你点清收好，余银就别找了。”高云伸拐往地上一点，轻轻巧巧地跃身纵下：“哎！总算到了。”“嗯！到了。几十年了，山庄依旧，却不知现在人如何也?”高老大提步疾行，高云紧随在后，铁拐点在路石上，“笃笃”有声。刚近庄前石板桥，从桥头大树后闪出二人拦在了道路正中央，询问二人姓名和到此何事。

高老大报出名号和事由，拦路人听是庄主的义弟专程来拜访，其中一人立即跑去报信。不一会，一位魁伟大汉赶了过来，老远就听见了他的洪亮叫声：“我的高兄弟呀！什么风把你给吹来了，想煞为兄了啊!”声落人已到，一把拉住高老大的双手，上下打量着：“没变！没变！三十多年了，还是少时老样喽!”高老大也大笑道:“大哥,你也没变哪!就是胡子多了。”两个人像孩子似的你捅捅我的胸膛,我拍拍你的肩膀,你看着我、我看着你,手拉手地直乐呵。

义庄庄主明振义,其父明大旗,原名明大忠,太平军将士,作战勇悍,在二破清军江北大营的战役中,掌着“太平天国前军主将陈”的大旗冒矢而前,冲杀拼搏。他身中数弹,仍是高擎着大旗不倒,被称誉为明大旗,从而也取代了他的原名。深得英王陈玉成赞赏,擢为帐下亲兵牌刀手。

同治元年,英王遭叛王暗算,陷入清兵重围。明大旗护在左右宁死不退,直到重伤力竭昏死倒地。英王的百余名亲兵牌刀手,全部身殉天国。尸体在被拉到乱葬岗埋葬的当夜,那些掩埋尸首的清兵,却将尸首停置在坑旁,都溜到岗外一里多远的酒店里去酗酒。也是明大旗命不当绝,在深夜寒风中慢慢地苏醒了过来。凑巧的是高老大之父高天松,领着贩私盐的帮伙在那天遭遇溃败清军的袭击,力拒不敌弃盐挑而逃,逃经乱葬岗时,听见有人呻吟。高天松赶上前去一看,坑旁码堆着的都是血污遍体的太平军尸首。那“水、水”的微呼声,就是来自这乱尸堆里。

高天松从死人堆里拉出明大旗,也顾不得血污沾衣,往肩上一扛就向岗下逸去。他在小溪流里为明大旗洗净血污,换上自己的外衣,背在背上昼伏夜行,救回到老家中请医求药竭力救治,于是二人也就这样成为了生死之交。直到太平天国失败之后,搜捕风声稍息,明大旗才潜回了义庄。

高老大十多岁时,明大旗旧伤复发病危,临终之时专程派人接请高天松前来义庄聚会。高老大父子床边探视,明大旗命儿子明振义叩拜高天松,拉着高老大、明振义,叮嘱他们要互相关照、兄弟相待、世代友好毋相忘。

明大旗病殁,高天松作古。明振义、高老大在乱世之期,虽然数十年未再谋面,却也没有忘记上辈的深情高义。今日喜相会,笑语兄弟情。

在青砖封檐的大堂正厅里,明振义命庄丁奉茶,吩咐备宴为二人洗尘接风。

世交兄弟各叙往事,直言无讳。高老大谈了此次到庄请义兄出手相助邀劫蓝、白双珠的来意。明振义听了哈哈大笑道:“那贤弟来得正好,倒可助为兄一臂之力了!”“世兄此言,是不是说你也已经知道此蓝、白双珠的下落了，也打算出手相夺？”

振义道：“何须出手啊？此宝就在本庄之内。兄弟呀！华夏一家！清廷丧权辱国，其罪擢发难数啊！而今，老妖婆又要搞什么万寿庆典，弄得百姓不得安生。据说为了这蓝、白双珠寿贡，一些为虎作伥的江湖败类，要来找义庄寻衅。哼！我要叫他们有来无回呢！”一席话说得高老大二人满头雾水，不知其所说何指，只是怔怔地望着他。

振义见二人此状心有所悟，觉得自己说得突兀，也自觉好笑，拍着后脑勺说道：“哎呀！你看，你看！我半天空响一雷，倒把贤弟说蒙了。嘿！我也真是的，贤弟千万别见怪啊！”

“哪里！哪里！世兄若是信得过小弟的话，还请详细告知。”“我怎么会信不过贤弟呢？那还算是兄弟吗？不过先别性急，马上就要上宴了。在宴席上愚兄介绍二位朋友同你们认识认识。这二人也算是义肝侠胆，了不起呢！”

出席相陪的朋友，原来就是胡尚兴、史宏志二人。他们自从在九江浔阳分局窃得双珠后，就定下了既得双珠，又移祸戴天明的一箭双雕之计，在选择复仇地点，诱天明等人入彀的同时，也探知江湖上黑吃黑之辈也在觊觎此宝寻机欲动。高老大等人暗暗尾随的举动，他二人尽知，只不过在那时还不明其身份来历而已。

酒席上，明振义频频举杯，胡尚兴殷勤奉陪，高老大更是爽直豪放。高老大对于胡尚兴敢于太岁头上动土劫寿贡，酒席之上坦然显双珠，毫不避忌的举动大是敬佩，赞不绝口，大有相见恨晚之感。

胡尚兴听在耳里，喜在心里，口里却谦逊地说道：“承蒙夸赞，实是愧当。老妖婆庆寿，百姓疾苦啊！对此双珠，尊兄若是适逢其会，想必也会出手的。我们只不过是先期而遇了，不足挂齿，不足挂齿。”说到此处，话锋一转：“九江浔阳镖局认贼作父，甘当官府鹰犬真是可恶之极。想当年，他们暗地里为清妖提供情报。致使太平军九江守军，在保卫石钟山一役中损失惨重，江水都被血染为赤啊！现在，谈起此事来，我都恨得牙齿痒痒呢。”

胡尚兴出于险恶用心所编造出的一派谎言，激起了高云的满腔义愤，恨不得马上就去找到这些人拼个你死我活。他怒睁着喷火的双眼大声叫道：“气煞我也！实在是可杀，该杀啊！”“当”的声响，地面青砖迸裂，铁拐入土半尺有余。

史宏志火上浇油道："高兄所说所为，不愧是大英雄，真豪杰。凡是知道此事者，谁不说这等人该杀啊！就说这次吧，我们把江西抚台巴结慈禧的蓝、白双珠夺了过来，干你镖局何事？可他们为了邀功请赏，伙同官衙捕头，仗着人多势众，一路追杀不舍。若不是得振义大哥仗义相助给予庇护，那我兄弟二人必然会遭其毒手，又怎能三生有幸得会兄等。"

明振义把手一摆道："夺寿贡乃英雄所为，正义之举。你们放心，既然到了我义庄，我就是管定了。来！大家难得一聚，请满饮此杯。"杯盏交错，满桌响应。

高云酒豪胆壮地向胡、史二人说道："胡兄莫要气馁。说句心里话吧，我兄弟等人本是谋夺双珠而来。现在知道了竟是这等情况，若不嫌我兄弟功夫低微的话，我们将舍命相助。"胡尚兴一听正中下怀，端起酒杯双手高擎道："有高兄等人相助护珠，正是在下求之不得之事啊！请满饮此杯，我就先干为敬了！"仰脖一饮而尽。明振义击掌赞道："英雄敬好汉，快哉！快哉！"

宴罢撤席，品茗细谈。高老大想到从当涂一路来此，就有白衣人尾随不舍，已对胡、史二人之言深信不疑。何况世兄明振义还插身其间，所以对高云在席上表态出手相助之言，也就不存他见。此时他想起刘迁还在小镇候信，就起身告辞。

明振义问明原因后，即道："此小事耳，贤弟不必分心，也不必涉劳往返。我派人去接请好了，就这么定了吧！你我兄弟正要多亲近亲近呢！"

刘迁在客栈正等得忐忑不安心焦之时，伙计带进一人。来人说是奉义庄明庄主之命前来接迎他去义庄。待他详细问清楚了情况后，又惊又喜。喜的是高老大二人安然到达义庄，义兄弟喜相逢；惊的是蓝、白双珠竟然就在义庄内，而且窃珠之人又得到了明振义的庇护。他思量再三就打定了主意，于是让庄丁在客栈稍候，自己立刻赶到天明下榻之处，将所知道的情况如实奉告，请他们做好准备，听候消息。然后收拾行李，随着庄丁乘马到义庄同高老大会合。

戴天明、乐伯、江雄等人获知了苦苦追寻的蓝、白双珠就在义庄，则喜、忧、气、急交集。喜的是双珠触手可及，终于有了着落，而且不出所料，果然是胡、史二贼所为；忧的是胡、史二贼，现已得到义庄的庇护，前去索取必有难度，如果大动干戈，那就吉凶难测；急的是官府限逼之期迫在眉睫，已近时日；气的是那相随的捕头敲诈勒索，贪得无厌。一路上像侍候老爷似的侍候他们，还要恶语相加威逼恐吓，这口恶气实在叫人难以咽下，却又无可奈何。

大家刚刚坐下商量应付之策时，这两个捕头就横眉竖眼地斥责起来了。

“现在离抚台大人三个月的限期是越来越近了，蓝、白二珠仍未查获。戴镖头、江镖头，可不是我们难讲话啊！你们可以一天天商量搪塞我二人，我们回去可就不好交代了。你们可不能太使人为难了吧！”捕头满盈抖着二郎腿，用牙签剔着牙缝里的肉渣阴阳怪气说道，“兄弟们可是为你们担当着干系啊！”

“两个多月来，爷们跟着你们东绕西转的，也算是好讲话了。限期迫近，再取不回双珠，爷们难脱干系，你们也要吃不了兜着走了。嘿嘿！到时可别怪爷们没有关照你们哪！”捕头鄂贯，这个八旗子弟自打出娘胎以来，何曾吃过这千里追寻、荒宿野行、担惊受怕的差事之苦，他又气又恼地板着一副蛮横的嘴脸，毫无通融余地，“双珠现在有了着落，为什么还要等啊？啊！算爷们倒了八辈子的血霉！可不是跟着你们来胡混的。啊！双珠既是在义庄，还商量什么。我看你们一路上神神秘秘，又与人鬼鬼祟祟的，到底想干什么？妈的个混账。”

真是秀才遇到兵，有理说不清。江雄连忙作揖，赔着笑脸说好话。鄂贯就是不依不饶，气焰嚣张。

宗武本就心情烦躁，至此被激得怒火腾起，气得回嘴大骂：“你倒真的是他妈的混账！瞎了你们狗眼不成？我们这不正是在商量如何夺回双珠吗？出口就伤人，竟然敢栽赃诬陷！你是什么东西啊！你是官差？那你自己去义庄取去吧！”

鄂贯暴跳如雷地狂叫道：“反了，反了！你敢同老子顶嘴，我就先拿了你再说！”一抖铁链，就要锁人。

乐伯把桌子一拍：“你敢动一下试试看！老子是灶王菩萨贴在背上，天不怕、地不怕。惹火了老子，就先宰了你这个浑蛋，你咬老子的球去！”

“你敢！老子是官差。”鄂贯见众人都横着眼睛瞪着他，知道犯了众怒，更清楚江湖人不好惹，于是倒也害怕起来，心里直发毛，色厉内荏地往满盈身边退去。满盈知道这帮武夫被惹急了，那是什么事都干得出来的，就立即站了起来，脸上堆起笑容假惺惺地劝道："乐前辈，你老别上火，坐下，请坐下。鄂爷，你也坐下来。江镖头，你们尽了心也尽了力，我是知道的。鄂爷也是着急啊！其实也是为了早破获，早结案，早卸担子。这对大家都好哇！江镖头的孩子还在牢里受罪呢！"

江雄连连赔礼："二位上差别误会，大家都在着急呢！我们不要双珠未获内里闹啊！"又悄悄地往满盈手中塞上了一锭银子，"今天我请客了！请二位爷去喝几杯，消消火吧！"

满盈接过银子，又做好做歹地劝着鄂贯："走！鄂爷，我们出去走走！让戴镖头、江镖头商量商量！反正这次是一定要行动的，可不能再误了哇！"拉着鄂贯走出房外，鬼鬼祟祟地商量着对策。

"唉！一路上受够了这两个狗头的恶气。真是虎落平阳遭犬欺啊！"戴天明恨恨地骂道，"这两个狗仗人势的东西。"

江雄想起儿子还关在牢里，心里也是阵阵酸痛，强打起精神劝慰道："戴师傅，你也消消气，矮屋檐下暂低头，也是无奈啊！你可是主心骨，可别让这两个狗东西乱了方寸才好哇。现在双珠已浮出了水面，稍纵则逝，确实是不能延误了。我还担心夜长梦多呢！""理是这个理，问题是我们一直被胡、史二贼牵着鼻子转，义庄情况又是一抹黑。刘迁这人是够真诚的，可高老大同明振义却是世交、生死交。其立场怎样，目前我们尚不清楚。贸然而去，又恐坠入其暗算。官府又如催命鬼，不行动又不行。坐等刘迁的消息吧，还不知他能不能来呢。唉！我也怕迟则生变哪。"

乐伯道："坐等不是办法，假手于人也很被动。贸然乱闯，顾此失彼也未必能成功地取得双珠。嗯！这样行不行？我们兵分三路互相策应，见机而作先礼后兵。"宗武道："放心好了！义庄就是龙潭虎穴也没有什么好怕的。我们听师父号令行事，他就是猛虎，也要拔出他的獠牙来。"

经过一番商量，最后决定一路由乐伯、宗武先行潜入义庄，探清情况，伺机而动；二路由天明领着镖局伙计公开拜庄，向明振义讲明原委，找胡尚兴情讨双珠；江雄和捕头鄂贯、满盈负责接应。倘若情讨未果，那就只好刀兵相向动手硬夺了。计议一定，众志高昂，摩拳擦掌分头准备前往义庄一搏。

天明师傅备好拜帖、礼品，随着先行动身的乐伯、宗武之后，前往义庄，可江雄却没有找到鄂贯、满盈，只得坐在客房等候。

喝得酒气熏人的满盈，跌跌撞撞地回到了客栈。江雄忙起身相迎，询问鄂贯去向。满盈支支吾吾地说其到“怡心春”找乐子去了，打着酒嗝垂头欲睡。江雄也真是无可奈何，只好一边把行动计划告诉他，一边半搀半架地拉着他追了上去。

其实鄂贯、满盈见镖局这帮人不好讲话，沿途接触的人又多是彪悍之辈，他俩一路上既害怕翻脸吃亏，又想要从江雄那里榨取好处，再加上负着监管、寻回双珠的责任，不依赖这些人又不行，所以也只好以逼、抚手段一打一摸，一个唱白脸一个唱黑脸地应付着。如今已知双珠在义庄，就暗中商量请兵协办夺回双珠，邀取头功。于是二人在喝酒中决定由满盈跟定天明、江雄等人，虚与委蛇以观动静，而鄂贯也不是去“怡心春”寻什么乐子，倒是持着江西抚台的海捕公文到当地衙门请兵去了。

再说胡尚兴、史宏志二人在乐伯、宗武潜入义庄之时，正漫步庄后树林，眼看移祸狡计即将得逞，也正在高兴地商量着下步之谋。

为了报仇之事，他俩一直活动在江西境内，往来于鄱阳、南昌之间，真可谓是王八吞秤砣铁了心。那天，史宏志拜会教堂神父，无意中得知抚台衙门的一名书办在忏悔室中忏悔时，述说了抚台的蓝、白双珠作为寿贡，由信诚镖局押保送京及为双珠罹难之人祈祷的事情后，回到下榻处与胡尚兴一说，二人就动了劫取之心。在欧阳飞鹏神秘兮兮地把双珠押送到浔阳分局的当晚，二人跟踪而至大展神通，在镖局的严密监守下仍然是不费吹灰之力，有如探囊取物般的一劫到手迅捷而遁。也就是在双珠到手后，萌发了移祸戴天明的恶念。抚台衙门夜投帖，没有达到预期目的，再施调虎离山计，终于把戴天明等人调到了马鞍山附近。在义庄，不但骗到了明振义的支持，而今天又得到了高老大的相助许诺。真的是事事如意再设局，“请君入瓮”等着瞧。

第十二回 拜庄误困戴天明 怒箭克敌单珠还

刘迁随着庄丁飞马到义庄，受到了明振义的欢迎。四人在大厅中坐定，刚要叙谈之时，匆匆赶来的明大智和管事明理，就把明振义叫了出去。趁此机会，刘迁就把在小镇上遇到戴天明，以及当日尾随身后的白衣人乐伯等情告诉了高老大二人。高云听后，惊诧地问道："他不是在早年就离开了镖局，到饶州府设馆教艺去了吗？这次为什么也为这双珠来蹚这趟浑水呢？"刘迁道："此事一言难尽喽！当年……"话未说完，高老大插嘴打断其言道："当年'花枪戴'行镖道上，德义有口皆碑。后来急流勇退，也深得江湖赞赏。这次为什么要和沦为官府帮凶的信诚镖局混在一起呢？唉！人哪！""什么官府帮凶？"刘迁问道，"老大，你是从哪里听来的呀？"高云道："我们也是今天才听到老胡子说的。照他二人所说，这信诚镖局浔阳分局，简直就是官府的一条狗哇！"接着就把胡尚兴二人在酒席上所说之事，一五一十地告诉了刘迁。刘迁听后断然而言："真是一派胡言！完全是编造出来的谎话。据我所知，老胡子此人借义气二字骗人、利用人，行事阴险。'花枪戴'也就是因为这蓝、白双珠一案，受其攀咬诬陷，才被官府逼迫，在取保挂案在身的限期追逼下，方不得不……"正要把胡尚兴、史宏志二人的来历及其所为说出之际，就听庄丁在外禀报江西省饶州府鄱阳县戴天明前来拜庄求见的传禀声。刘迁心里立刻"咯噔"一跳心说"不好！诸多误会尚未澄清，众人成见已深。天明贸然来庄，弄得不好，就难以善后了”。担心间，就有管家明理至大厅内，请高老大等人到侧厅相陪，同会戴天明。

明振义、戴天明在侧厅分主宾坐定，旁有明大智相陪。见高老大三人进来，都起身相迎。刘迁暗对天明做了个暂别相认的眼色，天明会意。厅中众人见礼，寒暄过后，天明就抱拳胸前对明振义一揖道：“此次来贵庄拜会明庄主，深感冒昧，尚请海涵。”振义礼答道：“哪里，哪里。四海之内皆兄弟也！只不知戴镖头远离镖局驾临敝庄有何见教？尽管明言！”脸上颇有不悦之色。天明佯作不知，依然说道：“老朽十多年前，就已离开镖局回归故里，如今我已不是什么镖头了。此来有要事相求，何敢言见教二字。尚望庄主体谅，予以惠助，老朽先在此谢过了！”“事情尚未见教，在下有何德何能敢当此谢！能否为助，还待戴镖头明言之后呢！有何事，你就直说吧！”“难得庄主如此豪爽，那老朽也就不见外了。听人所讲，蓝、白二珠就在贵庄。若是如此，请求庄主赐还为祈！”明振义哈哈大笑：“戴镖头消息倒是灵通。不错！双珠确是在本庄，却不在我的手中，能否给还，还须得物主同意。不过，我也有一言相告，也不知当讲不当讲？”天明忙道：“庄主有言，岂有不当讲之理！老朽当洗耳恭听，请庄主直言相告为是。”明振义道：“蓝、白双珠，罕世珍宝。官府夺之百姓，乃是强暴之举。我想任谁取之，也是有理、有义。何况照你刚才所言你已离开镖局，也不是镖头了，你也就用不着去追索了。嗯！你老别急，且听我说完。你若是苦苦强求的话，知者不说倒也罢了，不知者还当你真的是得了厚赏为官府卖命。戴镖头此为既是得罪道上同行，又于己不值，你何必硬要陷自己于不义之境呢？区区之见，还望三思！”明振义这么一说，戴天明是心如刀割，气得不知如何回答是好。刘迁见此情状，忙打圆场：“戴前辈远道为双珠而来，其中可能也有苦衷。不过前辈请放心，明庄主也是明大义的豪杰，自会明断。你老不用着急，慢慢谈。来，先请用茶吧。”“唉！”天明长叹一声，“刘壮士所言，确是有触老朽之心苦，庄主所言又确是令老朽心愧。蓝、白双珠非但是不义之财，更是患祸之物也。为此双珠，有人家破人亡，有人身陷囹圄。老朽也是满腹冤屈和无奈，岂是贪官赏而为鹰犬！若是不知世道险危，也不会在当令之年退出镖局，回里授徒消遣时日。此情此理，当请庄主明鉴。”于是将双珠来历，胡、史寻仇，移祸诬陷及官府逼限，千里追寻事情一一道明，“大丈夫敢作敢为，既敢窃珠，就该担当，怎能使阴谋陷他人于死地呢？镖局追查被劫之镖乃是职责攸关，也在情理之中。胡、史二位窃珠投帖抚衙，移祸老朽，岂能算是义之当为呢?”明振义边啜茶，边认真静听天明辩讲，对胡尚兴之言也已起疑，沉吟着还未答言，高云却先而问之：“在下还有一事不明。虽然是事过境迁，却是有碍你老清誉和镖局名声。你讲镖局不曾做官府鹰犬？那么我问你，当年太平军主将林启荣守九江之时，在石钟山一役中，你们镖局有没有暗通清军之事呢?”“石钟山一役，太平军失利是实，但绝无镖局出卖守军情报之事。镖局生涯，全靠道上朋友维持。勾结官府，则犯江湖大忌，本事再大也休想在道上混饭吃。即使出的是官差，那也是为势所迫，无奈而为，得罪不起啊！就说这双珠之案吧！镖局若是和官府勾结，卖友求荣，那就不会被查封；总镖头就不会关押在狱，浔阳分局镖头之子也不会被羁押大牢为人质，我也不会在官捕的监押下，挂案奔波了哇!”高云道：“如果真是这样，那就是老胡子说假话，欺骗人了。那他这样做又是为了什么呢?”天明道：“高壮士问得好！这也是问题的所在了。胡尚兴等人本来就是湘淮二军中屠杀太平军将士的凶徒，手上满是血腥。其所为之目的实是移祸于我也!”刘迁也道：“老胡子劫老妖婆寿贡，本无可非议。但投帖官府，诬陷戴前辈却不是好汉所为了，再者诱引追珠之人到义庄，也就更有嫁祸义庄之嫌。尚请庄主、老大留意为好。”明大智起身站立对振义道：“这事好办。明理，你快去请胡、史二位前辈到此，大家当面一谈，不就什么都清楚了吗。”明理应诺而去，旋即返回禀告道：“胡、史二位前辈不在庄内。我查问了一下，有庄丁见他们二人出庄去了。”话音未落，就有一名庄丁赶来报告说胡尚兴二位前辈，在庄前山脚转弯之处正和二人斗成一团，请求如何处理。戴天明一听，就知是同江雄一行相遭遇，既担心江雄不敌，又恐胡、史二贼逃逸，正不知如何措置之时，又听明振义吩咐明理速去集合庄丁，前去察看。众人正要动身，又是一名庄丁满头冒汗、急匆匆地跳下马来，禀告说从小镇来了一队官兵，正往义庄方向开来。明振义听报勃然大怒，指着戴天明道：“好你个戴天明，明一套、暗一套，竟然勾引官兵犯我山庄，还恬不知耻地在此喋喋不休。你这还叫人吗?”戴天明也不知官兵为何而来，见明振义又生误会就急忙辩解道：“庄主千万别误会，官兵来义庄之事，老朽的确是一无所知，请庄主先查明……”明振义不待天明说完，暴跳如雷大骂道：“你不要再花言巧语蒙骗我了。官兵随你之后而来，你会不知道？来人哪！给我拿下。”庄丁们听令一拥而上就要动手，就听一声大喝“住手”，从侧厅厢房冲出了二人，迅即地站在了天明身边，护卫在左右。

乐伯、宗武潜入义庄后，因是白天很难展开行动，于是就趁着庄丁不备之机，潜入侧厅厢房内等待机会伺情而动。事有凑巧，由于明振义听了胡、史二人的谗言，瞧不起戴天明等人所为，所以就不在正大厅，而在侧厅内接待拜庄的戴天明。

此时二人突然现身，更使明振义怒不可遏：“好哇！我把你当上宾相待，你等却预谋算计于我，真是欺人太甚！”往前一欠身，伸掌就向天明胸前击去。天明不知鄂贯、满盈背后所为，稍惊即心定，认为官兵犯义庄纯系讹传，心中无愧也就安之若素，同时也深知此时不能浮躁妄动，否则翻脸动手势成骑虎则难以善了，于是安坐椅上，对击来之掌不避不躲。乐伯急上前拦住道：“庄主暂息雷霆之怒，请听我一言后，再动手也不为迟。”明振义道：“没有什么好讲的了，你们束手就擒吧。”力贯双臂，挥手就把乐伯掀得连连后退。此时明理见庄主已经出手，也就率庄丁奋勇围上。高老大三人夹在中间，不知如何是好。情急之下，宗武也顾不得师父那不得还手的指示，从腰间摘下弹弓向着涌上来的庄丁连珠射出弹丸，迫使他们往后退去。乐伯拉起天明，宗武弹丸断后，四人退入到厢房里。宗武用桌椅撑死房门守住窗户，有人稍近，迎面就是一弹。只气得振义在厅中顿足，也急得天明在房中跺脚，“完了！完了！连二贼之面还未见着，怎么事情突然就成这样了呢？官兵早不来晚不来，怎么就偏偏在这时来呢？奇怪啊！奇怪！”方寸大乱。乐伯绕室乱转，突然停下步来：“刚才庄丁来报，胡、史二贼在庄前同二人激斗。我看是被江雄截住了。不对啊！如是江雄，那应是三人，怎么会是二人呢？不行，我得出去看看，我们不能都困在这里。天明师傅，你也不要太墨守江湖规矩，该出手时还得出手，不然，会误追珠大事的。”说完，双手一发力，窗上的铁栅条就被拉弯。然后他将头一侧伸，挤出窗外，双肩肘一收缩，人就出厢房外墙而去。

“世兄请息怒，不要乱了自家阵脚。”高老大劝着明振义，“老胡子和‘花枪戴’两人所说各不相同，但总有一方是对的。叫人不明白的是老胡子二人为什么出庄去？事先也不和世兄打个招呼，那是去干些什么呢？

‘花枪戴’说他是受了胡、史二人的诬陷，是在捕头的监押下前来追查双珠的，那就难保官捕不去报告请兵。问题是戴天明事先知不知道呢？此时虽难断定，但有一点，那老胡子等人本是湘淮军出身，却反要说别人暗算了太平军。这种做法不仅是藏着祸心，简直是借刀杀人了。”明振义听了高老大这么一分析，怒气稍息，问道：“那依贤弟之见，应当如何处置呢?”“依小弟之见嘛！先派人前往小镇，探明官军动向。是否真的是来义庄，弄清楚是为什么而来。弄清后，就可托人周旋，稳定官兵。当地的人事，总好说话，何况强龙还难斗地头蛇呢！我们又没有举旗造反，怕他什么？其二，若是世兄信得过小弟，可把戴天明交我三人看管同往庄前。这样既可同胡、史二人当面对质，又可防官军进庄。不知世兄和戴前辈意下如何?”戴天明在房中答道：“在事情没有查清之前，我是决不会还手的。若查实我所说的是假话，生死由庄主和各位朋友处置。不过也有一事相求，尚请诸位俯允。胡、史二人乃肇事之源，在未查明之前，庄主绝不可纵其逃逸。这里面可关联着几个人的身家性命哪！”明大智道：“好，就这么办。振义，你快传明理把庄丁拉到庄前，守住路口。为了防止万一，还要通知老幼妇孺先往后山暂避。戴前辈，你刚才所说之语，是真是假立见分晓。你可要自重了！”高老大也说：“戴前辈，请说话算话。可不要让我兄弟为难啊！”天明答道：“诸位请放心！君子一言，驷马难追。老朽再是不济，也绝不会效那区区小人所为。”当即开门和宗武、镖局伙计走出厢房来。刘迁、高云立即上前守随两旁，簇拥着赶往庄前。

天明师傅此刻心中惦记着正在和胡尚兴、史宏志激战的江雄，恨不得一步直跨到阵前。

江雄挥动着三节棍，力敌胡尚兴、史宏志二人单刀，不避不让出棍凶狠，恨不得立将二贼击毙于棍下，夺回双珠救亲人。

捕头满盈袖手一旁观胜负，心中打定了江雄胜了就等于自己胜了，江雄战败自己就脚板涂油一溜而逃的主意，那鄂贯请兵不到，自己万万不能轻蹈半分危险之中。

胡、史二人也恨不得将江雄两刀三截，以雪同党死残之仇。

三人刀来棍往，你吆我喝，拼死力斗，激战正烈。

就在戴天明带着镖局伙计拜庄之时，胡、史二人就出庄去调集安置在附近的党羽，以加强自己在义庄的力量。同时准备差人再往小镇投帖戴天明，引其来义庄。实施“请君入瓮”之计，以遂报仇雪恨之愿。至于蓝、白双珠只是作为钓饵而用，那是决不会同任何人分享的。算盘拨得虽得意，可却在庄前的山脚转弯处，迎头撞上了江雄和满盈。双方都是老江湖，问答之间就各自摸清了对方的身份。双方一言不合，乒乒乓乓地动手打了起来。

胡尚兴见明振义率领庄丁到庄前，又见戴天明也被高老大等人围住，心中大喜。猛地里向江雄砍出一刀，趁江雄闪身避让之机，跳出圈外，高声喊道：“庄主！鹰爪犯庄正好被兄弟截住，快来相助啊！”话音刚落，江雄棍退史宏志，飞身迫近挥棍就往他头部砸下。胡尚兴急用刀尖格点棍头，提步欺进，刀格棍环链顺耳劈下。江雄若不是撤步疾退，肩骨必受重伤，心中暗叫一声：“好险！”三节棍复又弹起，倒击史宏志。史宏志起刀格挡，棍链缠绞单刀。“嘿！”江雄吐气开声手上一较劲。史宏志虎口发热，单刀脱手飞出，而棍却继续下砸，吓得史宏志慌忙扑倒，就地翻滚避过。棍击地上，尘埃四迸。

三节棍属奇兵之器，长短远近的进击功能兼而有之。横直扫出，挥折如意。倘若使用之人功力不足，也会受其所制伤害自己。江雄棍法高超，当年就以镔铁棍点残贼首齐人玉，今天又以三节棍力敌双刀，足见其棍技之威。

明振义站在高坡上，大声喊叫双方停止打斗。江雄手一抖一收合三为一，收棍在手往后蹿纵，就拦在了山路出口。史宏志捡起单刀和胡尚兴背靠着背，站在了一起全神戒备。明振义对着江雄一抱拳：“请问壮士尊姓大名？本庄同你有何仇隙竟来犯庄？”江雄礼答道：“在下是江西信诚镖局浔阳分局镖头，免贵姓江单名雄，也并无侵扰贵庄之意。实因双珠在敝局失窃，受官府逼迫，经人投帖指引而来。我手中有投帖二封可资为证，请庄主过目明鉴。”说着掏出帖子交给近在身边的庄丁，转递到振义手中。明振义看后，双眉皱起刚要开口相询，手持铁拐的高云却先问道：“贵镖局在当年有没有勾结官军，暗算太平军之事啊？”江雄被问得先是一愣，不知其问何意，略略思忖后才回答道：“壮士此话从何说起！作为镖局替官军押运粮饷之事是有的，可那也是官差无法的事啊！勾结官府，还暗算过太平军，那真是无稽之谈哪！就说当年吧，我在镖局还是小小的趟子手。湘淮军和太平军攻守激烈，我还为太平军守过城呢。说句心里话，那也不是我们自愿的，后来城被攻破，镖局还为此事被迫关闭了数年。请诸位想想，我们镖局为什么要去勾结官府呢?”高云又道：“既然没有勾结官府，那又为什么要贪图重赏，替官府来追查双珠呢?”江雄争辩道：“这次总局受抚台委差，押保双珠寿贡进京，我们能抗拒不保吗?双珠失窃，责任着落在我头上，我儿子还关在大牢里为人质呢！我能不追查吗?镖局已被官府查封，挂案寻查，怎么是贪图重赏来接这一险差呢?尚请朋友明察!”高云再向胡尚兴问道：“胡兄，江镖头所言是否属实?那二封投帖可否是胡兄所为?还请当面相质。”事实面前，胡尚兴无法回答，而史宏志却强词夺理地叫道：“真是一派胡言，官府委差，你就保?你们为什么不借押保之机将双珠窃走哇！这不是勾结官府又是什么呀?”宗武站在天明师傅旁边，手扣弹弓注视场中，听到史宏志一派蛮横胡言，气得张口大骂：“史蜂子！你这个夜入民宅、强暴少女，被老子弄得挖掉鸟蛋的下三滥，竟敢在此放屁！老子打掉你的狗牙，封住你的狗嘴，看你还能胡吠不胡吠!”弹丸径往史宏志面部射去。胡尚兴急急挥刀相格，护住史宏志。这时，一阵阵呐喊声起，胡尚兴见自己安置的党羽闻讯赶到，胆气立壮。用刀一指明振义，傲不为礼地说道：“明庄主，你是助鹰爪还是助同道，就在你一念之间了!”明振义被他一迫气恼交集，愤然道：“我待你如上宾，你却谎言相欺，移祸于我。你此等卑劣之为，我还能助纣为虐吗?”胡尚兴哈哈大笑道：“好！好！庄主有此一言，那就休怪兄弟无情了。”猛地一刀砍向了旁观不备的满盈。江雄情急之下，竟忘了展棍格拒，抬起了左手为满盈挡了一刀，刀疾手断顿时痛极昏倒。满盈得江雄舍臂相救，头部仍被刀尖伤及，顿时血流满面，虽不致死，却还是吓得赶快躺倒在地上装死。

天明见江雄突遭胡尚兴的袭击断臂昏倒，立刻闪身冲出，把江雄抱在怀里，箭步纵退场外，急忙为他上药止血，包扎抢救。

胡尚兴又趁场上混乱之际，掏出短枪指向了明振义。宗武眼尖，身子一闪就挡在了振义身前。高云同时也发现了这一险况，铁拐一点，如飞矢般地又挡在了宗武前面。说时迟，那时快！明振义尚没有反应过来，就见场上火光一闪，“砰”的声响和“哎呀”一声大叫，高云就倒在了宗武怀中，胸口血流如泉涌。

明振义展臂扶抱着高云，一边大叫："快快围住这些兔崽子，一个也不准跑掉。"一边大哭，"我的好兄弟啊！"

高老大、刘迁见高云倒下眼睛就红了，拔刀执锏冲入战团。明理率领庄丁将胡尚兴及其党羽团团围住，狠狠斩杀。宗武牙齿咬得"咯咯"地暴响，连珠弹丸一个劲地往胡、史二贼头面上照顾。史宏志突然"哎哟！哎哟"地狂呼，捂着左眼血涌指缝，犹如疯犬似的乱叫乱砍。其党羽群集在二人周围拼命冲杀，悍不畏死。

胡尚兴急忙往枪内装好弹药，窜到了天明身后突地用枪抵住了天明头部，左手攥住天明背部上衣，喝叫天明站起身来。天明轻轻放下怀中的江雄，缓缓地站起，目光炯炯神色如常。

"停下，都给老子停下！"胡尚兴疯魔似的狂吼着，"谁敢上前一步，老子就和他同归于尽。"霎时，激战的斗场上被惊愕得陷于一片寂静，静得连针掉落在地上的细微声响也能辨出。胡尚兴的哈哈大笑声，在这寂静中显得格外的尖锐刺耳："戴天明哪戴天明！二十多年了，老子寻了你二十多年了哇！老二啊！你在天上看着，为兄这就替你报仇了。戴天明啊！血债血……"忽然耳畔破风声起，他话还没有说完，手中的短枪就自觉地掉落在尘埃。原来就在胡尚兴不顾生死后果，正要开枪击毙戴天明的千钧一发危急间，右手腕突地中箭，痛得他身子向左一歪，却将左肩暴露，左肩胛又被飞箭洞穿，那抓住天明背衣的左手也就松脱了开来。戴天明抓住了这个机会，矮身、旋体蹬腿，踹在了胡尚兴的腿胫骨上。

胡尚兴栽倒在地上正巧压在枪落之处，于是他咬牙忍住箭伤疼痛迅速地抓起了短枪。当戴天明抬起右腿，正朝他背心顿下的刹那间，他突地仰转上身左手倏出，短枪正正地抵上了天明的胸膛上。随着沉闷的枪声，戴天明猛地一震，手捂胸口踉踉跄跄地后退数步，随即慢慢地倒了下去。

在枪声响起的同时，胡尚兴左手再次中箭，弃枪，右腿也被射穿，跪在地上再也站不起来了。刘迁、明理等人迅即冲到胡尚兴身边，将他按住捆绑起来。史宏志忍着眼伤剧痛，拼死冲突抢救，连受数伤仍是不退。高老大挥锏缠住他，左一锏右一锏、上一锏下一锏地只管向他要害处猛击。

明振义立命明理带领庄丁，速速将天明抬往庄中抢救，自己正要冲出参加拼杀时，就见庄西山冈冲下四个人来，其中一人手执强弓，扣箭在弦。正待发问，却听宗武大叫："师弟，你可来了啊！"山那边又响起来急促的马蹄声、跑步声和呐喊声。

鄂贯在前领着一队官兵冲了过来，见满盈倒在地上即跳下马扶起他来，又撕下衣襟为他揩净头上血污，上药包扎。刚醒转过来的江雄心挂双珠，高声叫道："鄂爷，别让贼人跑了！双珠就在他们身上。"鄂贯急忙放下仍在问着"我死了没有"的满盈，快步跑到官军队前禀告："将军，赃物就在他们身上，快请下令包围他们。"千总一声令下，官兵们"哗"地散开，就把场上之人统统围住。

胡尚兴知大势已去，挣扎着大叫道："老四！不要管我。快领着大家突出去，留得青山在，不愁没柴烧啊！"一心要救胡尚兴的史宏志一边咬牙苦战，一边大哭道："大哥啊！"胡尚兴截住他道："什么大哥不大哥啊！你有大哥，那就快走！再不走，就走不了啊！快走，混账东西！"史宏志"嗵"地跪在地上向胡尚兴叩了一个响头，爬起来向其党羽一挥手，大吼道："快！随我突出去啊！"拔出飞刀，就朝没有防备的鄂贯梭去，飞刀直贯鄂贯胸背。众贼趁势呼啸着，紧随史宏志左右，不避不躲，逢人挥刀就砍拼命突围。官军一阵排枪，贼人又倒下了数人，剩下的三四人拥着史宏志直往庄西方向窜逃而去。

张鸿翥、徐光斗四人冲下山冈后，一直拥偎在天明身边"师父，师父"地悲呼个不停。天明费力地睁开双眼，音如蚊蝇地说道："你们来了！胡、史二贼抓住了没有？"鸿翥答道："胡贼已经抓住了，史蜂子带人跑了。""那你们快……快别管我。双……双珠要紧！不能让……让他跑了。你，你们快……快去追呀！"鸿翥遵师命，请明大智和镖局伙计守护好师父，就立即同徐光斗一道跟随在高老大等人之后，紧追史宏志等贼不舍。惊魂稍定的满盈向官兵大喊道："我是抚署满捕头，请将爷们快快追捕那突围逃逸之贼。双珠还在他们手上呢！"官兵们立刻挥刀持枪也往史宏志逃跑的方向追去。

宗武挂念着师父的伤情，背起断臂重伤的江雄，在两名庄丁的协助下赶回义庄里。乐伯、刘迁把胡尚兴拖到明振义面前，从他怀里搜出了那颗晶白莹莹的明月珠和一张来不及送出去的帖子。明振义打开帖子一看，上面写着："双珠现已在义庄，欲取先过庄主关。有种尽量杀进来，就怕尔等无此胆。"挑拨激唆之意，暴露无遗。气得明振义抬脚就踢，戟指大骂道："你这个江湖败类，什么人都要害。真比疯狗还要可恶！"胡尚兴抱必死之心，昂首闭目，死猪不怕开水烫，任人摆布。刘迁拦住劝道："庄主不必为这种人生气，自有官府治他。"乐伯也道："就是为了留下他的活口，以洗天明师傅的冤枉，鸿翥小兄才箭下留人，否则五箭齐发，他早已伤心而死，还有命在？明庄主，请你安排人员把胡贼和受伤的庄丁抬回庄去，我去协助捉拿史蜂子。那颗蓝珠还要着落在他身上呢！""好！乐前辈尽管前去，这里就交给我办了。"明振义指着紧随身边的两名庄丁道："你，还有你！一切听从乐前辈吩咐，快去吧。"

当乐伯带着庄丁追出庄西树林后，张鸿翥、徐光斗等人已转了回来，见史宏志未被擒住，即问道："鸿翥小兄，史蜂子呢？怎么让他跑了！"鸿翥答道："我看跑是跑不了了！十有八九淹死在江中，遍搜不见尸体，可能已被江浪冲走了。"

史宏志惶惶如丧家之犬，带着四名党羽亡命而逃，窜出树林，越过山峦，听后边喊声渐近更是惊恐万分，悲号一声："主啊！我命休矣。"突地停下了脚步，大江横在眼前。他深知一旦被擒，决无幸理，反倒要多受刑讯凌辱活罪，还不如一死干净，于是把牙一咬心一横，纵身就跳进了波涛滚滚的大江里。三名党羽见实在无路可逃，随同跃入了江中。另一名因伤脚步稍迟者，当场被官兵抓住。随着"砰砰"的一阵乱枪响过后，江面上泛起了缕缕鲜血，尸首就再也没有浮出水面了。

史宏志纵入江中后，被水一激，暴热的头脑清醒过来。他听到枪响，心中知道游得再快也快不过枪弹和箭矢，于是就深潜水下，鲤鱼摆尾地往回潜游，隐身在岸边水中树根、水草根须纠结的丛堆下，死死抠紧树根，只露出口鼻呼吸。待得追兵撤走后，才拖着泡得发麻的身子爬上岸来，包扎好被弹弓打坏的左眼，渡江而逃。

庄院内摆起酒席，款待协捕的官兵。振义心中虽不情愿，也只好在高老大、乐伯等人的劝说下吩咐明理捧出银两奉上，说是庄主的慰劳和犒赏，官兵千总接银大喜，说回去后定向上司禀报义庄护卫地方、协助官府缉盗的义勇行为，请求上峰对义庄予以表彰。酒兴阑处，他又名赠实卖地将五支火枪交义庄以做防盗护庄之用。

第十三回 洒泪别师赴京路 古祠野村怪事生

鸿翥、宗武守候在昏迷不醒的天明师傅身旁，不停地为师父调换敷在头额上的降温冷敷汗巾。江雄在镖局伙计的照料下，不时地念叨着：“双珠，蓝、白双珠……”乐伯近前取出自胡尚兴身上搜出的那颗白珠，交在他手中，嘱他收好安心养伤。

明振义抚慰从后山撤回的庄民，又请叔父明大智张罗高云义士灵堂，安排好诸事后，进来看望天明和江雄。乐伯代天明对振义的明大理、助夺珠的义举深表感谢。振义听在耳里，内疚在心里，连连摆手道：“唉！惭愧啊！要说谢的话我倒要谢诸位了。容留老胡子这等阴险歹毒之徒，差一点使本庄陷入不复之劫。这是我识人不察啊！今天，若不是宗、高二友舍身相护，连我都要遭其毒手了。唉！高云兄为我而殁，真是愧对英灵哪！”说着，说着，泪水又潸然而涌。明理劝慰道：“庄主不必自责，人心难测啊！前年，明日公子和明月小姐在淮南办事为小人所算，也曾得老胡子相助才化险为夷。任谁也不会想到他在义气的后面，还包藏着如此祸心。我想，恐怕也是一念之差吧！”明振义听明理有为胡尚兴辩解之说，勃然变色道：“不对，岂能说是一念之差耶？为人要义勇诚信，怎能骗人而行。助人于难为义，待人以诚为信。借刀杀人，栽赃诬陷，当面一套背后捣鬼还叫人吗？”乐伯忙打圆场，扯开话题道：“明管事所言也有其道理，知人知面难知心嘞！刚才谈到贵公子，能否请出一见。将来江湖相遇，也可互相帮助。”“前辈所说甚合我心，只是太不凑巧了！小儿和小女都去了山东友人处。不然的话，庄内发生这等大事，他们二人岂有不出手之理。尚请乐前辈谅宥！”

明振义膝下有一男一女，男名明日，女名明月。兄妹跟从父亲习得一身武功，经常奉父所派遣离庄往来江湖上。说起义庄，原是白莲教残存余部。后来明大忠率庄勇，投入英王陈玉成所部的太平军中。在那次护卫英王的战争中身受重伤，侥幸逃得一命回归庄里，却仍和东捻义军时有联系。太平军、捻军失败后，义庄在明振义的主持下，也还是一直在结连江湖豪士，秘密地从事反清活动。所幸的是同胡、史等人相交时短，尚未让其涉入机密。否则双珠事发，义庄必然会陷入危境。所以当乐伯相询明日、明月兄妹在山东何为时，明振义只能“这个嘛，这个嘛”地不知如何回答是好。乐伯江湖经验老到，见此情形即猜到其中必有难言之忌，何况探人隐秘乃是江湖大忌，就连忙赔笑道：“老朽冒昧了啊！不要怪罪！还请不要怪罪了！”振义坦诚地说道：“乐前辈乃是关怀下问，岂有责怪之理。待以时日，前辈自然就会明白的。”然后面对鸿翥道：“小兄弟今天箭出不同凡响，疾准不弱枪弹。真是名师出高徒啊！”张鸿翥双手抱拳在胸前，躬身礼道：“谢谢前辈过奖，晚辈汗颜哪！”宗武插言道：“我师弟的‘梅花五点一心开’的连珠箭法，是五箭相会在心中。若不是要留活口，胡尚兴早就心口开花，阎王殿上报到去了。”明大智赞道：“睹箭见人，后生可畏。了不起啊了不起！”

此时，天明师傅渐渐地苏醒了过来，眼望鸿翥，示意他近到身边，音微声弱地询问他是如何得知信息和赶到义庄来援的。鸿翥就将乐伯之友云龙的传信、陪同以及乐伯引领到义庄的事，详细地告诉了师父。天明听后吃力地仰起身来，望着云龙和乐伯道：“谢谢二位了！”云龙和乐伯忙扶住他缓缓地躺下道：“你歇好！不要动了创口。嘿，说什么谢谢啊，我们谁和谁啊！”

当时天明、乐伯、宗武及镖局伙计受困侧厅厢房，乐伯以缩骨软功潜出后，敏捷地避过了庄丁眼目，溜进马厩，也顾不及备鞍，跳上马背就往庄西狂奔。他本想绕到庄前同江雄会合，哪知沿着山道七转八转的，却转到了来时的小镇前。耳听蹄声响，瞬间就见三人三马迎面疾驰而近，仔细一看不觉喜出望外，大叫：“来得好！来得太好了！”

来得正好的张鸿翥在过了元宵佳节后，即同如约而至的徐光斗，前往荐福寺辞别郑志鸿先生和普明禅师，起程赴京赶考。收好先生馈赠的川资盘缠和禅师给京师荐福寺普照主持的亲笔书信，在县城一里亭同送行的亲友话别。

双目红肿的怡英从鸿翥怀中抱过金生，强展笑颜，千叮咛，万嘱咐，说不完的离别情，道不尽的关切意，放不下的牵挂心，千言万语并成一句话："鸿翥哥，我不在你身边，冷暖饥饱多留心。人走千里根基在，可别忘了堂上父母枕边妻啊！"

一里亭中，满溢着骨肉亲，师生义，乡邻情。普明长老望着渐渐远去的二人，合掌胸前，高声诵道："佛祖保佑！高扬鹏程。南无阿弥陀佛！"

张鸿翥、徐光斗二人联袂跋山涉水一路而行，沿途多方探听师父戴天明等人寻找蓝、白双珠的行踪，却是均无消息。鸿翥虽然放心不下，也只能是干着急。

这天，他二人刚进当涂县城酒店打尖，就被受乐伯所托的当地豪士云龙找到。听了云龙介绍情况后，二人坐不住了立刻就要赶往马鞍山，于是在云龙的帮助和引领下，三人乘上快马直扑小镇。到客栈一打听，知众人已是去了义庄。三人又人不下鞍，马不停蹄地奔往义庄。刚出小镇不远，就遇上了慌忙中转错路径的乐伯。于是三人就又紧随乐伯其后直向喊杀声、兵器撞击声处纵马驰去。鸿翥边跑边取下背负长弓，扣箭在弦。四人刚冲上山坡就听枪响，同时也看到了高云倒在宗武怀中，天明师傅也被胡尚兴用短枪抵住了头部。此时此刻，毫无片刻犹豫的张鸿翥三箭已然出弦，嗖！嗖！嗖！势如闪电，箭箭皆中胡尚兴。若不是乐伯在后高喊"留下活口，不要射杀"，胡尚兴必然已命丧当场。

然而乐伯这一喊，虽然留下了活口证据，却也给戴天明留下了致命重伤。

鸿翥神箭镇贼，众人交口称赞。天明躺在床上，听在耳里，乐在心里。人一激动，口里鲜血喷涌，再次坠入昏迷中。鸿翥、宗武俯身床旁，为师父揩着嘴边鲜血，一边悲唤着"师父醒醒！师父醒醒"，泪湿胸襟。

庄内郎中竭力抢救，轻声对乐伯道："胸中弹丸若不能尽快取出，恐怕就凶多吉少了！"乐伯听了急问如何办好？郎中说在县城里有洋人开设的医所能开膛剖腹，只有送到那里去，才能有取出弹丸的希望。云龙听后，立即说道："这家医所与我关系尚好，是意国人氏。我去，他肯定会尽一切力量帮忙的。"乐伯道："云兄，那你就再辛苦一趟，先带人去联系，做好取弹丸的医治准备，我们随后就到。"云龙满口应承，在义庄明理的陪同下提前而行。

时已三更天，明振义吩咐庄内立刻造饭，天明起程。心急如焚的鸿翥、宗武、乐伯、光斗等人在天色尚未放白之时，就用竹躺床抬着枪伤昏迷的天明师傅，赶赴县城意人医所急救疗治。而高老大、刘迁为劫夺蓝、白双珠失高云，更是悲痛欲绝，他们的以后情况如何则是后话了。

待到天明、江雄伤情稍缓，在镖局伙计照料下，随同官兵押解着胡尚兴及那名受伤被捕的匪贼到了县城，官府方面自有满盈交涉。于是千总销差，胡尚兴暂被羁押在官衙大牢内。

后满盈禀请当地官府准允，得派干员协助押解胡尚兴二贼，连同鄂贯棺柩一道返程江西。经抚台亲审，胡尚兴倒也是一条硬汉，当堂就将盗窃双珠的经过详细不遗地直供不讳。江雄呈交白珠，又得捕头满盈力证，才得准领儿子出狱销差；欧阳飞鹏气病交加，瘐死狱中；江雄断臂身残，心灰意冷，信诚镖局也就自此一蹶不振。

蓝珠已随史宏志沉江，抚台因抚衙书办教堂泄露双珠秘密，自己有牵连之责，也不敢深究，反正官场瞒上欺下方法多，如此这般地敷衍了事也就不了了之了。

蓝、白双珠，一场灾难。据传闻，抚台大人虽是单珠奉贡，却仍邀重赏。慈禧驾崩之时，其珠尚紧握手中并随殉在椁。又后来军阀孙殿英毁陵盗宝，这颗来自鄱阳湖的大好明月珠，也就不知珠落谁手了。

鸿翥、光斗因要赴京应试，加上戴天明取出枪弹后，在病床上紧紧握着他的手，说的那句"你若误了考期，为师死难瞑目"和再三催去的关切，不能侍奉师父返程回籍，满心生悲痛。在众人的劝慰下，鸿翥洒泪拜别了师父，谢别了义庄明庄主，与光斗二人联袂继续北上。

"嘚嘚"的马蹄声，由远而近。在蜿蜒的绕山道上，五匹快马，前后一线往义庄方向与鸿翥二人迎面擦身而过。张鸿翥在侧身避让、惊瞥的刹那间，见其中二位年轻骑士的英俊容貌，似曾相识地印照在脑海中。正疑惑间，又听身后蹄声突停马长啸，鸿翥返身回顾，见那驰过的双马二人，在离自己数丈外处骤然停住，也在凝注着自己和光斗。双方正好打了照面……就因此陌路相逢一照面，从此照出了多少情和怨。

风萧萧兮，易水寒。壮士一去兮，不复还！这一千古绝唱，令已渡江北上，而今正站在西楚霸王祠前的张鸿翥、徐光斗二人倍感凄凉和悲壮。

鸿翥谓光斗道："项王之勇，世无可匹。其成在勇，其败亦在勇。不修仁政，不谙德治，忠言逆耳，不纳贤言。结果一夜乡曲楚兵溃，众叛亲离兵败垓下。虽有亭长之舟，却愧对江东父老，自刎在风咽涛泣乌江畔。可叹的是临死之时，仍然没有觉悟到别姬之因，还说什么非战之过而漠视残虐之孽。其一生虽然还算是壮烈，实则是哀且悲矣！当日，志鸿先生让我分解楚汉相争之得失，曾吟古人《吊项王庙》叹嗟'缅想咸阳事可磋，楚歌哀怨思无涯。八千子弟归何处，万里鸿沟属汉家，弓断阵前争日月，血流垓下定龙蛇。拔山力尽乌江水，今日悠悠空浪花'的诗时，尽述了那一代霸主拔山举鼎的英豪，却落得弓断阵前，身随一泻千里的大江东流而没。我想我辈若不能为国为民竭尽绵薄之力，也必将如斯也！因此，我辈当以史为镜，时时刻刻鉴照自己的言行。不知徐兄以为然否？"光斗道："张兄察析古人得失，以修自身，弟深以为是。倘若此科能够侥幸得中，当要以身报国，为百姓做事，不管官大官小，都该尽力而为，决不去追求一己私利。""好！徐兄此言，同样也是小弟心中所愿，让我俩共勉之！"凭江吊古，涛声依旧。二人击掌为定，共此誓言。

是夜，鸿翥和光斗各自和衣躺在霸王祠西侧房的木板上，望着窗户外边的天空。

半月如钩，隐隐现现。云似灰白的轻纱，片片飞驰。江风带着寒意伴着涛声，袭过祠畔大树呼呼飒响。

张鸿翥思绪万千，浮想翩翩，在赴京路上耳闻目睹百姓的困苦和官府的暗昧腐败，都证实了先生平日所说非虚。想到国家兴亡，但路在何方呢？却又令人困惑彷徨。而老父慈母辛劳敦厚的额上皱纹，师父、先生严厉关爱的教诲，天明师傅中弹染血的伤情，怡英贤淑依恋的双眸，小金生天真乖巧的稚趣童声，都如走马灯似的萦绕脑中，真是挥之不去思之不断。他想着、想着，耳中听着光斗睡梦中的阵阵酣甜鼾声，一阵困意涌上心头，于是侧转身躯，也就在迷迷糊糊中睡着了。

张鸿翥在睡梦中，好似是听到一丝轻微得难以察觉的衣袂带风声，又好似有人在俯注着自己，以及一阵如兰如麝的气息浮面拂过。心中猛一激灵，睡意顿去。也是艺高人胆大，张鸿翥虽然感到吃惊，却没有惊慌失措，依然卧躺不动，神敛力聚，打定主意：敌不动我不动，敌动我即动，欲待后发制人。于是，他眯睁着双睛静静地窥视，只见在弯月的冷光照射下，一个长发披面、头大如斗、不晃不摇、脸色惨白、五官紧缩、腰身紧束一根白色绫带、宽长白衣随地而曳的怪物，正在把玩着自己临睡时放在身旁的强弓。抚摸摩挲，状似喜爱不思释手。接着那怪物左手执弓，右手扣弦较试着拉张，竭尽全力方把强弓拉开了些许。怪物思思想想后，又将弓的一端斜撑在地上，借地用力才使弓张半开，却因后继无力右手脱弦。随着“铮”的弓弦弹响，张鸿翥突地跃身而起，一声大喝“何方怪物，敢来此侵扰”，劈手就把弓夺过手来。那长身怪物没有料到对方已经警觉，在大意而又没有防备之下，手中的强弓突然被夺走，惊得身心也是大震，急忙之中把头一摇，“吱”的尖叫，那口角下垂，紧紧闭着的阔唇突地张大开来，血红血红的长舌，随着吐露而吊垂在胸前，面相更是狰狞吓人。鸿翥毫不惧怕，执弓正要挥击，就见一抹剑光如电掠过。原来光斗也醒了，剑“噗”的声响，犹如斩削败革。怪物的头颅离项飞去，却没有血滴迸溅，也没有头飞身倒，而是飘移般的往后迅退了数步，从断颈项里突地又冒出了一颗乱发丛杂、虬须络腮、脸如喷血似的头来，横眉瞪眼地冲着光斗“吱”的一叫。这突如其来的变化，唬得光斗手一哆嗦，长剑下垂，人也被惊得愣然呆立。鸿翥箭步欺进，挡在了光斗身前，挺弓挥去。长身怪物劲发长袖，甩袖相拒，“诗！嗡！”弦袖交击。“诗”声起，弦划袖飞，一截白袖整齐断飘；袖击弦，弦弹“嗡”音。两音相绕，悦耳声曳，余音袅袅。长衣怪物不待鸿翥的强弓再度挥起，上身稍稍下挫耸身弹起，“吱”的朝着鸿翥张口一龇，就已飘出了窗外，随着飘来“哼”的短哼声，其人已如飞燕御风似的飘然而杳。

远处的村庄鸡鸣五更，启明星已经闪烁在东方的上空了。鸿翥、光斗二人在祠内外仔细地搜索后，未见任何异状，回到房中坐在木板床上，谈论着刚才所发生的怪事。光斗仍是心有余悸，困惑地说道：“真是咄咄怪事，难道老人们讲的神鬼之说，还真有其事？”鸿翥道：“老人们是怎么说的，讲来听听。”光斗道：“老人们说啊：要是上界武曲星君临凡，就会有百神佑护。刚才那怪物被我一剑削去了头颅，不仅不怕，反倒冲着我来。

而一遇张兄，即退避而逝。如此说来，莫非张兄还真是天上的星宿了。”鸿翥听得哈哈大笑：“哪有此事，徐兄怎么也会对老人们的传说信以为真呢。你来看看，这是被你削下来的怪物之头，上面没有丝毫血迹。你再仔细看看，这怪物的头是用什么做的，就明白了。”

光斗从鸿翥手上接过那长身怪物的头颅，反复察看，用手指弹了弹后，说道：“哦！这是用布和纸裱褙，晾干后的衬壳做的假头，难怪我一剑掠去，只听得是‘噗’的一响，而不是‘咔嚓’一声。”“对！你再看，这是我经弓弦削下的衣袖，布料乃是上好的绸缎做成。鬼怪会有此种衣料吗？传说中的鬼怪所用衣着物品，都是用纸做的，那么留下的就应该是纸灰。而且人们常说的鬼怪在灯光照映下不会留有形影，可是那怪物在月光照映下，身形人影明白显现。挪移行动时，虽然身轻如飘絮，但剑过头飞，落地有声，弦划袖断，实实在在。所以我可断定这位深夜来此的不速之客，绝非是怪，更不是鬼，而是一个装神扮鬼的人了。可是，他为了什么事来此相扰呢？这倒是问题的要害了。”

“是啊！此人装神弄鬼，究竟是为了些什么呢？”光斗也是纳闷不解和后怕：“这样说来，今夜真是好险哪！若不是张兄警觉，反应迅快，在那沉睡之时，我们恐怕就要遭其毒手了哇。”鸿翥分析着那来人的举动和意图：“若是那人心怀恶意，进入房内就下毒手，我们现时确实是已经命丧此祠了。可是他没有这么做，既没有害命，又没有窃财，只是把玩着我的长弓，甚至没有看见他身带何种兵器。嗯！这就令人奇怪了。”“张兄，此人虽然没有明带兵器，却必然会藏掖着暗器。当时，此人甩袖相击张兄弓弦时，我似乎见其右手肘部隆起，定必是袖箭无疑。可是他在袖断之时，为什么不发暗箭反击呢？”“对！这里面必然有蹊跷。总之，我们今后还是多多小心为是。”光斗道：“张兄所言，很有道理。是鬼，无非是令人惊恐，如果是人，那就更是危险了。小心天下去得，大意寸步难行，我们是得小心为妙。”

光斗挥动着长剑，把那颗以衬壳裱褙的头颅剁得稀烂粉碎。鸿翥也不言不语地把那截断袖叠好，收入行囊中。二人带着满腹狐疑，趁着拂晓微明，别离霸王祠，起程而行。

二人饥餐渴饮，昼行夜憩。有时因贪赶路程，错过了宿营处，就栖息在荒郊野外。越山涉水，阅景述情，倒也把霸王祠中的深夜惊遇抛在了脑后。但是，不知为什么，也说不出是为什么，张鸿翥在宽怀之余和不经意之间，总觉得有一双神秘的眼睛在跟踪和窥测着自己。

已近正午，两匹快马从张鸿翥、徐光斗身后向前驰过，蹄声“嘚嘚”溅起一溜飞尘。张鸿翥急瞥之下，只见马上二人，衣着华丽，人俊马精神。

在山村路口的一家简陋的酒店门前，数张低矮的四方木桌，就摆放在茅草苫盖的敞棚里。张鸿翥、徐光斗打老远就看见三匹骏马散放在路边，正低首甩尾地啃嚼着路边的青草。一位体形彪悍大汉，随着坐在桌边年轻人的一挥手，起身跃上黄骠马背，扬鞭绝尘疾奔而去。

鸿翥、光斗二人来到小酒店，径自在一张无人占用的桌子两边面对面地坐下，吩咐过来招呼的伙计要了饭菜。张鸿翥端起大碗饭狼吞虎咽地吃了起来。三下两下，三碗两碗地就填进了肚里。流水般添饭的酒店伙计看了既新奇又懊悔，心中自责道：“唉，要是早知道这位客官饭量这么大，我干脆打好一桶饭放在他面前，也就无须我这样来回跑了，真是笨啦!”桌上空碗已摞上五只了，可是鸿翥仍在叫添饭。

光斗看着也是好笑，说道：“张兄好饭量，别急！慢慢吃，小心噎着。”

鸿翥停下筷子放下碗，抬起头来，望望光斗，看看那摞空碗，有些不好意思地说道：“徐兄不要见笑，小弟多时来，就没有这么开怀吃过。今天也的确是饿极了，不过，我可以告诉你一个秘密，听后，可不许笑话我啊！嘿，算了，还是不告诉你为好。”端起碗，又要往口里扒饭。

光斗隔着桌面伸手拉住，戏说道：“你不告诉我，就别想再吃了。快！你说不说啊?”

鸿翥道：“唉！拿你真是没法。好，就告诉你吧，可千万不要说出去。在家中，因为饭量大，我从小就得一个绰号，叫作饭——桶——子，听明白了吗?”

光斗一听更是呆了，刚要说话，就听后边隔桌传来了“嗤”的笑声。鸿翥听了，回头瞧去，这才把后面桌子边坐着的，也就是刚不久在路上与自己擦身而过的两名青年骑士看了个仔细。这两个人衣着虽然俱佳，但气度、举动却有着不同，显然是主仆二人。

那年约二十岁左右的骑士体形修长，身着紫红长衫、外罩团花绿缎马褂；柳眉凤眼鹅蛋脸，面如敷粉，黑亮油松的长辫直垂腰际，神情高傲潇洒而俊美，在骄蛮中却又蕴含着温柔。另一名约十六七岁，长辫盘额神色秀丽开朗，而言吐之间却显恭谨。张鸿翥回头一瞧看，和也在注视他的紫衫青年正正地打了照面，四目相对下，那青年人竟被张鸿翥瞧得不好意思，立时把头别开。而张鸿翥脑海中，这时却又浮现出一个似曾见过的熟悉面容。

鸿翥正要起身相询，身后桌子却“砰砰”地被拍得山响，一个声如被阉公鸡似的嗓音，在尖锐地叫骂道：“伙计你在找死啊！老子要的酒菜，为什么还不端上?”

伙计在厨房里连声应答着：“客官，快了，快了!”“快了，快了？快你娘的头。再不过来侍候，惹火了老子，砸了你的鬼店!”店中客人都吃惊地望着这粗野的汉子，只见他胸前不伦不类地挂着一枚映着银辉的十字架，左眼用一块圆形黑纱遮罩着，右眼怪睁透着凶光，大咧咧地一脚踩在木凳上。他接过伙计斟好的大碗酒，仰首咕嘟咕嘟地大口而饮，嘴里咬着牛肉干，唧唧有声旁若无人，神态彰显着横蛮至极的邪气。

紫衫青年脸上露出愤然、鄙视之色，迅即转过头来轻声地对同伴道：“走，快去备马。”起身离桌，柜上结账，二人双马，蹄声“嘚嘚”渐远去。

独眼人这么一吵，使得紫衫青年驰马离去，鸿翥未及相询失之交臂，心中甚是遗憾，只好又惘然地同光斗离店起程。

待得紫衫青年二人和鸿翥、光斗相继离去后，独眼人望着他们离去的方向，咬牙切齿地狞笑着，又自言自语地说道：“真是冤家路窄啊。好吧，既然都遇上了，那咱们就骑驴看唱本走着瞧吧!”吩咐身边的两名贴身亲随，跟踪这两拨人以及摸清他们的行程动态。

第十四回 相会横山玄女观 三英共援斗恶擂

在村前路旁饭店里远远地看到的一座大山，就横亘在前方。但是，他们走了很久很久，放眼望去山还是远在前方。中午用罢饭后，鸿翥就向伙计打听了前方的路况和民情。伙计告诉他们，前面的大山，就是有名的横山，穿山而过的也只有这一条路，而且是北上的唯一便捷的必经之途。山上盘踞着百多号强人，占山种地、伐木、烧炭，同当地村民相处尚可。平时上山以物易物，交易也是公允。只和那些争夺山权、林权的富豪大户械斗过几次，也挫败过大户邀来的官兵。后来那些大户知斗不过他们只好退而自保，不敢再兴师动众地去争夺了。豪绅大户不再去官府投告，官府也就省得去问了。这样一来，地方上倒也落个相安无事。山上的那些人很是义勇，就在去年冬季，横山中的一只猛虎，突然窜到了邻近的村店伤残人畜，结果还是山上的这些人下山捕杀的。当场从虎口里救出了村长长生的独生儿子狗儿，自己还伤了二人。这些年，也从没有听说他们劫掠过往的旅人和客商，所以村民们都称赞他们是义民。

逢山觅路，过河问渡。问明了路向山况心中大安，而且听到此村离横山最近，只要再转几个弯就到了山脚下。二人听了精神大振，放开脚步往前直奔。谁料想，紧走快奔，还是走到太阳快要下山的时分，才赶到了横山往北去的路口。

徐光斗气喘吁吁，停下脚步对鸿翥说道：“伙计说转几个弯就到了，嘿！这几个弯也真是转得太长了。”鸿翥揩了揩头上的汗，笑着说道：“走山路就是这样，明明在眼前，可是紧走慢走，还是在眼前，这就叫作望山跑死马啊！”二人仰观此山，东西横向崖壁陡峭。穿山之路狭窄、崎岖，弯弯曲曲地向前延伸。山上树大林密，一片连着一片，一层叠着一层，山风袭过声响如涛啸。山路两旁的灌木丛杂繁茂，藏人藏兽还真不易察觉。一座不大的四柱草盖凉亭破损不堪，孤独地立在进山路口较宽之处，这是为进山出山的旅人、客商，遮蔽风雨憩歇之用。而今，路无行人，空谷无声，更生阴森。

张鸿翥站在亭外，不禁慨叹道：“横山、横山，山符其名啊！险峻如此，若有一夫挡守，倒真的是万夫莫开啊。”话音刚落，就听锣声、呐喊声，起自路旁丛林中。二十多人呈扇形，围挡在凉亭前的山路中央。鸿翥同光斗二人闻警，先是一愣，待到看清楚了对方阵势后，立即镇定下来。虽然对方占了地势之利，可己方也不是无路可退，倘若连山贼都斗不过，那上京去考还能考出什么？二人略略商量后，认为先弄清对方意图再做打算，反正是福不是祸，即使是祸也已是无法避过，此路无论如何也要闯过去。

张鸿翥抢前一步，抱拳揖礼道：“在下二人赶路过此，在亭中稍歇，不知诸位相阻，有何见教？”对方一名彪形大汉越队而出，而紧随其后的二人，却令张鸿翥惊讶不已。竟然就是中午在山村小店相遇，又似曾相识的那位紫衫青年及其同伴。

彪形大汉手提三尖铁叉，操着山东口音哈哈大笑：“你这还用得着问吗？怎么连靠山吃山、靠路吃路的道理都不懂了呢？今天要想平安过山，那就交上买路钱吧。”鸿翥道：“在下一不为官，二也不是富商，路过此地，只不过是赴京应考的一介穷武生。钱是有一些，但是不多，仅够盘缠支用，尚请诸位体恤放行吧。”彪形大汉道：“那你就不用啰唆了，快快报上名来吧。”“在下是饶州府鄱阳县人氏，姓张名鸿翥，尚望诸位……”话还没有说完，那彪形大汉打断了他的话，毫不通融地说道：“好哇！你就是张鸿翥那就不错了，我找的就是你张鸿翥。交出买路钱，饶你二人一死，否则，叫你难逃此叉！”三尖铁叉上的串环抖得“哐哐”响。张鸿翥听到说找的就是自己，心里虽然很是纳闷，面上却毫不为其所动，依然悠悠地说道：“这倒奇怪了，在下与诸位从未谋面，也无过节，怎么找的就是我呢？那好吧！钱，我是没有，路却还是要走。诸位就看着办吧。”

这时，那位紫衫青年接口道：“没钱可以。你只要把背上长弓交上，也可以放行。”

鸿翥听听甚觉好笑，调侃地说道：“要弓可以，但是要等我问过后，得到同意才可。”紫衫青年信以为真以手指指光斗问道：“你是要问过他吗？那你就快问吧。”张鸿翥慢条斯理地把背上的长弓取下执在手中，然后说道：“问过了，对不起，它不同意。”紫衫青年奇怪地问道：“你问过谁了？是谁不同意啊！”张鸿翥把弓一伸：“它不同意！”

紫衫青年勃然大怒：“好哇！你这个不识抬举的东西，竟敢戏弄于我，不给你一点厉害看看，你还不知道马王爷是三只眼呢！你就先给我躺下再说吧！”于是拔出剑来，纵身上前就要击斗。彪形大汉把手中铁叉一拦：“杀鸡焉用牛刀。请公子少歇，待我擒他过来，给公子消气好了。”一抖三尖铁叉，径朝鸿翥胸前刺去。张鸿翥不慌不忙，轻轻地用弓背一格一崩，铁叉即被弹开。彪形大汉退步回叉，又进步挺叉直刺。这时，光斗也纵身挥剑相助。紫衫青年对站在身旁的年轻人喊道：“明白，你上去挡住他，别让他们二人靠拢。”“明白知道，公子放心。”明白执剑飞步上前挡住光斗，双剑你来我往，斗在了一起。

彪形大汉三尖铁叉刚刺近鸿翥身前，鸿翥只把身躯稍侧避过叉尖，再以弓弦搭上叉柄往前一拖，彪形大汉被牵引得脚步浮动又不敢弃叉，于是失去了自控一个劲地朝前倾蹿。张鸿翥弓交左手右手倏伸，一把就抓住了大汉的背部衣服。好一个彪形大汉临危不乱，叉一刺空人往前蹿，上衣一被抓住心中就知不妙，只有借势力挣拼着上衣破碎，才能脱去对方控制，否则必被生擒活捉受其所辱。而且他在借势前蹿力挣的同时，仍不忘应付后招，手中三尖铁叉迅即往地上一点，叉竖人起身躯斜出，一个旋身，面对鸿翥，又迅快地擎起铁叉往鸿翥头部硬砸。鸿翥运力于臂，以弓背硬挡，只听“笃的，哐啷”声响，三尖铁叉即被挡崩得脱手往后飞去，人也随着崩飞的铁叉拉力被牵带着往后仰倒。

张鸿翥提步向前，正要挥弓砸下，“你敢！”一声娇叱起，紫衫青年在此情急之下，挥剑就挡住了正要下砸的长弓。鸿翥撤弓即退，那彪形大汉也就在这叱声弓撤之时，双足一蹬，仰身平飞一丈开外，双手着地，转身空翻，跃立而起，捡起崩落在地的铁叉，又去协助稍落下风的明白，合手联斗徐光斗。

鸿翥垂弓指地，抱拳向紫衫青年礼揖道：“我自问和诸位无怨无恨，为何说要找的就是我呢？如果我真的对诸位有什么得罪失敬之处，只要指证是实，甘愿认错受罚。公子，你看天色渐晚，就请让我二人过山去吧。”

“哼！”紫衫青年鼻子一哼，骄蛮地说道，“没有得罪我们，这是你说的。我说是你得罪了我，那就是得罪了我！要想过去，容易得很哪，胜了我手中剑，我派人护送你过山。胜不了的话嘛，哼，哼！那你就乖乖地留在横山吧。”“公子此言能算数？可当真！”“当然算数当真，难道本姑……”紫衫青年突然觉察到话急失口，急急咽住改说道：“难道本公子还会出尔反尔，骗你不成！”“好！君子一言，驷马难追。那就请公子出招指……”“教吧”二字还没有说完，紫衫青年一招“仙人指路”就刺了过来。

张鸿翥侧身让过，可紫衫青年剑势未尽，仍是如影随形地平划点刺鸿翥的双肩胛。好个鸿翥不退不让，双足如铁钉般地钉牢在原地，上身平平仰折，险急的一剑却离肩胛以分毫之差刺空。妙的是紫衫青年已经料到张鸿翥会以平仰之招避刺，剑尖立时自鸿翥喉部顺势划下。此招若是得手，张鸿翥势必喉穿胸腹裂，即使不死也会伤残溅血当场。

就在这眨眼瞬间，鸿翥双膝部陡然地平直展伸，背部沉地，以足尖发力一蹬，一招“鱼龙穿波”飞出丈余，逸出剑势圈外，接着一招“乌龙绞柱”，挺身而立。

紫衫青年所使“仙人指路”为一招三式，而张鸿翥应招所用的“蛰龙惊雷”却是一招四式。所以才能在只让不攻的情况下，从容、轻松自如地化解对方攻势。若是存心对抗，鸿翥只要以弓先使“神龙挥爪”、“龙卷旋风”，不用“鱼龙穿波”而改使“潜龙倒穿波”还招，紫衫青年的招式就无法使完。而且在使第二式时，剑早已被“龙卷旋风”绞飞，人也会被“潜龙倒穿波”的足攻蹬倒仆地。

张鸿翥只避让，不还招攻斗，源自那似曾相识之念所束缚，是敌是友，还没有弄明白，再者也不愿使紫衫青年当众输招，恼羞难堪而激化矛盾。

紫衫青年剑走空招，已知对方之强，急忙收剑为守，全神戒备。张鸿翥止步不进，双目紧紧地盯注着紫衫青年。紫衫青年被他盯注得不好意思，满脸飞红，羞恼得大声叱道：“呸！好不要脸。你打又不打，那双贼眼尽盯着我看什么看?”

这一声叱喝，竟叱喝得张鸿翥脑海中那似曾相识的感觉，突地明晰了起来，“啊！这不是太像义庄明庄主、明振义的面容吗？太像了！难怪我总觉得是在哪里见过，此人之仆又叫明白，那他必是明庄主的公子明日无疑了。”立即拱手为礼：“请问义庄明庄主是公子何人?”

紫衫青年气呼呼地把头一昂，答道：“你管我是明庄主什么人!”

张鸿翥道：“公子若是义庄明日公子，鸿翥可真的是冒昧和失敬了。”

紫衫青年把嘴一撇道：“哼，你岂止是对我失敬和冒昧？你只避不还招，实则上就是不屑同我比试了。哼！真是太看不起我了，有什么了不起！告诉你，我和你没完!”也不听鸿翥分说，狠狠地把剑往鞘中一插，对着还在同徐光斗缠斗的明白和彪形大汉喊道：“大叔、明白，你们都停下，别打了！让他们走。”说毕，脚一顿，头也不回地转身就走。一时里，闹得场上诸人都丈二金刚，摸不着头脑。

到底是怎么回事？徐光斗不明白，明白也不明白，而且紫衫青年说的“太看不起我了”，“我和你没完”，更是令张鸿翥莫名其妙的不明白，张鸿翥不由得长叹一声：“唉，怎么让又让坏了。”

好在横山虽横尚有路，到时人心难明终会明。

正当张鸿翥、徐光斗二人莫名其妙地被紫衫青年缠在横山路口比斗的时候。那在义庄一战中被宗武用弹弓打成独眼、沉江侥幸逃得一命的史宏志，正快马赶到了济南府长清县城关镇。他在当地的教友和拜把兄弟虎威及青帮哥儿们的支持下，策划着以武会友擂台，在等待着张鸿翥。

“唉！怎么得了哇。家里除了我，六个人就躺下了五个哪，小孙子都屙得带血了。也不知是造了什么孽，得罪了什么野鬼邪神啊。”七十多岁的老婆子拄着木棍，巍巍颤颤，用抖动不止的手扯起破衣襟，不停地揩着红肿的眼睛，一边同身旁的人唠叨着，“听说是什么洋人的上帝让瘟神跑了出来作祟，害我们老百姓哪！听村西那个信洋教的二鬼子说，信洋教就可免灾，不信洋教就逃不过去。二鬼子说的我可不敢信哪。你听他说什么‘上帝啊，恶蒙!’明打明地对着你的胸前，用手指一竖一横画着十字作法。我想被他们这么一画，弄得不好，死后要分成四块的！这不是恶得蒙人吗？真是劫数啊!”

四十多岁的李大婶望望四周的人，见人们都听得“啧啧”地咂舌，谈兴更高，就也神秘兮兮地说道："村东的洪木匠讲，玉皇大帝发了怒，大骂洋教是妖魔来中国害人哪，就派了齐天大圣下凡来收拾他们，玄女娘娘也托梦给观主妙清师太，请了神农菩萨施药救治百姓。今天就要当场赐降仙草，我们还是快点去吧！"

鸿翥、光斗二人进入鲁境后，沿途看见在偏僻的村庄里，多处设有神坛，供奉着观世音、哪吒、吕洞宾、关公等菩萨神位，还听到一些悄悄在流传的民谣，什么"义和拳，神助拳，灭洋妖，复大汉"，什么"红灯照、驱洋妖"等等。今天一进入安庄，就见男男女女，扶老携幼，有农人工匠，也有文人武夫。人们络绎不绝于途，都在议论着庄南九天玄女观的观主妙清法师设坛请神之事。打听之下，才知当地时下流行瘟疫。患病者腹泻不止，重者便泄时带红、白血，有的甚至脱水身亡。就在人们很是恐慌之时，玄女观传出了玄女娘娘夜晚托梦妙清师太，说是洋教作祟，百草仙圣神农奉玉帝旨谕赐仙草，下凡界拯救黎民。光斗听了，顿起好奇之心，说道："张兄，有此奇事，那我们也去看看菩萨是如何施法治病的，怎么样？"鸿翥答道："徐兄有兴，那我们就看去吧。"随着人流，涌向了庄南玄女观。

观前广场上设有神坛，神坛上置放着一张长案桌，香炉中的燃香袅袅。妙清师太瞑目端坐在太师椅上，羽氅高冠，道貌岸然，身侧站着的女弟子青发高挽，手捧拂尘，清逸端庄。两名女道童，一名双手捧剑，一名端着红漆木盘，分站长案桌两端。玉磬三响，坛前拥挤的人群，立时安静了下来。捧剑和端盘的女道童，双双行到坛前。端盘女道童将木盘翻转，向着坛下明示盘中无物后，即瞑目平端于胸。高髻弟子挥动拂尘，扬拂红盘三匝，再将一块大红缎巾覆盖盘上，然后退步合双掌，礼请妙清师太。师太起身离椅，轻移莲步于香案桌前，望天礼拜再三，恭恭敬敬地端起案桌上的净瓶，手拈杨柳枝，口中喃喃念道："天灵灵，地灵灵，敬奉诸路神仙大驾临。驱除瘟魔降外妖，赏赐灵药佑黎民！"拈柳枝入净瓶，沾净水洒向红缎巾上。望空挥拂尘，一声突呼："急急如律令，疾！"高髻弟子又是拂尘三拂，掀起缎巾。在人们的惊诧叫喊声中，原是空空如也的红木盘内，赫然显现出水灵灵、绿茵茵、红序点点的一株多枝茎须、锦叶共柄繁生的本草来。屏息凝视的场中人群，立刻欢声雷动。

妙清师太站在坛前，手拈柳枝将净瓶中的净水，向坛下人群遍洒。人们争着捧接，即使是沾着点滴，也觉得是沾上万福与平安，不胜喜悦。师太右手略抬，场上复归平静，鸦雀无声。师太慢启玉唇："众善男信女，尔等听清楚。洋人邪教，不尊先祖，不敬父母，才引来灾疫。玉皇震怒、颁下旨谕，命孙大圣、九天玄女，降妖伏魔以拯救万方生灵。特赐天乳，以驱痢疫。并示嘱本师太代为传言，为求痢疫早除，已将天乳蕴蓄在灵草之中，遍撒各村山坡田畈，尔等可各自照所赐样草采撷煎服。为了防止邪魔暗算，以假仿真，尔等必清扫庭院、村路、井及江河周边。焚香烛敬水神、谷神。采撷时，以断茎即出奶汁为验证。切记，切记！本观现已备好以天乳仙草所煎的神水九缸，尔等可在散坛后领用。信仰诚心者，能拒洋教侵扰者，连服三天可痊也，菩萨保佑，无量天尊！"望天礼拜。坛下诸众同声跟颂："菩萨保佑！"一片虔心诚敬。

光斗捅捅鸿翥，指着坛上说道："张兄，你快看，那捧剑的女童，像不像明白？"鸿翥细看良久，大声答道："像，像极了！那高挽云鬓，手执拂尘的更像那穿紫衫的明日，你仔细看看，我是越看越像哪。嘿！一会是男，一会又是女。这到底是怎么回事啊？"坛上二人好像也听见坛下二人的说话声，那高髻弟子，斜睁凤睛，狠狠地盯了他们一眼，就把头别了开去。法事完毕，坛上众人随师太步下坛阶回到观里。场上众人纷纷前去讨取仙水，虔诚地喝下，并小心恭敬地端回家去给病人饮用。一路之上，"娘娘显灵，大慈大悲，菩萨保佑"的诵声不绝。

鸿翥、光斗二人望着众人散去后，在空荡荡的观前坛场呆立了一会儿，没有再见观里有人出来，就怀着对明日、明白二人神神秘秘的行径和男女易装的满腹不解，离开玄女观而去。

济南府长清县，一座擂台就设在城关镇上，台上那面以武会友的大旗迎风招展。擂台沿途，小商小贩的摊位此接彼邻，生意很是兴旺。观看比武的人纷至沓来，热闹非凡。

鸿翥、光斗仰观擂台，台面离地高达八尺。听百姓讲擂台比试以十日为期，开擂至今已有六天了，上擂台比试者无人能胜擂主。于是擂主虎威也因此擂而名噪济南长清县城。

几天来，败者不是断手就是折足，还有一人当场死亡。从昨天起，就无人再敢登擂了。徐光斗听后，心生不服地说道："擂主有如此厉害，我不相信。”鸿翥道：“情况不明，你可别小觑，何况人上有人，天外有天。江湖之上，出类拔萃者多着呢！”光斗道：“以张兄身手，上去试试如何？或者我先上去试他一试，不行，张兄再上。我就是不相信此擂主硬有如此厉害。”鸿翥答道：“徐兄稍安毋躁，我想此擂绝非善擂。名为会友，恐怕是另藏祸心，否则，为什么要残人身体性命呢？还是看看罢了，同这等人争强斗狠，胜之不武，败却不值。何况我们又在旅途之上，无此必要啊！”正谈说着，就见观看打擂的人群“哗”地让出了一条路来。一名身躯魁梧头却尖小，灰黄色的脸上布缀着因患天花而留下麻点的大汉，异常悲愤地进入了场中。只见他纵身一跃，就跃上了擂台。

知情的人说：“前天，这人的二弟上台打擂，不敌擂主的武功，受了重伤，停招认输，正要下擂时，擂主却不相饶，从后面狠狠地偷踢一脚，将人踢下擂台，当场摔跌得口吐鲜血，昏死台下。好惨哪！人家都停了手，自认不敌，还要这样，这擂主之心，可真是太毒了。”

别说台下人议论纷纷，台上的人也在嘀嘀咕咕。擂主虎威正对着坐在不易被人发觉之处的史宏志说道：“史兄，怎么擂台摆了六七天了，你那个仇家张鸿翥还没有露面呢？眼线不是说已经到了镇上吗？也不知他今天会不会来打擂？”史宏志答道：“人是来了，你看，就在台下。等一会儿，你要想法激他上擂。他若是上了擂台，请弟兄痛下杀手，我自会从旁助弟兄一臂之力的。”“史兄放心吧。”虎威答道，“他只要上了台来，我就往死里打，何劳史兄出手。”

二人正议论之时，虎威一见有人跃上了台，忙过去抱拳一揖道：“请上台的朋友，报名登记。”麻脸大汉强忍悲愤地还礼道：“我是来请教请教，你们设擂，真的是以武会友吗？”“是啊！你睁开眼睛看看，这上面不是写得清清楚楚吗？”“那我就向你讨个公道，既然是以武会友，就应该是点到为止吧，你们为什么却动辄残人肢体，伤人性命呢？”“拳脚无眼，生死各安天命。喂！你是上来打擂，就快签名画押，不打，就滚下去吧，别什么公道不公道的在此胡说八道。”“那好！既然是这样，我就叫你今天拆擂吧。”

虎威一听，就嘿嘿地狞笑着说：“哟！哟！哟！那好哇！我本来等的是一条龙，想不到你这条烂泥鳅竟有如此大本事，还是能拆老子擂台的好汉。真是看不出来哟！快报名请吧。”

"你听着！山东麻子麻无忌，就是大爷的大名。"麻无忌大名一报，台上台下反应激烈，"轰"地骚动了起来。人们议论着，这一下可有好看的了。

当年，麻无忌在武举乡试中，比尽山东无敌手，稳登第一高位。后来多有人不服，慕名找他较量，也都是心甘情愿地服输而去。此时擂台上的人，一听其名也是吃惊，互相交换了一下眼色，做好了应对的准备。

数天来，擂主虎威场场得手，正是趾高气扬之时，竟没有把麻无忌放在眼里，傲慢地叫道："麻举人，动手拆擂吧。"就进步直拳，迎胸捣来。虎威只觉眼前人影一晃，竟失去了目标所在，正要返身时，屁股上早挨了重重一脚，急忙回拳相击，再也不敢存有轻视之心了。两人拳来脚往，斗在了一起，不让不饶，打得难解难分。

虎威使的是外家拳，出拳重、快，却费力颇多。麻无忌使的是"大自然行"，有如行云流水，绵连灵动，无招式之痕迹，却有招式之功力。似实似空，空实同用，令人防不胜防。久斗之下，虎威已是气喘吁吁心中焦急，却见麻无忌右拳突地收回，左手高抬，腰肋之间露出了空门。虎威一见麻无忌失招心中大喜，急进步右弓腿，右手就拿住了无忌的左手腕，左手一伸也抓住了无忌腰带。他略一矮身，"嘿!"吐气开声，就将无忌高高地挺举过顶。台下立时一片哗然，徐光斗大叫一声："此人性命休矣！"鸿翥道："此是诱敌空招，不是失手留下的破绽，后着厉害着呢。"言尚未停，也就在擂主虎威旋身，正要把麻无忌摔下擂台的一瞬间，无忌右手已搭上了虎威的锁子骨上。只听得虎威一声惨嗥，头上汗珠直冒，锁骨寸碎，痛得脸色惨白，瘫倒在擂台上。从此虎威武功全废，虽然虎威成了"胡萎"，却也落得个善终其生。

无忌扭身翻立："饶你一命，从今好自为之去吧。"飞足一蹬，那面以武会友的大旗杆，应声而折，旗倒擂散。无忌正要纵下擂台，背后"嗖"的破风声响，急忙身向右侧避让。他背心部位虽是避过，可左手臂仍然被柳叶飞刀洞穿，剧痛之下身体失去平衡，人朝前踔从台上倒栽而下。

张鸿翥想也没想地从惊愕的人群中疾冲而出，双手一伸托间，就将无忌抱个正着。也就此时，三柄飞刀呈品字形，"嗖嗖嗖"地射向鸿翥双眼、喉部。鸿翥全力救人未防有猝变。在此危急之际，他张口就以牙齿咬住了疾射咽喉的飞刀，耳旁则听到"哧哧"两声，接着是"叮当"二响，左右两柄飞刀被两支三寸小箭撞得在空中稍稍停顿了一下，随即跌落在脚前。

张鸿翥心中暗叫："好险!"扭头向"哧哧"发声处瞧去，就见明日手持折扇，带着明白正若无其事地转身离去。他连忙高喊："明兄请留步!在下有要事请教。"可是明白二人，却如没有听见似的连头也没有回自顾而行。徐光斗已赶到鸿翥身边，快速地把地上的飞刀、小箭捡了起来，对呆望着明日背影的鸿翥说道："此人真是一怪。算了！张兄，我们快回客栈，为麻兄治伤要紧。"二人护着麻无忌，就往场外撤退。

在城关镇悦来客栈里，张鸿翥为麻无忌拔出臂上飞刀，幸好刀上无毒，创口经清洗、上药包扎好后，疼痛顿觉尽失。无忌对二人的全力援助谢不绝口，真的是直爽无忌，名不虚取。细叙之间，三人大有相见恨晚之感。

细察飞刀，刀薄如柳叶，柄上刻有黄蜂为记，当是史宏志所用无疑。再看袖箭，小箭镞为三棱形，尾羽前部刻有如钩弯月。人似明日，而箭铭为月，此人到底是明日还是明月，却实在是令人费疑猜。

三人谈起赴京应试之事时，麻无忌称自己本已决定前去参试，却因其弟此次打擂失手，伤势沉重尚需料理。为不能和二人同行，深为遗憾。表示家中事务安排妥当后，就立刻赶往京师同二人相会。他见天色已晚，起身告辞别去。

徐光斗在送走无忌后，突觉腹痛便急。就往后院跑去，刚进茅厕，就听见有衣袂带风声。黑暗中，他隐约看见从墙上跃进二人，身着青衣，行动敏捷，径奔西院。光斗心中一动，就忘记了腹痛，也不如厕，立即左躲右闪、亦步亦趋悄悄地尾随着青衣人身后，待到那两个青衣人进入客房，他又蹑手蹑脚地溜近客房窗户下，贴身墙壁，偷偷地伸头往房里窥视。只见房中七八人围坐在床畔，正七嘴八舌地议论着，情绪激昂。屏息凝听下，光斗心中暗暗惊叫："真是老天保佑，若不是腹疼便急，前途可就大是凶险了!"稍一疏神，不防脚下一歪，垫足乱砖散倒。响动虽是细微，却已惊动房内。就听见房内有人大喊："谁！快，窗外有人窃听。"光斗闻听心急智生，"喵呜"口学猫叫，轻轻地纵身院中大树，隐蔽在枝叶之中。随着喊声，房中灯熄，诸人纵身出房，在院中一番搜索后，未见到任何异常动静，就骂骂咧咧地返回了房里。光斗趁机溜下树来，迅速地赶回住房报信。鸿翥听了后，暗道："不是冤家不聚头啊!"

第十五回 黄河激流匡复舟 鸳鸯长带侠情萌

史宏志在横山脚下小村酒店相遇明白主仆和鸿翥二人后，即遣派亲信沿途监视张鸿翥、徐光斗的北上行踪和义庄明月主仆的动态，同时部署人手计划复仇。这次在长清城关镇摆擂，本拟以武人争强好胜技痒之癖好，又以以武会友之名由，诱钓张鸿翥上擂。谁知事与愿违，擂主虎威求名求胜心切，出手过于狠毒，逞匹夫之勇，大犯众人之怒。结果，山东麻子麻无忌激于其弟被残伤之愤，以似鹰爪功又非鹰爪功的功力，力废虎威，而史宏志以飞刀暗算鸿翥，又被袖箭所挫，真令史宏志痛心疾首。可是他却仍不死心，又邀聚党羽在悦来客栈西院住房中，密谋在张鸿翥北渡黄河时，凭借青帮兄弟们的水上之长和垄断漕运河航之利，禁令渡口所有船只停航，封堵上下游水道。只以专门用来劫杀客、货的船只摆渡载客，迫使张鸿翥在无他船可渡的无奈中乘坐此舟，然后在河中心启动渡船机关，趁张鸿翥陷于慌乱之时，一举格杀或淹毙。人有七算，天有八算。史宏志算来算去，就是算不出东湖风浪里长大的张鸿翥那鲤跃龙门的高超水性。

鸿翥、光斗针对史宏志等人的阴谋，经过慎重、周密的思虑，权衡了利弊得失，决定将计就计，以其人之道还治其人之身，照常渡河，师仇私恨，力求在渡河之中做一了断。

张鸿翥胸有成竹，谋定而动。可是他也万万没有料到，也不会料到的是明白主仆二人，偏偏也在其中，而且偏偏是在他和光斗之前，登上了史宏志这条早就安排好、等着他们乘坐的贼船上。这才叫作天有不测风云，黄河危舟寓缘分。

迎风看浪翻，风激衣袂飘。黄河之水汹涌澎湃，果然如同天上来。

二人沿着河堤在寻找渡河之船，相询岸边船主都说是奉令停船。这些情况都在鸿翥意料之中，而且也证实了徐光斗昨夜侦知的对方部署没有变化，心中就更是笃定。但是史宏志专门为他们准备的渡船是哪一条呢？至今未知，正在心中猜测之时，光斗指着远处渡口一艘正在上客的渡船说道："张兄，你看那上船的二人是不是明月、明白二人？"

鸿翥凝神细看后，答道："是他们二人。怎么就这样巧？走！我们也上此船。"二人立即往那渡口赶去。刚刚赶到船头，船工已在收起跳板，准备开航。鸿翥高声喊道："船家且慢，我们也要过河。"船工答道："这船已经有客人包了，请等下趟吧。""那就请船家行个方便，我二人实在是有要事急办，情愿多付船资啊！"说着，就要跳上船去。船工忙止住他，说道："慢！你们等一下。我去问问老大，他说可以搭渡，就可以了！"正欲往船艄走去时，船艄传来尖仄的公鸡嗓音："二位客官既然愿意多付船资，就让他们上船吧。多一个，少一个，反正是一船装啰！与人方便，自己也方便，出门难哪！"船工听了后，把手一招，满脸奸笑地道："你们急着要过去，就快上船吧。"

史宏志并不明白，自从失了那玩意儿后，嗓音就渐渐变得尖仄起来。说话时犹如被阉公鸡，男声不像男声，女音不似女音，比原来难听多了，心里很是气恼，却是没有办法。这时他坐在船后尾舱里，就着花生米，慢饮浅酌地品着酒。正在思量着：事先没有料到会来的都来了。嘿，有总比没有好，既是义庄的雏儿，此趟也算可以了，大鱼没有以后再说，小鱼也将就嘛！可偏在此时，张鸿翥二人也已赶到了渡口。史宏志在船上早就看见，立时大喜："来得正好，天助我也，现在可以一锅烩了。"仰起脖子，咕噜一口，一碗酒就吞进了腹中。船上诸贼聚在船尾舱里也很兴奋，举杯相庆，各自准备，只等动手令下。

张鸿翥、徐光斗上了渡船，被安置在头舱。船分三舱，各舱都以厚实、坚固的木板相隔，各舱互不相通，只是各舱侧面开有小门、小窗。明日主仆被安置在中舱，后舱是船工家留作轮班憩息之处。船身前部设双人双桨，尾部置橹舵，既可划送，又可定向。

一声起航号子起，水手以长篙顶住河岸，着力撑推。渡船徐徐后退离岸，转向入流。船工们桨划橹摇，渡船在河道中向对岸疾行。

太阳缕缕光束，透过灰色的云层，时有时无地照射到船上。浑黄的波涛，前涌后推地滚翻。船被抛起跌下，摇晃着，颠簸着，大浪撞击得渡船侧舷咚咚地震响。船近中流，风更大，浪更险。

"船家，船家！请问船上可有清水？"中舱传来明白的呼叫声。"有，有！客官要清水何用啊！""唉！我家公子晕船，刚刚呕吐过，要用清水漱口。""好，好，我马上送过来。"

刚刚晕船呕吐过后的明月，此时斜躺在舱房的座板上，右手不停地抚揉着胸口，虽然胃部的痛楚难忍，而那近日以来发生的事情，却又一幕幕地非要在她脑海中浮现出来不可，尤其是在安庄玄女观审讯史宏志的亲信后想不想都不行……

"说！你到底是受何人所派？一直尾随在本姑娘身后不舍，究竟有何图谋，说清楚了，本姑娘饶你一死。否则的话嘛，那你就有苦头吃了，快说吧。"

在安庄玄女观后院，明月正在审问跪在下面的一名神情猥琐的汉子。"你说不说啊！"明白飞起一脚狠狠地往这闭口不言的汉子腰穴踢去，只痛得他满地翻滚："哎哟，哎哟，姑奶奶，我全说啊！""哼，真是贱骨头。早说不就行了嘛。"又是一脚踢去，替他解除了腰穴之制。猥琐汉子疼痛立失，翻身又端端正正地跪好，再也不敢顽抗抵赖了，一五一十地将史宏志派遣他和另一名同伙跟踪她主仆二人与张鸿翥之事交代了个明明白白。

原来此人在横山脚下小村酒店里受史宏志之遣，一直跟踪在明月身后。当玄女观施药散坛后，又偷偷摸摸地溜进观内，正鬼头鬼脑地窥视时，却被明白和道童发觉，一举擒住。

明月审问后，为张鸿翥之行担心起来，虽然两次较试，都受鸿翥挫折，恼羞交加，可是心中越恼越羞，而张鸿翥的分量在她心中反是越来越重。于是，她告别妙清师太，带着明白一路追踪着张鸿翥。

在长清城关镇，明月观看了两天打擂，未见鸿翥踪影，却在无意中，从擂主虎威家人中，得悉此擂台是为诱钓鸿翥所设，也就留意在心了。人群中，她看见鸿翥和光斗也在观擂，并没有贸然上去比试，才稍稍放心。

谁知变起仓猝，鸿翥为救麻无忌，遭飞刀突袭，在此危急之际，明月立发袖箭相助，因不愿在此场合同鸿翥见面，就带着明白，也不管鸿翥的身后呼叫急步离去，想不到，却同张鸿翥不约而至地同上了这条渡河贼船。

不一会儿，船工端着一碗清水送了过来，明白打开舱门，接过后，“哗啦”一声，又把舱门拉上。开门之时，那船工抢眼往舱内偷瞧，看见乘客歪身斜躺在舱座上，脸色惨白，神情委顿，呻吟声不绝。史宏志听报大喜：“前舱二人有无动静？”船工答道：“尚未见他们有什么动静。”史宏志指示道：“那你就密切监视，若有动静，速速告知。”

史宏志此时心中非常的得意：“哼哼！在岸上，算你厉害，算你狠，等你喝饱了黄河水，想必就会知道老子的手段了。”过了一会儿，却又拍拍前额道：“不对，等他们灌足了黄水，恐怕已经无法知道老子厉害了。唉！张鸿翥啊张鸿翥，明振义啊明振义，喝了黄河水，你们怎么就死了心呢？这也太不够意思了吧。”

上了贼船后，张鸿翥虽是有备无恐，却仍是担心万分，因为明月、明白二人至今还是蒙在鼓中。前舱、中舱，近在咫尺，也隐隐约约地听到不时传来的晕船呕吐的娇呼声，却又不便声张告知，只好静观待变。

时间随着渡船，一寸一寸地前移。此刻，船不仅晃动得更凶，而且更是越来越向一侧倾斜。张鸿翥悄悄地把舱窗稍稍移开，大风直灌舱内。他侧身斜眼往河面上一扫视，船身几乎是整体横浪而漂浮，而双桨却搁在船头上，船尾橹舵也不见有人操控，难怪渡船会如此晃摇侧倾。

“哼，区区伎俩，岂奈我何，”张鸿翥察明了眼前之势，已经明了了贼人是以船晃眩晕来消耗不识水性者的体能，令其失去反抗的能力和意志，然后在动手时，就容易得手的用意。此时整个河道的上下游，看不见其他航船，当然是已被史宏志的青帮党羽拦截阻航。“嗯，用心险恶，部署也很周全。史宏志倒有点能耐，可惜不走正道哇！”关好舱窗，拉起光斗，轻轻地对他说道：“恐怕贼人就要动手了，快做好准备，水上不比岸上，一有动静，下手要狠。”

“客官注意啊，上游有大浪冲了过来，快把稳坐好。”船工扯起嗓子，打着招呼，“各舱把舱门、窗户顶死，免得船在倾歪时发生意外啊！”过了一会儿，又一个尖仄嗓音响了起来：“定住橹舵，快定住橹舵，操长篙哇。”张鸿翥听后，对光斗道：“来了！别慌，冲出舱外就动手！”一拉舱门，舱门已被扣死。正要聚力破门，船身猛地一侧，人站立不住，二人滚倒在舱里。张鸿翥急忙用手撑住舱壁，还没有站稳脚步，船却歪得比先前更是厉害，人也再次跌倒，更令人吃惊的是舱底陡地出现如斗大般的大洞来，混浊的河水直涌灌舱内。徐光斗身子扑在洞口上，以身阻塞船洞进水，却已是无济于事。中舱内，更是惊叫声不绝于耳。河水迅速地灌满了舱内，人被浮托得连头都碰到舱顶板上。正在挣扎时，船又突地整个倾覆翻转，前、中舱里的四人也随着翻转，头脸又从船舱顶板反触到船舱底板上了。

明月在舱内惊恐万分，连连喝了几口黄水，几浮几沉，吓得晕了过去。明白虽然幼时家住河边，手足并用尚可浮游而起，但毕竟水性不精，只好半浮半沉地以单臂拼死托护着明月，不敢乱动。这样一来，中舱倒静寂了下来。张鸿翥虽然是临危不乱，却因听不到中舱里的喊叫声，反而是格外地担心。他忙拉着光斗游到船底洞口，仰着头脸，单眼向洞外望去，只能看见一小块灰黄色的天和随风飞驰的片云，便附在光斗耳畔告诫道："别太近洞口，小心暗算。"然后，沉入水中，潜游到中舱隔板外，定桩凝气，挥掌猛击。"扑通"的一声沉闷声响，隔舱板崩碎，前、中舱终于被打通了。他游到明月、明白身边，用手把他们拉浮到水面。光斗顺手捞拢断裂的木隔板，让明白扶着明月抱着木板，头浮水面不要乱挣，就随着鸿翥身后游到洞口近处，寻机反击。

史宏志一伙六人，把船倾覆后也随船翻掉入河里。这时，他们六人先后攀上船底守在洞口外，一见洞口水面涌起波纹，即持长矛戳入，乱捅一气。张鸿翥沉气凝神，以手推水，水花陡翻，上面长矛就直往水花处戳了下来。鸿翥一探手就抓住了长矛，然后猛力一拽，上面持矛之人竭力回拉不敌，足下一滑扑倒在洞口上。张鸿翥握矛往上疾捅，"哎哟"惨叫声起，矛柄直穿透此人软腹，鲜血顺着矛柄迸流。鸿翥顺势往洞侧猛地一甩，穿在长矛上的贼人就脱柄飞去，"扑通"一声巨响，即被甩进了河中，浪头一盖，就再也没有露面了。也就在史宏志等人被震愣得还未弄明白是怎么一回事时，随着"通"的巨响，张鸿翥已穿破船底板，如离弦之矢由舱内直射而出，一招"龙飞九天"手中腰刀旋斩，那近身篙、矛全被腰刀斩折。他人还没有落到船底上，一名贼人又被他用投矛来了个透心凉，滚入河中。徐光斗趁众贼混乱之机，也脱困出舱，很快地同张鸿翥背靠背地站在了一起。

张鸿翥审时度势，深知必须速战速决，才能尽快地救出舱内受困的明月、明白二人，否则，舱内换不过气来，二人就危险了。张鸿翥、徐光斗互相打了个招呼，二人就挥刀不手软，出剑不心慈，猛冲猛打。史宏志吃过张鸿翥的苦头。如今更是胆怯心寒，吓得竟不敢接招，往后退缩。情急之下忘了船底滑溜，一时立足不稳，身躯歪倒在船底板上。张鸿翥欺身进迫，挥刀就往史宏志身上砍去，一名贼人见状忙挺斧格挡，却无奈气力不敌，斧头齐柄而断，腰刀无滞，斜切藕一划而下，该贼从左肩到右肋，衣破肤裂，鲜血直冒，“扑通”一声，随着歪倒的史宏志同时落水。另一名贼人惊得呆如木鸡，被光斗一剑刺穿左臂，痛得清醒过来，扭头就逃，径投河里，潜游而遁。那脚步稍迟者被张鸿翥的神龙返身、巨龙挥爪、退步转体、刀撩飞臂击倒，也狂号着昏倒滑跌，在河水里几个沉浮后，就到龙宫服役去了。

史宏志在河中急速上升，探头出水急急地换了口气，知道败局已定。连自己一共六人，四死一伤，真是机关算尽，反送了党羽性命，不禁仰天长叹：“老天不佑我也！”虽然老天不佑，却好在史宏志计中有计，那就是不敌即逃，溜为上计。

张鸿翥心挂船舱水中的明月、明白二人，对史宏志二贼的浮水潜逃也无暇顾及，操起板斧就“乒乒乓乓”地一阵猛砍，把船底砸开一个大洞，伸手捞起了奄奄一息、昏迷不醒的明月，随即光斗也拉出了明白。

鸿翥正要出手救治，却“啊”的一声，惊得满脸惶然，缩手后退。此时，他心中才恍然明白，此非明日，乃是明日其妹明月也。明白挣扎着爬到明月身边，顾不得隐瞒，也不可能再隐瞒了，连摇带呼地哭叫道：“小姐，你醒醒，快醒醒啊！啊！”徐光斗劝慰道：“不要哭，不要哭！她是为水呛所致。你快用指尖甲掐她的人中穴，对，使劲掐。”明月终于在痛楚的刺激下，醒了过来。她费力地睁开双眼，望了望众人，再俯首看了看自己浑身水淋淋的湿衣紧贴、曲线凸显、狼狈不堪的情状，羞得“嘤”的一呼，又晕了过去。鸿翥忙脱下长衫拧去水湿，覆盖在明月身上。又见风浪将渡船撼摇得很是厉害，加上船底苔滑，人卧其上，一个不稳就有滚翻落水危险，于是他就立即解下腰中长带，一端固定在船板上，另一端让明白缠在明月腰际，叮嘱明白紧紧抱住明月，小心护卫。光斗道：“这个妮子，女扮男装，一路跟来，也不知其为了些什么。”鸿翥也自言自语：“是啊！她们究竟是为了什么呢?”

明月同明日是一对孪生兄妹，形容酷似，而明振义爱女儿爱得有若拱璧明珠，使得她养成了骄蛮的男儿豪性。义庄争夺双珠血战，恰值明日、明月兄妹二人因事在外，未逢其遇。归来时，路见鸿翥、光斗二人，从义庄方向而出，心中已生疑云，再听庄内众人讲到张鸿翥箭技妙绝，武艺高超，如何如何地被说得神龙活现，尤其是她二叔公明大智对张鸿翥人品、武技的赞誉，更是催萌了她好强、妒忌的不服之心，生起了要同鸿翥比试一分高低的念头。因此，她探明了二人赴京的行程去向后，带着明白依旧着男装隐去女儿身份，暗暗地追踪在张鸿翥、徐光斗身后。经过霸王祠装鬼夜探，横山拦路邀斗，领教到鸿翥武技、胆略高强而心生爱慕之意，却又猜疑鸿翥看不起自己而大生闷气，甚至自己同自己生气，常常弄得明白也不明白地无所适从。

那天安庄九天玄女观坛上施药时，当她听到鸿翥二人指指点点、口无遮拦的议论，心中很是气恼。可是，当她一听到史宏志的亲信口供，却又替鸿翥担起心来，心中一急，就把气恼抛到了九霄云外，一路追到了长清县城关擂台下。当史宏志飞刀暗算，鸿翥救人无暇顾及自身安全的危急之时，她又忙以袖箭相援，击落飞刀，直到今天的渡黄河，中贼计，身陷绝境又转安的惊险巧遇。

船底朝天，四人坐卧其上，摇摇晃晃地顺流漂浮。明白从头到尾地娓娓道来，鸿翥、光斗二人心中的谜团，至此方得解开。鸿翥对明月那莫名其妙的赌气，又好气来又好笑，正欲问明白二人渡河后，打算再往何处而去时，一阵大浪又是陡扑船身，险些把翻船再又翻转。明月、明白若不是为腰带系牢，也几乎被风浪掀跌河中。

鸿翥、光斗忙使力定住船身。明月也在这一浪扑之下，激醒过来，急忙用手拉紧长衫，裹严着自己。当听罢明白的耳语，满脸羞红地说了一句“就是你事多”，然后又不好意思地对张鸿翥道：“谢谢你了！”抿唇垂首，呆呆地望着黄河浪涌，不再言声。

徐光斗望着天色：“这样听任漂流，何时才能靠岸哪！若是贼人驾船追来，我们必是吃亏。”鸿翥道：“若是贼人驾船追来，那才是求之不得，谢天谢地了！现在我们是同船共命，急躁不得。徐兄，你到前面去，我在船后，就以船板为桨，顺流而划吧。”张鸿翥操起船板，同徐光斗竭力把船向拨正，斜向对岸，借着水势漂流，力划而前。当天将暮时，翻船载着四人总算是有惊无险地漂泊到德州府宴城镇境内，得靠彼岸。

在晏城平安客栈，明月主仆仍着男装，四人对坐在客房里。张鸿翥力劝明月速回义庄，以免庄主悬念。明月低着头，沉着脸不吭一声。明白胆怯地在旁劝说道："小姐，这次我们未得庄主允可，偷着跑出来，庄主肯定是会着急的。还是早些回去为好，我都怕回去要挨罚呢！”明月凤眼一睁："怕，怕什么怕！有我呢，你怕什么?”明白低声道："你当然不怕，可是我……”急得差点要掉下泪来。

明白这姑娘聪慧，深明事理，忠心耿耿，是明月须臾不可少的贴心人。她原是皖北穷家之女，九岁时，涡河暴洪决堤，村庄被冲毁。父死洪水中，只得随着母亲出外逃荒。后来，头插草标正被人贩子拐卖在街头。恰好明月跟随父亲在路上碰见，一见即爱，缠着父亲非要她不可。明振义也见其聪明可爱，又哀其可悯，加上爱女所喜，遂带回庄里，取名明白。

明月、明白，二人幼小相伴，感情深笃。虽名分主仆，却情同姊妹，出门在外，贴身相随，不离左右。明月见明白急得要哭，白了她一眼："哭，哭什么哭。人家嫌我累赘，你也嫌我累赘啊！好了，好了！我们回去就是了!”

光斗忙道："明小姐，你千万不要误会。我们决无嫌小姐累赘之意，只是大考之期快到，我们还得日夜兼程才行呢！请小姐原谅才是。”

明月噘起嘴嗔道："好了！好了。听得都叫人心烦了，我们回去还不成吗?”又把凤眼睃向鸿翥，轻声地说道："张兄，路上自己多保重。刚才徐兄讲考期快到，我看你们就不要再旱路步行了。翻山越岭，渡河过涧的，麻烦多着呢。干脆赶到德州府，乘小火轮经运河北上，可直到京城。你们看怎么样?”见鸿翥面有难色，似有所悟，忙道，"哦，是川资不敷吧？没关系！明白，你过来。”附在明白耳旁，轻声交代了几句。

明白道："明白明白。”即起身离座回到住房，从油布包裹里抽出二百两的银票，返回鸿翥、光斗房中，交给明月。明月边递给鸿翥边说："这是你和光斗兄的上京川资。有此，想必也差不多了，京城通兑。嗨！你就不要推来推去了!”

鸿翥连连摇手道：“这，这怎么可以！不行！我们川资够用。请小姐不必挂怀担心了。”

明月把银票往他手上一塞，脸色一寒：“你又在看不起人了。哼!”身子一别，气呼呼地背朝着鸿翥，不理不睬。

张鸿翥捏着银票，满脸尴尬，不知如何是好。光斗连连赔礼：“明小姐，请别生气，千万不要误会，不要误会。”

明月道：“什么误会？嘴里说不用我担心，实际上是在说我瞎操心，这不是欺负人是什么啊!”说着说着，声音哽咽起来了。

明白忙劝说道：“小姐，不要生气。我想张兄、徐兄不会是你说的那个意思。啊!”又对张、徐二人做了一个眼色：“哎哟！我说张兄你们啦，也真是的！我家小姐一番好意，你们收下就是了。何必推来搡去的，惹得我家小姐生气呢！别说了，收下，收下。”

鸿翥也不好再推辞了，只好说道：“明小姐，对不起，是我失礼了！请别生气，在下二人谢谢你的馈赠了。”明月这才转过身来，嫣然一笑：“谁要你谢了！你别气人家，那人家倒要谢你了。”说完，站起身来，拉着明白，“走，我们回房去。时间也不早了，让他们早点歇息吧。”

明月回到房里，关上门，取出鸿翥将她们二人系在船底板上，用来固定身子的那条长腰带，爱不释手地抚摸着，把玩着，贴在脸庞上，对明白说道：“你看，纳得多好啊!”明白道：“小姐，这是张兄的腰带。你还没有还给他啊?”明月瞪了她一眼：“还什么还！多嘴。”“哎！小姐喜欢，不还就是了呗，你急什么嘛!”明月好像自己的心思被明白看见似的，脸腾地热了起来，红到了颈项，娇嗔地啐道：“呸，你看见谁急了哇!”

明白被明月这么一嗔，倒真是明白了些什么似的把舌头一伸，望着明月直笑。明白这一笑，笑得明月更是不好意思，伸手就拧明白的嘴：“死丫头，你找死啊！看你还笑什么笑!”明白连忙躲闪求饶。

明月没拧着明白的脸，自己倒笑了起来。这一笑，有分教：怡英爱郎万针缝，明月慕君数万针。腰带长长三人心，缱绻绵绵不了情。正是，千里运河通南北，情义忠勇闹京师。

第十六回 痛惩浪人救宫女 殿试智勇搏猛虎

巍峨壮观的紫禁城、繁华喧闹的街市，人流如潮，冠盖如云，令人眼花缭乱，目不暇接。张鸿翥、徐光斗二人，进得京来顿觉精神振奋，日夜兼程的疲惫尽失。“京师帝都，名不虚传哪！”张鸿翥惊叹不已。

二人正一路打听着京西荐福寺的去处，突然看见人们大呼小叫地往前奔跑，也不知前方发生了何事。光斗伸手拉住一位迎面跑来的汉子：“请问前面发生了什么事?”“发生了什么事！几名日本浪人在纠缠、欺负一名少女呢。”一边用力甩脱光斗的手，“你自己去看看，不就知道了吗?”鸿翥一拉光斗：“走，我们看看去。”二人大步赶到人们围观之处，挤进去一看，顿觉怒火中烧。

原来是两名日本浪人和四五名泼皮、地痞在酒肆酗酒后，醉醺醺地在大街上横冲直撞，乱喊乱叫。借酒拦路寻衅。路人纷纷躲让，避之犹恐不及。浪人见了更是得意，越发地横行无忌。

一乘宫中小轿二人抬着，左右各有一人扶随，轿子前面两人开路引导。见有人挡道，引导小轿前行的一人就大声叱骂：“让开，让开。你们找死啊！”走上前去，对着近前的痞棍出掌猛搡。那痞棍未曾防备，被推得脚步踉跄，一跤跌倒。痞棍翻身挣起，仗着日本浪人在场，破口大骂：“我操了你八辈子祖宗，竟敢招惹到老子头上来了。”从怀中抽出铁尺，迎面砸下。导轿人的头部被砸个正着，忙用手掌捂着头，鲜血顺手而流，口里仍是叫着："好啊，你敢打咱家，敢在老虎嘴里拔牙。来人啦，给咱家拿下！""喳！"那护轿的二人应声跑上前去，出手就要拿人。可刚一近身，他们就被对方数人围住，在一顿拳脚交加之下，被打得手断足折，口鼻出血，倒地不起。

这时，只听轿内一声娇呼"落轿"，又一声"小文子，什么事啊？"小文子捂着出血不止的头跑到轿前："回禀大姑娘，几个混混儿拦路不让，奴才都被打得头破血流了。""哦！是谁吃了熊心豹子胆，欺到本姑娘头上来了啊！"一打轿帘，探出身来。那两个日本浪人醉眼一亮，"花姑娘的哟西，花姑娘的哟西"地乱号，跑到轿前伸手就拽。小文子和轿夫挡在轿前，舍命相护。浪人大怒，抓住轿夫胳膊一拧一摔，顺脚一踹，那名轿夫被踹得跌倒路旁，轿子也被撞得歪压在轿夫身上。

小文子趁此时机，抽冷子突地飞起一脚，正正地踢在这个浪人的右下腹部。只听得浪人"嗷嗷"大叫，双手捧腹蹲在地上。另一名浪人见同伙被踢得趴了下去，拔出长倭刀，对着小文子就砍。小文子左避右闪，一边抽出缠腰软鞭拼死抵抗，护守在轿旁拼死不退，一边向搀扶着妙龄少女的轿夫喊道："快去步军营请兵，快！"

此时，那妙龄少女只吓得柳枝抖颤、花容失色。众地痞一拥而上，小文子虽是勇猛，也渐渐力竭难支。那蹲在地上的浪人，腹痛稍减，贼眼斜视，一见少女落单，立即直起身来，奔近前去伸手就将少女拉到了怀里，满嘴里喷着酒气，"花姑娘的哟西！大大的，好的"地直叫唤。少女手搡足踢竭力抵抗，无奈力小挣脱不得。

在此危急之际，随着"皇城之内，天子脚下，青天白日，欺侮弱女，你们还要不要王法啊"的怒斥声，张鸿翥飞身箭步冲进了打斗场中。只见他双手一伸一张，两名想阻拦他的地痞，连自己也弄不清楚是怎么回事，就飞跌到了丈余之外。这时，那击退小文子的浪人，又赶过来阻斗直扑轿旁浪人的张鸿翥。

张鸿翥旋身绕步避过刀锋，立掌如刀顺着劈来的刀锋，向其右腕脉猛切。浪人腕脉穴被掌刀切个正着，一阵酸麻难忍，长倭刀脱手落地。那浪人"巴嘎"骂声还没有骂出口，右手就被接着而来的"缠丝圈手"叨住拧向了后背，肩胛顿时剧痛钻心，不得不身屈前倾头触地，耳畔一声"你滚吧"，屁股上就着着实实地挨了一踹，人也如饿狗抢屎般的俯蹿栽倒，只跌得口鼻喷血，涕泪交流，一声未吭，昏死过去。

说时迟，那时快，鸿翥一脚踹晕那拦斗的浪人后，并起双指，径朝那紧抱少女不放的浪人太阳穴插去。浪人忙把头一偏，被迫赶快松手放人，以求自卫。鸿翥根本就不给他有出手的机会，快如闪电地变指为拳，挥击而出。

浪人抬手欲挡已是不及，左颊结结实实地挨了一拳，下巴脱落，口中血喷，只能哇啦哇啦的乱吼，语已不成句。当小文子闪身护在少女身前时，张鸿翥已把浪人高高举起往地下狠狠一摔，那浪人就如同死狗般地仆倒地上。

徐光斗挥拳把拦在身边的两名地痞，打得东倒西歪躺地不起，提脚正要朝其背心踹去之时，就听圈外响起“官兵来了啊”的喊叫声，围观的人们立刻四散而跑。地痞们闻听官兵来了，搀起日本浪人似鸟兽般地如飞逃窜。

张鸿翥拍拍双手，轻呼一声“徐兄我们走”，也不顾那少女的“壮士请留下大名”的娇唤，提步就挤进混乱的人群中。

这妙龄少女就是大内总管李莲英的二妹，年方二八识字慧敏，眼柔秋水眉动春光，步移若莲腰摆如柳，是一个天生丽质的大美人。她深为慈禧太后宠眷，宫中诸人都随太后所叫，尊称她为大姑娘。

此日，她因母亲染病，出宫前往自家探候，想不到却遭此欺辱。回到宫中，羞怒交加，就在皇太后和家兄面前大撒其娇，悲哭不止。慈禧也是怒不可遏，一边劝慰她，一边谕饬军机、总理衙门，非要严办肇事歹徒不可。

日本浪人此时也知惹了大祸，潜入大使馆内躲了起来，步军营无法缉拿，而那几名痞棍，就难以幸免了，在巡捕营里，也不问三七二十一，一顿乱棍当堂杖毙。李莲英还气不解恨，那在轿前引路的另一名小太监小溜子因临场胆怯溜边，从此也在大内消失得无影无踪了。

大姑娘街头遭浪人欺侮，得张鸿翥仗义救援感激铭心。欲待报答又不知其姓啥名谁，只是缠着其兄非要找到这二人不可。这当然使李大总管为了难，偌大的京城，茫茫人海，无异大海捞针。他低声下气地哄着二妹：“你别急，哥哥就是用篦子梳，也要帮你把这两个人梳出来的，啊！”大姑娘也不回答，只是睥睨着眼睛瞧着他，直瞧得他手足无措，在厅堂里团团乱转。

小文子匆匆前来禀报："师傅，在长街相助的壮士，已被我访寻出来了。"李莲英顿时高兴了起来，连连赞好，一迭声地交代："快快打探姓啥名谁住在何处，替我请来！"小文子的禀报，对李莲英来说无疑是峰回路转，大姑娘当然更是神驰心往了。

张鸿翥、徐光斗一进京城，路遇不平见义勇为力惩日本浪人和地痞。但当步军营闻讯赶来弹压时，他们也不愿招惹麻烦，就挤进人群中急急走避。二人沿途经人指点，终于找到了京西荐福寺，拜会了普明长老的师兄普照长老，呈上了普明长老的亲笔信柬，受到了普照长老的盛情接待。

普照长老在京师是一位有德高僧，禅理机玄，很得达官、文人及信民的礼敬。

在大佛殿中，鸿翥、光斗二人拈香礼拜诸佛，起身又抽取一签，然后同普照长老对面而坐，请教此番参试前程。长老合掌而言道："施主来我寺荐福，缘分早定矣。阿弥陀佛！"鸿翥恭恭敬敬地问道："何谓缘分早定？""佛签有云：南北东西皆可可，不可可，但唯我，无不可。施主请想，但唯我，无不可，你自荐福寺来，又到荐福寺来，这岂不是缘分早定吗？"鸿翥道："长老妙机高深，在下识浅难明。尚请长老直言，以启在下茅塞。""茅塞、茅塞，没塞也！偈云：天龙一指，受用不尽。始随芳草去，又逐落花回，善哉，善哉！"鸿翥仍然不解其中奥妙，愣愣地望着长老。普照长老见了，哈哈一笑："好雪片片，不落别处，机缘在在，前途已定。施主切莫执着，该随缘而定哪！老衲略识骨相，常人腕骨扁平，而施主双腕骨骼浑圆粗壮，已与常异。此乃天予，竟功如拾芥耳。有道是：时来须出山，清世莫空还哪！青云随芳草，男儿志可展。施主当不可可，无不可之时。老衲今日言多，后当自明。善哉，善哉！"光斗合掌礼问："不知在下机缘如何？敬请长老明析指教！"普照长老合掌还礼："施主大福气之人哪！已步举子伍，不涉是非险，想得开时，来也顺心，去也惬意。绿叶红花，不差不差，阿弥陀佛！"稍顿又言："二位施主，风尘劳累，一路辛苦，就请歇憩吧。若有所需之处，尽可告知。"

二人礼揖告辞，随小沙弥来到寺东院客房。所需物品，件件都已备全。鸿翥很是感激地说道："普照长老真高僧也。"光斗面显困惑："刚才长老所言，我怎么越听越是糊涂呢？既是不可可，又是无不可。还有什么始随芳草去，又逐落花回啊！谁是芳草，何是落花呢？真的是玄不可测啊！”鸿翥道：“长老言我机缘已定，说你不差不差。究竟指的是什么呢？还要在以后才能明白，嘿！我们尽力吧。”

不久，宗武也在乐伯的陪同下，遵天明师傅伴护鸿翥的嘱咐来到了京西荐福寺。当师兄弟握手叙别情的时候，鸿翥突然看见宗武腰系蓑麻，顿起不祥之感。忙问此是何因？宗武见问双目溢泪，忍不住地失声痛哭。好一会儿，乐伯才悲痛地告诉他，天明师傅由义庄回江西销案冤屈尽洗返鄱阳后，终因伤重无治已驾鹤西去。

“师父啊！”张鸿翥听了似遭焦雷炸顶，一口气缓不过来，大叫一声往后便倒……

自此，鸿翥整日里茶饭不思、卧躺在床，身拥师父临终时所赠、又由宗武专程送来的镌龙大刀，呼唤着师父，默念着师父的“鸿翥、鸿翥！光大师门，好自为之”的嘱咐，痛不欲生。乐伯、光斗多方劝慰，都难能解其对恩师的思念。普照长老闻知亲来探视，手抚摸着鸿翥头顶，说道：“合聪不聪，合明不明。辘辘上下，浪死虚生。妄也！尔既知师之形、音，却因何不识尔师之心志啊！青青翠竹，尽是法身。尊师虽死非死，乃因后继有人，如翠竹之有笋哪。尔应光大师艺，合聪当明。三十年来寻剑客，几回落叶又抽枝啊！虽见落叶，应见新枝。尊师赠刀，盼你青出于蓝胜于蓝哪！虽涉执着，倒是情真意切，施主本应好自为之，岂可如此着色着相，自甘颓废，效小儿女态如斯啊！南无阿弥陀佛！”一声梵唱，如狮子吼，又若醍醐灌顶，张鸿翥听了长老的精妙劝导，惊得汗流浃背，又似清风沐体，霍然醒悟，振衣而起。从此，他重振精神，晨昏苦练，以图报答师尊的殷情期望。

“叮当”三响，悬吊在树枝梢头的三枚铜钱应声落地，“好！好箭法！”喝彩声起。张鸿翥回首相望，见那击掌叫好的是一位身材颀长清秀、华衣锦服、手持玉骨金丝帛折扇、神态潇洒逸致的青年。普照长老则和一名中年人陪同在他左右，三名神情恭谨的跟班远远地立在他们身后。

京城晚春尚带寒，桃李艳阳争传香。这日，当今皇上光绪之弟、醇亲王载沣，恰得清闲，邀同翰林院国史馆协修周承光侍郎相伴，出府郧野外赏游。信步来到荐福寺中，会晤方丈好友普照长老。三人安坐在方丈禅房内，谈禅赋诗兴致正浓时，却为寺东院传来的叫好声相扰。载沣相询之下，方知是江西饶州府的赴试举子借居在此，正在院中演习武技。侍郎周承光听说是鄱阳籍的举子，心中顿生恋乡之情，忙道："王爷，我们去看看如何？"王爷载沣颔首道："好，那就去看看他们的本领吧。"起身率先而行。在普照长老的指引下，进得东院，众人悄立一旁，观看张鸿翥演习师传镌龙大刀和箭法。只见刀起雷电掠，杀气肃然。刀止风浪息，凝霜透寒。箭驰连珠，弦响铜钱落。只看得载沣诸人目眩心旌摇，不禁击掌叫起好来。

长老招手把鸿翥等人叫到近前，一一介绍给王爷。鸿翥要行大礼，被载沣一把拉住，笑道："佛讲诸生平等。在佛前无贵贱上下之分，无须俗礼。长老，我说得对吧。"长老听了也是大笑。鸿翥抱拳道："王爷礼惠下士，实叫草民感动，但礼不可废啊！"载沣道："好，好，那我也就不着相了。"扶起鸿翥，就一一询问了他的履历，在京有否亲友和参加会试的手续办理得如何，等等。鸿翥禀告道："武举祖籍江西省饶州府鄱阳县，居县城东湖里村，领光绪戊子科第四名乡举。家境贫寒，在京举目无亲。全赖禅师照佑。"

载沣手指周承光道："侍郎就是你的老乡啊！亲不亲，家乡人。侍郎，你就多关照关照吧。"鸿翥听讲，即抱拳对周侍郎又是一揖。周承光见其如此礼貌，不卑不亢，无丝毫武夫粗鄙形态，很是高兴和喜爱，遂对载沣说："王爷，该生员实在是可造之材也。"载沣笑笑，走上前去，从宗武手中接过大刀："此刀多重？"鸿翥答道："此刀系师父所赠，重一百零八斤。刀名双龙。""好名，好名！刀沉重而名又雅，嗯！好！那弓的张力多少呢？""四石。""硬弓！名师亲传，确是不凡。"王爷很是欣赏，赞不绝口。

周侍郎见王爷对鸿翥深喜，趁机进言："王爷既对其如此喜爱，何不收为门生。"

载沣尚未表态，普照长老就连诵："善哉，善哉，天龙一指，受用不尽哪！明公喜爱，鸿翥得栖，缘之所定啊。阿弥陀佛！"周侍郎见载沣已是心许，忙笑呵呵地对鸿翥道："能得王爷宠顾，实在是你三生之幸哪，快快参见座师吧。"

张鸿翥福至心灵，趋步上前，以见师礼纳头便拜。喜得载沣心花怒放，忙弯腰扶起。又将手中的玉骨金丝帛折扇相赠，权为见面之礼。诸人也都为鸿翥有此奇遇而高兴。普照长老备素宴款待，众人尽欢而散。

翌日，张鸿翥邀徐光斗前往醇亲王府拜见了王爷，然后又持晚生帖，拜访了周侍郎。周侍郎待人谦和，对鸿翥更是优渥有加，谆谆地鼓励二人临场莫怯、放手考去，不必有患得患失压抑。同时，也详尽地指示了临考应注意的事项细节，关切之情溢于言表。

告别周侍郎后，二人漫步街市，碰上了乐伯和宗武，四人同登大天祥酒楼。刚要坐下，就有人叫道：“张兄，别来无恙！”只见窗座上，一人站起相邀，“张兄，快过来，我还在到处打听您哪，想不到今天能在此相会。”鸿翥见是在山东打擂结识的麻无忌，也是喜出望外，忙礼揖道：“幸会，幸会！前几天我还在念叨着，怕您不赴此科呢。”“哪里，哪里！家里事情一处理完后，我就急着上京，巴不得早点同您相会呢！”鸿翥又将乐伯、宗武介绍给无忌，三人又重新见礼。五人围桌而坐，互道别后情况，酒毕各回居所。

大内总管李莲英坐在太师椅上，有如老僧入定，瞑目不动。贴身小太监小文子，低着头向他禀报会考的情况，良久听不到大总管的反应，他就暗暗地、稍稍地抬眼瞧了瞧那紧闭的双眼，正不知该不该继续讲下去的时候，却听：“小文子，讲完了没有？你讲的那位武举人张鸿翥，是不是那位救大姑娘的壮士啊？嗯！怎么不讲了？”

小文子连忙往下说道：“师傅，经奴才们在试场上再三辨认，确实是他，已经是毫无疑问了。他的武功那真是高绝妙极了哇！一柄大刀使起来迎日放霞，神出鬼没，风雨不透，有一招叫什么‘浪子抛球、海底捞针’。哇嚓！大刀凌空飞起，刚要落地之际，只见他用脚尖一勾，就已捞起在握，又再使唤开来，嗨，看的人连眼睛都来不及眨一下，场上的喝彩声响成了一片。连大姑娘都看呆了！”

“什么？”李莲英突地睁开了双目，“大姑娘也去了演武场，啊，是你带她去的吧？”小文子“咚”的就跪在了地上，浑身抖颤：“不、不、不是，就是给、给了奴才豹子胆，奴才也不敢。是大姑娘强逼着去的，还化装换了奴才们的衣服。请、请师傅恕罪！”“唉！胆子也太大了。被老佛爷知道了，那还了得啊！这件事不准再向外传！明白了吗？”“喳，奴才明白，绝不外传。”“明白就好，起来吧。”

“谢师傅！”小文子战战兢兢地垂手站立一旁，又嚅嚅地继续禀报，“张鸿翥那箭也射得准极了。奴才只看见一线直飞、那边报靶的就报说是三箭一孔而中。连主考官们都腾地站了起来观看呢。嘿！大姑娘啦，眼睛盯着张鸿翥眨都不眨一下。若不是奴才好说歹说、作揖叩头的哀求，大姑娘还要下到演武场上去问张鸿翥呢。奴才的腿肚子都吓得抽筋了。还是奴才再三告饶，说道大姑娘，您一下去，奴才的狗头也就跟着掉下去了，您就可怜可怜奴才吧！大姑娘这才罢了。说起来，奴才的心里还在怦怦地跳呢。”

“啪”的一声脆响，小文子的白脸上，顿时冒出了巴掌印上去的红痕。“呸！你的话怎么这么多，滚！替爷把张鸿翥的情况再查查清楚，速来禀报。不然的话，就是爷饶你，大姑娘也不会饶过你的。”“喳！奴才明白。”

李莲英望着小文子躬腰低首地倒退着走出后，沉思良久，蓦地想起考场逸事来：“朝里无人莫做官，埋没人才的事多着呢。嗯！这事我倒要过问过问，不然，二妹又要拿滴水之恩，涌泉相报来絮聒了。”

张鸿翥在演武场上考试，一路顺风。可是在比试刀技之际，心中紧张，手心直冒热汗，当演到“狂风斜摧柳，凌空掠惊鸟”之招时，大刀斜劈掠举，用力太猛，手滑失控，脱握而飞。幸赖武功基础厚实，招式娴熟，机变敏捷，迅即脚勾手捞，临险救招，才在刀未落地时，就已重新把大刀握在了手中。演试完毕，主考官们问此招系属何招，得周侍郎以“浪子抛球、海底捞针”饰过。箭射无人能比，冠压赛场。连齐头并进的山东麻无忌也是深深地叹服。

会试定名次，主考官们你望望我，我望望你，结果都望着帝师翁同龢不吭声。翁同龢也望望众人，然后笑着对李莲英说道：“大总管亲来顾问，确是对恩科武试的关心。下官在此谢了！请大总管放心，事关朝廷选才大典，下官们绝不敢掉以轻心。定当竭诚尽力，为圣母皇太后和皇上选拔英才。”“那江西籍的武举张鸿翥呢，该员武技精专，人品嘛！也确是不错，那么是否可以名列榜首？”“此事请大总管放心，下官们定会认真秉公论定，不敢负所托啊！”“好，我等着听你的佳音了。”

送出了李莲英，主考官们就心存纳闷了，无论是从籍贯、人际，张鸿翥都同李莲英八竿子牵扯不上关系呀，为什么却劳其如此关心呢，真是莫名其妙，于是就心存顾忌，所以在取定名次时，反复论定不下，结果还是以翁同龢的“该员武技精专，但那招浪子抛球、海底捞针于实战并无裨益”的评语为定：张鸿翥登甲午科会试一甲二名进士，入闱殿试。

朝霞满天，风和日丽。三声炮响，旌旗飘扬。禁卫军、步军营，甲胄鲜明，执戈持枪维护着考场秩序。

阅武台上，光绪皇帝御临钦试。醇亲王载沣，帝师、军机大臣翁同龢，主考官们，翰林院周承光侍郎等一应官员陪侍左右，御前侍卫们戎装佩刀拱卫在周围。

御箭厅演武场上，参加殿试的进士们静立听点，气氛肃穆。

恩科殿试定鼎甲，按项目有条不紊地进行着。四只斑斓猛虎，分别关在坚固的槛笼中，被炮声和击鼓鸣金声惊得异常烦躁，虎目圆睁，不安地转动身躯，发出低沉的吼声。

考过演练兵器的步骑弓射，张鸿翥、麻无忌二人被安排在同场，分别搏虎。

出笼猛虎使劲地用爪刨着地面，昂首盯注着张鸿翥，前踞后蹲，威风凛凛。张鸿翥在练伏虎拳时，得普明长老传教深知虎性，加之从周侍郎处，早已得知宫中之虎乃是驯虎，只要不激怒它，当可降服。因此他心中早就有了智取的主意，那就是避其锐锋，击其惰怠，趁其不备，先诱后取。

鸿翥不急不躁地绕着猛虎，悄没声息地转起了圆圈。猛虎甚感奇怪地扭动颈项，望着转圈的鸿翥，不知此人要干些什么。它在困惑中改蹲踞而起，四爪落地，摆动着竖起的虎尾，随着转圈的张鸿翥，也跟着齐头并进地转起圆圈来了。就在此越转越快的时候，张鸿翥陡地返转身躯逆原向而动，猛地一顿足，声震虎惊。惊虎急将身躯猛往后旋，后足一蹬，腾空而起，弓身吼叫着向鸿翥身影处罩扑而下。张鸿翥不退疾进，借虎罩扑之势，左手一托虎下颌，右手倏伸虎腹，即把猛虎挺举在空中，又顺其罩扑前倾之力，猛地一抛，虎被抛跌地上。虎翻滚而起，吼啸之声虽然已成喘息之声，而虎性却愈发狂怒，只见它虎躯车转，抖起虎尾如棍，直往鸿翥腰际扫来。鸿翥斜步侧身，圆手一揽，就抓住了虎尾，凝力猛拽。虎威顿挫，心知不敌，急于逃窜，就拼力前挣。鸿翥突地松开抓住虎尾的右手，顺势发力，一掌猛地推去，猛虎着掌失控，再次栽倒在尘埃。就在虎还想挣扎起身时，张鸿翥已经纵身跃坐在它的背部中腰上，招出千斤坠，气出丹田，凝力开声：嘿！啸声压着“嗷”嗥声。猛虎被压趴在地上，再也无力挣动，乖乖地被驱回槛笼中。

麻无忌因求功心切，惹得虎性大发，人虎缠斗在一起。时间一长，麻无忌耗力过甚，稍一懈怠，险些被虎尾扫中。他在急怒之下，趁虎腾身罩扑之际，一矮身形窜入虎腹下，双手抱住虎颈，以头顶死虎颌，双腿紧紧夹住虎腰，人虎就在地上滚翻起来，难分难解，成了骑虎难下之势。

刚刚搏虎完毕的张鸿翥见到此种状况，立即赶上前去协助无忌制住猛虎，同饲虎武士一道把虎关入笼中。

张鸿翥、麻无忌二人立在场中，手握着手，对视良久，大笑回列。

阅兵台上的光绪皇帝，直看得击掌叫绝。在论策之考中，张鸿翥更是把兵法中的“五事”、“七计”结合实践中的奇、正之用，阐述得淋漓尽致。倍令主考官们器重和欣赏，对其考绩一致推崇。

光绪皇帝龙颜大悦：“张鸿翥真乃忠义勇武之士，国之爪牙良选也。”当即在御箭厅钦点张鸿翥为甲午恩科武状元。正是：十载苦练今摘冠，万里鹏程展新翅。

第十七回 秀云怡英明月情 无忌赠枪传警讯

一乘驮轿在京西荐福寺前戛然而停，门前小沙弥向跳下车辕的小文子问讯道："请问文公公有何贵干？待我前去通报方丈相迎。"小文子摇手道："不用，不用，我找新科状元。此刻他在家吗？""在家，在家，小僧带路。""不用了，你忙去吧。"边说，边来到了寺东院。

"张大人在家吗？"小文子向走出屋外探看的宗武施了一礼，"在下有要事，请见张大人。""哪个张大人？""就是钦点状元爷，张鸿翥啊。""啊，是找我师弟啊，在家，在家！"忙向屋里喊道："师弟，宫里来人找你啊！"鸿翥在屋里听说宫内来人找自己，暗忖："在京城，除了醇王爷、周侍郎外，我与他人并无往来，宫里怎么会有人找我呢！"心里很纳闷，急忙迎出屋外，对小文子抱拳礼揖道："公公是来找我啊？"

小文子连忙回礼："不错，找的就是您啊，张大人，您真是让我好找哇！"

鸿翥听讲，更是摸不着头脑，愣愣地望着小文子，好一会才迟迟疑疑地道："请公公恕我眼拙失认，尚请明示。""您真的不记得我了？您再想想！""实在是对不起，在下确实想不起来。请公公恕罪了！""哎，恕什么罪啊，我还要谢爷呢！那天在长街上，要不是您出手相助，痛惩日本浪人，咱家哪里还有命了！""哦，您就是被打破了头，仍然勇斗浪人、地痞，舍命相拼的那位公公啊。实在是令在下佩服！嗨，那有什么可谢的。

这事，我都早已忘了！”

“您忘了，可有人不会忘哪！您看，这不是派我来请您来了吗？”小文子笑嘻嘻地说道。

大姑娘得张鸿翥长街援救，脱了被浪人欺侮的险境，报答恩情的念头一直牵挂在芳心间。在会试场上偷窥时，她又再次亲睹张鸿翥的英姿、神勇和武功，更是想兹念兹。当张鸿翥在殿试时，技冠御箭厅被钦点恩科武状元后，大姑娘就像是自己被钦点了状元似的高兴，每每独坐宫中，就不由得怦怦心动，张鸿翥的形象也就时刻映现在白天的沉思里，浮现在深夜的睡梦中。于是，她在报答援救之恩的初衷上，竟又萌发了少女的热切情思，就缠逼着大哥李莲英，无论如何都要找到张鸿翥。

“大哥，你上次不是要小文子去寻找他吗？还说要请他到家里来呢。怎么到现在都没有动静呢？”“你要我找的是哪个他啊？”“张鸿翥啊！”“唉，这点小事，二妹怎么就老记在心上。你是不是有什么心思吧！快说给大哥听听。”“呸，我有什么心思啊，他救了小妹的恩不要报哇？哼，怪不得我到现在还没有一点准信啦，原来是在哄我，作弄我啊！”

大姑娘霍地站起身来，伸出纤纤玉手，就要拧其兄耳朵。李莲英左右躲闪，大姑娘不依不饶，兄妹二人围着桌子打起圈来。“别，快别这样，被人看见了成何体统。好了，好了！算大哥说错了，大哥认错还不行吗？”“既知错了，那就替我把他找到，请来！”

小文子缩在一旁，看得忍俊不禁“扑”地笑了出声。大姑娘羞得连忙缩手，满脸飞红背转身躯。李莲英板着脸走上前去，提脚就往小文子屁股踹去：“你笑什么笑，要你找个人都找不出来，你还笑！”小文子慌忙弯腰打千：“禀告师傅，张鸿翥已被奴才找到了。”“什么！张鸿翥找到了。好哇，那他现在在哪里？”“回禀师傅，他现在住京西荐福寺内。”

“那好，你马上备好驮轿，把他请来这里，请不来啊，那你就给我小心着。啊！还站在这里等什么，快去！”

大姑娘挺高兴：“小文子，辛苦你了！你一定要把他请来啊，快去快回吧。”“喳！”

张鸿翥在小文子的再三催促下，坐上驮轿来到弓弦胡同李邸。李莲英亲自迎出大门，张鸿翥刚要施礼就被他一把拉住：“免礼，免礼！状元公，想煞咱家了。快请进吧！”说着，握着鸿翥的手，进入大厅内。

厅堂里整洁气派，却并不豪华落俗。李莲英青衫小帽，手上持着一杆尺多长的旱烟筒，神态憨厚言语亲和，此时任谁也看不出他就是大内权热炙手的总管。

张鸿翥边谢坐边说道："蒙总管大人错爱，在下谢了！召鸿翥前来，不知大人有何指教。"

"嗨，说这些干什么，小文子上茶。"李莲英打量着张鸿翥，吹燃纸媒，吸了一口烟，缓缓吐出后，"鸿翥啊！为了找你，咱家倒真是费了九牛二虎之力啊。"鸿翥忙又站了起来，抱拳揖礼："竟劳总管如此费心，实乃鸿翥之幸，也令鸿翥不安哪。""坐下，坐下，快请坐下。上次，你仗义相救小妹，咱该谢你啊！"鸿翥道："见义勇为，这是在下本分，区区小事，何足挂齿。"

李莲英见张鸿翥言谈举止，有礼有理，很是欣赏，心里暗道："难怪二妹见后不忘啊！"

此时，大姑娘正带着小婢绿烟隐身在厅堂屏风后边窥视，听了鸿翥言语，芳心如润甘甜，人在咫尺，大姑娘忘了少女羞涩，也忘了旁有绿烟，一个劲地细细打量，看得如痴如醉目不转睛，真是坐看称心，立看顺意，竖看魁梧，横看英俊，越看越舒心。若不是碍于礼数，她早已移步出厅，相谢相握话相亲了。

李莲英想到该人武功精专，谈吐不凡。今又钦点状元，前途无量，他日尚可为宫外臂助，就也起了爱才结纳之心。他正要询问鸿翥家事时，储秀宫太监小明子赶来传谕：皇太后召总管立即进宫。李莲英听谕不敢怠慢，即刻起身谓鸿翥道："鸿翥老弟，这次未能和你深谈，又慢于款待很是失礼，下次补礼吧！请你不要见外。这次恩科，你已经被钦点状元，很快就要放榜了，今后有什么事，只管来找我。"

鸿翥道："皇太后相召，定有要事，您就快去吧。来日方长，在下有事定会请您帮忙的，只是给您添麻烦不好意思了。"

"嗨！千万别这么说，这么说就见外了，好在一回生、二回熟，我就不送你了。小文子，备车送送张大人。"李莲英吩咐小文子后，立即换装，带着小明子匆匆而去。

鸿翥正要上车，邸内跑出一名婢女，招手叫道："小文子，大姑娘请张大人留步。""绿烟，不知大姑娘还有什么吩咐？"绿烟道："大姑娘讲兄长因宫中有事相召，未能好好招待张大人，自己又不便相陪，很是过意不去，发话请张大人下次一定要再来。”边说边递上银票：“大姑娘还说，仓促之间无物相赠，区区心意请张大人笑纳。”

张鸿翥连连摇手道：“大姑娘心意，在下心领了，银票是绝不敢收下的。”小文子道：“张大人，您就收下吧！免得我们做下人的为难。”“公公，在下实在是不能收，请您给在下多多美言。”这时，邸府又传出话来，燕语莺声：“张大人，您就收下吧。奴家一片心意，你就真的拒之门外啊！”

“大姑娘言重了，心意鸿翥领了，银票是真的不敢收。不然，连我自己都会瞧不起自己的。”

好一会儿，邸内才又说道：“张大人有恩于奴家，却不思报，真的是令奴家感动，既是如此，那张大人今后一定要常来啊！”

坐在车上，鸿翥望着天空如钩半月，心驰故乡，恋念起妻儿：“怡英哪！此时此刻，你在忙着些什么呢？”

怡英给病在床上的婆母擦洗干净后，一边为婆母掖好被子，一边又挥起蒲扇驱赶蚊子，放下布蚊帐，这才轻轻吁了一口气，走出房来。

和风轻抚着湖畔垂柳，除了鱼儿不时跃出水面的“泼喇”声响，人声渐静。怡英搂着儿子小金生。坐在屋前的晒谷场地上，望着悬浮在天空的娥眉弯月，伴随着湖波荡纹的漫展，心绪缕缕难以平静。

小金生偎在母亲怀里，用手指着天边弯月，问着正在沉思的娘：“姆妈，月亮娘娘怎么把脸躲了起来，只露出这一点点哪？”怡英道：“乖崽啊！月亮娘娘知道小金生在想爹爹，就把脸转过去对着你爹爹了，还在把我们心思说给你爹爹听呢，所以在这里，我们就只能看到月亮娘娘这一点点脸啰！知道了吧！”“嗯，月亮娘娘真好，姆妈，我要月亮娘娘替我问问爹爹在京城好不好？让她告诉爹爹，说我和姆妈天天在念他，行吗？”“哎哟！我的小金生是越来越懂事了啊，月亮娘娘一定会喜欢你的，你就对月亮娘娘说吧。”

小金生学着大人拜菩萨的样子，合起双掌，闭起眼睛，轻声念道：“月亮娘娘，你告诉我爹爹，金生想他了，很想，很想，爹爹，你想我们吗？”

“是啊!”怡英也眼含热泪，默默念道，“菩萨啊！托您传个话吧。鸿翥啊！我们正盼着你高中皇榜，衣锦还乡呢！菩萨啊！请您告诉他吧，怡英拜托您了。”

恩科放榜，张鸿翥高居武科榜首，京西荐福寺热闹极了，乐伯、宗武也忙得不亦乐乎。刚刚打发走了送捷报的差役，又迎进了乡亲周承光侍郎。

周侍郎祖籍饶州府鄱阳县城十八坊，世代书香。人在京师供职，心恋故乡热土。相传其祖辈曾同科取进士十八名，县人欢宴相庆，邀饶河戏班昼夜欢歌。观看者，祝贺者，人山人海，摩肩接踵，轰动鄱阳。不料乐极生悲，庆典上遭权臣弹劾，被诬指为聚众不轨，意欲谋反之罪。朝廷震怒，十八名进士同处极刑。后真相大白，得以平反昭雪。朝廷悯其冤屈，敕立十八座牌坊给予旌表。有灵芝门前十八坊、人才辈出毓风光之谓。

周承光为官清正，学识渊博，诗、书、画俱佳。待人信诚，很得皇上、翁相器重。他见鸿翥文才武功双全，又有乡亲之谊，更是喜爱和眷顾，视其为忘年之交。

明天恩科进士们就要陛见皇上。虽有礼部预先教习礼仪，周侍郎心中仍是放心不下，担心鸿翥在觐见时有失，所以就带着跟班，便轿简装赶来荐福寺，对张鸿翥又是一番谆谆指点。

凌晨五鼓，寒星晓月，恩科文武进士们，亢奋而又紧张地随着礼部司官的导引，分列站在太和殿丹墀两侧。静鞭三声脆响，进士们鸦雀无声地跪在丹陛上，听殿前胪传。文武科榜眼、探花在状元张謇、张鸿翥二人的率领下，分两行鱼贯躬身而入，俯首肃然跪在指定的地方。胪唱毕，恭聆了光绪皇帝的“公忠体国，勤政爱民”教谕后，由文科状元张謇率全体进士三跪九叩，山呼万岁，上表谢恩。光绪皇帝神情严肃，再次教谕道：“朝廷取士，为治国安邦，今当多事之秋，望尔等勤勉用心，务求新进。休负朕之所望。跪安吧!”“万岁！万岁！万万岁!”新科进士们齐刷刷地叩下头去。丹陛上，宫乐大起，恭送光绪皇帝升辇离殿。

赞乐声中，礼部官员们披红戴彩，抬出御书红底贴金黄字蟠龙皇榜前导，文武科状元、榜眼、探花骑在高头大马上，从午门正门而出。东长安街上，新棚锦绣。顺天府尹恭立在新棚台上为鼎甲门簪花敬酒。喜爆声声，鼓乐喧天，观看“夸官御街”的绅商百姓，争先恐后，万人空巷。人们指指点点，啧啧声不绝。

天高云淡，八月桂花分外香。张鸿翥有生以来，第一次逢遇这等胜景，头脑晕晕然然如置身在云里雾里。突然，坐下马屈起前蹄直立嘶鸣，惊得晕乎乎的张鸿翥连忙勒缰控马，回首望去，就见刚把折扇收回身后的明月，正满面春风地瞧着他笑。明白也乐呵呵地高喊道：“状元公，好威风啊！”张鸿翥刚刚喊出“我在京西荐福寺，你……”话还没有来得及说完，就被人群簇拥着往前而去。

从山东德州府晏城镇同张鸿翥分手，回到义庄以后的明月总觉得遗失了些什么似的。一反过去的那种无忧无虑的爽朗刁蛮，一天到晚待在闺房里，懒慵慵的神不守舍。只有那滚滚的黄河波涛叠现出的魁伟英武的身影，时时刻刻地绕缠在心际，到底是在想些什么呢，自己也是说不明白，道不清楚，就是对贴身相随、亲如姊妹的明白也觉得不好意思相询、相商和表露。

有时，明振义同她讲话，她也老是答非所问，不知所云。原先，明振义还以为她是在外办事过分疲惫劳累，身体不适而引起的神态反常，以为休息休息即可恢复。可是时间一长，明振义就深感奇怪了。

女儿的心事，做父亲的难以揣测，也不便启问，但心里却很是不踏实。这天，他将明白叫到了书房欲问个明白。“明白，你来义庄有七八年了吧！你说说，老爷待你如何？”明白答道：“婢子自小来到义庄，老爷待我恩重如山，小姐待我情同姐妹，婢子始终铭记在心间，不敢有忘。”“那老爷有一事要问你，上次你同小姐偷偷离家出走，究竟是为了何事？又遇到何事？现今小姐整天郁郁不乐，心有何事？你可得如实回禀。”“老爷，小姐心有何思，婢子也不好问啦！”“明白，你和小姐自小长大，形影不离，小姐心思，你当知端倪，你刚才还讲老爷待你恩重如山，那你可不能有负老爷所托和所望啊！”

明白一听老爷言重，急得连忙跪在地上：“老爷动问，婢子岂敢隐瞒，更不敢忘恩负义，实在是不好胡乱猜测啊。”“起来，起来，那你就把上次外出之事，说来听听。” “小姐上次出庄，就是因庄主夸赞张鸿翥而引起的。”

“啊!”这事怎么与我有关哪?明振义惊异地望着明白。

明白就把明振义当时在庄内称赞张鸿翥武功如何高强，箭技如何奇绝，小姐听后是如何的不服气，又如何出庄找鸿翥比试武功等等一一讲来，讲到惊险处，明振义心悬嗓口，讲到相互维护，小姐暗留腰带之际，明振义又是感慨叹息：“唉！女儿长大了哇！要是她娘还在就无须我烦神了。”

后明振义借故寻由，找机会半慰半劝地同明月讲道：“女儿啊！你的心思爹明白着呢，可是他热衷功名和我们走的不是一条道哇，爹见的世面比你看的戏多，有的事是勉强不来的啊。”望着垂头不语、只反复叠玩着长腰带的女儿，他也是无可奈何，只好摇摇头，心中暗叹，“唉！痴儿啊!”

“小姐，小姐!”明白推推明月，“嗳！小姐你怎么哪！又在想些什么啊?”明月抬起头来，望望明白，不言不语地只顾抚摩着那条展放在双腿上的长腰带，“小姐，你这样又看又摸的，如果是海带，恐怕也早就被你摸熟了。”“什么熟了?”“这腰带啊！小姐，不要摸了。我们到庄后走走，别老是一个人闷在房里，出去散散心吧。”

明月也不搭腔，好一会儿，她突地叠起腰带说道：“对！是得出去走走，闷在心里老牵挂着的。”说走就走，明白也无法劝阻，只好陪随着又来到了京城。

明月、明白二人才进京城，就见人们潮涌长安街。一打听，知是朝廷新科鼎甲夸官御街，武科状元就是江西饶州府的张鸿翥，于是就拼力挤开人群，站在了众人前面。放眼一看，只见张鸿翥骑在高头大马上，晕晕乎乎眼不旁骛。明月喜不自禁地伸出折扇，轻点鸿翥坐马前腿，明白更是高兴得喊叫出声。

马惊人醒，四目相视下，明月只觉得脸上火热热的红云腾起，“京西荐福寺”深深地印记在脑海里。

“张兄，小弟看你来了。”随着爽朗的大笑声，山东麻无忌已进了寺东院。张鸿翥、乐伯、宗武立刻起身相迎。四人拉手相问，很是亲热。

鸿翥笑道：“刚才我们还在说你呢，真是说曹操，曹操就到了。”

无忌望着三人问道：“怎不见光斗兄呢?”乐伯道：“唉，鸿翥正为此事在郁郁不乐呢。光斗兄考场失手，虽在进士榜，却不想流连京师，昨天不辞而别。我三人知道后，立即追赶却未能追及。大家很是遗憾哪。”

“哦，原来如此啊！不过也没有什么，大家也不必感到难受。我想光斗兄不辞而别，自有苦衷。小弟今天来此，也是来向你们辞别的。同时，还有事情要相商相告。”

鸿翥道：“无忌兄请讲。”“我昨天接到吏部通知，授武毅军游击之职，明天就要去聂士诚军门辕下报到。”“那小弟恭贺你了。”“嗨，你就不用客套了，咱们同喜吧，其实小弟与兄相比，无论是武功或是人缘，都同兄相差甚远。不，我说的是实话，确确实实是心服口服啊！”鸿翥仍是连连摇头：“蒙无忌兄看得起我，小弟实是名下难符啊。说起来心里就感惭愧。那天考试时，小弟心里不知为什么烦躁了起来，掌心直冒热汗，因而刀滑出手。虽然是救招及时，刀没有落地，可毕竟是失招哇，同兄的‘大自然行’那如行云流水、风起透隙、霜杀无形的功技相比，弟则逊色远矣。”

无忌笑道：“张兄客气了，行家一出手，便知深浅否。愚弟的功夫为数人搏矣，而张兄的龙形剑法和杨家令公刀法，却是临阵万人之敌也，岂是愚弟能及？张兄再如此说，倒还真令我有愧了。”

“哪里，哪里，你我义如兄弟，以诚相待，哪里会去故作姿态，就说那招‘浪子抛球、海底捞针’吧！正如翁相所评，的确是无实战之效。试想两军对阵，生死相搏，敌人怎么会停下手来，让我抛刀再接刀，然后重又再战呢?”

“张兄有此之想，就已经是稳操胜券了。也就没有必要再为此招而存疚于心，何况战场上瞬息万变，又怎能说此招无用呢？歪打正着之事多着呢。”

“谢谢无忌兄的指教和开导，兄弟当会自省而求进。刚才兄讲有事相商，请问是何事啊。”

麻无忌见鸿翥如此坦诚和毫不护己短的君子作风，打心眼里佩服。就从怀中掏出一把短枪，说道：“现时，从兵器上来看，我等所用的刀枪箭矛，已是远远落于外人之后，此枪法不可不学。蒙兄上次擂台相救，这次又在武场相助，心里很是感激。弟思之无以为报，愿将此枪和用法相赠于兄，望兄切莫囿于门派习规而推拒。”

“无忌兄授弟枪法，兄弟乃是求之不得啊！自当从命，怎么会推拒呢？只是请兄不要老说报答报答的，区区小事，若再提起，则令小弟汗颜哪。”

“好，张兄爽快，兄弟以后也就不再客套了。”于是，麻无忌把用枪的方法详细教授，又把枪一一分解、组装，手把手地教，直到鸿翥能够自行分解和组装后才罢。

至于射击准否，那就靠自己按照射击的要领苦练了。好在鸿翥箭射基础好，练起来轻车熟路，当然也就是事半功倍了。

麻无忌见天色不早了，即起身向三人告别，前脚刚迈出院门，突然又停住脚步，对相送而出的鸿翥三人道：“哎呀，我还忘了一件重要的事要告诉你们。前不久，我从一位在日本使馆做事的山东故人处，听到说日本武士要暗算那天在皇太后万寿大典上射杀刺客的人。我想他们图谋暗算的人可能就是你，请张兄多多留心，不可大意。”“哦！竟然还有这等之事，多谢您的提醒了。”“嗨，分内之事，理所当然，何必言谢，咱们后会有期。”四人相揖而别。

回到房里，乐伯道：“难怪我多次见到有陌生之人，围着寺院乱转悠。这些人要干些什么呢？我心中一直纳闷着。想不到对方此举，图谋的竟是我们，若不是无忌相告，我们尚蒙在鼓里，此事还真要认真对待呢。”鸿翥深以为是，可是时间如流水般的逝去，却没有发现任何异状，戒备之心也就慢慢地松懈了下来。

京西荐福寺山门前，马的一阵阵嘶鸣声惊动了小沙弥，刚刚把寺门打开，一匹白马就直往寺东院中跑去。

乐伯、宗武闻声从屋内奔出，就见鸿翥的那匹御赐白马浑身汗如雨淋、喘息吁吁地喷着粗气，唇角满是白色涎沫，右蹄不停地刨着地面，神情很是烦躁。宗武上前抱住马颈，以手抚摸着马额，极力想让它安静下来。可是白马不仅没有安静下来，反而挣开宗武的抚抱，又要往院外跑去。

宗武一把拉住马缰绳对乐伯说道：“师弟没有随着白马回来，是不是出了什么事吧？”乐伯道：“鸿翥可能是出事了，否则白马不会独自跑回来的。”宗武听乐伯如此一说就急了：“对，马通灵性。快！白马是来求援的。可我们不知道师弟在何处啊？”

乐伯道："别慌，鸿翥现在在何处白马知道，快操家伙吧。"二人迅速准备妥当，乐伯拍拍马额道："我们救你主人去，你就快带路吧。"白马似通乐伯所言，一声嘶啸就往寺外跑去。乐伯、宗武二人各骑马上，跟在白马的后面，双腿夹紧马腹，扬鞭直追。

第十八回 枫林救人吻喉针 陷阱疗毒患难共

西郊枫山，枫叶红似火。内廷值卫的张鸿翥今天退值休假，在枫山下草场上伴同着心爱的白马，相互依偎着时而漫步溜达，时而追逐嬉戏。人、马正尽情玩耍间，白马却突地停下步来，似有所觉地尖竖起双耳昂首凝听。稍过片刻之后，张鸿翥见远处尘灰腾起，三匹快马急促地从草场附近路上驰过，直往枫山密林中奔去。其中一匹黄马上的彪悍骑士左手控马，右手紧紧按住横搁在马鞍上还在挣动的长形布袋，布袋里不时传来阵阵“救命”的呼唤声。张鸿翥惊愕间，脑海中第一个反应是劫匪抢人；随着救人要紧的第二个反应，人已纵上马背，控马从斜刺里追进枫林中，很快就抢在了那三匹马的前面。他稳住坐骑，一声大吼“停下”，就拦住了那三人的去路。

“刁忠大哥，此贼来了。”“好！快散开。”刁忠一挥手，三人勒马不进，却分成三个方向散开而奔。张鸿翥拍马就朝着那马背上横放长形布袋的刁忠追去，于是二人和一黄一白二马，就在枫林里的一块空地上，你跑我追地兜起了圈子。白马脚力神速，很快就追近了黄马身旁。张鸿翥一招“亢龙探爪”，挥掌就向刁忠背上击去。刁忠在掌风刚一近体，身势迅捷一侧翻身马下，也不顾马上的长形布袋，立即箭步飞奔。张鸿翥方要纵马追赶，又听马背布袋内传出了低微的“救命”呼唤声，只得放弃对刁忠的追赶，返转马头去追黄马。白马深通主人的救人心意放蹄而追，转眼间就截住了黄马。鸿翥俯身顺手一捞抓住了黄马缰索，跳下白马，从黄马背上把长形布袋托放地上，急急解开捆扎袋口的绳索，将袋中人从布袋里拉拽出来，这时他才看清了装在布袋内的人是一名姿色平平的中年妇人。张鸿翥正要扶她起来，却听耳边刀风骤然响起。原先逃去的刁忠三人复又围聚了过来，持刀一个劲地直向鸿翥身上招呼。张鸿翥翻掌一格，旋腿扫去刚把近身的贼人扫跌出一丈开外，就又被刁忠二人缠住斗了起来。那跌倒的贼人翻身站起，不去夹击张鸿翥，却持刀砍向躺在地上的中年妇女。那中年妇女眼见单刀砍来，忙向侧边滚去，刚刚避过，立即放声尖叫。此时，张鸿翥双指已叼住了刁忠的右手腕关节，正要夺取他的单刀，耳边就传来了那妇人的尖叫声。情急之下，他将刁忠往疾冲过来的贼人身前一推，借着刁忠身体阻挡贼人攻势的瞬间，纵步而进护卫着那妇人。他招出“野马分鬃”，挥拳就捣中了那攻击妇人的贼子胸部，进步伸指叼住了此人刀背，飞足踢中贼子软腹下部。那贼人一声号叫往后仰倒，痛得屈腿弓身，双手捂住胯下在地上滚翻。夺过那贼人单刀的鸿翥，直杀得刁忠三人手忙脚乱，往后直退。

退却中的刁忠曲起左手拇、食二指含入口内，一声唿哨响，从树上又跳下了数人。其中一名头缠白布的武士，口操生硬的中国话，叽里哇啦地吼着：“格杀的有!”众贼“哈咦”地应着，嗷嗷地举着弯形长刀围了上来。鸿翥知道寡难敌众，久战于己不利，又不忍弃下那妇人自逸。正在他无法可施之际，却见那头缠白布贼首如同疯迷癫狂般的乱蹦乱跳、哇哇地乱嚷，带着头额上一支尾羽还在颤动的三寸小箭，连连旋转着身躯，“扑通”一声栽翻在地上。张鸿翥也不管变起何因，趁对方正陷入混乱之机，拽起那地上妇人往背上一背，飞步冲向白马，一个腾跃上了马背，双腿一夹马腹，喊声“走”时，左颈部如被黄蜂尾针刺了一下，不甚疼痛却麻痒酥酥的。张鸿翥本来还没有在意，一心只想快点突围。可就在此时，耳边又听一声娇喝“你给老娘倒下吧”，张鸿翥这才知中了敌人圈套，被那妇人的毒针暗算。他本能地把那妇人从背上拽到了身前，举起就往地上掷去，而那妇人一伸手也扯住了鸿翥的上衣，二人同时从如箭奔驰的白马上摔了下来。张鸿翥幸好神志尚是清醒，摔下马时借势一招“见龙在田”、“摆莲跌叉”化跌为纵，气沉丹田“翻身二起”旋腰扫腿，将那妇人扫跌在地以脚踏住，伸手夺下妇人手中的绣花针。当他刚将夺下的绣花针刺进那妇人的面颊时，自己也已毒性发作、双眼发黑、支持不住，“嗵”的倒在地上失去了知觉。贼人高呼着“为坂田报仇”争先恐后地冲了过来。冲在前面的贼人，手持红缨长枪对着毒发昏迷的张鸿翥戳去，可是长枪还没有触到鸿翥身体，就脱手腾空而飞，其本人则双手捂着血流如注的双眼，嘴里悲号着转身就逃。

随着“贼子大胆”的一声娇叱，明月同明白二人二马冲了过来，连珠袖箭专往贼人眼睛、咽喉处射去。明月跳下马来，举剑刺中了那挣扎欲起的妇人肩部，将她制住后，又急忙扶起鸿翥，连连呼唤。明白骑在马上护卫着明月和鸿翥，挥剑左冲右突，击退了近前的敌人。一名贼人见白马可爱，奔上前去捞起拖在地上的缰绳，死劲往身边强拽，却不料白马突地弹起后蹄，结结实实地将他踢得飞起。白马怒睁着双眼，见又有数名贼人向它围来，即对着鸿翥、明月长嘶一声，返身扬蹄冲突出围疾驰而去。

刁忠见屡攻不下，撮唇又是一声唿哨长啸。众贼闻听后，转身后撤四散。明月见贼人退去心中稍安，吩咐明白纵马尾随贼人，往来戒备护卫，不要离自己太远，然后以剑挑开那妇人上衣胸襟，搜寻出了数个拇指大小的瓷瓶，却不知哪瓶是解毒之药。

她正着急间，瞥见那个也因毒针中毒的妇人微微地动弹了一下，心中大喜，收好盛药的瓷瓶，立刻用指甲使力紧掐妇人上唇人中穴。正思量着“只要这贼妇醒转过来，张兄就有救了”时，耳旁又响起贼人的唿哨尖啸声，左膝所跪地面似是抖动了一下，接着一声巨响，乘马惊鸣。

明月只觉得心往上一悬，人就随着扬起的灰尘罩蔽下，连人带马一道往下坠落。坠落中，明月身躯一震，跌倒在马身上，她翻身滑下马来，脚已落实地，而双眼却被灰尘迷蒙难以睁开。直到泪水涌过之后，她才勉强地睁开了双目，眼前灰蒙蒙的一片。待弥漫的灰尘渐渐散去，明月才弄清了自己坠入了方圆五丈开外，深达三丈有余的陷坑之内。明月此时无法顾及正在陷坑上面、拼死搏斗的明白，只是滚爬着寻找同时坠入陷坑之中的鸿翥。费了好大的劲，她才把埋在尘土中的张鸿翥刨了出来。

鸿翥额部火烫，面现褐色，双目紧闭气息微弱，流出的黄水又和灰尘搅浑在一起堵塞了针刺创口，颈项周围呈块状肿起，绕着颈部隐约可见的一条黑线两端，正慢慢地延伸向喉头合拢。

“张兄，张兄！”明月连连呼唤，却不见鸿翥有任何反应，急得她心如火焚肝肠痛断。她掏出洁白的绢巾，轻柔地为鸿翥拭净创口四周的灰尘后，又取出一支小箭用口把箭镞舔吮干净，再将那针刺创口划开呈十字状，也不管贼人从陷坑上面抛砸下的石、木，只管埋下头去用嘴就着创口，把毒液大口大口地吮吸出来，当吐出来的毒液渐渐地变为淡红色时，那条缠颈黑线也渐渐地远离了喉头。至此明月心里才稍稍安定，耳畔却又传来刚被石木砸得头部流血、痛得醒转过来的妇人哼唧声。为求解药，明月强忍怒火，上前把她从土中拽出，替她拔出仍然刺在面颊上的毒针，揩抹干净创口，为她吮吸毒液进行施救。

这中年妇女本是在慈禧太后的万寿庆典上，执行日本军部间谍伊藤太郎的“后羿弓舞”暗算阴谋，死于鸿翥箭下的汪直婆娘花蜂，武功不高，却是家传。她所用暗器绝异于江湖各类暗器的使用手法，只要中其暗算，待到毒线绕颈缠喉后，就是她家的祖传解药也解救不了。暗器虽是歹毒异常，却倒有一个好听的名称，叫作“亲颈吻喉针”，正因为是妇人近身而用，所以才伤人于不防。

花蜂对汪直卖身日人行为，其实也是很不赞同，夫妻因此反目。当汪直犯事身亡，花蜂当然知晓他所犯的是灭族大罪，根本不敢也没有生起报仇之念，只是带着婆母藏匿起来。这次却经不住拜把兄弟刁忠的再三撺掇、蛊惑和重金许诺，才出来配合诛杀鸿翥的行动。

死了一个汪直，甚至包括山野，伊藤都没有在意。但“后羿弓舞”计划的失败，伊藤却受到了军部的严厉责斥，因此对张鸿翥恨之入骨，必欲除之而后快。自打那天在紫禁城西华门见到张鸿翥后，即令坂田、刁忠监视和搜集张鸿翥的情况及活动规律。随着大清东北等要塞的丧失和北洋海军的覆灭，日人竟在马关枪击议和全权大使李中堂，敲虎慑龙要挟清廷。消息传到京城，伊藤、坂田惊喜若狂，紧锣密鼓地部署好了“天罩地陷擒虎连环”的报复行动。

刁忠领人秘密地在张鸿翥经常驯马的枫山脚下那一片枫树林中掘下了陷坑，以花蜂为诱饵，伪装成绑票劫匪，引张鸿翥出手相救，趁其不备，先以“亲颈吻喉”毒之，然后启动埋伏将其陷困于地坑，再覆盖钢网罩防其纵逸进而一举歼杀。连环相扣，行动缜密，然而他们做梦也没有料到的是，就在他们阴谋实施顺利之时，半路上杀出了“程咬金”。

仍然公子哥儿打扮的明月，自从在东长安街上喜见张鸿翥骑马夸官御街行，虽是被人流冲散未及言谈，而脑海中却始终记着张鸿翥那句“我在京西荐福寺”的留言。同时，她也知道张鸿翥初入官场应酬必多，所以也就一直没有去京西荐福寺，而是带着明白游长城，览名胜，途中听游人传说新科武状元，在皇太后万寿庆典上飞箭歼刺客，护驾邀恩宠的故事，心中极为张鸿翥高兴、自豪，就好似游人夸的是自己，因此心里更为自己高兴而游兴愈酣。

今天，主仆二人游罢妙峰山归来，途经枫山脚下，听到枫林里传出搏斗声，就策马赶去一看究竟，当她见到鸿翥救人中伏、中毒、遇困的险况危情后，立即施放袖箭，拔出宝剑，奋不顾身地冲入战局拼死相援。

明白正在警戒着散去之敌时，忽然听到身后“轰隆”爆起巨响，回首一看，明月和鸿翥所待之处尘土飞扬，好端端的场地突然陷下去一个大坑。

明月乘马的啸鸣声从地下传出，惊吓得明白连忙带转马头直往坑边奔来，绕着陷坑转着圈子抗击着返身杀回来的贼人。

明白拼死不让贼人接近陷坑畔，这样一来，刁忠众贼也就无法再往陷坑之上把钢网罩盖上去。可是时间一长，明白单剑独马，顾此失彼，已是捉襟见肘。她眼见贼人抽冷子、钻空子，不断地把石、木抛砸坑内，而自己却防不胜防，除了听见马鸣声外，听不到陷身坑内的小姐任何消息。明白直急得气火上攻眼前一黑，就着了贼人一棍摔下马来。

就在贼人复起一棍正往明白砸下的时候，急促的蹄声伴着马的长啸，一条如箭白影飞驰而至，迎面就将这名贼人撞得四脚朝天，余贼惊吓得急往两旁躲闪。紧跟着两骑冲到，高喊着：“挡我者死！”刀砍弹击，杀得贼人纷纷乱窜。

“兄弟们，别乱跑，快，快拢在一起。”刁忠一看张鸿翥援兵到来，边喊边止住党羽们的逃跑，然后把余贼拢在一起将阵脚稳住。

明白险死还生，急忙翻身爬起，纵上跑近身边的坐马，挥着手中宝剑迎了上去，高喊着：“乐前辈，快往这边！快！”乐伯看是明白，急着问道：“鸿翥现在哪里？”明白道：“张大人和我家小姐被贼人陷在坑内，快想法救他们上来。”

乐伯正要往陷坑处奔去，刁忠又带着众贼呼啸着围攻上来。乐伯、宗武、明白三人无暇顾及陷坑之内的鸿翥、明月，奋力分击攻来之敌。

汪直的婆娘花蜂经明月的一番施救，加上“亲颈吻喉”的剧毒是先入鸿翥颈内，当再被鸿翥夺下毒针复刺入她的脸上时，余毒已是残存不多，所以中毒较轻。当她醒转过来睁开眼睛四下一打量，立刻就明白了自己的处境，又见陷坑上不断砸下的石、木，摸摸被截木砸伤仍在淌血疼痛如裂的头部，就更清楚了刁忠不惜以她陪死的险恶用心，不禁气恨交加，放声破口大骂：“刁忠！你这个老狐狸黑心狼，竟黑得用老娘陪葬。你这个不得好死的鬼东西啊！”

明月用剑尖捅捅她：“别骂，别骂了！你脸上的毒尚未除呢。哪！这针还是我刚刚为你拔掉的。你看，我为你吸出来的血还是黑的呢。”花蜂这才觉得脸上麻痒痒的，吓得急忙就往怀里摸去，“哎哟”手却抽不出来了，头上的汗珠立时伴着血污直往下淌。明月道：“别急，你看是这个瓷瓶吧？”“不是，那就是这个瓷瓶了！”花蜂忙点头答道：“不错，就是这个，快给我。”迫不及待地伸手就夺。明月把手一缩道：“慢！想活命，就快告诉我的用法。”“口服一粒，再用二粒以口嚼碎，敷在针口即可。”明月不待她说完，拔掉瓶塞，倾倒出三粒芝麻大小的黄丸递了过去，花蜂接过咕噜一口咽下一粒入腹中，嚼碎二粒敷在创口上。明月见她服下黄丸没有出现异常情况后，就又倾倒出一粒，撬开鸿翥牙关，塞进他的口中，一边用双指捏住他的鼻子，一边用嘴对着他的嘴以气送丸。

只见鸿翥喉头一动，药丸随着明月的丹田之气入腹而化，接着明月又将三四粒药丸放入口中和着唾液嚼烂，敷在了鸿翥的针刺创口上。毒烈解药灵，黄丸敷料很快地被毒汁染成墨黑干燥脱落，那条缠颈黑线也渐渐地在褪失。

“嘿！”随着长长的吁气声，鸿翥睁开了眼睛。只见女扮男装的明月，正满脸焦急地盯注着他，就迅速坐起，惊讶地问道，“你怎么也在此处？”明月眼泛珠泪：“张兄啊！刚才真的是好险哪！急死我了啊！”鸿翥正要询问，又看见花蜂坐在旁边，陡地想起先前之事，不由得大怒，气愤地斥责道：“我好心救你，你怎么竟下毒手害我，你还叫人吗？”

花蜂翻身跪下：“我是受了那不得好死的刁忠所骗哪！”并用手指着明月道：“要不是她为我拔针吸毒，我也要陪着死在这里啊！我是对不起你，要杀要剐，随你的便，我是绝无怨言哪！”明月道：“此事说来话长，我们还是要尽快想法脱出陷坑要紧，你听，明白一人还在陷坑上面打着呢！此时还不知处境如何呢？”鸿翥凝神细听后道：“好像不止是明白一人在搏斗。”明月道：“那还会有谁前来相援呢？”鸿翥道：“听不清楚。还是想法先上去再说。”三人试了几次，都因陷坑太陡太深无法攀登。

花蜂又恨又悔，忍不住又哽哽咽咽地哭了起来。明月被她哭得心中烦恼，斥道：“都是因你这个臭婆娘歹毒，才害得我们如此，你还有脸哭！”鸿翥道：“唉，就别再责怪她了，她不是说了也是受人利用、欺骗的吗。”

花蜂一听，更是伤心地放声哭了起来：“死我都认了，就是死得不值啊！我还有七十多岁的老婆母病躺在床上，放心不下啊！这千刀万剐的刁忠，他把我丈夫拉下了水不算，又来害我啊！我不亲手宰了他，死不瞑目啊。”

明月道：“好了，好了，你就别哭了，现在我们陷坑同命，就一同想办法脱困吧！”“嗯，嗯！”花蜂抽抽咽咽地止住了哭声。鸿翥叹道：“唉，要是乐伯前辈在此，那就好了。”花蜂突然道：“张爷，您若是信得过我，那就让我先上去吧！”“你怎么上去？”“此坑深达三丈有余，上去确实不易。我武功虽然不行，但轻功尚是可以，不然也不会得名花蜂。若是张爷没有顾忌和嫌弃，我意请张爷站在马背上，然后我站在张爷肩上，凭借着张爷双臂抛掷之力，我琢磨着纵跃出陷坑还是能够的。就是不知张爷和明兄信得过我吗？”

明月面有迟疑之色，鸿翥却满口应承：“此举甚好，能脱险境，走一个是一个，我们没有私怨，没有必要捆在一起遭难，你就先上吧。”

明月扣紧马缰，稳住马身。鸿翥站在马背上，双手托住花峰双足，凝气、聚力。花蜂气悬丹田，身体放松，口说：“可以！”就随着鸿翥“嘿”的一声双臂屈伸的抛送之力，若如惊蜂掠起直飞而上，高越地面，右手后摆，人折向斜倾，轻盈地落在陷坑边畔，高喊一声：“刁忠大哥，快来救我！”就扑倒在地上。

正在同乐伯激斗的刁忠，乍见坑内有人跃越而出，先是一惊，复听“刁忠大哥，快来救我”的呼叫，知是花蜂脱困，于是就猛地一刀砍向乐伯，趁乐伯避让之机脱出战圈，由另外一名日本武士继续缠斗乐伯，自己直奔花蜂身边，拽起花蜂问道：“快讲，下面二人死了没有？”

花蜂恶狠狠地答道：“遇到老娘还想活吗？”话音刚落，就听刁忠“哎哟”一声惊叫，花峰右手已经搭上了他的颈脖。

刁忠蜇痛麻痒之下，即知是花蜂“亲颈吻喉”亲上了自己，刚骂了一句“贱人，你……”就一头栽倒，昏死了过去。也就在这时，明月也在鸿翥的托送下跃出了陷坑。余贼见刁忠失手，战场易势，也不管刁忠的死活，一边躲闪着宗武的弹丸追击，一边撒腿逃窜。

明白见小姐跃出陷坑，策马径往小姐身边跑来，刚近明月身边，就听“啊”的娇呼。只见明月脚步踉跄、摇摇晃晃地摔倒在地上。明白跳下马来，一把抱起明月，见小姐嘴唇紫黑，吓得惊呼：“小姐，你是怎么了？快醒醒啊！”

花蜂道：“姑娘别慌，你家小姐是中了‘亲颈吻喉’余毒，解药就在她怀中的绿盖瓷瓶之内，服下后绝无大碍。告诉张爷，要不是明小姐以口为他吸毒，恐怕他早已被针毒吻喉而死多时了，请他谢你家小姐吧！我的恩怨已了，也该走了。”说完，跃上一匹贼人弃下之马，一掌猛拍马臀，如飞而去。

乐伯、宗武杀散贼人返回林中，急忙撕衣结带将鸿翥和明月的坐马拉上陷坑。鸿翥不遑他顾，急忙跑到明月身边，热泪迸流，连连顿足道：“小姐啊！你是为了救我啊！”

原来明月为鸿翥吮吸“亲颈吻喉”针毒心慌意急之时，不慎咽下了毒液，幸好她口腔无破伤不是伤口见血而沾，所以才延至此时发作。明白从明月腰囊中掏出绿盖瓷瓶，取出解药灌入明月口中。少顷，明月大口呕吐出黑水后，人也就清醒过来了，明亮的双眼满含深情地望着鸿翥：“你没事吧？”鸿翥道：“谢谢你了！”明月歪着头，斜视了他一眼：“谢什么谢，咱们谁和谁啊，傻瓜！”

白马迈着欢欣的步伐，“嘚嘚”地跑来，亲热地用头拱着鸿翥。乐伯道：“还要谢谢白马呢！”就把白马报信之事讲给了鸿翥听。鸿翥搂抱着白马颈项，脸贴着脸，相互摩擦着：“白马啊白马！谢谢你了！”白马似是听懂了鸿翥之言，兴奋昂首欢啸。

“对！右掌扣丸。哎，你眼睛别老望着弹弓好不好！眼睛要注定目标。嗯！脚步别动，身腰随着目标的移动而动。右脚稍收一点，不丁不八，膝部前倾一点，对！就这样，凝气、定神、放。”“笃”地脆响，飞弹直击寺院右墙上所画的小圈中心，丸粒迸碎四溅。“好，再放!”

枫山林中挫败伊藤、刁忠的报复激战以后，明月、明白主仆二人来京西荐福寺的时候也多了起来。明白老缠着宗武，硬要学他那手连珠弹弓之技。此时，院中频频响起的夸赞声和娇笑声，打破了鸿翥、明月二人对坐无语的静寂。

“你听听!”鸿翥寻着话题，笑着说道，“这两个人哪。一个教得全心，一个学得用心，还真的像是严师授高徒呢!”“嗯!”明月低垂着头，轻轻地漫应了一声，就又是不再吭声了。二人不时地你望望我，我望望你，神情局促，很不自然。

第十九回

白云皎月寺中会　百日变法危机生

“文公公，你好哇!”院中响起了宗武的招呼声。“好、好，张大人在家吗?”“在屋里呢！师弟，文公公来了!”

“文公公，快快请进。”鸿翥忙起身迎出门外，边问候着，边拱手相请。小文子和一名神态俊俏的公子及其跟从，相继进入屋厅，分主宾坐定。宗武就忙着奉茶。

小文子道：“今天，我为不速之客，到此打扰您张大人了。”“哪里、哪里！文公公下顾敝处，是看得起在下。平时请都请不来啊，怎么会是打扰呢！请问这位公子爷……”

“哦！咱家给张大人介绍介绍，这位是我表弟李秀云，久已仰慕张大人，总想一睹大人风采。可就是无缘结识，心中一直引为憾事。这不，听说咱家要是来探望你，硬是缠着，非跟来不可。表弟，今天你如愿以偿，就多多亲热亲热吧!”

鸿翥忙站立起来，双手一揖道：“李兄如此见爱，在此谢了!”伸手就欲同李秀云握手，慌得秀云忙往后缩，口里只知“哪里！哪里”地喃喃轻语，窘得满脸通红。

小文子心中暗笑：“缠着要见，见了又面软。女娃儿上不得台面喽!”忙扯开话题为秀云解窘：“李大人让我来问候您，说宫内太忙不能亲自来，很是对不起了。还特别提到您上次送的‘春不老’腌菜，说太后尝了都赞不绝口呢，要我好好谢谢您啦。”“嗨，那区区小事，本就不成敬意，何足挂齿，还有劳太后夸赞，真是教在下惶恐了！”

原来，张鸿翥武状元及第，奉旨回籍省亲，返回京师时带了十数坛鄱阳县的特产，也仅东湖四岸独有的“春不老”腌菜，分赠给京中的良师好友，为了感谢李莲英总管的关照，也送了数坛到李府。李莲英按照张鸿翥告以新鲜“黄牙头”鱼相煮的方法烹调，尝后叫绝，忙携了两坛到宫中，交代御厨如法炮制。

吃腻了宫中美餐的慈禧太后，尝着这墨绿泛着金黄光泽、肉质嫩厚的菜肴，越吃越觉得味美汤鲜，回味无穷，问道：“小李子啊，这是什么菜啊，我怎么从未吃过呢？”

李莲英忙跪下禀道：“回老佛爷话，这菜呀，是奴才奉献的孝心。产于今科武状元张鸿翥的老家东湖里。鄱阳湖上有三宝，佛茶、藜蒿、春不老。真是鄱阳独有，他处绝无啊，老佛爷尝了那是青春常驻，长生不老啊！”

慈禧听了浑身舒坦：“好菜好名！着内务府记档。这道‘春不老烹黄牙头鱼’列入‘满汉全席’，为御膳的必备之肴！”

“喳！”李莲英奉肴有功，又得重赏。

鸿翥听了文公公述讲，很是感激，请他代向李总管致谢。小文子道：“会的会的，据我所知，不仅是李总管对您很是关心，就是宫中的大姑娘对您也是挂念着呢！”“哦！还有此事。”张鸿翥惊异地望着小文子，倒不知如何回答是好了。李秀云偷偷地斜目瞅了他一眼，头垂得更低了。

当小文子三人被迎进屋内时，明月、明白已回避到房里。

“唉，十个男人九粗心哪，不懂得料理自己，你看看，乱得像狗窝似的。”明白没有听见小姐回答，停下手来，歪头斜睨。见小姐坐在床沿上，双目注视着枕畔的绸断袖，就问道：“小姐，又在想些什么啊？嘿！想不到这么粗心的张大人，倒还保存着你的衣袖了。”

明月脸腾红云嗔道“事也真多”，明白吐了吐舌头：“不是我的事多，而是张大人多事啊，这断袖有什么好留的？”

“呸！”明月对着明白啐了一口，“你再说，小心我割了你的舌头。嘘！”明月竖起手指掩住樱唇，示意明白别吱声，侧耳倾听厅堂里的动静。那左一句大姑娘，右一句大姑娘的谈话，引起了明月的警觉，她忙轻步移身到房门边，从半掩着的房门口往厅堂探首相望。不料，正和被房门声响惊动的俊俏公子打了个正照面。明月见那陌生的男子，容貌秀丽、双目紧盯着自己瞧看，顿时又羞又恼，娥眉蹇起，气狠狠地剜了那男子一眼，忙又缩回身子，回坐到床沿上，屏息而听。

那位名为李秀云的公子，突然发现鸿翥房中的明月，虽然没有看清整个人，却也震惊于明月的英俊美丽。心里咯噔一跳，迫不及待地一改那羞涩矜持神态，紧张地向鸿翥问道："请问房中女子系张大人何人?"鸿翥答道："那是在下的一位红颜好友。"公子心存疑惑地"哦"了一声，却不便再问，也没有再问。

小文子笑道："张大人，咱家有一事相询，又似觉唐突，不知当说不当说啊。"

"嘿！我们也算老朋友了，还有什么不当说的。文公公请直说无妨!"

"我想请教的是张大人和家中妻室相处可好?"小文子此话一出口，厅中、房里急煞了两个人，心跳咚咚，直达咽喉。她们也是既急于知道下文，又不愿听到鸿翥说出下文。但事与愿违，当鸿翥告诉小文子家中妻子贤惠，儿女聪慧之时，房中明月呆若木鸡，厅中公子脸容惊变。

小文子以眼角睃了"表弟"李秀云一眼，说道："大姑娘自从得您相救，心中是念念不忘哪，李总管也很是看重您的人品，有意以妹相托，就是不知张大人意下如何啊?"

鸿翥忙道："文公公，在下是有家室之人，这下可真要辜负大总管的美意了。这件事尚要请文公公替我在总管大人面前多多美言了。"

小文子道："哎，现时三妻四妾者，朝中比比皆是，多着呢。大姑娘是一个多么好的人哪！她都不嫌弃您，您又何必迂腐呢？这是多少人打着灯笼还遇不到的好事呢!"

鸿翥正色道："文公公此言差矣。请您别恼，也不是在下驳您的面子，我也感激总管大人看得起我。可是圣贤有训：贫贱之交不可忘，糟糠之妻不下堂。何况是路遇出手相援，这也是男儿该为之事啊！我若弃贤妻而另娶淑女，既委屈了大姑娘，也对不起家中侍奉着双亲的贤妻啊。外人不明原委，还道我贾恩求报。我这不是自陷不仁不义之地吗？效陈世美弃香莲之为，那我可是忘本之徒了。此事，我就是想为，冥冥之中，包龙图也不会放过。文公公、李公子，你们说说，这事我能为吗?"

李公子聆听着张鸿翥所说，不时偷偷地瞧望着张鸿翥，那是越看越喜爱，但听着鸿翥所说之言，却真是越听心越沉。此时又听张鸿翥如此一问，脸色霎时苍白，忍着欲滴珠泪，不答鸿翥所问，借口道："张大人，表兄，你们慢慢谈，小弟此时头痛欲裂，就先告辞了。"以袖护面，偷偷地揩去涌出的泪水，带着跟随急匆匆地出院而去。

鸿翥不明所以地问小文子："您表弟怎么了？"

小文子惶惶然地双手一摊："唉！您哪！她就是大姑娘啊！"张鸿翥愕然地望着小文子："哎！您怎么不早说啊？这下我可伤了她的心了，这事可要请文公公大力周全了。"

小文子道："张大人，您先别急！好在大姑娘是化装而来，事情没有捅破，尚有周旋余地的，不过嘛，您还是考虑考虑，毕竟是大好事嘛。您对咱家有救命大恩，不瞒您说，小文子早就视您为弟兄了！怎会袖手旁观。大总管那里，我自会委婉禀告。大姑娘处，我也会找机会替您解释。我想大姑娘虽然伤心，但断不会恨您，您就放心吧！"

明月坐在床沿上，不仅是伤心，而且是深深地陷入了失望。人就如中了魔似的，木然地捧着那截已经被簌簌而下的珠泪滴沾得水湿的断袖。厅中虽然谈论着大姑娘的事，可鸿翥那爱恋妻子的肺腑之言，同时也同样地震动着明月的心。明白看着小姐那伤心疾首的凄楚模样，鼻子也是一酸，心中叹道："唉！我家小姐，过去是何等的刁蛮刚强，就是刀砍剑刺也没有皱过眉头。如今心性变化如斯，宛若柔水，这古人说的情魔也真是太厉害了。"

"我的命怎么就这么不济啊！"明月捧着断袖，心乱如麻。她幼小失去母爱，长大又为父业忙奔波。会过多少豪侠壮士，任谁也没有在心中留存过。想不到被自己深深敬慕的初恋之人，却已有了贤妻娇儿。江湖儿女，要说是敢爱敢恨，不十分讲究大小名分，可是厅堂个郎，言谈明心志，却是爱妻情深无他求。自己当然不会也羞于开口去强人所难。一团热烘烘的炭火，猛地被冷水浇淋。明月的那欲舍却难舍的个中苦涩，有如刀剜在心。

明白望着满是凄悲痛苦神色的小姐，也强忍着心中对小姐的疼怜，温语劝慰："小姐啊，老人们常说，人是要有缘分的，这缘分二字缺一不可也！十年还只能修个同船渡呢，虽然无分，也算是有缘啦。小姐，你就想开点，莫要过于伤感伤身子，就等来世吧！”

“明白，您还小，你还不明白啊！人哪！哪里会有来世啊！”“小姐的心思，明白怎么会不明白呢。在家中，先生不是也讲过吗，只要两情相悦，又何必硬要去求个朝朝暮暮呢！”

明月被明白一语提醒：“是啊，我和张兄，只要心志相通，能成为知己之交，该是于愿已足，又何必去强求什么朝朝暮暮呢。唉！这人这情哪！到底有没有来世呢？”想着，想着，眼圈儿又红了起来。

“明小姐，”张鸿翥送走了小文子，人还没有进屋就大声招呼道，“嘿！真的是不好意思啊！把你们二人撂在房里。”

明月听着，心里又犯起醋劲：“什么小姐不小姐的！有什么不好意思嘛，家有贤妻子，京中又有大姑娘，挂念分心的！不过，你这个张大人还能记得起把我二人撂在了这里，倒真是难得了啊！”

鸿翥心里暗思：“刚才还是好好的，这又是怎么了？真不知唱的是哪一出啊！”口里连连地“对不起”的赔礼，眼睛却瞧见了明月手中捧着的断袖，正想开口解释，又听明白发问：“你知这断袖是谁的吗？这是我家小姐的，难为您还知道保存着。”

鸿翥脸上不禁一热，只好“哈哈”地憨笑道：“我当然知道是你家小姐的，只是没有机会说明此事啊！”“哼，我家小姐心都碎了，你还笑得起来，男人真的多是薄情寡义之徒啊！”

明月深深地叹了一口气：“明白，你在胡说些什么啊！”

张鸿翥听了明白的暗示之言，也看见了被泪水沾湿的那截断袖，心里当然明白此时明月的心情，人非草木，孰能无情！夜深人静之时，明月那脉脉含情的眼神和依依不舍的异样神态就时时萦绕在心中。可是明月刚出，怡英即现，小时候耳鬓厮磨的体贴，婚后持家的勤劳，孝奉双亲的贤惠则历历在目。真是斯人情重伊重情哪！张鸿翥心中虽然为难，却守着不能亏待怡英的定规，不做喜新厌旧的薄幸人，可是面对着明月……“唉！”鸿翥不由得为此深深一叹。

心有灵犀一点通，鸿翥的叹息惊明月。从这深深的一叹中，明月明白了鸿翥心中的所思，在心中念道：“远方的伊人哪，明月命薄，无法也不能去夺你的所爱啊！你有此郎，真的是好福气，明月羡慕你也祝福你啊！”想到此处，心里豁然宽松，就把万般柔情化义情，放下断袖抱拳一揖：

“张兄，小弟也要告辞了，请记住，明月不管到哪里，都会想念你。不管到何时，你都是明月的好大哥，咱们后会有期。”鸿翥相送出寺门，望着明月远去的身影同样是黯然神伤。

有分教：云生云起云出岫，月皎月辉月在天。素未谋面的江湖、宫中女，仅此寺中偶然一会，却由臆想中的情敌竟然在后来化为了真正的情友，相惜相助相重云月鸿翥中。这人哪！这情哪！是人皆有之，不管是身居九五的皇帝皇太后，抑或是民间百姓夫与妇。这恐怕也是冥冥天注定吧！谁能说清楚？

李莲英刚一迈进慈宁宫，就看见大姑娘独自躲在宫内一隅，神情忧郁，暗地里偷声饮泣，再三相问，大姑娘就是不答不理。李莲英正在进退为难之际，见小文子走了过来，忙问道：“今天是谁给了大姑娘气受？嗯！叫你办的事，办得如何啊？”

小文子垂手回言：“禀告师傅，奴才今天陪着大姑娘去了荐福寺，会见了张大人，张大人对我们可真是热情啦！”接着委婉地把鸿翥家中及妻儿的情况和鸿翥的难处，尽拣对鸿翥有理有利之事，锦上添花般地述说了一番。

李莲英听后，明白了事情原委，也犯了难。为再试试二妹的心思，故意大骂张鸿翥：“这小子如此不识抬举，待我请老佛爷出面，往死里整他，否则难消二妹和我的心头之恨！”脚一顿，起身就行。

大姑娘一听，立刻抬起了头：“谁要你去整他！我自己生自己的气，同他何干，你恨他什么？你去老佛爷那里试试看？我就和你没完。”

“你不让我去整治他，该不会就这样放过他吧？”

“放不放过他，关你什么事啊。”大姑娘说完，转身就往房里走去，“哐”的一声，关死了房门，无论李莲英如何呼唤，就是紧闭不开。

“唉，真是拿她没办法啊。”李莲英摇着头道，“这事能怨谁啊！”李莲英知道二妹从恩思到情思，对张鸿翥爱得一片痴心，也知道张鸿翥深爱妻儿，要他弃妻再娶恐是不易。而且凭自己的地位、权势和名望，若让自己的二妹去做妾侍，必惹朝野笑话，自己心中也是不愿，反复思虑，只好去请老佛爷出面劝阻二妹。

慈禧太后听了李莲英尚属公允的详禀恳求后，坐在御座上，闭目沉思。联想到自己当年位列慈安之下的日日夜夜，真是醋酸酒辣啊。而今，自己所宠爱的大姑娘又身陷单相思无力自拔，心为其怜，复为其哀。可是长痛不如短痛啊！当即表态：如此孽情，必须掐断。

“老佛爷吉祥！”大姑娘听到老佛爷驾到，来不及擦干眼泪，立刻出房跪接。慈禧一手拉着大姑娘，“嗯，起来吧。”边给她揩去面颊上的泪珠，心中痛惜：“唉，你自己去照照镜子，眼睛哭得又红又肿的。你这是何苦来哉哟！”

大姑娘娇慵慵地偎依在慈禧膝前，又欲哭道：“得太后如此疼爱，是太后给奴婢的福分。想不到的是奴婢自己的命怎么这么不济啊！”

“痴啊！世间芳草，举目皆是。你怎么就痴愚到单单爱上已是她人的那一株呢。你也不想想，我跟前的大姑娘能去给人家做妾侍吗？你也要给主子争脸哪，怎么就这么不懂事啊，岂不是让老佛爷白疼了你一回吗？啊！快别胡思乱想了，有恩以后就报恩好了，哪有一见钟情就以身相许之理的，啊！听话。官宦之家的英俊公子有的是，还不知谁的福分大呢？你看，多美的一朵花哟！到时候老佛爷做主，赐你一个称心如意的郎君就是了。”

李莲英在旁催促道：“快谢老佛爷的恩典哪！”大姑娘这才“扑通”地跪正在慈禧面前：“奴婢叩谢老佛爷的大恩！老佛爷啊！奴婢心里实在是……”

“好了，别说了！你的心，我明白。这个情哪！唉！是要两厢情愿的哟！剃头挑子一头热，你犯的是哪一门哪？还说什么你的心哪！人家有妻有儿女，你是痴迷入魔了。好了！好了！陪老佛爷去御花园散散心去吧。”

钢刀虽快，难断情思。大姑娘自此心郁气虚，寒热相侵，咳嗽难止，告假回家，卧床养病。

“割地赔款，屈辱签约。尚大言炎炎，说什么议和是胜之体面。唉！庸臣误朕深焉。”光绪皇帝仰首长叹。甲午的炮声，轰出了“马关条约”，令手无实权的皇帝更感国运日下。六部卿臣纷纷上书，要求拒签条约。而身为一国之主的他，却迫于日人和皇太后的压力，无奈屈从。心情忧抑烦闷，彻夜难眠，独自漫步在乾清门的丹墀上。寒风侵体，冷不丁地打了一个寒战，孤独之感油然而生："啊！今天是谁在此值卫？"

"微臣，头等侍卫张鸿翥叩见皇上。"光绪就着乾清门上的灯光，打量张鸿翥片刻之后，道："哦！你是恩科武状元张鸿翥吧？嗯，快起来说话。""谢皇上！"张鸿翥遵旨躬身垂手站立一旁。光绪皇上仰首望着黑黝黝的天空和稀疏可数、闪眨着神秘弱光的星星。沉默良久，突然问道："卿在宫外，可闻有何涉政之言？"

鸿翥忙又跪下："禀奏皇上，恕臣直言。十八省赴试的一千三百多举人在都察院门前，集体向皇上上万言书。提出了'权宜应敌，立国自强'和'破除旧习，更新大政，变法成天下之治'的诸般方策，可是都察院不肯上达。"

"竟有此事，朕却毫无所知。依卿之见，此说妥否？"

鸿翥奏道："臣位卑言微，又不在言官之列，岂敢妄言国事，请皇上乾纲独断。不过依微臣愚见，康有为的变法图强之说，倒确是切中时弊，为现时之首要。请皇上宥臣浅识冒昧之罪！"

"对！不变旧法，何言图新，又何能图强啊！今天是朕问你，何罪之有！以后卿有事，可直接找翁相、文侍读，由他们转禀朕是了。跪安吧。"

"谢谢皇上的宠爱，臣定当尽心尽忠。"寒风袭人，张鸿翥却紧张得汗湿浃背，叩首归值。恭谨地目注着这位年轻的皇帝，拖着沉重的步履踽踽离去。

临朝时，光绪皇帝斥饬了都察院阻塞言路之过，谕旨任何人都不得阻挠和扣压士民言变法的上书。在军机大臣翁同龢、大学士文廷式等大臣的支持下，征得慈禧太后模棱两可的默许，颁诏明定国是。谭嗣同、杨锐、刘光第、林旭四位二十余岁的新派官员位列军机参与新政，紧锣密鼓地进行维新变法。

这天，鸿翥随在翁相、文侍读、张謇、袁世凯等人之后，从宣武门外的孙园参加保国会集会，听了康有为的变法演讲出来，对袁世凯所说的只要他提新站一旅之军，变法即可定的观点，很不以为然，却也不愿同其争论。除张謇和其辩答外众人也皆沉默不言。大言不惭的袁世凯甚觉没趣，也就借去兵部办事为由告辞而去。待到袁世凯走远，翁同龢才告诫众人道："袁慰亭此人欠诚恳，性暴强险鸷不足恃也！近来，新旧之争已成冰炭，我身居中枢日感其压，尚望诸君慎之。"

姜当是老的辣，翁相之预言不幸而中，就在张鸿翥赶往乾清门去候值时，宫中已生巨变。

鸡鸣三更，张鸿翥在院中演练过自己从龙形剑法中悟创出的龙形刀法，全身通泰，满心欢愉。口里哼着饶河调，骑着御赐白马去上值。沿途之上，他惊讶地发现紫禁城里增添了不少岗哨和巡逻兵卒，正在拦阻和盘查着早起的行人。

鸿翥在午门下马，穿过三大殿时，又发觉除了原有的侍卫外，丹墀两侧还增派了禁卫营的官兵。气氛异于往常，显得格外紧张、压抑。上朝的官员们散散落落地聚在乾清宫的丹陛上，交头接耳，低声地在议论着什么。辰时，宫内传出谕旨说皇上龙体欠安，停朝休班，众官各自回邸，听候谕传。自此之后，除了直隶总督荣禄率人进进出出，宫内则无任何动静。

夕阳渐渐沉入紫禁城下，小文子低着头，手提着食盒，匆匆地往前走着，冷不丁地撞上了卸值下岗、从午门右掖门牵着白马出来的张鸿翥。小文子四下里望望，见无人行走，伸手拉着张鸿翥就往偏僻之处走去，然后惊惊慌慌地附在鸿翥耳畔，悄声说道："张大人，皇上已被老佛爷囚禁到西苑南海瀛台涵元殿去了。懿旨正谕步军营于今晚亥时，在全城搜捕康、梁等维新派。你说话、办差可要多加小心哪!"

小文子的耳语相告，恰似震天霹雳"轰"地在张鸿翥头上炸啊。惊得他只知反复地说着："变法、变法！仅仅只变了百日啊!"撇下小文子，跃上白马就往醇亲王府奔去。

路上碰见了乐伯、宗武，鸿翥急忙下马招呼着："乐前辈，你来得正好，我另有要事无法分身，请你立刻赶往宣武门外懒眠胡同谭家，告许谭大人，就说皇上昨晚已被囚禁，请他务必在亥时之前离家出走。切记，切记!""好！我立马就去!"乐伯也不多说，放开脚步就行。

当乐伯心急火燎地闯进谭家时，谭嗣同正和梁启超在谈论着变法维新的种种困难，以及那些手握实权的守旧顽固派的重重阻挠，推测着变法的风险。二人听了乐伯的告知后，既长嗟大势已去变法失败，又深深地为皇上处境忧虑。

在乐伯的再三催促下，谭嗣同方道："乐义士，我有一事相求，不知可否?""谭大人请讲!""请你护送梁先生去东交民巷，路上可要保先生安全，可否?”“没有问题！就请先生起程吧。”梁启超道：“谭兄那你呢?”“我乃大刀王五之徒，自保绰绰有余。你就放心去吧！何况我已早抱殉国之志，为求变法图强，甘愿以我血始，岂有反顾之理!”梁启超见他志向已定，劝也多余，只好含泪相握，道声珍重，一揖而别，在乐伯的护送下匆匆离去。

谭嗣同送走梁启超、乐伯二人后，把院门通开，冠戴整齐，安坐厅中秉烛品茗。随着急促、杂乱的脚步声，步军统领率众多兵弁闯入院中，数名兵弁冲上来就要锁拿谭嗣同。谭嗣同把头一抬，茶盅往桌上一顿，喝道：“大胆！我乃军机章京，朝廷重臣。谁敢动我!”

统领平日很是敬佩他的人品和学识，忙喝叫兵弁不得无礼，抢上前来，抱拳礼揖：“谭大人，我们也是奉旨行事，请您就别为难我们了。”

“我奉旨参赞新政，为国为民。耿耿丹心，对天可表，岂是畏避斧钺之辈。士可杀，不可辱。我自己会走，请吧!”谭嗣同在兵弁的簇拥下，神色从容，昂首前行。

张鸿翥在醇亲王府前翻身下马，直奔正厅。烛光下，醇亲王正和周侍郎在品茗细谈，见鸿翥满头大汗、气喘吁吁地跑来，忙问道：“鸿翥，何事如此着急?”鸿翥把脸上的汗用手一抹，也忘了施礼：“皇、皇上被、被囚禁了!”

大厅里顿时静了下来。过了好一会儿，周侍郎才问道：“早朝时，宫内不是传谕说皇上欠安吗？怎么又被囚禁了呢！鸿翥，你先别急，慢慢讲。”

“详细情况我也不清楚，也是刚刚听到宫内太监告诉我的，步军已奉旨从亥时起，全城搜捕康梁等人。”

“怪不得昨天傍晚荣禄领兵进城，皇太后也从颐和园匆匆赶回慈宁宫中。”醇王爷惊慌稍定，“宫中必生大变。唉！覆巢之下焉有完卵，此事势将殃及于我。鸿翥，你不是和李莲英的关系尚可吗！本王托你去一趟他家，想办法把此事的来龙去脉探明清楚。你看能行吗?”

鸿翥道：“王爷所遣，门生万死不辞。”醇王爷看了看自鸣钟：“那好！我就听你的消息了，亥时快到，你和侍郎快离开我这是非之地吧。路上千万小心哪!”

鸿翥策马急急赶回荐福寺住处，乐伯立即站了起来：“鸿翥，你来得正好！这位是京中豪侠大刀王五爷，也是刚刚赶来这里，想请我们相助一臂之力。”于是就将自己如何去报信，如何受谭嗣同之托护送梁启超出走，谭嗣同又如何要以血殉变法，在家中坐等拘捕和刚被送入刑部大狱等事说了一遍，王五也把劫狱谋划一一告知。鸿翥想了想后，说道：“今晚谭大人被捕，今晚就去劫狱救人，正是攻其不意，打了他个措手不及。此计甚好！若不是我另受所遣，理应同去，此事尚望王五爷见谅。劫救之事，就请师兄和乐前辈随王五爷前去，尽心而为吧！”

第二十回 夜闯宵禁刑部狱 春花秋水伊人心

夜黑沉沉的，刑部大狱前的两盏挂灯闪着昏黄色的光亮，在风中晃动着，“嘶嘶”轻得几乎叫人难以听察。宗武以连珠针锥形弹丸射灭了狱灯之后，按照预先计划，与同来的几位义士袭击狱卒，分守大狱周围阻击敌人前进和策应狱中救人。乐伯、王五飞身潜入监中、拧开牢锁，闯进监房。王五拽起谭嗣同，往背上一背，就欲强持其越狱。无奈，谭嗣同死志铁定，挣扎着坚决不走。他礼谢乐伯拜辞师父，援笔蘸墨写下了“望门投止思张俭，忍死须臾待杜根。我自横刀向天笑，去留肝胆两昆仑”的豪诗，赠给王五。王五含泪接过题诗，激动地赞道：“好！千古豪杰，万世景仰。”此时，牢外喧嚷声越来越近，灯火照得狱内外通明。谭嗣同催促二人快走，大刀王五把泪一抹道：“我们就成全先生殉国大志吧！走！”拉着乐伯纵身出监，会合坚守在狱门四周的豪侠义士，拼死杀出重围。

“呔！快停下，快快停下。”巡逻的兵弁在弓弦胡同附近，把张鸿翥连人带马团团地围了起来，凶神恶煞般地喊叫着，“你是何人？竟敢在宵禁深夜驰马乱闯，拿下！拿下。”“慢，我乃大内侍卫张鸿翥，奉谕前往李大总管府邸。误了我的公干，你们担当得起吗？”张鸿翥也不让他们商量，一声“快快让开!”策马就闯，兵弁慑于李莲英权势不敢再拦阻，立即往两边撤去，让开了大路。

李府门房在睡梦中被“咚、咚、咚”的敲门声惊醒，打着连连哈欠，嘟囔着：“都到半夜了，是谁在敲门哪！听见没有，你是谁啊？”“是我啊！乾清门头等侍卫张鸿翥啊。有要事来禀告大总管！”“大总管今晚在宫中还没有回来呢，你去宫中吧。”“你就先开门吧。”“是谁啊？”里面传来小文子的发问声。鸿翥大喜，忙叫着：“文公公，是我啊，我是张鸿翥啊！”“哦，是张大人来了，快开门，快开门。”小文子急忙穿好衣服，颠颠地跑了过来：“张大人，快请进！都到丑时了，你还跑出来。城里不是在宵禁抓乱党吗？唉，您啊！”就把张鸿翥迎进了大厅。

刚服侍大姑娘饮药后，出房倾倒药渣的绿烟，闻声悄悄地掩近大厅探首窥视，见是让大姑娘思念成疾的张大人来了，就停步窃听。

当她转回房中，那同样被急促敲门声惊动的大姑娘问她道：“刚才是谁那么的急急敲门，吵死人了！”“小姐，那不是外人，是张大人呢。”“哪个张大人哪？”“还有谁？张鸿翥呗！”“啊！”大姑娘一听，忙起身披衣，挣扎着坐起说道：“他深夜来此，一定是发生了什么大事，不然，他是不会来的。”

“也没有什么大事，我听他对小文子说是来找大总管的。你快躺下，可别着了凉啊，昨天咳出的痰里都有血丝了。”绿烟连劝带摁地把大姑娘摁入被窝里。

“唉！”大姑娘不由地长叹了一声，听说张鸿翥是来找她大哥的，也就瞑目不问了。

张鸿翥听到李莲英不在家中，小文子又说不清楚事情的详细情况，就急着要告辞离去。小文子拽住不放道：“天已三更了，城里搜捕乱党正急。您此时出去，不是无事找事吗？我看在四更天时，再赶去宫内上值也不为迟。我陪着您总可以吧。”

鸿翥想想也对，事再急拿不出办法也是枉然，就静下心来同小文子一边品茶，一边闲谈着。

闲谈中，小文子无意中说到了大姑娘自荐福寺一晤后，伤心过度郁思成疾，病势沉重之事。

鸿翥闻听忙道：“那该找名医早治啊！”“岂止找名医，御医都来了，现在又是京城最大的中和堂药店坐堂国手在看呢，唉，心病难治啊！”

张鸿翥除了深深为之叹息不已外，却再也不敢答言了，二人就这样一直坐等到天明。

“传张鸿翥入侍卫处档事房报到!”张鸿翥在一片“传”声中，出列、迈步进入档事房。

房中气氛肃然，禁卫森严。张鸿翥刚要对坐在上首的军机大臣刚毅行礼，就听刚毅一声断喝：“张鸿翥!”“末将在。”“你可知罪?”“末将不知，请大人明示。”“好你个张鸿翥！我来问你，你可要仔细回话。”“喳!”“有御史参你结交江湖匪人，与日人斗殴残杀，引起邦交纠纷。可有此事?”“禀大人，习武之人与习武之人往来，互相切磋武技，本属常事耳！何谓匪人？此事非同小可，当应有证据。日本浪人挟暗杀未遂之仇，寻衅报复，末将自卫还击，岂能说是私殴斗杀，又怎么能说是有碍邦交。此说实令末将不明白!”“昨晚你去醇亲王府，有何谋干?”“禀大人，醇亲王爷乃是末将老师，常去问候是末将本分，并无任何谋干哪!”“那你从醇亲王府返回后，在寅时左右又去了哪里？你深夜驰马闯宵禁，究竟有何不轨之举？有一位善使弹弓之人，可是你的师兄？快讲!”刚毅此问，虽令鸿翥大吃一惊，可他却不答反问：“末将不明白大人此问何意?”“放肆，是你问我，还是本大人问你啊？嗯!”

谭嗣同亥初被捕，关入刑部大牢，寅时左右即有数人潜入劫狱，轰动了刑部，震愕了后党。主持维新党人案的刚毅闻报，亲自排查，通过清查奏章存档，查知张鸿翥参与了联名保奏康有为，参加过保国会、强学会的维新变法集会。他不但武功高强，而且他的师兄宗武又善使弹弓，再加上刑部狱吏，步军营巡夜兵弁所报，于是刚毅就把劫狱疑点定在了张鸿翥身上。候乾清门侍卫值班点卯后，刚毅即来侍卫处档事房亲审张鸿翥。

“张鸿翥，你还年轻，前途无量啊！还是放明白点，快说吧!”“末将在丑时左右是驰马弓弦胡同，那是去李大总管家。我若有不轨之举，会直报姓名以留把柄吗？请大人明察!”

“你深夜去李府有何事啊?”刚毅此言一出，顿觉自己失口，忙又问道，“去了李府后，还去了哪里?”

“末将在李府一直待到进宫接班上值时止，再也未去任何地方。请大人恕末将不恭之罪，去李府纯系私事，就无须回答大人了，你可以去李府问去。”

刚毅听得气恼起来，把桌子拍得山响："张鸿翥，你先别嘴硬！你给我听着，凭你参与联名保奏钦犯康有为，参加乱党集会，我就可以办你。来人！取下他的花翎顶戴，先密押刑部大狱，听候审勘。""喳！"

刑部大牢遭劫狱之惊后，守卫戒备更是严了，提铃唱令之声，日夜不绝于耳。同维新党人有牵涉的官员不断地被押送进来，惨遭酷刑的官员痛呼声，令人听了心胆颤悸。

天刚微明，大牢铁门大开，"提犯员谭嗣同、杨锐、刘光第、林旭、康广仁、杨深秀"的拖曳叫声，有如鬼哭狼嚎，催人肝胆俱碎。鸿翥翻身站起，双手紧紧握住牢栅，注视着在狱卒的监押下，谭嗣同等六位仁人志士项戴重枷，脚拖铁镣，步履维艰，神色从容地往牢外走去。

刘光第傲然责问："我等乃朝廷重臣，不讯而诛，祖宗法度何在？"刚毅理屈词穷："我奉命监斩，余非所知。"

谭嗣同凛然而言："莫须有二字斩忠良岳武穆，古今一辙。我等以血殉变法，必唤正义兴。有心杀贼，无力回天，死得其所，快哉快哉！"

六君子的高呼声在鸿翥耳畔震响，让鸿翥敬佩得热血沸腾，同时这无讯证而滥杀大臣、置祖宗法度而不顾的疯狂，也使鸿翥心中掠过一道阴影和寒栗。

京西荐福寺东院内，宗武、乐伯二人，心急如焚，度日如年。自从那天晚上随大刀王五去救谭嗣同与鸿翥分手后，就没有再见到和听到鸿翥的人和音讯。外边议论莫衷一是，而且闻变法色变，人人自危。想去醇亲王府打听，府邸四周都是禁卫密布，无从进入。宗武和乐伯只好盲目地在京城到处探寻。

"哎哟！明兄，你们到哪里去了？我是在到处寻你们哪！"宗武在长安街上迎面撞见了明月、明白主仆二人。

明月见宗武人也瘦了，本来就是黑黑的脸庞，如今更是黑了，就连眼神也比以前呆滞多了，忙问："宗武兄，你满脸焦虑神色，是不是遇到难处了？"

"嗨！一言难尽哪。明兄，请借一步讲话。"宗武拉着明月来到僻静无人之处，告诉她说，"鸿翥人不见了啊！""什么？那么大的人，怎么会不见了呢？""唉，你有所不知啊！"就把那天夜里发生的事简要地述说了一番。明月听后也急了："那我们就分头去寻找哇。""我和乐前辈是连腿也跑断了哇!”“那怎么办?”“我看，我们还是会合乐前辈，商量商量怎么办吧!”“行，我们一道去吧。”

“你们来得正好！刚才周侍郎青衣小帽，连随从也没带一个，悄悄地来到了寺院里，告诉了我一个有用的消息。你们猜猜看!”乐伯见明月主仆随着宗武急匆匆地赶了回来，竟又乐得卖起了关子。

宗武眼一瞪，嘴巴一噘：“你这个人哪！也不想想现在是什么时候，竟还乐得让人猜哑谜，也真是的!”

明月道：“宗武兄，你别急！乐前辈一定是有了鸿翥的消息。”“说得对啊说得对！明小姐猜得对极了。周大人从刑部好友那里得知，鸿翥现在拘禁在刑部狱中。案由三点：一是疑他与劫狱有关。二是联名保奏康有为事。三是参加过保国会、强学会的集会。后边两点是要随大局所定，我们着急也没有用。主要的还是前边的那一点，若有人证明鸿翥不在劫狱现场，那就好办了。”明月道：“那叫谁去，才能证明此事呢?”宗武道：“我去，那晚劫狱，鸿翥确实就没在场。”乐伯道：“那你正好去自投罗网!”宗武道：“我又不能去，那怎么办?”

乐伯道：“周大人说鸿翥当时在王府，王爷曾派他去李总管家打探情况。肯定那时他就在李府中，若能请出李府之人出面作证，或是能请动李大总管出面斡旋，我看哪！鸿翥不仅可以出狱，而且可能还会无事了呢。”宗武一拍大腿：“好办法！我们这就去李府。”乐伯道：“我俩去李府有什么用？谁买你的账啊!”宗武又慌了：“那你说怎么办呢?”明月想了想后，说道：“那就让我去吧!”宗武道：“他们同样也不认识你啊。”

明月道：“是的，我也不认识他们，但是我知道鸿翥曾从日本浪人手里救过李莲英的妹妹大姑娘。我就找她大姑娘去，再者此地你们也不能待了，必须马上转移，京城里有我的一个秘密坛点，你们暂且去那里，有事也好随时商量，你们认为如何呢?”乐伯道：“小姐这样安排甚是妥当，我们这就去知会普照禅师，让他也有一个准备。”

于是四人来到方丈禅房说明了原委，向长老拜辞。普照长老合掌道：“善哉善哉！我佛慈悲。施主们此去有惊无险，逢凶化吉。阿弥陀佛!”

是夜，天黑无星月。明月、明白如两缕轻烟似的飘进了李府，匿形掩影摸进后宅。急促不停的咳嗽声和说话声，让她们很快地就摸到了大姑娘的闺房外。明月用指蘸上口沫，润湿窗纸、轻点成孔，单眼往里一瞧，见到大姑娘咳得如此痛苦，心中顿生怜意，暗忖道：当日荐福寺相见之时，人都是好好的。怎么别后就染上了如此重病啊！她缩回身躯，轻轻一捻手指，把在外边巡风的明白召了过来，耳语道："待她们睡了再行动。"

大姑娘被咳嗽折磨得头冒虚汗，眼绽金花，苍白的俏脸庞上，潮热涌酡红，手紧紧地摁在急剧起伏的胸口上，哼声不绝。绿烟用手轻轻地拍着她的背心，怜惜地说道："小姐，我去给您倒杯热茶，缓口气好吗？""嗯！"大姑娘有气无力地应答着。绿烟把被子叠折好，垫到大姑娘的身后，扶着她斜斜躺下。然后到桌上取出暖壶倒出热茶，服侍着大姑娘慢慢啜饮。大姑娘喘息稍稍平和，疲惫地拥着锦被迷迷糊糊地睡去。

"大姑娘，大姑娘，请醒醒！"耳畔的轻唤声，将睡得并不深稳的大姑娘惊醒。大姑娘眯睁着双目，在琉璃罩灯的微光里，朦朦胧胧地看见一位身穿白衣、腰悬宝剑的陌生年轻人站在床边，吓得"呀"地惊叫，抖抖嗦嗦地直往床里边躲去。

"小姐，您怎么了？"大姑娘的惊叫声，也惊醒了酣睡在房侧的婢子绿烟。绿烟一骨碌地翻身坐起，伸手正要取衣服，眼前却出现了一把明晃晃的宝剑。她刚刚张开的小嘴被"不准做声"的叱喝声噤住，除了发抖，就再也不敢乱动了。

"小姐，请您先别害怕。"明月轻声笑语地说道，"我来找您绝无任何恶意！"

大姑娘见来人面含笑容，没有丝毫非礼不良举动，心怯稍减，胆子稍壮，气恼地斥道："你既无加害恶意，就不知道深夜私闯宦邸之罪吗？你到底想干什么，就快些说吧。""小姐，先别恼怒！我深夜来此，也是出于无奈，还请谅宥。""那你可以在白天来此找我啊！""宦门深似海，我们又非亲非故，若在白天来，我能见到您吗？"大姑娘一听也是道理，口气也就松了下来："那你就快说吧！找我究竟是为了何事啊？""请问小姐，可否认识大内侍卫张鸿翥？""见过几次面，却谈不上熟识，你问这个干吗，他、他怎么了？""他此时正被密押在刑部大牢里。""为什么？"大姑娘几乎不相信自己的耳朵，忙又问道，"你说什么啊！请再说一遍！""我说他此时正被密押在刑部大牢里！""啊！"大姑娘急忙转身下床，"他是因何事被关？""听说是因来您家之事啊！""怎么会是因来我家之事呢，请你明讲!”

明月告诉大姑娘说：“那天夜晚，全城搜捕维新党人，也就是在丑时左右鸿翥来到你家之时，有江湖上的侠义之士到刑部大牢劫救谭大人。朝廷有人怀疑是他所为，故而将他密捕。可是，他是来了您家啊，当然就不在劫狱现场了。既然他不在现场，劫狱之事也就与他无干了哇！问题是无人为他证实他当时就在您家里。”“此事我也不知道哇！”“可是您家总有知道的啊!”

“小姐！这事您是知道的。”一直不敢吭声的绿烟突然开了口，“的确是有这事！当时小姐刚服过药，听见有人敲门，还问了婢子呢！婢子记得还禀告了您，说是张大人，张鸿翥来了呢。不错！是小文子陪着他到天明。听门房讲，张大人一直待到卯时才走的。”

“哦!”大姑娘经绿烟提醒，忆起了那晚之事，“听说是来找我大哥的。”“是的！所以我在深夜冒昧地来找您帮忙了。”“那请问公子贵姓大名，又是他何人?”“免贵姓明，小名月，乃是鸿翥的结义兄弟。”“你就是明月啊！怪不得有些面熟。那天，你不就在他房中吗?”“不错！我也是那天在他房门口见过您的。”边说边笑着解掉扎头的绸巾，把头一摇，乌黑的头发如瀑布似的披肩而泻。灯光下，更显得眉清目秀，英姿飒爽。

“他既是你的结义兄弟，那你快去救他啊!”大姑娘鼻子一酸，目泫泪光，酸溜溜地说道，“他又不是陈世美，是有仁有义的大男子，家有贤妻，还有你这么一位漂亮知心的红颜知己加兄弟。找我干吗呀！若是我去，岂不是要陷他于不仁不义之地吗？岂不是要害得他忘本吗?”越说越伤心，竟背过身子抽抽咽咽地哭了起来。

明月见大姑娘凄楚伤心，同情之感油然而生。明知大姑娘言谈中对自己误解生妒意，也就没有往心里去，唯一想到的是鸿翥现在陷在牢狱里，所以耐心地笑着劝解着：“我知您心有苦衷，可是我也是女人哪！我也是苦衷在心哪。说起此事来，话就长了。他未中状元时，同我江湖相扶持。他中状元后，我也曾为他拼生死。难道我就没有情爱如草木？那天他同小文子的谈话，难道就是您心伤，我在房中听了又何尝心中不凄苦！思来想去，又对他的守正不乱，专情如一生了敬佩心。我痴想也就醒了，于是也就跳出了情魔缠，守定了侠义关。小姐啊！缘分天定，何能强求啊！就是无情爱，也该有情义啊！即使不能成夫妇之偶，却仍可为姊妹之伴哪！小姐是明理之人，我想您肯定能看破。就不说张大哥对您有相援之恩，可是他夜来您家是事实啊！我能救他出来，岂有不救之理吗？问良心我也说不过去啊！小姐啊！此时我心里就如烈火在焚哪！您不信！难道我还敢欺瞒您什么？您想想，我这不是来求您了么！如若我和您是情敌，我好意思来吗？小姐啊！见面就是缘哪！"

明月有情有理有义有人有己的一番肺腑话，大姑娘听了肺腑开："是啊！我也是这样想的啊。如果不是缘，怎么在长街上，遭到那该死的浪人、流氓欺侮时，就偏偏是他来相救呢？我也知道爱一个人，并不是就要占有这个人，可是有时就是想不开啊！当然，我也曾想过如果他真是那种见异思迁、施恩图报、弃妻抛子之人，又何值我们爱啊，我们又怎会去敬重这种薄幸人哪！唉！我真的是怨自己的命，怎么就修了个相识迟啊！明小姐，请原谅我刚才对您的怠慢！其实我听到此信时，心里也着急啊，您快请坐吧。绿烟！快给明小姐二人奉茶。"

"小姐，您说得好！我们是不能怪罪张大哥无情，要怪也只怪我们命里修了相识迟啊！张大哥蒙难，您说说，我们能袖手不管吗？"

"绿烟，快去把小文子叫来！""小姐，小文子随总管去宫中，一直没有回来呢。""那你马上去为我备轿，我这就进宫去找老佛爷和大哥去。"

明月急忙拦住："小姐，请您此时别急，夜已是很晚了，怎么能进宫啊？我又是偷着进来的，惊动了府中人，反而不好哇。您说对吗？""那您说说我该怎么办呢？"明月想不到这样一个宫中文弱女子，一旦把事说破，通了情理，竟也能如此豪爽率性，心中顿时倍生敬意："谢谢小姐如此信得过我明月。我想还是白天进宫去为好。到时，您只要按我们商量好了的去办，有您大哥帮忙，事就好办了。若是再请动了皇太后，那就更好了，我想您一定会成功的。"

天刚放明，一夜未曾合眼的大姑娘强忍着咳嗽的痛苦，刚刚坐在小轿里，就听门房一声高喊："大总管回来了！"大姑娘把轿帘一掀，步出小轿："大哥！你怎么这时才回来啊！"

军机大臣刚毅的心情好极了！亲自监斩了谭嗣同六君子后，更是深得慈禧欢心。在处理乱党案时，他大打出手望风扑影大抓捕，滥刑逼供青红皂白一锅烩，只要看谁不顺眼那么此人必然是乱党，真可谓是志满意得随心所欲，几句京腔刚要哼出口，突被刑部审官“张鸿翥，你还不快快招来”的逼供吼声惊得又吞了回去。这才回过自己是在审案的神来，于是他扭扭腰身，望望堂下，慢声细气地说道：“张鸿翥，我看你还是说了吧！可别敬酒不吃，吃罚酒啊！”端起茶盅浅啜了一口茶后，又劝导着跪在下面的张鸿翥：“你所犯之事，就是不讲，我们也是知道的。嗯！现在是给你机会，只要讲清楚了，也就没事了。啊！生死祸福，何去何从，这就要看你的态度了啊，你听明白了没有？啊！”

鸿翥稍稍抬起身躯：“谢刚大人关照。敢问大人，你是要我讲些什么呢？”“讲些什么？你自己明白。”“刚大人，我是真的不明白啊！还请大人明察。”“我当然是明察了的。比如说，你附和康党啊，背后有谁指使？还有哪些人哪些事啊？讲了出来，你就没有事了。”“这件事，大人不是说了奏折存档上有吗？既然有，那我就没有什么要讲的了。”“那你结交匪人之事呢？你为什么不讲！”“我自己都不知道自己结交过匪人，这事倒真的要请刚大人指点指点！”“咄！你犯的事，倒要我来指点，你也太放肆了！告诉你，在刑部大堂上，就是神鬼也休想蒙混过关！哼哼！你不讲。那我又问你，夜劫刑部大狱的那名善使弹弓的匪贼，不就是你的师兄宗武吗？他现在藏匿在何处，你能说你不知道吗？嗯！”

刚毅此问，鸿翥听了如饮甘饴，知道了宗武、乐伯等人未落罗网，心中更是笃定。他就在刑部大堂上，施展开“浪子抛球、海底捞针”招法，应对自如：“大人容禀，此事我还真的是不知道呢。你是知道的，那天我下值就去了醇亲王府，探望了王爷。出了王府后又去了李总管府邸，一直等到第二日天明上值，怎么会知道那劫狱之事呢？天下善打弹弓的人多着呢！我又不在现场，怎么会知道劫狱的人就是我师兄呢？何况这劫狱之事，我还是听大人说的，有没有这事我都不清楚呢！后来我一直被关在大牢里，又怎么能知道我师兄现在在哪儿了？”

“张鸿翥啊张鸿翥，你真是不见棺材不流泪啊！你就是铁嘴钢牙，我也要让你开口。来人啊，大刑侍候！”“喳！”衙役们一声暴喊，“哐啷”一声，夹棍就扔在了当堂。“张鸿翥，我看你也是一条汉子。还是老实招来为好，何必硬要叫皮肉受苦啊！”“刚大人，你无凭无据，岂能滥刑逼供啊！”“哼！你也太狂了！”刚毅生性刚愎，是守旧派的中坚。他自得到太后的谕旨后，恨不得一夜之间将维新人士诛杀殆尽，于是株连滥捕，兴起大狱，使得大狱人满为患。更使他恼怒的是那些被捕的维新官员，对变法之为均是直言不讳，毫不回避。对其他事，却是缄口不语。在第一次审讯谭嗣同时，还没有开口就遭到了痛斥，甚至被谭嗣同的凛然正气震慑得不敢再升堂讯审。今天张鸿翥又是如此软硬难缠，只气得火冒三丈，惊堂木拍得山响："什么滥刑逼供啊？啊！对你们这些乱党无供照样杀，谭嗣同六人就是榜样。你身为乱党尚望善待，真是大白天做梦，太不知生死门了，来人！上刑。""喳！"衙役们一哄而上，摁住张鸿翥，强行褪去他的靴袜套上了夹棍。"你招还是不招？"张鸿翥闭目不语，刚毅气得断喝："收！"

"慢！"小文子急匆匆地跑进了大堂，"奴才叩见刚大人。""文公公，你闯大堂阻刑，请教是受何人之谕？""奴才斗胆，有要事禀告。敢请刚大人后堂讲话。"刚毅知道小文子是李莲英的心腹，来此必有所恃。而李莲英又是自己在后宫的支持者，所以也就不敢开罪小文子，只好命令执刑的衙役暂缓用刑。

"文公公，请后堂用茶。"刚毅站起身来离开公案，同小文子到后堂坐下，"文公公，有何要事，你就请讲吧！"

"刚大人，大总管叫奴才先来一步禀告，刑部大狱被劫的晚上，张鸿翥自丑时到卯时，确实是一直待在大总管府邸之中，当时还是咱家相陪呢。大总管还说，若是刚大人不信，他敢以身家性命担保。所以请暂将其收监，大总管要亲自来问他那晚至府，究竟是为了何事。不知大人肯俯允否？"

"有大总管吩咐，还有文公公为证，刚某岂有不允之理？请文公公回禀大总管，刚某照办不误。"

"那就有谢刚大人了。"小文子施礼而出，径回李府复命。

第二十一回 总管探监赚休书 药用『天地知心红』

在昏黄的狱灯下，往来巡视的狱卒身影被拉得时长时短，有若鬼影憧憧，凶狠的喝骂声更似虎狼嚎叫。臭虫、蚊子肆意横行，监中弥漫着熏人欲绝的怪味。

“张兄，咱家来迟，让你受委屈了！”接着就是稀里哗啦的狱吏开锁声。面壁而坐的张鸿翥闻声转过身来，在朦朦胧胧的灯光下，见是李莲英来了，连忙站立起来拱手礼揖道：“总管大人，请恕在下枷镣在身，不能全礼了！”李莲英忙上前握住他的双手，连连说道：“不必如此，不必如此！来人啦，快给张大人卸下刑具。”“喳！”狱吏慌忙不迭地为鸿翥松掉项枷。李莲英把手一挥：“拉上监门，你们退下吧，咱家要和张大人叙谈。”“喳！”李莲英目注着他们退下后，挽着张鸿翥一同坐在囚床上，仔细地打量着鸿翥：“唔，还好，还好！唉，张兄啊，你被关大狱，咱家确是不知道，要不早就来看你了。你不信？咱家可以对天发誓啊！还是二妹得到信息，抱病找咱家，方得以知晓呢！”

“总管大人和大姑娘的关爱，实在是令鸿翥万分感激。今天在大堂上，若不是您派文公公前来，在下此时恐怕已是皮开肉绽了。”

“这个刚毅啊，办事也太狠绝了。不过，事又要说回来，这也是他的职责所在了。当时，二妹一告诉咱家，咱家也急了，就忙着去查询，原来是那联名保康有为和参加乱党集会之事。你是知道的，谁要是牵入了乱党这一案之中，就很麻烦了。提起千斤重，放下嘛，又四两不值啊！所以咱家想知道张兄对此有何打算？”

鸿翥道：“我已身陷囹圄，还能有何打算，只能是听天由命了。”

“主要的还是那夜劫刑部大狱之事，劫狱的人中有一名善使弹弓之人，而在京城中，弹弓使得最好的就是你的师兄宗武。更凑巧的是你又深夜闯宵禁，你这才被他们疑上了。这件事嘛，真的是很棘手。你说是去了咱家，这也是事实。可你去咱家是为了何事呢？你又说不清楚。知者说你是去看咱家，疑者呢，说你是借看咱家为名，掩盖劫狱在现场的事实。你想想，各执一词，能说得清楚吗？他们只要一句‘莫须有’，就能要了人的命了，你说是吗？”李莲英抬眼望了望被他说得默然无语的张鸿翥一眼，又继续道，“当然，也不是说什么办法也没有了，咱家想办法总是会有的。唉，此事不能妥善解决的话，咱家在二妹那里也交不了差啊！”

李莲英那天回家，刚一进到院中，迎面就撞上了正要上轿去宫中找他的大姑娘，在大姑娘的埋怨声中被拉进了屋里。不等他坐下，大姑娘就把张鸿翥被密押在刑部大牢的事，详详细细地告诉了他，又死活不依地要他马上就去刑部把张鸿翥保释出来。李莲英听了大姑娘所说，心中也着实犯了难。可是见到二妹那焦急万分的乞求眼色和边说边咳个不停的痛苦神情，又甚是不忍和怜惜。

李莲英对张鸿翥本来就有好感，很敬佩他的武功和重情义的人品。此时那原先就有的念头涌上了心头：“何不再借此机会相救其出狱，既可玉成二妹的好事，自己又可得一位武功高强的臂助，这岂不是一举两得的好事吗？”心动谋定，李莲英立即对大姑娘保证：“二妹，你身体不好，就别进宫了，此事再难，大哥也要为你办好。你就安心养病，静候喜讯吧！”于是遣派小文子密切监视刑部的动静，也安排了今晚的探监。

张鸿翥听了李莲英的“办法总是会有的”话语，心中倒也浮起了一线希望，忙道：“请问总管大人有何良策？尚望不吝指教！鸿翥在此先谢了！”移身下床，深深地施了一礼。

李莲英忙一手拉住：“嗨！咱家岂能受此大礼！张兄，再说感谢之言，就把咱家看成外人了！说句老实话吧，要不是二妹报信，咱家还不知道你遭了此劫呢！要谢的话，你倒是应该谢她啊，噢，说到这里，咱家还真的想起了一个办法来了。”“请总管大人赐教。”

李莲英故作沉吟，缓缓地说道：“嗯！此法虽好，可是非亲非故的，咱家该如何向老佛爷禀奏方妥呢？总得找一个托辞吧，有了，张兄，你看这样行不行？咱家向老佛爷禀奏时，就说你已和大姑娘有婚姻之约，恳求老佛爷成全，网开一面，你看怎样？”

“这个——”鸿翥一听犯了难，不知如何回答是好。

“哟哟哟！为难了吧，咱家也在为你作难哪！虽说是不得已而为之，却还碍着大姑娘的名声呢！这么一说啊，看来还有为难的事呢。”李莲英推心置腹、由己及人地说道，“你家有妻室，若是没有休书为凭，咱家看老佛爷不仅不会相信，恐怕还要严斥咱家呢。会说：‘我的大姑娘，你怎么给人家去做妾啊？啊！’弄得不好，还会被追究欺瞒之罪的，这岂不是弄巧成拙吗？这个办法，看来不是什么好办法。可是，舍此又有什么更好的方法呢？唉!”鸿翥也觉得此法不妥：“总管大人的好意，鸿翥心领了。若照此法，既有辱大姑娘的名节，又伤害了家中孝奉父母、教养儿女的贤妻。她未犯七出之错，我无休她之理，与其泯灭良心而求苟活，那还不如死了的好啊。”

“着啊！人死无大病，确是一了百了。不过嘛，你真的是作此想的话，咱家却认为你是犯糊涂了！此策确是不妥，若不用此策嘛，后果又实在是不堪设想啦！现时，大狱正兴，覆盆之冤多着呢！何况你附乱党之事已经坐实。你身在大狱中，外边的事你还不知道呢！翁同龢早被罢黜回籍，这次又遭重谴，连亲属都被抓捕，还有谭嗣同之父受其子牵连被革职拿办，全家被捕。朝廷上下都知道谭嗣同父子，因意见相左，早就互不相认，可仍是难逃此劫啊！这就叫作株连哪！他们既然抓了你，就不会轻易地放过你的，他们怕纵虎为患，怕你寻仇哇！那是非置你于死地不可的。这样看来，你求一死，还真的是挺容易的了哇！也确算是尽情尽义了。不知你想过没有？你就这么一死啊，家中的父母妻子都要受到你的株连，你能对得起他们吗？还有，你的那位师兄，不管劫狱人犯中有没有他，就凭他善使弹弓，他就死定了。你不能庇护师兄，又何能对得起你师父之托呢？”李莲英越往深处说，张鸿翥的心也就越往深处沉，犹如身坠冰窟，体内寒流上侵，从脚冰到头，冷汗直冒，呼吸重浊。

李莲英偷眼瞧了瞧神色木然沮丧的张鸿翥，心里暗道“成矣!”，就又转过口吻，为他设想进退之策，说道：“留得青山在，不愁没柴烧。能出大狱，就有希望。大姑娘为你而病，你帮大姑娘疗好心病创伤。情义两全又有何不好呢？再说立休书也只是一个幌子，又不是真的休弃。原配之妻仍是妻，新娶之妻也是妻，无名分之分，姊妹相待。这样一来，京城之家，江西老家，都可周全啦!”李莲英突地把大腿一拍：“对！这么说来啊，这个办法还真的是一个好办法呢！事急从权嘛！何况还是一件好事。张兄，咱家若不是真心为了你们好，又怎么会把自己兜进去，苦苦地为你谋划呢？咱家总不至于昏昧到为了救你，还要把亲妹妹赖给你吧？她没有疯手拐脚，也不是残花败柳。说句心里话，你如果是背信弃义，出卖同僚以求自保之人，咱家还看不起你呢！你说是吧？咱家这样做，完完全全是敬佩你的为人，当然也是为了咱家二妹的那番真情呢！此事尚望张兄三思啊!”

张鸿翥经李莲英这么一剖析解说，原先的固执之心，竟然被其说得活络了，暗暗忖道：“对啊！留得青山在，何愁没柴烧。何况从一而终乃是女人之责，娶了大姑娘，对我在仕途上以及亲友的安危上，那是有百利而无一害，我又何必顽固不化呢?”此念一定，立即说道：“总管大人这样地为鸿翥着想，鸿翥岂能拂逆总管大人的美意。一切就请总管大人周全了!”

“这事咱家包了，你就放心吧！此处纸笔现成，你就写下休书，让咱家带去。明天咱家好去禀奏老佛爷以了结此事，免得夜长梦多啊!”

李莲英收好张鸿翥所写的休书，高声喊道：“来人哪!”“喳!”狱吏应声而到：“请大总管吩咐。”“传咱家的话。张大人暂居此处，任何人不得侵扰，你等要好生侍候，到时，咱家自有重赏。”“喳!”众狱吏躬身应诺，毕恭毕敬地将大总管送出了狱外。

大姑娘每天都强打起精神，歪坐在厅堂上的靠背椅上，盼着大哥的音信，伴着剧咳往往坐守到深夜。此时，见到李莲英满脸欢悦，兴冲冲地回来了，立刻从座椅上站了起来：“大哥，我的事你办得怎么样了？真是把人都急死了哇!”

“嘿！你急什么嘛！大哥今天已经给你办了。就等进宫请老佛爷的一句话了！”于是，就把小文子闯公堂阻刑，自己夜探监等事告诉了大姑娘，“嘿！费了大哥好一番口舌呢。现在好了！鸿翥答应休妻了。”

“什么？”大姑娘愣住了，直以为是自己听错了，忙追问道，“你说什么？是鸿翥要休妻了！”

“对啊！是鸿翥要休妻了。不信，你看看这是什么。”李莲英得意地从怀中取出休书，递到大姑娘面前，“这是他亲笔所写的，他还亲口应允了娶二妹为妻呢！怎么样？大哥总算是帮你遂了心愿吧！”

“呸！”大姑娘一把抢过那张休书，草草看过，顿时明白了事情的原委，气得啐了一口，哭着道，“大哥啊！你就是为了妹子好，也不应该这么做啊！你这是乘人之危啊！你把小妹当成什么人了哇！”边强抑制着悲声，三下二下把那纸休书撕得粉碎，边又吩咐绿烟备轿，就要进宫面叩皇太后。

本以为帮二妹办了一件大好事的李莲英，压根儿就没有料到大姑娘见了休书会如此猝变，慌得手忙脚乱：“二妹，你这是怎么了吗？大哥这么做，既是为了保鸿翥，也是为了你啊！怎么能说是乘人之危呢？”

“哥啊！你别说了。你为我好，我知道。可是我不能这样做啊！张兄救我时，不留名，不图报。现在他遭了难，你却要他休妻，还要娶我为条件。做人能这样吗？”

“二妹，你想过没有，我们同他非亲非故，叫我如何向老佛爷禀奏哇？弄个不好哇，哪个乌鸦嘴还要说我是得了银子卖放呢。”

“那好，就不难为大哥你了。哼！你以为拿着休书好说话啊！其实这休书是祸胎呢！你也不思量思量，这张家嫂子是钦封诰命夫人，能说休就休吗？弄得不好，人没有保出来，那欺君之罪就在等着你呢！”

“是啊！我怎么就没有想到这一层呢？”李莲英听着竟也呆住了。

“绿烟，起轿进宫，我们这就走。”大姑娘强撑着病躯，在绿烟的搀扶下，径往院中行去。

李莲英忙上前拦住，急急说道：“天都这么晚了，你去宫中，会吵扰得老佛爷不高兴的！”

“这你就不用费心了。拼着老佛爷不高兴，我也要进宫去哭求。”

“唉！心急吃不得烫豆腐，这样吧，明天一早，我就去奏禀老佛爷，我保证！这总可以吧。”

大姑娘头也不回地说道：“还能等到明天吗？刚才你不是说了，要不是小文子闯公堂，他今天都上大刑了。我还担心着今晚会出什么事呢！”

慈宁宫前的院子里，神色憔悴、焦急的大姑娘，在绿烟的搀扶下，迈步下了小轿。满脸无奈的李莲英乘轿赶在了大姑娘的前面先行进入宫门，值班太监见总管到来，忙着施礼问安。李莲英询问老佛爷是不是歇息了？值班太监悄声告诉说，老佛爷正和总理衙门大臣李鸿章、军机大臣刚毅，在商量着如何处理乱党等事。

当说到老佛爷尚未歇息的时候，正好被随后跟上来的大姑娘听到，她心中一急，也不顾及后果，迫不及待地就往里面闯去。大姑娘的闯宫莽撞，唬得值班太监忙横身相阻，李莲英也吓得一把将她拉住，央求着：“姑奶奶啊！你就别急了。先让我进去禀报后，你再进去也不迟啊！”

绿烟在旁也劝道：“小姐，大总管说得对，这事啊，是莽撞不得的啊！否则，怪罪下来，你不仅救不出张大人，还会给他增罪呢！”大姑娘这才勉强按捺住如火焚之心，止步在宫门外伫候。

“老佛爷吉祥！”李莲英给老佛爷磕头。“小李子，都这么晚了，你怎么还来呀？”“回老佛爷，为朝政大事，老佛爷您是太辛苦了啊！奴才担心下边的奴才侍候不周，有妨圣体。想想还是要亲自来侍候，奴才心里才踏实呢！”

“嗯！起来吧。”望望李、刚二人，慈禧继续说道，“嗳！你们看看，如果都能像小李子这样忠心，怎么还会让我如此费心劳神哪！”

刚毅、李鸿章连忙站了起来，躬身惶恐地请罪道：“奴才们该死。”

慈禧挥挥手道：“你们坐下吧。”李莲英又禀奏道：“大姑娘挂念着老佛爷您哪，急着要来请安。这不，还在宫门外候旨呢！”“哦，大姑娘也来了，她的病好了没有哇？”

“托老佛爷的洪福，病情略有转机。”

“那你还不快去传她进来。我也念叨着她呢！”

“喳！”李莲英忙躬身退出传大姑娘进见，同时又叮嘱她里面有大臣在，说话要注意分寸。

大姑娘吩咐绿烟在宫门外候着，自己也不知哪儿来的气力，随着李莲英快步来到慈禧座前俯身跪倒，刚说了一句：“老佛爷吉祥！”竟哽咽着哭了起来，“老佛爷，奴婢好想您了啊！”

慈禧拉过大姑娘，掏出绢帕为她擦了眼泪，又上下地打量着她，看了她病歪歪的神色，虽然容颜依旧，却已是瘦弱不堪风了，甚是怜惜：“唉！如花似玉般的美人儿，怎么一病就病成了这样呢？”

大姑娘又跪了下去，咚咚地连磕着响头：“老佛爷啊！奴婢有一事求您开恩哪！”“啊！别急！是什么事？老佛爷为你做主就是了。”“奴婢谢老佛爷了，那位曾救过我的恩人张鸿翥被刑部抓了起来。奴婢冒死求老佛爷做主，放了他吧！”说罢，又是连连磕头。

慈禧问道：“是哪一个张鸿翥啊？我怎么不知道哇。”

李莲英急忙跪在大姑娘身边，边叩首边禀奏道：“太后圣明。就是那位以箭阻击暗器、射毙刺客，又蒙老佛爷恩赏为乾清门头等侍卫的恩科武状元。”

“啊！是他啊！刚毅，你怎么把大姑娘的恩人抓了起来啊？”

刚毅忙躬身奏禀：“那张鸿翥参与联名保奏康犯，又参加过保国会、强学会的乱党集会。在大搜捕之夜，驰马闯宵禁，有劫刑部大牢之嫌疑，故而捕押在狱的。”

大姑娘泣道：“奴婢回禀老佛爷，张鸿翥在大搜捕之夜，是去了奴婢府上，探望奴婢的病情。从丑时到卯时，一直待到天明进宫入值。据我所知，刑部大牢遭劫时，是寅时左右，所以，张鸿翥那时不在现场哪！”

慈禧问道：“刚毅，你们疑其劫狱，可有证据？”

“禀太后，目前尚无证据。”

慈禧太后的眉头皱了起来：“没有证据，你抓他干什么？”“回禀太后，就是他劫狱之疑排除，张鸿翥也难逃乱党之罪啊！对于此辈，奴才认为宁枉勿纵，宁可错杀，也不可轻放。李大人，您说对吗？”

大姑娘一听此言，又惊又恨。横睨了刚毅一眼，又苦苦哀求道：“老佛爷啊！奴婢求您开恩哪！”心里一激动，突觉喉头一热，“哇”的一口鲜血喷涌，人即往后倒去昏死在地。

慈禧瞅了刚毅一眼，面现不悦，也问李鸿章：“少荃，你说这事应该如何办理为好？”

李鸿章对刚毅不学无术、目无他人、借清除乱党之机，排斥异己和滥捕乱抓大搞株连，甚至把矛头指向自己亲信的专横行径，早就心存嫉妒和不满，所以当刚毅问他之时，他装作没有听见而不予搭理。这时听到慈禧相询，即躬身禀奏："太后明鉴。微臣对刚大人的宁可错杀、宁枉勿纵，草菅轻率而有伤天和的做法不敢苟同。维新变法，朝廷乃有明旨。如康梁之辈毕竟是少数，若再是这样的株连牵扯，势必人人自危，激起事变来，结果就适得其反了。这次英人又增兵两千入京，名曰护侨，实际上就是针对此次事变而有所图啊！刚大人此为乃是授外人以口实，于朝廷不利啊！"

刚毅听了，气往上冲，大声喝道："李大人，你如此为乱党说话，莫非也是康党一伙吧！"

李鸿章毫不相让，怒目相向道："你说的一点也不错。若说我是康党，我还真的是康党呢！刚大人为了宁枉勿纵，你是不是也该把我关进大狱去啊？"

慈禧顿时满脸不悦地摆手先阻住了正要反击的刚毅，然后说道："这伙乱党借维新之名，坏祖宗成法，确是逆天妄为，不杀几个不足振朝纲。不过嘛！少荃所奏也有道理，老成谋国之言也！你们二人就别争了，还是以安定大局为妥。这样吧！你们拟诏昭告内外，对于其他乱党所为，概不深究。以示朝廷政存宽大，明慎用刑之衷吧！"

李莲英忙扯顺风旗，谀笑道："老佛爷圣明哪！海内外都要感激皇太后的圣德恩泽了啊！老佛爷，那么张鸿翥呢？"

慈禧瞧着昏迷不醒的大姑娘，深深地叹道："唉！真是痴情义女啊！赦张鸿翥无罪，着官复原职，仍在乾清门行走吧。除少数乱党骨干外，余皆甄别放了吧！少荃，洋人处你还得安抚安抚，晓谕彼等不要另生事端，朝廷当会体恤。"

"喳！臣等谨遵懿旨！"

"你们跪安吧！""喳！"

这时，大姑娘却轻轻地吐出了一句："谢老佛爷恩典！"李莲英喜得急忙上前瞧看，大姑娘却依然是陷于昏迷之中，并没有苏醒过来。

慈禧真的被大姑娘的精诚感动了："唉！人在昏迷中，还不忘谢老佛爷的恩典。老佛爷也算是没有白疼你啊！"望着李莲英一瞪眼："你们还傻愣在这里干什么？快去传太医啊！"

“喳!”李莲英脚步生风疾奔太医院去宣召太医……

“嘿!”步出刑部大狱的张鸿翥，抬头望了望灰霾的天空，长长地嘘了一口气，可心中却没有丝毫的轻松感觉。那一纸薄薄的休书，那对爱妻怡英的歉疚和负罪感，沉甸甸的犹如千斤巨石压在心头。

“张大人!”小文子站在骡车边，笑嘻嘻地打着招呼，“快请这边来。”

“文公公，你怎么到这里来了哇，等谁啊?”

“等您呗!”

“等我?”张鸿翥很是惊讶地望着小文子。

“是大总管让我来接您的。请您先过府去。”

“文公公，有劳你了！请你代我谢谢大总管，今天就不过去了。我想先回荐福寺看看，稍后再去拜谢你们。”

“哎！您有所不知啊！自你被捕后，荐福寺那里已被抄了多次呢!”

“文公公，不知你知不知道我师兄等人现在在哪里?”

“不知道。我去过寺东院，据寺里的僧人讲，他们早就离开了寺院。我估计他们还没有离开京城。不然，就不会有一位叫明月的姑娘夜访大姑娘了。”小文子边说边催促道，“您就上车吧！到了府里，我们再慢慢叙谈。这会儿，您就是想去找他们，哎！偌大的京城，一时半时地也难找啊！他们知道你出来了，过来找您就容易了。您说对吗？走吧!”张鸿翥一想也对，就同小文子上了车，直驶李府。

张鸿翥在小文子的安排下，沐浴更衣后，顿觉浑身舒坦。坐在大厅里，听着小文子讲述着京师里发生的大小事件。当听到明月深夜涉险潜入李府报信，大姑娘抱病入宫冒死哭求老佛爷，以及怒撕休书，兄妹险反目等情形时，张鸿翥只听得血脉贲张心潮激翻，真不知道说些什么才好，只是长嗟不已：“唉！我负良人多矣!”

随着“大总管，大总管”的急促呼唤声，绿烟匆匆地跑进了大厅。小文子迎上前去询问何事。绿烟慌张地告诉他说：“大姑娘刚服过药就又昏厥过去了。”抬头又瞧见鸿翥在座，忙裣衽道了万福：“张大人，您来了！真是来的好哇，刚才小姐还问了您哪!”回转身来，又对小文子道：“大总管不在，我们怎么办呢?”小文子道：“别急！张大人，我们先进去探视探视，看看情况再说，您意如何?”鸿翥道：“甚好！我们就快去吧。”

张鸿翥站在罗帐半掩的绣床前，看见大姑娘双目紧闭，面如贴黄，气息微弱，昏迷不省人事，直觉心如刀绞，只急得团团乱转。

绿烟坐在床沿上，连连轻摇着大姑娘：“小姐，小姐！快醒醒，张大人看你来了！你快醒醒啊！”又使劲用手指紧掐大姑娘的人中穴。

“啊！”一声娇唤出唇，大姑娘在刺痛下，悠悠地醒了过来，睁眼就看见了神情惶然、站在床边俯身望着她的张鸿翥，立即挣扎着就想坐起下床，无奈力不从心，只好在绿烟的扶持下斜倚在床上，也已是娇喘吁吁上气不接下气，而脸上却漾起了笑容。她用手抚着胸口断断续续地说道：“张、张兄，你、你、你终于来、来看我了！”

鸿翥感动得热泪盈眶，怜惜之意涌上心头，强忍着悲酸：“哎！害得小姐病重如此，都是鸿翥之过啊！小姐的高义深情，鸿翥是粉身难报啊！”

“张、张兄，你快别、别这么说、说啊！要说、说谢的话，我、我们都、都该谢、谢明小姐才是啊！”大姑娘接过绿烟递过来的人参燕窝热汤，喝了一大口后，精神稍振，接着说道：“若不是明小姐深夜传信和敞开心扉的开导……”

“哎呀！你们怎么说到我的头上来了哇！”声到人到，大姑娘见是明月、明白主仆二人赶了来，又惊又喜：“明小姐，你来得正好！我……”话未说完，情绪激动，喉部骤痒，随着一阵撕心裂肺的剧咳，竟又是口沁鲜血昏厥了过去。

明月得眼线禀报，说张鸿翥今天一出刑部大狱，即被一位公公用骡车接走，就知是去了李莲英府邸。匆匆带着明白赶来，也不顾门房的拦阻径闯后宅。谁知刚入绣房，就遇大姑娘因惊喜而激动昏厥。忙急步床前为大姑娘轻揉按摩，顺气通血，叹息道：“唉！怎么越病越厉害了。这些该死的庸医是怎么诊治的啊？”绿烟道：“太医说，小姐是惊、恐、悲、喜、忧、怒、思过甚，七情失衡，心乱脉紊。寒热相侵，阴阳违和，导致三焦阻滞，五内失调。医案是培本固元，善摄静养，用药是疏、导、理、顺、宁，说慢慢地就会五行相生，表里一统，当可痊愈。”“那用药后，病情怎么不见减轻呢？”“太医说了，此病不可急。不仅要宽心勿愁，万万不可激动外，尚须一味药引，难的是此味药引至今未能觅到，所以小姐的病情才这么反反复复的。”

鸿翥忙问道：“请问太医所说的药引，究竟是何物呢？”“太医说，要用‘知己天地红’为引与汤药配服，才能见效奇佳!”“何谓‘知己天地红’啊?”“太医说，要用病人的最知心的男朋女友的热血为引即可。”鸿翥转首望明月，正好明月也双目望向他，二人对视互点头，异口同声道:“此药引易耳!”

明月、鸿翥二人，以玉匕各划开右、左中指，滴血入盅，鲜红的热血，犹如艳阳下的花蕾，渐渐地在那洁白的玉盅里绽放，鲜艳夺目。

第二十二回 文武状元相揖别 京津热血战外敌

京西荐福寺大佛殿内，在普照长老的相陪下，鸿翥、张謇二位同科状元，劫后再逢倍觉亲近。礼佛毕，端坐在大佛座前。

张謇悲愤地说道：“我辈忠心为国求强，想不到却落到如此地步。唉！百日维新，六君子血啊！如今君困臣死前功尽弃，恨就恨在‘无力回天’四字之上哪！”

鸿翥道：“变法失败，除守旧势力过大之外，康先生刚愎自用，树敌过多，不审时度势，求成过切也是一大失也。变法之举，有若用兵。孙子在计篇中，就讲了计利以听，乃为之势，以佐其外。势者，因利而制权也。我们可以想想，当时诸君呈陈变法之策，皇上支持，谕旨是件件照办，结果在贯彻上阻滞难行，这就是君无权则无势以佐其外也。诏书成了空文，也就是无能因利而制权也。不听翁相良言，将生死谬托袁世凯，如此不知己知彼，岂能有不败之理！”

张謇长叹了一口气道：“官场权争，令人寒心。我已弃官回通州办纱厂，以求实业救国。无官一身轻哪！此来相邀鸿翥兄，可否与弟同往江苏，助兄弟一臂之力？”

“谢谢季直兄的盛情，只是弟目前尚难前去。因为醇亲王爷尚因皇上之困，身处逆境。弟该侍候左右，相机维护。师恩不可忘哪！”

这时，大姑娘的女婢绿烟在小沙弥的引导下，进入了大殿里，向鸿翥道了万福，将捧在手中的描金小匣奉上：“张大人，婢子奉小姐之命，前来相送小匣，请大人收讫。”

鸿翥接过描金小匣，关心地问道：“小姐近来玉体可否有所好转?”

“谢张大人的关心！小姐服过药后，病情日见减轻，心情也觉轻松。不再似过去那样，一天到晚老是唉声叹气的愁眉紧锁，偶尔咳嗽也没有再见红了。小姐要婢子传言，嘱张大人自己要多多保重身体，在家信中代她向张兄的嫂夫人问好。”

“绿烟姑娘，请你也代鸿翥和内人谢谢小姐的关心。”

“婢子一定把张大人的谢意转达给小姐，婢子这就告退了。”鸿翥亲送绿烟上轿离去，然后转回大殿。

张謇笑道：“不知匣内所赠何宝，张兄可否展示?”

“你我兄弟，岂有相瞒之事。季直兄请看无妨。”边说边打开小匣，除了碎纸片外，还有一张折叠成同心方正的彩笺。鸿翥看到那些碎纸片，知是被大姑娘撕碎的那纸休书，霎时甜酸苦辣和愧疚齐上心头。

张謇取过彩笺，拆开一看，也不禁击节大赞：“嘿，想不到权宦之家、九重深宫竟也有这样的重义明理之奇女子啊！奇哉，奇哉！你们听听，她说的多好哇：‘黄英白李，竞放春秋里。桂子留香天上月，梦绕巫山云起。不求连理相依，落花寄语鸿飞。悟出霞红晚照，青灯贝叶秋归！’说得好啊，说得好！一曲清平乐，看破痴情全友情，义女也。”

张鸿翥听了，感动得暗自欷歔不已。

那一直端正蒲团，手捻佛珠，瞑目不语的普照长老突地双目张开，眼放异光：“阿弥陀佛！慈航普度，知佛感悟。抛却痴迷情义明，何须佛佑护。善哉，善哉!”

普照数语，让鸿翥、张謇顿明是非无古今，觉悟彼岸近。二人连连向长老道谢，互致珍重，相揖而别，各奔前程。

鸿翥返回寺东院居处，尚未坐下，就听院门哐然大响，忙出屋观看，就见乐伯搀着左臂仍在淌血的宗武火燎风急地闯了进来，大为吃惊地问道：“乐前辈，你们遇到什么事了？竟是如此狼狈啊？师兄究竟是因何事同人斗殴啊?”

张鸿翥边问边扶着宗武坐下。

“史蜂子啊!”乐伯从房中取出刀伤药，撕开宗武的衣袖，给他包扎创口。

“哦，这只蜂子又飞了出来，恐无好事呢!”

乐伯道：“今天，我们在东交民巷迎头就撞上了史宏志。宗老弟一见他从洋人使馆里溜出来的鬼模样，眼睛就红了，大叫一声‘死蜂子，你还记得老子吗?’冲上前去，迎面就给了他一拳。史宏志猝不及防，被这一又狠又猛的重拳打翻在地，脸上立时就开起了染坊。史宏志的两名跟随就和宗老弟缠斗了起来，结果被我俩人揍得鼻青眼肿无力还手。此时那守卫使馆的洋鬼子挺着带刀的烧火棍冲了过来，一个朝天开枪，一个嘴里叽里哇啦地鬼吼着，趁我们狠揍史宏志等人不备之机，用烧火棍上的刺刀捅伤了宗老弟的胳膊。我飞起弹腿，把那洋兵踢了个四脚朝天，他也就头撞街石上昏死过去了。一时笛声乱鸣，街上乱得如炸了锅一样。接着使馆里又冲出了十多名洋兵，哗地散开，分左右包抄过来。史宏志也被他的跟随和使馆洋人横拽直拉地拖进了使馆内。好汉不吃眼前亏，我一看势头不妙，寡不敌众，三十六计，溜为上计，趁着混乱，搀着宗老弟七弯八拐，穿巷串弄，就一溜烟地跑了回来。”

包扎完毕的宗武，痛楚难解，顿足恨道：“这个汉汗、二鬼子，老子是决不会放过他的。师父的大仇还有那颗蓝宝珠等仇，都要一笔笔地找他算个一清二楚。”

张鸿翥劝解道：“师兄，你不要急躁。史宏志是个老二毛子，与洋人勾结得很紧。现在朝廷上下对洋人惧怕得很，只要是涉及洋人之事，都是庇护洋人，自屈国民，所以洋人嚣张。史宏志很长时间都没有露过面，一直像毒蜂似的蛰缩在巢穴里，只要气候对其有利就会窜出来伤人的。目前山东教案一起接一起，可能这只蜂子出巢，同这些事情有关联。总之，来者不善，善者不来，我们不可不防，绝对不可掉以轻心哪!”

史宏志来京城，确是因教案之事来向洋主子禀报。自从黄河覆舟寻仇未遂，落水而逃后就窜回了老家。后来听到张鸿翥中了武状元在京城任职，深知寻仇更是不容易了。反正胡尚兴等人死的死，残的残，再要自己去蹈险为这些人报仇，那是决不会干了，义气没有自己的命重要。于是他就干脆混迹在德国人的教堂里，成了神父的亲信打手，出入跟从相随。他也在教会的庇护下，重又横行乡里。

教堂里的神父、教士，凭借着炮舰之利和各款条约之势，竟能和朝廷大员，府、县官们平起平坐，甚至还胜一筹。于是那些不务正业的流氓地痞，如蝇逐臭地纠集在教堂麾下，欺男霸女，侵房占地，为所欲为。

教民尤槐垂涎李老实家的田地良沃，想方设法迫使李老实贱卖遭到拒绝后，就强行截断共用沟渠的水源，李老实只好诉诸官衙。可是县令一听告的是教民，立即推手不理，叫李老实自行解决，好自为之。尤槐得知更是有恃无恐，干脆移界强占。

有道是官府无为，小民何能为。李老实田地被占，一家老小断了生计却状告无门，走投无路，日夜蹲在田埂上呆若木人。

这天，尤槐拖踏着半截鞋，哼着《小寡妇上坟》曲，得意扬扬地来到了田地里，看见李老实拄着扁担傻站在田埂上，就皮笑肉不笑地喊着："嘿嘿，老实啊！你真够情分哪！还能自觉地来为我看守田地啊！"

李老实被调侃得忍无可忍，心痛如锥扎气由胆边生，二话不说，抡起扁担劈头盖脸地朝着尤槐就打。只打得尤槐鬼哭狼嚎般的鼠窜而逃，逃到教堂里跪在神父膝前，哭求上帝惩罚老实。

神父听后，火冒三丈："大胆刁民，竟敢殴打上帝的子民，这还了得啊！大清的胶州湾那么大的地方，我们都能占用，区区一块小地算什么啊？上帝呀！宽恕老实吧。史的，你带人替主去开导开导这些劣民。"

教堂打手在史宏志带领下冲到李老实家中，打人砸物又要放火烧房。

路见不平，自有人铲。这时恼了一位壮士，只听他大吼一声："你们这些目无王法、出卖祖宗的二毛子，欺人也太甚了！"冲上去拳起脚落，就把那提着火把正要纵火的二毛子踹飞。

史宏志闻声从屋里赶了出来，同这名打抱不平的壮士一打照面，心就"咯噔"地往下沉，背上顿时冒起了寒气，暗道一声："哎哟！又是冤家路窄啊！"

原来此人就是在武毅军聂士诚军营中，现任游击将军之职的甲午科进士麻无忌，也就是当年在山东长清县城关镇擂台上，遭史宏志柳叶飞刀暗算而身负重伤的麻无忌。

仇人相见分外眼红，麻无忌欺身飞腿，抢制先机，连环弹踢。史宏志急忙闪身躲避，而麻无忌招招相扣，不令其有喘息的机会，并起中、食二指趁势而上，直刺向他那只仅存的右眼。

史宏志护眼要紧，慌忙身往后仰，小腹部位就空门大开露出了破绽。

麻无忌抓住这一攻击的有利时机，收指出腿狠狠地踢去，史宏志顿觉腹部剧痛如锥刺，就地直滚出丈余，忍痛挣起也不顾打手、帮凶们的死活，抱头鼠窜而逃。

麻无忌随后紧追，无奈史宏志逃跑之招实在是高超，没有追及，只气得他破口大骂："兔崽子，你给老子听着！这次算你的贼腿快，以后再被老子撞见，老子就见到一次揍你一次。你这个二毛子，你小心候着老子！"气恨恨地返身回来，那些被吓呆了的打手和尤槐见麻无忌返转，还没有等他近身就立刻屁滚尿流地、若如鸟兽般的四散而逃。

村人们无不拍手称快："这伙二毛子，恶狗倒仗羊（洋）势。壮士打得好！不然李老实一家都要惨死在这伙恶棍手上呢！"李老实更是磕头不迭地感谢麻无忌出手救助的大恩德。

史宏志从此在当地就有了这一怕，那就是：作恶不怕阎王勾，外出就怕遇无忌，只好日夜龟缩在教堂里，再也不敢像往常那样肆无忌惮地招摇过市了。

山东民众在教堂、二毛子和官府的多重压迫下，组织了"义和团"起来反抗了。两名外出作恶的教士被弃尸荒郊，教堂上下一片恐慌。神父急忙命令在教堂里武功尚算高强的史宏志前往京城德国使馆，搬请救兵。

史宏志带着两名跟随溜出教堂后，一路上犹如惊弓之鸟，躲躲闪闪，好不容易窜到了京城使馆内，呈交了神父的亲笔书信，面禀了教堂所处的危境。可大使却耸耸肩、摇摇头地告诉他，靠使馆兵力，那是远水难救近火，要他速速赶回去报告神父，说英、法、美、德、俄、日、意、奥等国已组成了联军，很快就会进攻，让他们先筹策坚持等等。大失所望的史宏志只好带着跟随格外小心地溜出了使馆，不曾想迎头就撞上了命中煞星宗武和乐伯，拼斗下来，只落得个满脸血污，浑身是伤地又滚回了使馆内。

随着朝廷的"宣战诏书"，隆隆的枪炮声和"义和团、神助拳"的呐喊声，在京城内的上空回响。令人不解，也不知是出了什么问题，那炮击东交民巷使馆的炮弹，老是在使馆区外炸开，于是对东交民巷使馆区的进攻陷入了僵持局面。京城内的局势越来越紧张，也越来越混乱，风声鹤唳，一夕数惊。

为了保障醇亲王府的安全，张鸿翥请乐伯、宗武前去协助王府的侍卫、亲军，日夜守卫在王府里。此时，尚幸周侍郎在领福建道监察御史职时，已得朝廷恩准，携眷顺道回故籍江西省饶州府鄱阳县省亲，不在京城。否则还真的使鸿翥捉襟见肘，分身乏术了。

天津陷落，洋兵迫进。张鸿翥受命往津南八里台，飞调聂士诚所率的武毅军护卫京都。急促的马蹄声和着沉闷的炮声，人紧贴在白马背上如离弦之箭在疾驰。耳边掠过呼呼的风啸，沿途之上的村庄，已无鸡鸣犬吠之声。眼里所见的只是一拨一拨衣裳破碎，头扎红黄裹边的义和团团员和神情疲惫的清兵，漫野里溃散下来。

张鸿翥勒马路上拦住其中一人，询问前面战况如何？“唉！”那人气喘吁吁地说了三个字：“都败了！”就往路旁一闪，撒腿又跑。张鸿翥军令在身不敢迟延，双蹬猛磕马腹，催马朝枪炮声密集之处冲去。迎面一条小河挡住了前进之路，河上的木桥已被炸毁，河水也被鲜血染成了淡红色。张鸿翥带转马头，向来路方向奔出数丈后，跳下马来，紧好马腹扎带，抚摸马额，脸贴马耳畔，轻轻地说道：“拜托你了！”纵上马背，一拍马首：“走！”白马长嘶，扬蹄疾奔，驰近河边，腾空而起，飞越河面，稳稳地落在河对岸。

除了偶尔响起的零星枪声外，此时炮声已停。前方的村庄被黑烟笼罩着，暗黄色的火苗不时地蹿起。

张鸿翥催马驰过一排大榆树后，就被下边洼地里的情景惊住了：清兵和洋兵的尸体横陈，断刀残枪抛弃一地，远处一匹栗色黄马绕着两具尸首悲鸣不止。他牵马近前，只见是一名身着大清甲胄的将军，双手紧紧地扼着那头戴尖刃盔的洋官颈脖，与其同归于尽，至死都没有松开手指。鸿翥竭力把他们分开后，拭清将军脸上的血污，顿时悲起心头，大叫一声：“无忌兄啊！”就气窒胸臆，良久方缓过胸中一口气来，热泪迸流。白马紧依着鸿翥，不安地以蹄直刨地面，急得不停地低声嘶鸣着。

紧搂着麻无忌大恸的鸿翥，被一阵“乒乒乓乓”的枪声惊觉，抬头望去，就见那正被烈火焚烧着的村庄旁边，窜出了一小队洋兵，嘴里“白马的！白马的！”呐喊着向这边冲来。他立即翻身站起，也不顾头上和四周乱飞的子弹，弯弓搭箭连珠射击，敌阵中立时就响起了“啊！哎哟”的惨叫声。密集的枪弹又从右侧罩了过来，鸿翥被压得趴在地上直不起身来，耳畔却又响起了叽里哇啦的“打中了！打中了”的狂呼声和杂乱的奔跑声。张鸿翥临危不乱，平卧在地上以“反弹琵琶珠溅密”的射法五箭排射，趁着多名敌人惨叫倒毙声和陷于混乱停射枪弹之机，收起长弓抽出腰刀，移身跨上卧躺在身旁的白马上，一拍马臀，轻喝一声：“起！”白马纵跃而起，奋起铁蹄，就冲入了从后边包抄过来的敌人阵中。鸿翥手起刀落，砍倒了近身的两名洋兵，纵马突围而出。

洋兵先是被这突然发生的情况惊得一呆，一阵骚动过后，又狂呼乱叫地开枪射击，尾追不舍。

鸿翥身贴马背，紧抱马项狂跑之时，听到身后的马蹄声已近，扭转身躯挥刀正要劈下，即见马上无人，原来是麻无忌的栗色黄马跟了上来，忙刀交左手，侧俯身躯伸手一捞就挽住了栗色黄马的缰绳，带着一同往前飞奔。刚刚纵越小河，白马腹部连中数弹，痛得扬起前蹄，人立而起，悲叫着倒了下去。河对岸洋兵的枪弹如雨点似的泼洒过来。鸿翥无法顾及爱逾生命的白马，强忍着心中悲痛，急忙纵上栗色黄马，迅速地脱离了洋人枪弹的射击，马不停蹄地赶奔京城报信。

刚进紫禁城，传令兵飞马传达紧闭各大城门的命令。鸿翥午门弃马，直奔军机处，禀报完武毅军全军覆没，麻无忌身殉阵前的军情后，军机大臣们长叹了一声，就指示他速去乾清门坚守待命，未奉军令不准擅离。

大清门、朝阳门先后落入洋人之手，却不知是什么原因，枪炮声倒渐渐地稀疏了下来，时不时地也有零星炮弹越过高耸、厚实的午门，落在乾清门前的广场上，溅起漫天的硝烟和灰尘。除了坚守在午门城墙上的护军和值卫的侍卫们外，皇城内空空荡荡，见不到官员们的行走，空气沉闷、寂静得令人心中发憷。

“哐”的一声巨响，一发炮弹在乾清门前炸开，硝烟中传来了丹陛上侍卫被弹片击中的喊叫声，门前轮值的侍卫们顿时惊慌骚动起来。全身戎装挎刀负弓的张鸿翥见状，忙大喝一声：“谁也不许乱动！坚守岗位，喧哗、擅离者杀无赦！”拔出御赐腰刀，捧在胸前，神色如常。在他的影响下，值班侍卫们立即镇定了下来，都一动不动地肃立在岗位上。

第二十三回 奉命护驾解友围 乐伯殉义蜂子死

“荣中堂有令，着乾清门头等侍卫张鸿翥带队，快去贞顺门护驾!”一名侍卫亲军气急败坏的大声传令，打破了这死一般的沉闷。“快!”张鸿翥奉令接过令箭一挥手，十名侍卫立即就随着他往后宫迅奔。到了贞顺门时，得知太后、皇上的车驾已经离去了一会，立马又往神武门奔去。耳旁听到枪声和厮杀呐喊声越来越近，急得张鸿翥一个劲儿地直催着“快!快!”，可是，当他们赶到神武门时，看见的却是皇家健锐营的一队马队，正同打着“顺清灭洋”大旗，裹着红、黄头巾的数千义和团战士在殊死地互相残杀。法国、日本的官兵趁此时机，分东、西方向包抄围了上来，三方顿时又混战在一起。

张鸿翥右手握腰刀，左手执手枪，领着侍卫们向法军冲去，刀劈枪击地杀出了一条血路，很快就冲出了神武门外。这时，他手下的侍卫，在法军的猛烈射击下，已是倒下的倒下，冲散的冲散，只剩下了自己一人。正在他彷徨无计之际，忽然听见路边马腹下传出了微弱的呻吟声和呼叫声，赶上前去将那马腹下的士兵拽出扶了起来。原来是一名健锐营马队士兵，受了重伤倒在此地。那奄奄一息的士兵挣扎着坐在地上，断断续续地告诉他：“我，我，不行了!快，快，往北，太后、皇上、御驾、三辆青、青布骡、骡车……”话未说完，头一歪，就气绝身亡在鸿翥怀里，可右手却仍是指着北方不垂。

张鸿翥知道了御驾已向北去，放下重伤死去的士兵，纵身上了那士兵留下之马，单骑往北狂奔。刚刚穿越德胜门，经过一条窄街时，又听见左边的巷弄内传来了枪声和拼斗喊杀声。勒马扭头向巷内望去，就见七八个日本兵正围着四个人在激战。

明月头扎黄巾，绛色绣边红衣裤，明白头上裹着红巾，却穿着紫色绣边的红衣裤，二人背靠背，飒爽英姿，双双挥剑，缠斗着三名满脸横肉的日军。宗武、乐伯一边护卫着她俩，一边同另外数名日军苦斗，险象环生，仍然在咬牙强撑。

宗武单刀斜挑，刚格开右边日军的一招突刺，就遭到左侧日军的枪托直击，重重地撞在肩胛骨上，痛彻心肝。在枪托的冲击力下，宗武上身往后仰去，腹部空门敞开，右边的日军右脚前进半步，顺势挺枪直刺而上。在此瞬间，宗武已是无法避过，而乐伯正好又被日军缠住无法分身相助，只惊得明白一声“哎呀”和“张大人，快来啊!”的娇呼声，就听“砰”的一声脆响，血光迸现。那名日军头部开花，奇怪的眼神恐怖地望着冲进战圈的张鸿翥和他手上仍在冒着淡淡蓝烟的手枪，歪斜着倒了下去。腰刀骤起，另外两名日军又躺卧在血泊中。

乐伯、宗武见是鸿翥赶到，斗志大振，趁敌人惊愕之际，各挥刀劈死身边之敌。剩下的日本兵气焰顿挫，心惊胆战“嗷嗷”的怪叫着扭头就逃。

宗武、明月拔步就追，鸿翥忙赶上拦住道：“穷寇休追!”抬手一枪，又击毙了一名脚步稍迟，跑在最后的日军。跳下马来，就问：“乐前辈，你们怎么也来到了这里啊？醇亲王府那边怎么样了?”乐伯答道：“我和宗老弟在外城门尚未被攻破时，遵照醇亲王爷之命，协助府中亲军、侍卫就已经将全府人员及财物护送转移到郊区皇庄去了。诸事办妥后，禀报了王爷，才返回城内寻你。想不到却在此处撞见明月小姐等人，遭日本兵困住情势危急。我二人也不管他什么三七二十一，冲上去就和这些小鬼子斗在了一起。”

鸿翥听后，心中才对醇亲王爷那边的事情稍稍地放心些。然后对明月道：“京城已陷洋人之手，这里已是不可久留了。义和团受重创，死伤难以计数，也已是溃散了，我看明兄还是速回义庄为妥。”又转向乐伯道：“乐前辈，请你和师兄护送明兄、明白二人先去荐福寺，请普照禅师相助。

我奉军命护驾还得赶路，一切就拜托你了！”乐伯满口应承。

明月深情地望着鸿翥说道：“张大哥，你现在单刀匹马，前途凶险，异乎往常！还是同我们一道走吧！”

“明兄，大哥谢谢你的关心！大哥吃的是朝廷俸禄，当的是皇家侍卫。大哥奉命护驾，唯有以一死尽忠报国，岂敢计前途之险恶！乐前辈和师兄，若遇人盘查，就称是镖局之人。还有明兄、明白的这身衣着要赶快换掉。现在官军大杀义和团，洋人滥杀义和团。你们要处处、事事小心为是啊！切记，切记！”

“我们到了荐福寺后，再去哪里找你呢？”宗武实在是不愿分开地问道。

鸿翥跳上战马：“我也不知道！若是要找我，就往北吧！”说完，镫磕马腹，战马一声长啸，奋蹄往北疾驰，隐约间传来明月的喊叫声：“张大哥！前途保重，后会有期啊！”

当英日美法联军以重炮轰塌朝阳门的厚实大门时，史宏志正领着二十多名德俄官兵，沿着筒子河摸到了神武门附近。贼眼特尖的史宏志老远就瞧见了数辆负载颇是沉重，并以蓝布围罩的骡马大车，在数十名侍卫、宫监的护卫下，由宫内驶出匆匆忙忙地往西北方向驰去，就卑躬谀笑地比画着：“前边，皇家骡马大车内的黄金、白银、珠宝多多的！快快追去的拿的！”

那些德俄官兵艰难地听懂之后，贪婪的目光盯着渐远的骡马大车，兴奋地欢呼起来，用生涩的中国话催促着史宏志：“史的，快快的带路的赶去的，珠宝大家的。”直向着车队方向紧追不舍。

史宏志听到自己所在的教堂，已经被义和团烧为废墟，尤槐等教徒大部死于非命的消息后，心中暗暗庆幸，倒对乐伯、宗武二人感激起来了：“嘿！这次真的幸好是撞见了这两个煞星哪！不然一回去，恐怕吾命也是难保了。都说见了乐伯，就见者不乐，这次看来，也不过如此啊！”

史宏志就是因为在东交民巷撞见乐伯和宗武被打得浑身是伤，一直躲在大使馆内，才没有返回山东教堂去。刚养好伤，联军也进了京城。虽说在使馆遭到义和团官军的围攻时，他也曾吓得魂飞魄散，但毕竟是熬了过来。现在，当真是狗仗洋兵势，领着鬼子打砸抢抄，杀人奸淫，为所欲为，连眼睛都不眨一下，真认为自己就是洋人了。唯一恨的是父母为什么没有把自己的眼睛生成蓝色，头发生为黄色，鼻子生高些，尖些，再钩些。不过，此时的心情还是好的，追上前面的皇家骡马车队，金银珠宝，多少总能分些，“哼！就算老子是狗，骨头总会有啃的”，想到骨头上还有残肉时，心里就乐滋滋地高兴。

乐伯、宗武护卫着明月、明白二人，抄偏僻近路赶到了京西荐福寺。普照长老立即带他们四人到禅寺后院，并派小沙弥去附近农家找来衣服，让明月主仆换过。

乐伯讲述了京城内的惨况后，普照长老满脸凄苦，合掌闭目念佛：“牝鸡司晨、颠倒乾坤。劫数啊！南无阿弥陀佛！”

宗武想到鸿翥此刻单人匹马，势寡力孤，十分惦记，担心他乱中有失，心里异常烦躁，坐立不安，提出由乐伯护送明月、明白返回义庄，而自己则前去追赶和相助鸿翥，以助一臂之力。

明月也很是为鸿翥此行揪心：“乐前辈，能否请您和宗师兄一同前往，赶上去相助鸿翥大哥。我二人是不会有事的，风声稍弛，即会返回义庄。而且沿途之上，我自会有人接应，你们就别为我分心了啊！就这样定了吧！”乐伯听了也觉得很有道理，就同意了明月的提议，决定同宗武一道，立马追寻张鸿翥。

乐伯对京城和城郊的地形、路途很是熟悉。离开荐福寺后，抄荒田野地小路，往北向直追，在快到海淀时，已听见枪声离自己所处之地很近。仔细观察完四周动静后，带着宗武高伏低蹿，向枪声响处靠去，很快地就从右侧接近了在右前方跑跑停停，寻路而进的军队。二人或近或远地隐蔽着身形，紧蹑其左右。

翻过山坡，眼尖耳灵的乐伯，从对方着装上看清楚了这支军队就是德俄鬼子兵，而在前面带路，扎包着左眼，亮着公鸡嗓音的正是史蜂子。

德俄联军终于看见了那时隐时现的骡马车队，顿时兴奋得欢呼起来，叽里哇啦地喊叫着，一边杂乱地放着枪，一边乱蜂似的往前直追。

史蜂子大声吼着：“前面车队，快快停下！停下不杀！”本来就是惊弓之鸟的骡马车队，听到后面的枪声和吼叫，更是慌不择路地亡命飞奔，催赶骡马的鞭子甩得啪啪地爆响。负责殿后的健锐营，立刻返身组织护卫阻击。双方枪战，十分激烈。

乐伯伸手拉住正要往前赶去的宗武，附在他的耳边轻声道："不要莽撞！看看情况再做打算。夹在他们之间，对我们都是有百害而无一利。"说完，即领先向前，借物障形，悄悄地掩到洋兵阵后近处，瞅准一棵枝叶茂密的大树，双双纵身而起，藏身在枝叶间观战。

张鸿翥在皇宫内殿值卫，不熟悉京城外的道路，沿途又要停下找人打听车队的去向，如此一耽搁，反而落在了乐伯、宗武的后面。当他催马赶到颐和园时，就听守值官员告知，御驾惊于海淀方向传来的枪声，已匆匆离园，起程往北向走了多时，就又心急火燎地纵马追赶。

残阳如血，秋风萧瑟。张鸿翥汗湿戎装，马蹄渐迟。途中所见，不仅是村少人烟，而且留下的都是满目荒凉。寻到村里去，碰到的也是实在走不动，只好困守家中听天由命的老人。向他们探问，有的只是指指西北方向，说是看见七八辆骡车曾从村旁路上驶过。随后又有一伙穿着奇装异服的人，端着带尖刀的棍棒跟着追了上去，等等，具体情况也是说不清楚。

张鸿翥听后，顾不得疲惫和饥渴，扬鞭催马不敢稍歇。风声呼呼，荒田孤树迅速地向身后疾退，当他正在绕越前面的一座小山坡时，耳畔却传来了叽叽哇哇的喊叫声和枪弹撕裂空气的尖啸声。

张鸿翥立刻驱马冲上小山坡抢占地利，放眼向山坡下望去，就见那被树林夹峙的蜿蜒崎岖的山路上，德俄联军鬼子兵正同护卫前面车队的健锐营、禁卫亲军在激烈地枪战。弹雨中，后面一辆骡车上的人被枪弹击中，"哎哟！哎哟"地尖仄惨呼着栽下车来，双手抱腿在地上翻滚。

在健锐营官兵的顽强阻击下，洋鬼子的数次进攻都被打退，叽里哇啦地商量了一下，立即改变战法，以单兵跃进队列互相掩护着，呈半圆形围攻过去。危急迫在眉睫，张鸿翥在山坡上展目一观察，战场态势了然于胸。取弓搭箭略测射距，五朵梅花即绽开，箭无虚发。敌方五声号叫未停，又是五人扑倒。瞬间，德俄联军兵折一半立时陷入慌乱，只急得统兵官佐号笛都要吹破。当他弄明白袭击是来自背后，正待返身组织回击时，身边又有五人连呼声都没有吭出一声就已原地躺下，那穿透咽喉、胸口、背心的箭羽仍在颤动。

史宏志惊吓得尖声大叫："不好了！张鸿翥的'五朵梅花'到了！快，

快开枪打死他，快!”两个俄国兵的长枪立即瞄向了张鸿翥，火光闪处，“砰砰”枪响，只打得鸿翥身前左右，尘土溅扬。他左耳一阵灼痛，鲜血顺耳根直流，忙一拍马额，久经训练的战马，四脚一曲立即卧躺在地上。鸿翥右膝跪地，左腿半立，开弓飞箭瞄准史宏志射去。

说时迟，那时快！乐伯也就是在此时，大喊“我来也!”如神兵天降，单刀起处，那两名俄国兵头飞臂折。死者无头不吭声，伤者痛得缩成一团，嗷嗷地惨叫。史宏志也就是在此时，对着乐伯胸口开枪偷袭。枪响箭啸，乐伯身躯陡震，脚步踉跄着往后退了数步，忙以单刀撑地，支持着身体不倒，立刻就被随着跃下树来的宗武搀扶住。

乐伯恶狠狠地向史宏志望去，见其已被破风而至的疾矢贯穿了咽喉，四脚朝天，满脸恐怖，嘴巴张得老大气绝而毙。而那些没有死的洋兵，抛下同伙的尸首，早就从树林中狼狈窜逃，已是不见了影踪。

“哼！哈哈哈!”乐伯强忍伤痛，咧嘴笑道，“史贼，史贼！你也有今朝哇!”话音刚落，口鼻突地涌出鲜血，昏死了过去。

“乐前辈，你醒醒！你要挺住啊!”在宗武的急切呼唤声中，乐伯挣扎着睁开了双眼，望望单膝跪在面前的鸿翥，又望望抱着自己坐在地上哭泣着的宗武，笑了笑，刚要开口讲话，却忍不住剧咳起来，好一会才喘息着说道：“小兄弟，我、我不行了！不、不、不能再、再帮助你、你们了!”费力地抬起手来，指着史宏志的尸首道，“你、你、这只毒蜂子，见着我乐、乐、乐伯，你不、不乐了吧！快，蓝、蓝宝、宝珠，快、快搜!”口中又是热血涌溢，声音渐渐地弱了下来，头垂胸前，睁目而瞑。

张鸿翥挥泪大恸，用手轻轻地为乐伯把眼睑合上。想起乐伯由邪转正，多年来的相随相帮之情，仍然历历在目，更是心如箭穿痛彻肝肠。

宗武搜遍史宏志全身，不见蓝色宝珠的踪影。张鸿翥恨声不绝：“这个狗汉奸，献宝求荣，卖身求荣，叛国求荣，真是死有余辜啊!”

宗武气得操起单刀，猛斫其尸：“你这个汉奸，你这个该死一万次的狗汉奸！老子斫碎你，老子斫碎你!”大骂不止。

在一棵高大的松树下，张鸿翥、宗武二人含泪忍悲，用刀掘坑，以松叶柔枝铺垫在坑内，安葬了义薄云天、护友而殁的乐伯。在刮去树皮的松树主干上，以刀尖刻铭，然后咬破中指，用鲜血涂填，镌写下：义士乐伯之墓。义弟：张鸿翥、宗武。庚子，秋，立祀。

骡车队早已远去，阻击的兵士也警戒着分批撤离。刚才还是激烈的战场，立时陷入了死寂。

这时，路旁岩石后面的草丛中，传来了“张将军，快来救我”的呼叫声。鸿翥和宗武急忙赶过去，原来是腿部被枪弹击中的大内总管李莲英。他伤势虽重，却幸好没有伤及筋骨。鸿翥立刻取出刀创药为他包扎好，扶他上马，三人一道朝前追赶，直到南口才赶上了正在清真寺歇息的皇家骡马车队。

李莲英在鸿翥和宗武的搀扶下，叩见了慈禧太后：“老佛爷啊！若不是得张将军相救，奴才差点就见不到您了哇！嗯！嗯！”饱受惊吓，又累又愁的太后见到李莲英如此神色凄然的伤心痛哭，也很动情地安慰道：“好了！回来了就好。啊！小李子，别哭了！再哭，老佛爷心里更是难受啊！”

“嗯，嗯！奴才不哭了。惹得老佛爷心里难受，是奴才该死了！”边叩头，边把张鸿翥击毙洋兵、箭退德俄联军的经过详详细细地奏禀，临了还不忘奉承地说道：“虽然是张将军把我救了回来，实际还是老佛爷的齐天洪福保住了奴才的狗命呢！老佛爷，您真是大慈大悲的活菩萨啊！”

慈禧太后被李莲英这么一逗，一天多来奔逃的沉郁心情，竟被哄得轻松了下来，愁绪顿消，笑着说道：“小李子啊！你这张甜嘴呀，到这个时候了还能逗得我开心，算是没有白疼你哟！哦，你就是乾清门头等侍卫张鸿翥吧？嗯！很好！护驾有功，忠心可嘉！”

“禀奏皇太后、皇上，微臣奉荣大人之命，前来护驾，乃是为臣本分，岂敢言功！今见皇太后、皇上，圣躬吉祥，实是臣民之幸啊！微臣理当尽心尽忠，粉身思报。”“难得爱卿如此忠心，确是不负我当年恩宠。”

李莲英跪在侧旁，插言奏道：“老佛爷，张将军真是耿耿忠心的虎将哪！他始终不忘老佛爷的恩典呢！还在您赏赐的腰刀上请了名匠镌刻上‘忠义报国’四个字，以明心志呢！”“那快呈上来让我看看。”

张鸿翥解下腰刀，交给李莲英转呈。慈禧接过腰刀，抽出一看，上面镌刻的“忠义报国”四字赫然在目。慈禧抚摸良久，长长地叹了一口气道：“唉！大臣们如果都能这样，也就不会让我这样地劳顿、奔波、蒙羞了啊！”又瞧了瞧跪在后边的宗武道：“小李子！后边那跪着的是谁呀？”

李莲英禀道：“此人名叫宗武，是江西信诚镖局的镖头，也是赶来护卫老佛爷御驾的义士。路上阻击德俄的追兵，还救护了奴才，武功高强着呢！”

慈禧听禀，心里越发高兴：“皇上，你看看，百姓都知道忠君护驾，这是我大清的恩泽厚深所致啊！小李子，我们不能辜负了他的这番忠心。先赏他一面黄龙旗吧！暂随张侍卫行动，待后再重重奖赏。唉！现在就是想重赏，也没有什么可赏的了！”

翌日清晨，张鸿翥、宗武随着御驾出居庸关，趋西北，巡狩西安。

车轮辘辘，朔风阵阵，放眼望去，满目疮痍。前面的路是越走越难走了！

第二十四回 丁忧起复赴湖北 德安夜失藩库银

“大开中门，快快有请!”湖广总督瑞澄接到拜帖，愁眉顿舒。

“末将拜见督台大人!”身着三品顶戴，外罩黄马褂的张鸿翥见总督亲自出督府相迎，急忙趋步上前，一甩马蹄袖，撩起衣襟躬身就要行参见大礼。瑞澄忙一把拉住，口中连连说道：“免了，免了！快快请进。”挽起鸿翥手臂迎进府堂，吩咐看坐、奉茶后，接过鸿翥递呈的吏部公文，笑容满面地说道：“早已接到摄政王爷的函谕和廷寄。我是天天在盼着你来呀!”

张鸿翥自从随着慈禧、光绪的西狩御驾，又载着《辛丑条约》的羞辱，顶着凛冽刺骨的霜风，披着皑皑的飞舞雪花，由西安回銮京城。虽是护驾有功，可仕途一直是很不得意。其一：皇家自洋人联军犯京时，调不动东南勤王之兵，对汉大吏拥兵自重深为忌惧。其二：亲军侍卫乃皇家近臣，历来非满人莫属。而张鸿翥因武事精专，被选拔为乾清门仅有的一名头等带刀汉人侍卫，已是破例。八旗少壮争权谋位，汉吏受猜疑排斥当然不足为奇。好在鸿翥经多年官场历练，虽遭改组冷落，却更是稳重谨慎。眼见世事日非，也只是闷于心中，除了在京西荐福寺深研箭技、枪击外，就是跟着周承光侍郎和普照长老勤学文章，习练书法，谈谈禅机，倒也是受益匪浅。

有话则长，无话则短，一转眼的工夫就到了光绪癸卯年。当张鸿翥仍在乾清门行走轮班当值无班在家之时，一封加急府发公文从饶州府鄱阳县城驿站传到了京城。鸿翥阅过妻子怡英通过饶州府附同府邸公文一道传来的家书，得知父亲永春无疾而终的噩耗后，悲伤得五内如焚，坐立不安，茶饭难咽。当日他就禀告领侍卫内大臣，请他转呈奉孝守制告假奏折。“丁忧守制”是朝廷制度，于是除谕旨恩允外又加封其父振威将军衔以示朝廷恩泽。鸿翥望阙谢恩，不稍迟延，打点行装，告别长老，就匆匆地带着宗武，日夜兼程回到了东湖家中，按照礼仪尽心为父亲治丧守孝。守孝期间，他除遵礼接待府、道、县官员那次吊唁、略作寒暄外，余则一概婉辞应酬，闭门谢客。

守孝三年容易满。鸿翥虽未得朝廷起复返职旨意仍在家赋闲，却能同妻子怡英、儿子金生、银生和女儿秋莲，全家团聚在一堂，倒也其乐融融，乐不思蜀了。日月如梭又若白驹过隙，就在张鸿翥少了官场是非、牵绊，多了天伦之乐的时候，光绪、慈禧龙驾双驭天的消息，传到了饶州府鄱阳县。张鸿翥家设香案望阙叩拜，那君臣之义，那西狩共患难，那光绪皇帝、慈禧太后待自己的优渥恩荣，一幕幕一桩桩又在脑海中浮现。如今人去物非，故恩难忘，倒令重情重义、忠心耿耿的张鸿翥泪湿襟怀。

醇亲王晋封摄政王，鸿翥就知自己待在家中的时日不会太长了。果不其然起复诏书很快就到了饶州府鄱阳县城东湖村，张鸿翥奉旨赴京城。

张鸿翥在周侍郎的陪同下拜见王爷，载沣拉着他的手嘘寒问暖，久别重逢的亲热溢于言表。座师、侍郎、门生三人分主宾坐定叙谈，鸿翥畅述了自己守服期满后，却因满汉之别迟迟不被起复的心中苦闷。王爷安慰道：“此乃通病也！本朝屡屡受挫即为此弊之故也！贤契大可不必为此烦恼。我虽为皇亲，除对那不忠不义，无信丧德，陷皇上于绝地的袁某外，也是深恶痛绝这满汉畛域之陋啊！唉！就说汉人吧！这谭嗣同就是有才气有骨气的人哪！有的人死抱着满汉有别不放，就是不睁开眼睛看看，现在是什么年代了，真是岂有此理！不过为鸿翥谋，年已近不惑，而且朝廷军制就快改了，长期待在这个侍卫的位子上，也不会有什么大的作为。依我看哪，倒不如活动外任为好。你们认为如何？”周侍郎道：“此举甚好！这就要靠王爷大力成全，择一妥处为是了。”王爷道：“那就去湖北吧！按品级任参将，再实授汉阳兵械厂监造，倒也安逸。有贤契为我守此重要之地，我也放心。现任湖广总督瑞澄也是我的门生，我打个招呼就行了。怎么样？”周侍郎道：“王爷这么安排极好，离江西也近了。鸿翥，还不快谢王爷!”鸿翥礼禀道：“谢谢恩师的眷顾！只是门生对鄂省情况一无所知，不比近在王爷座下，可时时得到王爷的教诲和庇护，我就怕有损王爷的栽培厚望哪!”王爷道：“鸿翥啊！有我在，你什么也别怕，更不要说什么谢啊谢的。我爱的是你的一颗忠心哪。庚子之祸时，本王被视为亲洋派，你护师不顾危险，不惮辛苦。全府上下谁不夸你，鄂情不熟，慢慢就熟悉了。就是有什么事，还可以来信或直接到京师来找我呢。此事待我奏禀过皇太后准允后，你就放心去吧!”

瑞澄的热情接见，使鸿翥不安之心大定，忙又站起身来，双手拱揖道：“鸿翥谢谢督台大人的垂顾，听候大人差遣，尚请大人多多指教!”瑞澄摇摇手道：“嗨！你就别客套了。你我同为王爷门生，今后更应亲热、亲热才是，千万不可拘礼而生分哪!”“末将谨遵大人之命。”

“好，好！王爷谕命你去总监兵械厂，本当尽快安排将军前去交接的。可是，我却有一棘手为难之事，唉！正急着呢！想请将军帮忙办理，不知可否应允，勉为其难前往?”

“大人所遣，乃是对末将的信任，岂敢有不遵之理？只恐末将才识短浅，新来乍到，人生两疏，有辱台命。”

“这个你就放心好了，将军之能，我是早已耳熟能详。至于人地陌生嘛！我自会各方关照，这样吧，你就为督府特使，全权委你临机处置之权，人员由你根据需要调配。以将军之才干，定会马到功成的。”

“大人如此信任末将，末将定当尽心尽力而为。此遣何事，请大人明示。”

“张将军这般豪爽，的确是名不虚致啊！那我就用不着客套了。本督辖内德安府德宁县藩库，存有即将上解白银十二万余两，在数天前的夜里被人窃去。此事干系重大，德安府、县已挂职听参。督府已经派出了管钱粮的钱师爷和臬司的吴推官及名捕头前往协同破案，初步确定是内外串通，监守自盗，可又苦于没有证据。你说说，我能不急吗?”“请问案情目前进展如何?”“此时止，尚无确报。只是案发当夜的值班库吏均已收监，其中一名叫封平宽的库吏，当晚借口有病未来当值，已列为重点疑犯，几经严鞫，据说是招供承认了。”“既然承认招供了，那正好顺藤摸瓜，追查同伙起赃就是了。”“唉！难就难在这里了哇。此贼虽是招供，却又反反复复，既承认又否认，此正是棘手之处耶。”“既招了供，又因何反口翻案呢?”鸿翥听了甚是不解。

就在此时，派往德安府的钱师爷匆匆地跑了进来，向督台施礼后，望了望在座的张鸿翥，欲言又止。瑞澄明白其意，即道：“钱师爷勿疑。张将军乃是乾清门头等带刀侍卫，外调我省赴任，系我故交。本督已委为此案全权特使，你有事直说无妨。”

钱师爷禀道：“回督台话，案情经吴推官严刑推敲，已有突破。”“啊！好哇，快坐下，看茶，钱师爷，你快把堂审情况详细讲来!”

“喳!”钱师爷慢慢饮酌了一口香茶，说道，“此案果然不出所料，当真是内外勾结监守自盗呢。库吏封平宽也确是以卧病为由，布下了不在案发现场的迷魂计，妄图转移我们侦缉的视线和思路。”“他不是在承认之后，又翻供了吗?”“嘿，这正是此贼狡猾、顽劣之处啊！幸得吴推官干练不为其所蒙蔽，处置果断，就在其翻供的当晚，立即派出捕役，将其七十多岁的老母和三岁的幼儿抓了来。”

“那为什么不把他的妻子一并捉拿？是不是其妻已闻讯逃逸?”瑞澄问道。

钱师爷回道：“不是，其妻因生此儿难产，已经亡故。”“哦!”瑞澄吁了一口气道：“真是养儿不孝，祸延三代啊!”

钱师爷把茶盅放到茶几上，继续讲述着堂审实况，“封平宽见到老母及幼儿被抓到堂上，当时就吓呆了。吴推官一拍堂木，左右站堂执役，一声暴喝。老妪就被推搡得身子一歪，小脚趔趄，跌倒在地。幼儿惊得放身啼哭。唉！请宪台不要怪罪在下胆怯心软。我当时也不知为什么心里骤然紧缩、背上发寒，不忍之心油然而生。好在吴推官执法心硬如铁，不为所动。一声断喝‘封平宽，你睁开眼睛看看。现在你是跪在府衙公堂上，面对幼儿老母亲你还不快招吗？你就忍心看着老幼受你祸累吗?’封平宽望着老母、幼儿，泪如泉涌，大哭道‘娘哪！不孝儿带累你老受苦了哇！啊！啊！青天老爷啊！你公侯万代啊！小人确是与库银失窃无关哪!’啪！堂木大响。吴推官骂道‘你这贼子，至死不悟。来人，再上大刑’。‘喳’！堂下应声。‘且慢！大老爷请容老妇禀告。’‘讲!’老妪望着遍体刑伤的儿子，连连碰头道‘老妇之子，平日里奉公守法，孝顺知礼，绝对不会是盗偷之人。老妇敢以全家性命担保，恳请大老爷明镜高悬哪’。吴推官忍着性子听着，脸黑如铁，咬牙切齿地骂道‘哼！哼！有贼子必有贼母。你不劝你儿子招供，反而利嘴狡赖，想必你也是同谋之一了。来人哪，先把这贼婆子给我吊起来，看他们招还是不招?’执役们七手八脚地从老妪怀中抢过幼儿，不顾幼儿嘶哑哭叫，狠狠地抛在地上。用棕麻绳将老妪双手反绑在背后，离地三尺吊在了堂前横梁上。封平宽膝行到老妪脚下，跪着以双手托举着其母双足，哭着哀求着‘青天大老爷开恩哪！可怜我老母七十高龄，风烛之年了哇！你也有高堂哪！’‘那你快快招吧，何必让你七十多岁的老母受此活罪呢，真是不知生死之徒。’并指示执役上前，强把封平宽从老妪脚下拉开。此贼子此时才软了，一边挣扎着托举其母双足不放，一边嘶叫着：‘快放下我老母！你要我招什么，我就招什么啊！啊！啊！’‘呸。’老妪身躯晃动着，竟自行脱出封平宽托举的双手。顽固也真顽固，扛刑不服软，竭尽气力啐了一口，然后说道‘儿啊！娘信得过你！未做亏心事，你招什么啊？儿啊！我家世代清白，既是祸从天降也是命哪！宁做屈死鬼，也别为活冤人哪！今天，我们一家三、三口死、死、死在这里算、算了。听娘的，宁死、死、死也、也、也不可屈、屈认哪……’言毕，头一垂，就昏死了过去。封平宽边哭边叩头地应答道‘娘！娘！儿听娘的啊！啊！啊！’‘好！看你是听娘的，还是听我的，来人！把这贼子夹起来！尽力收！’‘喳’，执役们拖过封平宽夹上夹棍，封平宽大叫一声昏死过去。一瓢凉水迎面浇泼，封平宽又悠悠醒转。如此几收几松，几番死活。还真是应了古言：人心非铁，官刑如炉啊！”瑞澄见钱师爷又要从茶几上端盅饮茶，急忙问道：“此人招了没招?”“招了！当封平宽再一次醒过来，瞧了瞧吊在横梁上昏死过去的老母和哭得闭气昏迷的幼儿，有如发疯似的尖叫道‘我招哇！你们快放下我的老母啊’，开口招出了以丧葬为业的山夫余仲是同伙。”

“那么库银的着落呢?”“库银之事尚未追问，那余仲也已捕到正在审理。吴推官恐督台焦急，就让我赶来报信，以解大人之忧。可能此时，库银已经有了下落了。”“好！办得好！”瑞澄听了钱师爷绘声绘色的一番汇报兴奋得拍案叫好，可“好”字刚刚落音，急促的马蹄声又传进了府堂内。

臬司衙门派去的捕头，满脸泥汗奔进堂内，屈腿行礼，正要禀报，瑞澄却挥手止住，端起茶盅，慢条斯理地品了一口茶，望了望鸿翥，然后才问捕头道：“这么急匆匆跑来报信，是不是库银已经起出来了哇?”“回大人的话。没有找到库银!”

“什么?”瑞澄霍地从座椅上立起，气急败坏地追问道，“你说什么啊?”捕头吓得连忙叩首道：“吴推官得封平宽招供，立即又抓捕了余仲，趁热打铁，把供出的十一名疑犯全部锁拿，日夜突审，终于核实了隐藏库银之处。”“藏匿何处?快讲!”“在城西乱葬岗上的一座半新坟墓里。”“既在坟墓之中，那就取出好了。你怎么说是没有找到呢?真是的，平时你是怎么办差的?啊!连话也回不明白。哼!”

“禀大人，库银确实是没有找到。我们刨开坟墓，里面空空，更奇怪的是棺材里连尸体也没有见到哇!”

“啊!”瑞澄气急攻心，呆若木鸡，跌坐在座椅上。鸿翥忙劝慰道：“大人别急!大人别急!”瑞澄缓过一口气来顿足道：“唉!我能不急吗?”

鸿翥拱手道：“大人且听末将一言，封平宽虽已招供，十一人口供也近似，可是刨开墓棺却无库银，又无尸首。我看此事别有蹊跷，是否另有隐情呢?也不无可能。再者，我听到此刻为止，除了口供，尚没有听说有任何证据。三木之下，何供难求啊?钱师爷刚才也讲了，人心似铁并非铁，官法如炉果是炉啊!酷刑之下，乱招之情也是有的，我们追的是库银，所以口供不可轻信哪!此乃末将一己之见，尚请大人指教!”“那么依将军之意呢?”

鸿翥礼揖道：“承蒙督台错爱，末将也已对此案有了兴趣。此事不宜拖延，现在我最担心的是怕时日一久，贼人将库银销熔重铸，那时无证物非，倒真的是麻烦了。这样吧，我即刻同钱师爷和捕头兄赶往德安府，不知督台意下如何?”

“张将军如此倾心相助，我正求之不得呢!那就拜托诸位莫惮辛苦，尽快破案追回库银，本督寄予厚望焉!”鸿翥、钱师爷、捕头三人立起，施礼领命。

瑞澄道：“我也不耽搁你们了，事急如火啊!张将军，本督就依靠你等了，你就全权办去吧。”

“喳!”三人告辞而出。鸿翥回到驿馆，换上便服，带着宗武同钱师爷、捕头等人分路而行，急急赶赴德安府城。

德宁县乃鄂省东南部德安府治首县，辖地连接赣、皖边区。江河、山峦交错相连，民间边贸尚属繁荣。由于地形复杂，屡有山贼河匪啸聚，此省犯案彼省藏匿。官府难管，防不胜防，结果沿边山区竟成了“三不管”之地。

此次府库银失窃，库吏牵连成狱，郡人尚不在意。后来府属各县的得力捕役奉命侦缉，明搜暗查，哨卡盘问更是严格，答话稍有迟疑，立被抓押，尤其是好端端的邻人，也不知事发何来莫名其妙地连连被捕拿，竟弄得人人自危，路断人稀。

一夜狂风暴雨，持续到寅时左右，才慢慢转为小雨，渐下渐收。甲班库吏八人在领班的率领下，于正卯时进入府库门左的签押房内。只见桌上碗盘狼藉，丁班值守人员，东倒西歪，被酒醉得口角流涎，仍在鼾睡。“接班喽！醒醒！你们快醒醒哪！”“别闹哇！”丁班领班被推，仍半睁着迷迷糊糊的醉眼，骂道：“吵什么吵！醒你的头！”又闭上眼睛，嘴里念叨着：“甜甜别走！唉！怎么就走了啊！”“什么甜甜，苦苦的！值班酗酒，你不要头了啊！”甲班领班气得掌了他一个耳光。“你扰了老子的好梦，吓走了老子的甜甜，还敢打老子，老子叫你打！”抬腿就是一脚，甲领班闪身避过。丁领班收势不住，栽倒在地上，痛得他龇牙咧齿，连呼“哎哟”头痛如裂：“啊！怎么就到了交班的时候了！”忙挣扎着爬起来，揉着肩胛，望着甲领班憨憨地傻笑：“啧啧！哎哟！真对不起！真是对不起！”手拉脚踢地把值班库吏诸人弄醒，将府库钥匙往甲领班手上一塞，憨笑道：“晚上喝多了一点黄汤，叫爷等笑话了。对上嘛，尚望弟兄们多多包涵遮掩，改天兄弟一定请客，一定请客！”招呼着丁班库吏往外就走。“站住！喝多了黄尿的东西，你们就这样走吗？连库规都被酒灌得忘记了哇！”“嘿嘿！没事的！没事的！一夜太平无事着呢！”“不管有事无事，交接班时都必须当场开库盘验，交接之事都可不办了吗？”丁领班很不耐烦地嘟囔着道：“唉！我说没事就没事的，真是脱裤子放屁，多此一举，庸人自扰哇。你不嫌烦那就盘验吧！”

按府库值班规定，库吏分为甲乙丙丁四班，每班九人。一人为领班，负值守全责。八人分为二组，按时逆向绕库查巡，定点交会，梆铃相应。甲乙丙丁各班交接时得双方齐集，当面开库盘验，下值库吏需脱衣检查，无有夹带，方可离去，值卫制度非常严密。

当府库铁门打开，双方进入库内，顿时都惊得魂不附体。丁领班大叫一声："我的妈呀！我这次是死定了哇！"口喷鲜血，昏厥在地。甲领班立时虎起了脸，断喝一声："谁也不许乱动！"吩咐手下，立报府台大人。

知府爱睡早觉，正拥着小妾做着美梦。接到库银失窃的急报，吓得翻身爬起，歪戴顶子斜穿袍，光着脚板反套靴，一边撩起袍角直往府库跑来，一边传令衙役三班立即警戒和封锁府库地域，禁止通行出入。谕召府属文武官员速来府署议事，增添城门兵卒，关闭各门严密盘查，遇有可疑的人和事，不问何人一律先行拘禁，不得疏忽。所属各县闻令行动，控制道路渡口，严防窃贼携赃窜逃。

一切预防措施部署妥当，知府在府库内设置公案，勘探案发现场。捕快班头禀报现场实况，屋上不见瓦碎，墙面不见砖动，地面不见洞穴，库存物品不见异常，只有库银二十箱不翼而飞。库区周围经昨晚下半夜暴风雨的冲刷，没有找到任何有用的痕迹。

知府道："难道库中之银会土遁不成？"

"禀大人，无翼不飞，无术何遁，土遁之说，卑职尚未见识过。"

"那依你多年办案之见，此系何人所为呢？"

"根据现场勘查，按理推测，只有一种可能，那就是监守自盗。"

捕头此言一出，吓得那跪在下首，除了短裤衩外，全身脱得赤条条的丁班八人，嗵嗵嗵地磕头如捣蒜："请大人明察啊！小的们冤枉哪！小的们有家有眷，就是借天做胆也不敢哪！"

知府一拍公案："呸！当班之时，竟敢酗酒，你们的胆子还小啊！"

"是！是！小的们该死，小的们实在是该死啊！"

"哼！你们岂止是该死！老爷的顶子也坏在尔等手上，可恨哪可恨。来人啦！领班的五十大板，余人三十大板，拖下去给我下力打！"

"喳！"站堂衙役一声暴诺，将八人拖翻，手下毫不留情地打得八人皮开肉绽。

刑毕，经三推六问，八人忍痛熬刑哭呼冤枉无供。

知府无法，命将八人收监严加看管。退堂回后衙，立刻详文上呈督抚宪台，自请处分，请求派员协办。

第二十五回 推官滥刑三代冤 受任特使察窃案

臬司吴推官、督台钱师爷风风火火赶到德安府正堂，在知府、同知的陪同下，连茶也不及喝立调案卷细细查阅，提取案犯坐堂立审。

喊过堂威，浑身抖颤不止的丁班八名库吏，分两排在堂中跪定。吴推官脸色铁青，声却温和：“咹！据我所查，尔等平日办差，尚算勤勉，怎么在那晚就忘了库规，过度饮酒呢？”

“大人英明，小的们实在是糊涂了！”

“那么酒是谁带进来的呢？”

“小的该死！”丁领班叩头道，“是小的高兴得昏了头哇！当班前三天，小的重续弦又娶了媳妇，当值之日众弟兄讨扰着闹腾着讨要酒喝，所以就买了酒菜和库里弟兄们同贺。想不到乐极生悲，惹来祸事临头哇！请大人明察开恩哪！”

“那么你是带了多少酒来？”“回大人话，小人带了一坛酒计十二斤。”

吴推官转身轻轻地问府同知：“我阅预审案卷时，未见上载酒事。请问残酒验过没有？”

“禀大人，酒已验过，无蒙药等异常。”

“哦！”吴推官略略思忖后，再问丁领班，“发现银箱失窃之时，你们可都在现场？”

“回大人话，除了因病告假没有前来当值的封平宽外，小的们都在现场。”“现场失窃景况，是否都如捕头勘查所言。”“的确如捕爷所言，库内无任何痕迹。”“好！那我再来问你，如果不是监守自盗，这库银要如何才能自己离库而出呢？嗯！你别急，慢慢讲给我听！”

丁领班被问得无法回答，只是喊着“冤枉啊，望大人明察”地苦口哀求。

吴推官嘿嘿大笑：“哼！尔等还叫冤枉！俗言道：船底不漏针，漏针无别人。除了你们有此条件，谁人能盗？一句冤枉，就能蒙欺本官吗？我看抄手相问，你们是不会说实话的。这样吧，你们就先坐坐老虎凳，舒服舒服后，再招好了。来人，大刑侍候！”丁领班叩头泣道：“大人且慢动刑，请容小人一言。”吴推官摆手止住执刑隶役，惊堂木一拍喝道：“那你快讲！”

“大人！库银十二万两，在小的们当值之夜失窃。这失职责任之重，小人心中明白，追不回库银，重则死，轻则流，决是难逃罪责。事已至此，何必要熬受酷刑叫皮肉受罪呢？”

吴推官闻言心喜：“着啊！常言道：一死容易，活罪难熬啊！你还算是明白人，交代得好，库银不短少。本官定为尔等美言，不予追究。嗯！那你就如实地说吧！”

“大人明察！库银二十箱，重达七千二百多斤，岂是我区区八人，在几个时辰之内，就能人不知、鬼不觉地运出去？”

“对！靠你们八人之力，一时是难运走的，当然还要串通外援，内外配合才成的。讲得好，再往下说！”吴推官举手往唇下一捋，才想起自己下巴上没有胡须，忙停下手来，不好意思地望望四周，见无人注意，才又皮笑肉不笑地把堂木一拍：“快讲！”“请大人明察！”“我在明察着呢，接着往下说！”“大人请想想，我等本地人氏，有家有产，拖儿带女，偷盗库银肯定是脱不了身的，明知是有死无生难享用，我们偷了有何用呢？难道是活得不耐烦了吗？”

这次倒是吴推官被问得无言可对了，愣在堂上好一会才回过神来，堂木拍得山响，气怒交加地大叫“一派胡言，上刑”。大刑下来，丁领班痛昏过去，凉水泼上未见醒转。

钱师爷忙附在吴推官耳旁，悄声说道：“吴大人，此堂初审，不可操之过急，免得当堂弄出人命来，断了线索。”

府同知深知丁领班的底细，也劝道："大人，我看此案疑处甚多。丁班共是九人，其中封平宽告假也不无嫌疑，为什么他早不病，晚不病，早不告假，晚不告假，偏偏在失窃之时告假呢？不管是否真有其病，也得拘捕归案为妥。此案重大，尚得细侦细查细推敲为上。大人，你看如何？"

吴推官沉吟片刻，点头道："二位所言甚是有理。不过，预审案卷中为什么没有这封平宽之名呢？贵府也太是疏忽了！这样吧！今天就审讯到此，先把这八人收监，立拿封平宽。"

封平宽，秀才出身，家境贫寒，为人清高自许不谙世故，与人议事不轻易苟同他人之见。现府同知在府学为生徒讲授，误将"无辜"读作"无辛"时，就学府庠的他竟冒失地说了一句"此乃辜非辛也，无须腰斩"。因此府县人等很少与他交往，他也就难免遭人嫌忌，学业虽优，功名无缘。他妻子三年前死于初产，膝下幼儿年方三岁，全赖七十多岁的堂上老母育养，三人相依为命。后得人荐举入府库为吏，负责抄写，分在丁班。这次因病告假在家，听到当班之夜库银失窃消息后，尚暗自庆幸自己病得及时，是上天眷顾，祖宗护佑。就在他正忙着上香点烛，拜谢天地、祖先的时候，只听得大门"哐"地被踢开，一伙捕快如虎似狼般地冲了进来。

捕头一抖手中铁链，说声："封兄弟！得罪了！府台有令，随我们走一趟吧。""请问捕爷，我犯了何事？""这个嘛，你就到公堂上去问吧。"推开封平宽的老母，锁上封平宽往外就走。

"跪下！"两侧隶役暴喝。吴推官望着脸上犹带病容的封平宽，一拍惊堂木道："你事发了！见了本官尚敢堂上不跪！"

封平宽躬身礼揖道："在下青衿在身，尚请大人谅宥！""哈哈哈，我以为是什么大不了的人物呢！我就先斥革你的秀才功名，你又能怎样呢？来人！剥除他的衣冠。"被剥除青衿的封平宽，在衙役的强制下跪在了当堂。

"封平宽，你的事发了啊！""小人不知大人所谓何事？尚望明示！""府库失窃之事，你可知道？""小人知道。""你告假在家，从何得知？""此事而今是路人皆知，我又何会不知？"

"那我问你，为什么你早不病晚不病，偏偏在你班当值之际而病，又偏偏在府库失窃之夜告假。若非是别有用心，怎么会有如此凑巧之事？讲！”

“大人，人吃五谷，谁保不病？何况人有旦夕祸福，天还有不测风云呢！”

“可人见黄白，谁保不贪。你患的是什么病吧？是见财起意却又想逃避追究的病，是蓄谋预设不在现场，以此混淆视听的作案犯科病。嗯！封平宽我为你诊断得可对！”

“大人此言差矣！小人患病告假，有医师脉案、处方为证。尚请大人明察为是！”

“哼！你们这干人，我见得多了，好说好劝是决不会听的，既然你利舌擅辩，那你就先和五刑之祖夹棍去狡辩吧，夹棍侍候！”火签掷下，封平宽痛得死去活来。熬刑不过，招取了盗银之罪，具押签字毕，已是奄奄一息，无法再审。吴推官吩咐镣枷收监，严加看管。

第二天，复审紧追库银所在，封平宽却又当堂翻供。于是，几刑几招又几翻，案情无法发展也无法定案，气得吴推官暴跳如雷，也累得精疲力竭。

吴推官，本名吴怼。因在提刑按察司任审案官，人们习称为吴推官，家中富有却才运不通，只好输款捐贡，得为道员入臬司。他经办案件时，靠穷逼诱导、夹烙灌吊，竟也连克数案，人赃俱获。一时声名大噪，很得上司青睐，视为干员。正当他被封平宽的反反复复气得七窍冒烟之时，听到府同知告知封平宽乃纯孝之子，顿时眼睛一亮计上心头，当时就签提封平宽老母、幼儿到案，连夜突审，酷刑相逼。封平宽为缓母刑，招出了专门为丧家操办丧事的邻居余仲是同党，供称库银窃出后由余仲一手处置。严刑之下，余仲又攀供了平时在一起干活的山夫，山夫又招邻人，邻人又招亲友，一时里牢狱中人满为患，哭冤声不绝于耳。

吴推官通过甄别筛选，圈定了其中十一名身强力壮的山夫为此案重点，余则继续收监，以做备用，有进有退，算无遗策。

几番审讯，一名山夫当堂被辣椒水灌得胸肺出血而亡，一名山夫腿骨粉碎断折。吴推官虽是审得辛苦，而所窃库银却被逼出了着落。

余仲供出了库银窃出后，即被埋藏在城西乱葬岗的坟墓里，可是余人却口供不一，你说东来他说西。吴推官不为所惑，沉下气来，继续推敲诱导，软硬兼施，终于使得众口一词，供实藏匿在城西乱葬岗上。眼看大功即将告成，吴推官轻松地吁了一口长气。一边派钱师爷立马赶赴督署预报喜讯，一边让众犯吃了一餐好饭。稍歇片刻，立即带着有关官吏、衙役、壮丁，押着封平宽、余仲等犯人，赶往藏匿库银之处取赃。

乱葬岗上，坟坍碑倒，稀疏的杂草掩不住裸露的砂砾。除了垂吊着红舌的野狗在坟墓间乱窜外，余下来的就是荒凉和令人顿生寒气的阴森。

封平宽、余仲等犯披枷戴锁在衙役的驱押下，领着众人东寻西找满山游走。吴推官有些沉不住气了，就忙叫众人停下，然后坐在随员带来的遮阳红伞下的座椅上，紧绷着黑脸恶狠狠地追问道："尔等到底把库银藏在哪里啊？余仲，你快说。"

余仲道："大人，我在回忆着呢！当夜雷电暴风雨淋得眼睛都难睁开，匆匆掩埋后，却来不及做上记号。此时实在是难以识别啊！"

吴推官闻言火冒三丈，大怒道："你们这些贼骨头，事到此步尚要蒙混，真是不打皮作痒。来人，先打他五十大棍！"余仲忙磕头道："大人息怒！待我再想想！""快想！否则休怪本官无情！"余仲连连答道："是！是！哦！对了！不错！就是前面那座碑石斜歪着的大坟。"吴推官顺着余仲手指方向，问道："哪座？""就是前面那座！"吴推官仔细地察看着该坟，果然是新土，虽被暴雨淋过看不出挖埋痕迹，但土色却和附近老坟明显有别。

一声令下，差役、壮丁们，锄锛铲挖，坟内之棺很快地就显露了出来。可是撬开棺盖一看却都大失所望，棺中空空既无库银也无尸体。惊愕过后，吴推官大喝一声："快把这伙恶贼推上来，我要现场拷问。""喳！"衙役们应声执行。

余仲此时也被开棺之景惊诧，暗自思忖："真是怪事！此坟刚造不久，怎么会没有尸体呢？唉！事到如今，也只有胡扯一法了！拖得一时是一时啊。"在催逼之下，他磕头禀道："库银确是藏在这座坟里。现在大人也看见了，库银若不是藏在此棺内，又怎么会是空棺呢？也不知是谁黑吃黑，趁着我们离去后，又把银子取走了哇！望大人公侯万代，明察啊！"

吴推官一想也有道理，忙问道："那么除了尔等外，是否还有其他人知晓库银埋在此地？"余仲道："不知道哇！多一个人知晓，不是又多了一个人分吗？"

"嗯！那你再想想，你们藏银时，是否被人瞧见或有其他动静？"

"哎呀！大人不指点提示，我倒忘了啊！那天，风猛雨大，雷电轰鸣，刚把库银藏好，封平宽也跌跌撞撞地赶来了。我好像记得封平宽刚问了一句都埋好了吗？就又听到他异常恐怖的有鬼、有鬼的惊叫。我回头望去，果然看见一团黑影，颈上无头，双手却捧着头往这边跑来。平宽，你还记得吗？"

封平宽听了暗暗叫苦："唉！你这个余仲啊，怎么把这一火栗子又塞到我怀里啊！"一边回答道："不错！这个无头鬼是我先看到的，后来大家听我一喊，不是都见到了吗？"

于是那些被捕的山夫们纷纷证实："是啊！我的妈呀！颈上还直冒着血水呢。""不错，就是在那长长的贼亮的闪电下和一声炸雷的轰隆隆声中冒出来的。我还看见他手上捧着的那颗脸上双目怪睁的头，嘴里念叨着：就在这里，就在这里呢！""是的，是的！我记得还是你喊了一声：斫头鬼来了，快逃啊！我们不就是这样你推着我，我搡着你的，连埋银子之处的记号也没做下，就一个劲地逃回了家吗？"

余仲接嘴道："我们就是这样逃回了家的，后来还没有来得及去查看，就被关进了大牢。大人！我看库银肯定是被那斫头鬼取走了。人偷鬼取，我们真是冤哪！"余仲冤声刚落，一陈怪风陡起，岗上那棵孤零零的歪脖子秃树枝杈上，立着的乌鸦"呀！呀"地惊叫而飞。

吴推官突觉寒气漫胸，背心发冷，毛骨悚然，不禁霍地站起吩咐回衙，立即匆匆地撤下了乱葬岗，回到了府衙里。

张鸿翥同宗武微服赶到德安府时，正巧赶上吴推官坐堂审理。他吩咐门吏暂别通报，就隐身在堂前门旁，观听堂审。

已被折磨得不成人形、身不由己的封平宽跪在大堂上，老母幼儿现在何处，是生是死不得而知，真是痛彻心肝度日如年。他横下心来，向堂上高喊着："你们就不要再审了啊，让我去死吧！"吴推官鼻子一哼道："封平宽，封平宽！你死都舍得，还要去顾什么身外之物呢？我看你是利令智昏疯了啊！告诉你吧，不把藏银吐出来，我叫你求生不能，求死不得。什么斫头鬼？我看就是在捣鬼！今天再无实供，你就看着你老母幼儿受刑吧！还不快招！""……"封平宽闭目无语。"好哇！竟敢以无声相抗，你就看我是如何叫你开口吧！来人哪！""喳。""将贼婆子及其贼子带上来！”“喳！”

封平宽膝行到老母身边，一头栽偎在母亲怀里放声痛哭：“娘哪！不孝儿害苦你了呀！啊！啊！”老妪紧紧将孙儿搂在怀里，腾出一只手来抚摸着儿子的头道：“儿啊！娘不怪你，娘知道你是冤枉的啊！”封平宽听了心如刀绞，越是放声悲号。

“啪！”堂上震响，“别哭”一声断喝。吴推官面目狰狞，“哼！不招实供，尚要装作孝子。我叫你装！来人，把火盆端上。”

“喳”！执行衙役从熊熊的炭火火盆里取出烧得通红的烙铁，“嘶”地把老妪上衣撕破，就要往她胸口烙去。

封平宽心胆俱碎，双目裂血，狂喊道：“住手！我招就是了。”吴推官鼻子哼了一声，摆手止刑。封平宽状似疯魔：“库银是我在当夜让我表叔趁雷雨时，装鬼吓走众人后，再取走的啊！”“你为何要这样做？”“我是为了独吞哪！”“那么你把库银转藏何处？”“当时我为了不引起余仲等人怀疑，只能是随着大伙回家，而转移掩藏，就全交我表叔处置了。”“那快报上姓名、居处，好！这不就结了嘛！哼，早能如此，哪有这么多苦吃，真是贱骨头啊！”吴推官发下拘牌火签，立派捕快按照封平宽所供前去拿人，又狞笑着对封平宽道：“再找不出库银来，哼哼！就让你的儿子尝尝辣椒甜水的滋味吧。退堂！”

宗武望着鸿翥说道：“我看这位吴推官确实是厉害啊！对七十多岁的老妇都敢用如此重刑，你看他眼睛眨都不眨一下，真是铁面阎王爷。贼人已招，案也快结了。师弟，这样你也省得再劳神了。”

鸿翥皱着眉头，神情沉重地说道：“我看事情不会这么简单，你没有听那老妇在公堂上直喊冤枉吗？走，待我拜会过德安府再说。”

知府接到督台特使张鸿翥前来拜会的禀报，立刻盛礼相迎入衙。一番寒暄过后，方你谦我让地分主宾坐下，共议库银失窃事。

正当众人在叙谈案情时，前去捉拿封平宽表叔的捕头，满头大汗地闯了进来。吴推官不待捕头禀告即向众人揖道：“人犯现已抓到。请诸位大人一道去坐堂审理，结束此案取回库银吧！”不料捕头却把头一摇：“唉！我们又上了封平宽的大当了哇！”

“你说什么啊？”吴推官简直不敢信自己的耳朵，“我们怎么又上当了啊？”

捕头禀道："封平宽的表叔早在三年前就已亡故。我们还上山去查看了他的坟墓呢！"

吴推官脸涨紫茄色，顿足大骂："这个见了棺材不落泪的顽贼！非要他祖孙三代蜕层皮不可。也好让他知道知道戏弄本官的下场。"说罢，就要升堂提审。

府台忙嘱道："吴大人，可千万别莽撞哪！若是重刑致死，那可就断线了！"

"吴大人，先请坐下，稍安毋躁，且听末将一言。"鸿翥说道，"案发至今，我们仍没有找到破案的证据。仅凭口供，那就难免被疑犯牵着鼻子团团乱转。"府台道："那依将军之见呢？""我的意见是重新细勘现场，查找证据再重点突破。"

"我不同意这个意见。"吴推官直截了当地说道："通过多次审理，案情已明。案犯供出了同伙、招承了窃银。余下之事就是取赃。人证确凿，还要查找什么证据呢？"

"当事人的口供难以入证哪。若是互相诬攀呢？那我们就会被引入歧途啊！"

"那将军您就多虑了！众供一词，岂是诬攀！今天严审，我非叫他们把库银给我吐出来不可！"

张鸿翥斩钉截铁地说道："我不同意如此蛮审！"吴推官反言道："这怎么是蛮审呢？啊！没盗会承认盗了吗？承认盗了，能说不是证据吗？""不错！供词也可算是证据，可也不能算是主要证据。严格说来嘛，口供也可能不是证据。吴大人，请别见气！审案官无证认定，先入为主，那可是为官者之大忌呀！""照将军此说，那我审错了？""话不是这么说。"

"现在你是督台特使，全权办理此案。"吴推官语含不服地诘问道，"你就说说我该怎么说呢？"

张鸿翥不急不躁，冷静地说道："吴大人，查阅案卷，我觉得其中疑点颇多，可没有说你审错了。审案是不会错的，为了追回库银大家都尽了力，案发后很多事就处置得当。如封锁道路，在各县各地加大侦缉搜查力度呀，及时将当值库吏隔离收监啦，等等，就做得很好！保护了现场，也起到了敲山震虎，使窃贼不敢轻举妄动的作用。不过那封平宽等在捕疑犯，处重刑之下虽然招承，却又反反复复，至今也交代不出藏银之处。吴大人在堂审时，就有一句话问得好，‘人都舍得死，还去顾什么身外之物呢?’我们想一想，他连死都舍得，为什么还要去编造假话呢?我们是在查案，破案，而不是逼案。一旦证据查出，那才是破案之时了呢!”

府台听了心服口服。吴推官听了也在心中暗思，“此人不简单!并非是莽武夫，还真的不能小觑了他呢!”忙转换口吻道：“将军所言也有道理。下步如何进行，下官恭聆吩咐。”

鸿翥笑道：“诸位大人就不用客套了，大家商量着办吧。我的意见是暂停审讯，先从府库查起。”

第二十六回 蛛丝马迹问现场 诚服山夫雨中车

府库值班房内，盘盏狼藉。鸿翥眼尖，看见板凳下有一枚断棘刺，俯身弯腰捡了起来。细察之下，棘刺上血迹犹存，就放进了白绸手帕内包好。经反复询问过甲、丁两领班当时交接班的情况，并核实无误后，当即就分清了两班责任。

进入库内，宗武用单管千里镜仔细观察，突然喊道："快看，往上数第三根桁架木怎么会有新勒痕呢?"

鸿翥看过后问值班库吏桁木上的那些勒痕，是不是库中拉吊物件所致？库吏回答库中从没有在此桁木上拉吊过物件。尤其是案发后，为了保护现场，更不会在上面拉吊物件了。

吴推官也道："就是以前在上面吊过物件，勒痕也不会如此鲜明！这是个明摆着的问题，任谁一看谁就明白的嘛。"

鸿翥从桁木对应的地面上，又发现了一个下尖上宽的三角浅斜小坑洞孔。库吏指说银箱就是堆放在这个位置上，于是可以断定此小坑洞孔当为镶嵌木箱铁角砸撞所致。

府库围墙高达七尺左右，库后数棵大树粗可合抱。一丛丛荆棘灌木就长在大树旁。

衙役搬来长梯登上去察看，屋上面盖瓦整齐未见异常。知府长叹一声："唉！当晚那场暴雨帮了贼人的大忙了。就是留有痕迹也被冲刷无遗了。”鸿翥道：“暴雨帮了贼人的忙，可也帮了我们的忙哪！”“此话怎讲?”“暴雨相阻，不也给贼人造成了运赃逃逸之难吗?”

鸿翥亲登长梯，仔细察看后，还是发现了瓦上异状。数行沟瓦上的苔藓虽被雨水冲掉，但长过苔藓的痕迹仍然可见，而其他瓦上的苔藓同是经过暴雨冲刷，却是依然如故。这就说明瓦被人动过，苔藓才会被雨水冲走。把瓦掀开一看，在横宽十余垅瓦的位置上，呈“T”形下沿到屋檐处的杉木承尘板，不仅是覆盖在桁楞木上，而且两端铁钉固定之处，仍留下被撬动过的裂痕。掀去承尘板往库房里一看，屋面的开孔方位正对着库内银箱堆放处，贼人由此窃走库银已是无疑。

拍去身上所沾灰尘，鸿翥缓缓说道：“从现场看，若说是监守自盗，就不需要如此翻墙掀瓦越屋自找麻烦。若不是内外勾结，开孔方位就不可能是在银箱堆放的位置处。若就认定是封、余等人所为，又嫌证据不足。不过……”说着说着，他突然停言快步走到那棵大树下，在荆棘丛旁蹲下身来细心地拨弄着，寻找着，从荆棘刺上摘下了一支断纱细丝，又包在了白绸手帕中。起身抬头见众人都以不解的疑惑眼光望着他。他略一思忖就对众人的疑惑恍然觉悟，忙招呼着他们近到荆棘丛边，然后摊开白绸手帕，指着荆棘丛枝解说道：“诸位请看，这枚是我在值班房内捡到的荆棘刺，嘞！这丛荆棘枝上有断刺痕，断处正好与值班房留下的棘刺吻合。这说明当值时有人来过这里，而且可以说来这里的人，因心里慌张，又是黑夜，嗯！就被这突出地面的树根绊倒，也就跌倒在这蓬荆棘上，否则荆棘就不会有枝被压折，也就不会勾挂下这么一小截布纱丝，这也说明了在收监疑犯中必有勾结窃贼的人了。”

众人听了张鸿翥的解说分析后心中疑惑顿去，此刻唯有吴推官心中突然生起了一缕莫名的不祥感觉，背上冒出了阵阵冷气。

“封平宽，你抬起头来!”封平宽自从供出死去多年的表叔后，心里一直是忐忑难安，不知在什么时候大刑又要降临到老母、幼子和自己身上。闻听堂上呼唤，他试图挣起身来，可几次都未如愿。“封平宽，你刑伤在身，若是不能跪起，就坐地讲话吧！可一定要说真话，切不可自误啊!”封平宽听了万分惊诧，审官今天怎么连声音、语气都变了呢？他艰难地挣起身来，抬头一看竟是换了堂审官。

“封平宽，我问你的话，你听见了没有?”“嗯!”“你知不知道你表叔已死多年之事啊?”“这个……”“封平宽，你要说老实话啊！别这个那个的。你既然知道表叔已死，为什么还要编造假话，用一个死人来欺蒙官府呢？啊!”

封平宽连连磕头：“大人明鉴！我也是无法啊！我不招死人，还能再招活人吗？受我牵连之人已是不少了哇！我受不了，别人也同样受不了哇!”

鸿翥道：“无法就可乱讲吗？难道一人做事一人担这个道理，你都不懂吗？这样吧，不管你怎么说都不动刑，更不伤及你的老母和幼子，但你一定要讲真话，听清了没有?”“大人啊！你说的可是真话啊!”“身为百姓父母官，我为什么要说假话?”

封平宽也不知哪里来的气力翻身跪起，朝着正堂上“咚咚”地就叩了几个响头，悲号道：“大人开恩哪！小民实在是冤枉啦!”“既是冤枉，为什么还要乱招哇！供词上可是你亲笔具押？你难道不知一字入公门，九牛拉不出的道理吗？亏你还是一个秀才!”

“请大人明镜高悬，我是屈打成招哇！在具押时，我就在录供纸上写上了小民之冤哪！我是天天祈祷上天，怜我母老子幼，盼着将来案情上呈时遇到清官，一看就明哪!”“哦！还有此事！钱师爷，查他的口供具押。”“大人请看，签押封平宽，未见冤枉二字。”

“大人明察，那上面明明签的是封平冤哪！我是以草书将宽字写成‘冤’字的啊！若是明写，我过不了那酷刑关啊!”

张鸿翥和钱师爷仔细察辨后，都哑然失笑：若是宽字，宝盖头上少一点，下面笔画虽然勾连，而“见”字的竖弯钩中又多了一点。封平宽自己不说，还真会忽略过去。

张鸿翥再审问道：“那余仲等山夫呢?”

封平宽双眼泪溢涟涟，叩头道：“大人哪！我有罪啊，我有伤良心哪！我都没有做此犯法之事，何况他们！他们都是受我所供所累所害，当然也是屈招的啊!”

“封平宽，你只要说的是真话，我自会给你个明白。但你在监中，可得老老实实不得乱说乱动，否则恶果自食。听明白了没有?”“小人明白，求大人明镜高照啊!”封平宽叩头不止。

张鸿翥摆摆手："带下去！不可虐待。提余仲！""喳！"

"下面跪着的可是余仲？""是小人余仲。""你可知道提你上堂是为了何事吗？""知道，还是府库失银之事。""此事可是你所为？""禀大人，小人是该招的都招了哇。"

张鸿翥一拍惊堂木，追问道："那你还有什么不该招的还没有招哇？"

"这……"

"快招！"

"青天大老爷！那没有招的是、是，唉！"余仲心一横道，"大人哪！我说了你可别动刑啊！""那好！只要你讲的是实话，决不加刑！"

"我上次讲的斫头鬼之事，其实是假的！而装鬼的人却是有的。"

"哦！那你老实招来，此人姓啥名谁，家住哪里？""此人名叫魏颠，家住城西乱葬岗附近的小村上。""那库银可是他取走了？"

余仲道："这事就要问他了。我没有亲眼看到他把库银取走。""那你还有什么要说的？""大人，这事我说的可是真话啊！"当余仲被带回牢房，一路上还寻思纳闷着："今天这个审案官可是糊涂了吧！怎么这么问问就过去了？真是有点怪啊。"

三人赶路全身汗湿，来到郊野又见暗沉沉的乌云起西北，树枝叶偶尔晃动，闷热得令人心烦。

吴推官不仅仅是心烦，而且是又恼又气堵得心中发慌。恼的是自己被封平宽所骗，气的是张鸿翥审案之法，"哼！那有审案时与疑犯形同商量之理，这不是与虎谋皮吗？幸好余仲咬住不改口，倒又供出了假装斫头鬼的魏颠。找到了这个假斫头鬼，咱们再瞧吧！"

"快！大雨来了。快去前面草亭里躲一躲！"宗武话音刚落。一道刺眼的闪电临空掠过，霹雳轰然已在头上炸响。就见一人从头到脚罩在血红色的长衫里，双手捧着一颗人头冒着倾盆大雨，从破草房里跑了出来，一路高喊着："头在这里！头在这里。"

吴推官霎时脸白如纸，喃喃地说道："此乃疯子！此乃疯子！"张鸿翥也明白了余仲等人所供的"就是这里"，实际上是为了避刑故弄玄虚把"头在这里"的"头"字改成了"就"字。不禁叹道："这个余仲倒真会编哪！"就向同在草亭避雨的老人询问此为何人？

老人长叹一声道："此人就是疯子魏颠哪！"

"那他为什么要穿红衣，捧假头，还叫着头在这里呢？"

老人道："作孽啊！这魏颠六七岁时，村里闹义和团，其父也是一名小师兄。庚子年间，官府剿杀团民，是哪村的就押到哪村开刀问斩，全村老幼都得去观斩。这疯子之父呀，被五花大绑着，背上插着斩牌押到了乱葬岗上。说来也怪！当刽子手举刀砍下时，嗯！也像刚才一样电闪雷鸣，狂风暴雨大作。血迸头飞，那头哇！竟骨碌碌地滚到了魏颠脚边。官府走后，村人帮助掩埋。他爷爷哭喊着：我儿的头呢？我儿的头呢？此时魏颠不但没哭，却双手捧着父亲的头颅，狂喊着：头在这里！头在这里。唉！十多年来，每逢雷雨，不管白天黑夜，这疯子就双手抱着假头，满岗乱跑乱吼。真的是可怜哪！"

雷雨停。鸿翥望着自顾离去的老人背影，问道："吴大人，我们还找不找这个魏颠问话？"

吴推官道："张将军，这个疯子就别找了。只是那个该死的余仲骗得我们团团转，回去倒非整治他不可！"

鸿翥道："余仲等人胡乱瞎编，倒也怪他不得。经过排查，再纠缠此辈口供，反被缚住破案思路，延误时机。狱头禀报，监中所关疑犯多有病倒，据说又有几人不行了。狱中死人过多，干大清律反坐之条，责任重大，非同儿戏！我意除了案发当值库吏外，其余因此案关押疑犯，均暂让他们取保回家候查，不知吴大人意见如何？"

"将军请恕我直言，这封平宽病在案发，其中必是有诈。乱葬岗坟内，若非藏银，岂会空棺无尸！倘若纵放封、余等，致使串供逃逸，我们就难辞其咎了。"

"吴大人所言也有道理。不过嘛，这封平宽家中，我们都亲去搜查了多次，未见有何疑证可坐实他有牵连。至于案发之夜，因病告假也可视为他正是无诈。因为他若是勾结外贼，就更需要当值诸人为他证明在案发之夜，他没有离开值班房半步，岂会借病告假，而自陷嫌疑。至于空棺无尸么？可能又是凑巧一案，绝对不会与库银有关。我丈量了坟茔，坟穴虽大，却绝放不下二十箱库银啊！"

吴推官听了张鸿翥的这番剖析，竟然也后怕起来。暗自思忖着，"若真的是抓错了，造成狱犯死亡，自己倒真的是难逃干系，邀功不成反受其过了。反正他是特使，就是放错了由他担承好了。”于是也不再坚持己见，可念到鸿翥真诚待己之情，仍是提醒了一句：“若让封平宽等人取保候查，当应严加监控以防彼等逃逸。”

其实鸿翥也担心放错，听了吴推官的提醒甚觉有理，忙道：“监控此事，就有劳吴大人了。嗯！明纵暗控，说不定对侦破此案尚有裨益呢。”

“有了！”站立一旁的宗武此时突然开口说话，“在案发当夜，谁离开了值班房谁就有了啊！”

鸿翥、吴推官二人听了顿有感悟，同时说道：“对！的确有了。”

办好了取保候查手续，余仲拖着刑伤不便的脚步和妻子相搀扶着蹒跚、艰难地往堂外走去。刚要迈出大堂高高的门槛时，却又回过头来似是有话要说。鸿翥心中一动，即呼叫道：“余仲留步。我看你似有话欲说，是不是还有什么为难之事？尽管直说。我能帮你的，一定尽力为你解决。说吧！”

余仲顿时热泪盈眶返身跪倒，连连叩头道：“青天大老爷啊！你是我一家大小的恩人哪！小人心存一事，本来早想禀告，可又怕说错了惹火烧身。现在见了大人有如明镜，小人觉得再不说出来，就对不住大人你了。”

“余仲！你既是信得过我，就快说吧。说错了也决不怪罪于你！”

“禀大人，府库失窃的那晚，正是雷雨交加。我家房子特漏，在老婆的再三催促下，我才起床去接从屋上滴漏下来的雨水。就在这时，我隐隐约约地听到门前街道上，传来一阵急急的脚步声和吱呀吱呀的车轮声。就好奇心起，心想这么晚了，雨又大，怎么还有人忙着赶路呢？于是凑在门缝孔隙处偷看。在阵阵闪电的短暂光照下，约有二十多名青衣人，吃力地前拉后推地推着七八辆羊角独轮车匆匆而过。嗯！车上两边载有长箱，看样子沉得很呢！是不是库银，我就不清楚了。”

“你可记得是往哪个方向而去？”“是往城西而行。哦！我记得闪电之下，其中有一人似曾见过。”

“你再仔细想想那人是谁？”“好像是蒙家兴。可到底是不是他，却不能肯定，请大人明察！”“蒙家兴这人是住哪里？”“好像住在东边齐城山四湖口附近的蒙家村上，我和他在过去来往不多。”

鸿翥听了喜出望外：真是柳暗花明又一村啦！立时精神大振，将余仲从地上拉起来：“余仲，此事至关重要！记住！千万别往外传，免招无妄之灾遭人暗手。若查属实，官府必有重赏！现在，你就回去好生将息吧！”

走在鸿翥、吴推官、钱师爷前面的宗武和府衙捕头，突然止步蹲下身来，盯注着一段土色松紧、深浅不同的一溜车辙压沟，叫道：“这里有车铁辙沟迹！”鸿翥上前察看后，用手指轻轻地抠出辙沟里的浮淤土，露出了整个原辙。

宗武马上说道：“这是镖局载货用的羊角独轮车辙！”

吴推官道：“你凭什么能说明这是镖局所用车呢？”

宗武道：“我自小在镖局长大，已是司空见惯。镖局车辆一要载重，二要长途跋涉，必须平稳耐磨，因此车轮厚实，宽于民间所用。”

鸿翥问府衙捕头：“近来是否有镖局车辆在此进出？”捕头答道：“城门守兵曾说过在封锁城门前半个时辰，有插着‘三星’镖旗的车辆出了东城门。”“多少辆？”“十辆吧！”鸿翥命令道：“立查‘三星’镖局！”“喳！”

鸿翥继续顺沟往前抠着淤泥察看轮压痕迹，发现了在一个硬土压痕点上，清晰地留下了车轮铁箍凹凸形连接处，是凹形朝西，凸形向东的印记，这就说明镖车是往西去了。五人站起身来，向西寻查，很快又在离西城门不远处，发现了交叉相轧的车辙。此处地势稍高，多道车辙没有被雨水洗刷的淤泥所掩埋，印迹清晰。奇怪的是：同前面所见的那道沟辙，宽窄一丝不差，而车轮包箍的凹部都是向东，凸部却是朝西了。

面对车辙，鸿翥正细查细思间，派出侦缉的捕头赶来禀告：三星镖局于去年秋，因所护镖货被强人邀劫，追寻无着，已倾家赔偿关闭。他立刻就反应了过来：“是了，要劫这库银，只有这股强人才能做到哇！你们看看，有预谋，有部署。运赃时，竟玩起了形西实东南辕北辙的诡计，以诱引我们入其所设迷途。现在可以肯定在封锁城门之前，那东去的镖车所载之物，必是府库之银了！”

第二十七回 一枚荆刺一支纱 蒙家村访四湖邪

载着钱师爷和臬司捕头的马车，风驰电掣似的飞驰督府。很快一匹匹骏马从督台、抚院又奔向本省府县和邻省的督、抚衙门，邀请各地协防协捕。德安府更是严命属下各县加强控防。督府令一名千总武官率领德安营一队官兵，开往德安府东南部听候鸿翥调遣。各乡村的民壮也是执械增岗，梆锣呼应。一张大网在张鸿翥的策划下，部署得更加严密了。

兵分两路，宗武随同府衙正、副捕头往东侦缉贼踪。张鸿翥、吴推官和府同知，联审丁班库吏。

疲惫不堪的丁领班被提上堂来，“笃”地跪在地上，叩头不止，连喊冤枉。张鸿翥一拍惊堂木，骂道：“你还冤枉哪！你可知道你所犯的罪过有多大吗？该死的东西！”“小的该死，小的是该死啊！可库银确实不是我偷的啊！”“不是你所偷，那是谁偷的啊？啊！”“小的悔不该在当值时喝那个该死的酒哇！确实不知是谁人偷的啊！请大人开恩哪！”“那我问你，除了封平宽告假没来当值外，你们八人是同时来接班的吗？”“是同时来交接班的。”“接班后，所饮之酒是从家中带来的，还是临时去沽的？你或是其他人，有没有离开过值班房？”“这个么！我记不清楚。”“嘿嘿！这事你可要记清楚哇！快讲！”站立两边的衙役齐声暴喊：“讲！”丁领班立时浑身如筛糠似的抖了起来：“讲！我、我讲！酒是我出银，疤瘌脸自告奋勇去店家买来的。哦！好像在饮酒中途，疤瘌脸说他肚子疼，内急要大解，又出去了一下。”

“什么时辰出去的？去了多长时间？快讲！”

“记得他出去的时候，天还没有下雨，约摸是在亥时左右吧。出去的时间么，好像也就是一袋烟工夫。”

“他返回值班房时说了些什么？平时酒量有多大？”

“酒量大，能斤酒不醉。回来时说了些什么呢？当时我们斗酒斗得差不多了，好像没有听他说了些什么。哦！好像是摔了一跤，嘴里还嘟嘟囔囔的直骂荆棘丛呢！”

“当时，他身上有什么异常吗？”

“没、没有。有、有！他手上、脸上，还有疤瘌上都被刺扎了，不错！疤上的那枚断刺还是我替他拔出来的，直沁血珠子，痛得他直哼哼呢！”“那枚断刺呢？”“我随手就扔在桌旁凳边。”张鸿翥掏出白绸手帕，取出那枚在值班房捡起来的断棘刺问道：“仔细看看，是不是这枚？”丁领班接过一看，连连说道：“是这枚，就是这枚。大人请看，这折断处下面还有我的指甲钳掐出来的痕呢。”

吴推官、府同知互相察看，果然刺上的指甲掐痕宛然而在。押下丁领班，又连审了三人，所供基本相同。退堂后，三人又亲到西厕去察看了厕旁荆棘丛，没有发现有被压的痕迹，莫说断折枝条，连叶也未损一片。三人眼前一亮，异口同声道：“立审疤瘌脸！”

“下面跪着的可是疤瘌脸吗？”“禀大人，大家都叫我疤瘌脸。”“这段时间里，你想了没有你在值班那夜都干了些什么吗？”“那天夜里，我同众人一样喝醉了，没干什么啊！请大人明鉴！”“嘿嘿！你是记不出来，还是不敢记啊？值班之夜，你外出值班房，究竟是去干了些什么？快招！”

“大人！那夜我是去大解啊！”“真的是去大解吗？啊！大解时，你不是还摔了一跤吗？”“是！大人明鉴。是摔在茅厕旁的荆棘丛上。手上和脸上还被这该死的荆棘刺扎得冒血呢！”

“那你看看，是不是这枚刺呢？”

疤瘌脸从衙役手上接过断刺，看后道：“记不清是不是这枚。”用手指指脸上疤瘌：“反正扎在这上面的刺，还是领班给拔出来的。”

惊堂木“啪”地震响：“疤瘌脸！”“小的在。”“你究竟是去了茅厕，还是去了库后？快招！”“什、什么？这、这……”

“来人!”张鸿翥一声唤，堂下暴诺。“剥下他的值班号衣。呈上来!”“喳!”衙役们摁住疤瘌脸，七手八脚地就将他的上衣剥了下来，呈上公堂。

吴推官疑惑问道：“将军，剥他的号衣干啥?”

“吴大人，请看！这是我们勘察府库后面时，从大树下的荆棘丛上取下的丝纱线。我走访了城内的各号布铺，据业中专人细辨，对比了各类布匹的颜色、强度等等，都说此纱线和衙门号衣所用布料上的纱一样。我可断定，疤瘌脸肚痛大解去茅厕是假，而是去了库后。当时心急浮躁，加上天黑没留神脚下，就被那棵大树突出地面的支根绊了一跤，摔在了荆棘丛上，当是事实也!”鸿翥中指沾起那支断纱又道，“疤瘌脸既然是从西绕向库后，而不慎被树根绊倒，据此我又可断定，此断纱必是从其号衣上扎挂撕拉而下的。由于大树遮蔽了荆棘丛，所以才没有被当夜的暴风雨冲掉或刮走。来！我们就检查这件号衣吧。”

公堂上，三位审官认真仔细地察看着号衣，果然在左袖肩部发觉了断线之处。断纱处上下皱缩，若不是有心查找还真不容易发觉。当小心地把号衣上的断纱捋顺、熨平，再把从荆棘上取下的那截断纱摆放上去，断茬衔接、长短颜色分毫不差。

张鸿翥望着跪在地上的疤瘌脸道：“我再问你一遍，刚才由你身上脱下的号衣，可是你自己的吗?”“是，是小人的。”“好！号衣既然是你的，那你说说，你摔倒在茅厕旁，衣上断纱怎么会挂在府库后面的棘丛上?”疤瘌脸眼睛骨碌碌地左右转着，不知如何回答是好。

张鸿翥把公案一拍，大声道：“你说内急大解，不上茅厕却跑到了库后，到底是为了什么？哼！可以断定，当时你摸到库后，就是去同盗窃库银之贼接头。虽然天黑如漆，却是神目如电哪！鬼使神差地让你摔了一跤，留下了犯罪之证。你若从实招来，念你利令智昏一时糊涂，尚可网开一面从轻发落。你要是顽固不招，以沉默对抗审讯嘛！那可是王法无情，罪加一等了。就别让皮肉受罪了，快招吧!”

疤瘌脸无法回避，低头不敢回答问话，支支吾吾了好久才故作镇定地说道：“大人容禀。小人即使是去了库后，也是饮酒过多，醉得迷迷糊糊地走错了地方，错把库后当茅厕，这也不算奇事。难道仅凭一丝断衣纱，一枚断荆刺，就可指我为盗银之贼吗？大人说我去库后是与贼人接头，我会去与谁接头呢？若说我是去与窃贼接头，库银既已到手，难道我不会和他们一道撤走，反要赖在值班房里等着挨刑、等着抓吗？再说那荆刺上的血迹又怎能确定是我脸上之血呢？又怎能断定那刺就是由我脸上拔出的那枚刺呢？大人哪！你可要明察啊！”说完，抱着死猪不怕开水烫的神态再也不开口了。

“好一张利嘴！来人！”“喳！”“端上清水来！”“喳！”

衙役端上一碗清水，按照吩咐将那枚棘刺浸入清水中，数缕红丝漂浮在水面上，然后四人摁住疤瘌脸，从其耳垂之处刺出血来滴入碗中。那枚荆棘刺上的血丝随着碗的剧烈晃动，很快就与滴入碗中的耳血相附在一起融为了一颗血珠。张鸿翥笑道：“古人早有融同斥异的滴血验子之法，他人之血绝不会同你血相融。现在棘刺所沾之血已同你耳上之血相融，足以断定此刺即是从你脸上取出，何况有你同班库吏认定为证。事已至此，你尚有何可说？”疤瘌脸再狡诈此时也没有办法狡辩了。

鸿翥又一拍堂木：“若要人不知，除非己莫为。你还是老实招来为……”话未说完，抬头却看见了宗武在堂外向自己招手，即笑着对吴推官轻声交代道：“此人卧底府库，同贼人勾结盗窃库银已是无疑。由于我们控制及时，贼人来不及互通声气。现在疤瘌脸可能尚不知库银窃出后的变化，因此重点是要审出贼伙到底是何方人士。此人就交由吴大人审了，不要有任何顾忌，却要留下活口哇！”

由于案情的发展，吴推官已知前时自己对案件的审定基本上被否定，担上了滥捕刑死的干系，心中正忐忑难安不知如何善后为好，此时见委面生难色。

鸿翥洞察其心中所想，即抚慰道：“吴大人请勿为难！为破此案你确是尽心尽力了哇。有事大家担着呢！你就放手审去吧。对于这等冥顽不化之徒，物证又在我手，决不可手软哪！我相信你能让他开口实招的。你看！宗武东去侦查返回在公堂外等我，可能又有新线索了！”

路上，宗武神秘地说道：“师弟，你猜我路上碰上谁了？”“碰上谁了？哎！你就别卖关子了。快说吧！”“我这次去东边侦探，在四湖口集镇酒店里碰上了明月、明白、刘迁三个人了哇。”张鸿翥万分惊喜：“啊！你见到他们了。哎！你为什么不邀他们到这里来？”“你怎么知道我没有邀他们来这里？快走吧，人家都在驿馆里等着你呢！”

“明兄弟啊！想煞大哥我了哇！”张鸿翥一跨进驿馆大门就喊了起来。

明月捋捋额前垂发望着他喜滋滋地说道：“一别多年，你看我连白发也有了呢！大哥，你还好吧！”

鸿翥道：“自京城一别，我随御驾去了西安。回到京师后，一直是挂念着你们呢！这次得摄政王爷关照放了外任，赴鄂领命协办德安府银被窃之案。”

“这事我已听宗师兄讲过。案子查得怎样？”

“还是先说你吧！听普照长老讲你二人在寺内躲藏了一段时候，就返回了义庄。后来也得不到你们的音信，义庄近况可好吗？”

鸿翥此问，竟问得明月眼红珠滴、哽咽悲声：“义庄已毁，父亲也遭了官军毒手啊！”“那是因为何事？义庄竟遭此惨变！”“大哥乃我至交，小妹理当直言相告。自鉴湖女侠秋瑾女士就义捐躯后，官府大肆搜捕革命党人。那段时日里，真是‘秋风秋雨愁煞人’哪！”

明月就将刘迁护送光复会首领文道行求庇义庄，官军尾随追至义庄、明振义率全庄掩护着刘迁和明月等人从庄后撤离以及义庄终因弹尽无援被官军攻入庄内，众义士大部以身殉义等情一一道来。鸿翥虽在静听，心中却十分震惊地暗道：“嘿！这不是惹上了革命党吗？”待明月讲完，除了表示惋惜和敬佩庄主护友高义之外，则是竭力劝慰明月节哀保重。

刘迁听了鸿翥介绍查案详情后，若有所思地说道：“我这次来四湖口接明小姐，无意之间，在客栈酒楼听到一个粗嗓音同一个川东口音的在饮酒谈话。我一听心里就奇怪了，怎么说的都是道上唇语呢？留心细听下，才知他们说的是怎么一回事。”

宗武忙问：“那他们说的是些什么啊？”

“他们说什么摆金川蒙漂瓢儿，白蒙陷在龙宫里，喷子丘八、鹰爪倒悠紧着呢！咱们望门险哪！又说什么二盘子为光招子吊倌封了嘴，同掌盘子崩了盘，入了闷窑，窝里乱哪等等乱七八糟的。”

鸿翥听了，更是丈二金刚摸不着头，忙笑问道：“刘前辈，你说了这么多了。我还不知道是说了些什么呢？”

刘迁笑着说道：“你当然听不明白喽！这是江湖黑话。川蒙漂瓢儿是说湖里的船漂走了，蒙是金子，白蒙是银子藏在了水中洞里，倒指东，歪是西，喷子丘八、鹰爪是指带枪的官兵和捕快在东边查得紧，望门是咱们看守的人有危险。二盘子是二当家，掌盘子的是指大当家。说的是二当家的光招子吊倌也就是瞎子弟弟被杀了灭口，就同大当家的翻了脸，崩了盘子，内里闹了起来，关进了牢里。也不知同此案有没有关联?”

鸿翥说：“我看是大有关联。也就是说船漂走了，银子无法运走，就藏在水中洞里。可能库银就在四湖口的一个什么地方。而那两个人也必是留在那里看守银子的，至于他们内部闹了起来，什么大当家的杀了二当家的瞎子弟弟灭口之事么？我看哪……”

“张将军，有了，有了哇!”吴推官脚还没有跨进大厅门槛，就兴冲冲高声叫喊着打断了张鸿翥的话。

鸿翥忙从座椅上站了起来，将吴推官迎进大厅里：“吴大人，是案情又有了突破吗?”

“疤痢脸有招了哇。别看此人凶顽，其实稀松得很哪！夹棍尚未收到三成，就尿了裤裆呢！盗银之贼就是盘踞在齐城山的匪盗。为首者齐人玉，二当家的蒙家兴也！疤痢脸也是湘淮军裁汰下来的散兵游勇，早入其伙在德安府库卧底多年了。”

张鸿翥拍案而起：“这就对了！余仲曾说蒙家兴是四湖口蒙家村人。刘前辈破译黑话，已知其弟被灭口。种种迹象都已表明，所失库银至今尚未运入齐城山。什么陷在龙宫里？我看就藏匿在四湖口！吴推官，请你执督、抚的调兵火签，令请带兵千总速去齐城山附近布防，严密封锁所有进出道路。捕役就在四湖口布网，并立即捉拿客栈内的两名贼人。”又转过身来向明月三人礼揖道：“案情已明，可追赃不易，有请兄弟们助愚兄一臂之力!”明月三人欣然应诺。

在四湖口集镇客房包房里，鸿翥、明月等人，正商量着行动。明月思量再三后，说道：“看守之贼，遁走未获，追查藏银之地的线索已断。我想贼人好不容易窃银到手，却无法运走销赃，心情同我们一样焦急，也是日夜在商议启运之法呢。若是我们潜入齐城山贼巢，说不定还可以探到库银藏匿之处呢。”

“对！不入虎穴，焉得虎子。这样吧，我带宗武探山，你们就留此查找。咱们双管齐下，准备破贼取赃。”

刘迁阻止道：“张弟要总揽全局，不可轻蹈险地！还是由我和明白、宗武三人前往。明小姐，你就别争了！查实蒙家兴二弟死因，肯定是破案追赃重点。探山之事，你们就放心让我三人去吧！”宗武、明白更是雀跃欲试，举手赞成。

鸿翥见此，同明月也就没有再争了。但为了稳妥起见，又指派府衙捕头协助同往，并通知沿途布控人员和官军及时接应。

天气晴和，鸿翥、明月带着亲随正要出客栈，突又接到了钱师爷送来的急报：潜探齐城山贼巢失败，府衙捕头遭贼毒手，刘迁带伤逃回，宗武、明白陷在山里下落不明。

鸿翥只得改变部署，好说歹说地说服了明月，留下钱师爷陪随继续在四湖口调查取证，自己则飞马赶赴齐城山附近的接头地点：安寓客栈。

易服男装的明月出了集镇来到郊区，快步赶上在前面蹒跚而行的老人身旁，作揖道：“老伯请了，在下有事请教了！”老人睁着迷惘的双眼打量着明月、钱师爷，然后问道：“不知要问啥事啊？”“请问去蒙家村还有多远？”“这你就问对人了！我就是蒙家村人啦。你们找谁啊？”钱师爷道：“我们是来找一位多年没有见面的朋友！”“谁呀？”“蒙家兴哪。”老人警觉起来：“他和你们有啥事啊？”钱师爷道：“此事说来话长！当年我家遇到了一场无妄之灾，要不是家兴兄仗义相助借给我白银，那我们就惨了！滴水之恩当涌泉相报，我们是送银子来了啊！”

老人听说是送银子的眼睛一亮，叹了一口气道：“唉！他家也遭了大难哪！”

明月忙问道：“请教老伯，他家是遭了何难啊？”

老人道：“实不相瞒，我就是家兴的堂伯。唉！早年家兴经人说合，娶齐城山里的岑氏为妻。迎娶之日，本村豪绅垂涎岑氏美色起淫心。在家兴洞房花烛时，他借由强逼家兴连夜外出办事，自己半夜趁机潜入洞房，强行奸污了岑氏女。岑氏女当晚就结环悬梁，家兴回到家中悲愤交集，就一张状纸将那豪绅告到了官府。狗官贪贿，竟指家兴诬告，枷号了三天。家兴一怒之下，纵火把那畜生家的宅院烧成了灰烬。在村里无法存身，他一直逃躲在外，弟弟继兴受牵连下在监狱里，还是遇到皇家大赦才被放了出来，而两只眼睛却瞎了，惨哪！”

明月道：“家兴兄流亡在外，这钱就只好交给他弟弟了！”钱师爷道：“现在也只有这个法子了！蒙老伯，就请你带我们去找找继兴老弟吧！”

老人道："你们来得不巧哇！就在几天前，村里不见了瞎子的踪影。人去了哪里呢？我们都纳闷着呢！"

明月同钱师爷对望了一眼，说道："唉！这倒真的是不巧了！"从怀里掏出二两多银子塞在老人手中："老伯，谢谢你的相告，他们既然都不在家里，那我们就不去了。见到了继兴后，请老伯转告一声，让他别走远了，改日我们再来看他。"

老人接到银子称谢不已，望着渐渐远去的二人突然高喊道："客官哪！你们别往前走了。前面的路脏啊！"

闻声止步的明月和钱师爷忙回身返转，请教前方路脏之故。老人告诉他们说：数天前，那近路湖面上有一具漂浮尸体，可能是屈死鬼作祟。白天行人一近即抛砖飞石，把人打得头破血流。到了夜晚那一带又是嗷嗷鬼号。如今弄得无人敢走前面那段路，都是绕道而行啦。他说完，还东瞧瞧西瞧瞧，好像那漂尸会听见似的匆匆别去。

钱师爷道："青天白日，哪来的鬼作祟啊？真是乡愚之见哪！"明月说道："我看嘞，那里还真的是有鬼呢！我们就去看看是何方鬼怪显灵？嘿嘿！论资排辈，我还是鬼怪祖宗呢！"

第二十八回 鬼怪祖宗惩鬼怪 策反匪首破匪寨

路南沿湖，路北傍林。周围不靠村庄，很是僻静。一具赤裸裸的浮尸背部朝天脸埋水里，时经多日已被泡浸得发胀。虽是随波起伏，却始终浮在原处，不移动丝毫。明月站在湖畔，刚道出“奇怪”二字，就听见脑后破风声起，略一偏身右手呈空握球状循声一招，那滴溜旋转着的硬物即触掌心。好一个明月，她顺着硬物来势，以粘字诀跟着它连连转了两个旋弧，消除了它的冲劲后，方五指合拢一把攒住，原来却是湖边滑溜的鹅卵石。接着她“哎哟”一声痛唤，假装被击中仆倒，随着粗嗓音的鬼哭号叫，就瞥见从树上纵下了一条人影。明月腾身而起，口中叱道“原物奉还。你祖宗来了，还不乖乖地给我躺下”，手中鹅卵石立即随形附影地飞向了那条人影。

明月纵步跃入林中，看到那被击中之人双手捂脸，血流满面，痛得在地上翻滚。明月赶上前去抬脚就往此人胸部死力一踹，“快说！你在此装神弄鬼，借尸吓人，究竟是为了什么？快说！”

粗嗓音因鼻梁骨被卵石击断，哝哝唧唧口齿不清，喘着大气求饶道：“爷，大爷！松，松松脚，我，我说啊！”

明月脚下略略松力：“快说！”“爷，大爷！我，我是看守林子的啊。”“林子又不会走，要你看什么看？好哇！在祖宗面前不说实话吧？那就让你左边第三根肋骨说好了！”脚下又一用力，那粗嗓音立时鬼号了起来：

"大爷！大爷！祖宗！祖宗！我说，我说。我是奉命看守藏在此地的库银的。"

"谁的库银？藏在何处？快说呀！"

"哎，哎哟！别，别使劲嘞！齐城山的库银，在，在路边湖、湖，哎呀！"一支小弩箭钉上了粗嗓音的太阳穴上，他那双被血污住的眼睛往上一翻，头一歪当场气绝身亡。

明月大怒，顺着弩箭的来向抖手一指，一匣袖箭尽数疾发。暗算粗嗓音人的身影，伴着惨叫跌下树来，又挣扎着爬起来亡命般地往树林深处直逃。明月拔步欲追，即被双腿哆嗦的钱师爷伸手拉住劝道："明兄，穷寇莫追，小心贼人埋伏啊！"

于是明月、钱师爷立即打发跟上来的随从，到来时路过的村上，找保正借马疾往德安府报信。

此时的钱师爷目睹明月艺高如此，方神情稍定，把刚才吓得快要跳出来的心、胆纳回了胸腹中。紧紧地跟随在明月左右前后，全神戒备地守在湖畔。

在府台、县令鞠询下，经四乡围观的村民辨认，已是确定了死者就是瞎子蒙继兴。仵作验尸，刑名师爷填写着尸格：蒙继兴，尸呈腐败，身无明伤，颈有勒痕及瘀血肿块，口鼻内无泥沙，腹内无积水，系死后投放水中，脚踝处为一条白色细丝所缚等等。

瞎子蒙继兴死情虽明，遭灭口之谜却是未解。综合现有的线索，只能说是库银就藏在沿湖附近，很难确定掩藏之地，虽经捕役们驾舟以滚钩、扒网轮番拖捞，均未获结果。

明月甚是不解："蒙继兴惨遭灭口，祸系库银已是无疑，可他是瞎子呀！不可能知晓藏匿之秘呀！齐人玉竟要杀他灭口，倒真是咄咄怪事了！"

钱师爷道："蒙家兴不一定会告诉瞎弟藏匿之处，而瞎子却一定知道藏银之地，此无疑焉！但瞎子是如何知道藏银之处呢？这就要问两个人，一个是齐人玉，一个是蒙家兴了。"

明月道："那就要破了贼巢，方可水落银出了！"

明月、钱师爷回到安寓客栈，迎面就碰见了刘迁，听完齐城山的情况后，明月心里顿时就紧张了起来。

远眺齐城山，山不见高，可来到山近处，山势依然显得很是峻峭。人山一条路，蜿蜒而上。风吹山林，哗哗哗地响成一片。

在深夜天空上那躲躲闪闪的星光微亮下，山路两侧有两条黑影时隐时现、时高时低地蹿跃着。只见黑影沿着山洪冲刷形成的沟壑时而攀越向上，时而顺坡而下，很快就悄无声息地潜进了茂密的树林里。树林周围阴森森、黑沉沉的难辨掌指。

“哎哟!”宗武一声轻唤，身子倏往后撤。明白忙从后面伸手搀住，惊问道：“宗大哥，怎么了?”宗武轻声回道：“注意！有埋伏。”二人蹲下身来小心翼翼地双手往前触摸，发现是一片间距不到半寸、高出地面约寸许的油浸竹钉，坚硬锐利如铁刺。

明白道：“幸好我们进入树林时，避过了这片竹钉之阵。”宗武道：“虽然是避过了竹钉阵，可我们却是无法往东边去会合刘迁叔了。”“嘘!”明白要宗武噤声，“宗大哥，你听，我们左前方好像有铃声。”宗武凝神辨听后道：“是铃声，说不定响铃处就是树林尽头，既然往东行不通，那就往左边循铃声响处摸出去再说。”

不久，铃声清晰在耳畔，原来是一排吊铃挂在树枝上，在暗淡的星光下随风荡响。宗武见四周无任何异状，除了树林还是树林不见路在何方，嘴里愤愤地骂道：“这搞的是什么鬼名堂!”就往吊铃处纵去，前脚尖刚一点地，就警觉到落脚地处一软，心里即知不妙，急忙收腿提气往后倒蹿，幸得明白赶了过来伸手拉住了他。二人迅即伏在地上，逃过了翻板陷阱之险。宗武刚吐出“好险”二字，齐刷刷地一片灯光往这边扫射过来，梆锣骤响，弩箭如雨，呐喊声中有人高喊道：“林中有奸细潜入，快去禀报老大。大家圈往林子，别让兔崽子溜了!”明白附在宗武耳畔轻声说道：“快撤!”趁着箭停、灯光往旁边照去的机会，二人一前一后低伏着身躯，借树障形往来路疾奔，不待强人合围就撤到了半山腰，隐藏在山岩暗处警惕戒备。

不一会儿，树林被团团围住，喧嚷声大起，一人喊道：“相好的，是合字，就请出来，我们以礼相待。是空子，咱们天亮见!”灯光闪烁，人影穿梭，树林被围得水泄不通。

宗武道：“明姑娘，现在怎么办?”明白道：“现在我们只有趁天还没有亮向东潜去，与刘迁叔会合，否则麻烦就大了。”“那好，强人尚以为我们陷在了树林里，恐怕是想等天亮了再搜林。”“是这样的!”二人就又躲躲闪闪地在半山腰中，小心翼翼地贴身在崖壁上往东奔去。

刘迁同着府衙捕头沿着进山路向，专拣偏僻之处如狸猫似的往山内潜行，来到头道哨卡就碰上了卡上换岗，趁换岗双方交接之机二人蹈隙溜了过去。当悄悄地偷摸近二道哨卡时，走在前面的刘迁突地止步等捕头靠拢后，悄悄地对他说道："奇怪！哨卡上怎么无人看守？"捕头道："我看没有什么好奇怪的，前边有哨卡守着这里就偷着睡呗。""没有这么简单，还是多加小心为妙！""那我们就掩过去，看看是怎么回事。"捕头边说边矮身往哨卡靠去。

捕头耳贴哨卡外壁静听了一会，不见屋内有何动静，就又轻轻移身往窗口靠去，刚近哨卡窗下就触上了一物，只听"咔嚓"一声，右脚被铁夹锐齿紧紧地咬死，接着又被弹杆高高地吊在了半空。随着两道强光交叉罩住，一声梆锣，弩箭嗖嗖，捕头人在半空中被射成了大刺猬。

刘迁暗叫不妙急忙就地伏倒，双脚使力一蹬身贴地面蹿入灌木丛中，也顾不得荆棘的刺扎屏息而藏。强人举着火把四处搜查，渐渐接近了灌丛。眼看是藏不住了，刘迁纵身跃起，也不管三七二十一径直往路西蹿去。"奸细在这里啊，快追！"强人高喊着紧追不舍。"砰"地枪响，刘迁一头栽倒。"打中了，打中了！"强人蜂拥般围了过来。当刘迁闭目长叹道："我命休矣！"耳畔却响起了"扑通！扑通"声。那追近身边的强人连连栽倒数人，就地翻滚惨叫。未中弹的强人在惊愕中醒悟过来大喊道："不好了！贼人还有同党哪"！在"扑通，扑通"的倒地声中，强人中又有数人被击中，围追的强人吓得立即卧倒地上不敢乱动。一人喊道："注意圈住，天快亮了。不怕他们逃走！"喊声刚停，"啪"地闷响，一枚弹丸闯进了他的嘴里，门牙崩落，满口喷血，也就没有再吱声了。

宗武、明白快要贴近山路，就听前面梆声、锣声、喊声、枪声大作。一条人影踉跄着越过山路，随着枪声栽倒在地。明白眼尖认出了是刘迁，立刻同宗武抢占了一处有利地形，两把弹弓就着强人的火把灯光，一二三，三二一地单放连发，弹丸专往强人脸部照顾，阻敌靠拢刘迁。

刘迁趁着夹击之敌受阻的空当，拼着一口气冲到山顶，以胳膊护住头脸连滚带爬地滚翻山下，挣扎着爬出水沟落荒而逃。

宗武、明白在强人的夹击下被迫往山下潜移，虽然瞥见刘迁越过了山顶，却无法同他会合。宗武心中既担心又着急，明白安慰他道："刘迁是老江湖，凭他的身手肯定已脱困报信搬兵去了。你别担心他，倒是我们被山贼困住，天一亮就藏身不住了。你说怎么办好?”宗武道：“我心中乱糟糟的，还是你想想法子吧！”明白想了想后说道：“从山贼灯光移动的方位来看，山上的守卫人员没有什么变动，而围林子的强人大多是转到这边来了。我的意思是我们重新返回林中去！”“下面林中却正是布满竹钉之地，我们怎么立足藏身哪?”“嘿！我们不知道上树吗？正因为下面布满竹钉，所以就更安全嘞！”

宗武一巴掌拍在额顶上：“唉！我怎么就没有想到哇！”

明白道：“宗大哥，你往东我向西，瞄准那亮灯处发弹打灭它，灯灭即撤！”

弹丸破风声起，射程之内灯灭一片黑。在强人一片“快点灯、快点灯，贼人要攻来了”的喧闹声中，二人纵身一蹿就蹿跃到山下林边，分别跃上了两棵大树上，轻声打着招呼向林深处挪去，然后隐藏在茂密的枝叶中轮班憩息，静待脱身时机。

张鸿翥在四湖口同明月分手，赶回安寓客栈探望了受伤逃回来的刘迁后，立即请千总率兵逼近齐城山准备攻山。因不明宗武、明白陷身贼巢的情况，又虑及攻山时会危及二人安全，遂决定亲入贼穴。三名亲军紧随其后，依据刘迁提供的情报，利用黑夜掩护，顺利地接近了山寨。

翻越高高的围墙，贴身暗处静察四周动静，落在身后墙外的“三梆一锣”声，照常响着：报告着太平无事。

张鸿翥悄无声息地靠上了瓦缝中透出光束的青砖大瓦屋墙面上。掩身窗下，以手指蘸口水弄湿窗纸，捅了一个月牙儿小孔单眼向屋里偷窥。

“大当家的，你怎么说，我们就怎么干！”尖嘴猴腮脸型的汉子劝说着，“再生二当家的气，不值得啊！”

瘸着左腿站在屋厅上首的齐人玉，鬓须虽花白，人却精神矍铄。他手持铁拐杖笃笃地点击着青砖地面，神色愤然：“我能不生气吗？啊！老二这人，忘恩负义，竟敢在聚义大厅同我吵闹。不杀？何以服众，山规能不要吗？啊！你们说说。”

议事众人你瞧瞧我，我瞅瞅你无人吱声。齐人玉指着一名壮汉道：“岑哥，你和他是亲戚，你说说该不该按山规办?”

壮汉忙起身拱手道："蒙哥此次大闹聚义厅是过急了一些，还请大哥念他心痛瞎弟之死气昏所致，就饶过他这一次吧！"

"哼！饶过他？还不知他会不会饶过我们呢！难道为了他的瞎子弟弟，山寨的安全就可不顾了吗？现在库银陷在湖中，官兵逼到山前，留此反贼山寨必然难保。岑哥，杀他，我心里也痛啊！"尖嘴猴腮道："既然危及山寨，那就执行山规吧。""好！你去执行吧！念在义字上，就用沙袋闷吧，给他个全尸。先灌醉，别让他觉察，明白吗？""明白！我这就去。"站起，跨出厅门，径往东侧一排低矮平房行去。

鸿翥对警卫在身边的亲军道："你们二人跟上去，尽力保护那要被杀之人。""喳。"二名亲军轻声答道，就尾随尖嘴猴腮之后悄悄而上。

"啪！"跟在鸿翥身后的亲军，在移动身子时脚步稍重，不慎踩断了地上的枯树枝。

厅内众人立时惊觉冲出厅外，分左右向屋后包抄过来。山上守卫人员，听到锣声忙从高处把灯光打了过来，照得围墙内外亮如白昼。

鸿翥见行踪暴露，拔出腰刀就迎着东边扑来之敌冲去。手起刀落，连连砍倒跑在前面的数人，吓得后面之敌，往四下散开不敢近身。

齐人玉挥着铁拐狂叫："快用弩箭射死他们。一个也别放走！"鸿翥和亲军边挥刀拨打弩箭，边从地上捞起贼人的尸体往背上一搭，挡着身后箭矢，沿着围墙不管不顾地往前直冲，无人敢挡其锋。他二人迅速地撤到了那排低矮的平房近处，先到的两名亲军忙迎了过来在前面领着路，四人闯进了平房围墙里。张鸿翥猛地一脚就把平房的两扇大门踢得轰然往内倒下，正好砸在闻声放下酒杯、提刀开门欲出的尖嘴猴腮脑门上，他"嗯"的一声，应声仆倒地上闷死过去。鸿翥冲入屋内，用刀指着簌簌发抖的两名看守和一名披头散发，木枷在颈的汉子喝道："别动！我不会伤害你们的！"

亲军立即把倒下的大门掩上撑死，又将两名看守绑缚妥当，摘下墙上挂着的弓箭斜倚在窗旁，注视着外边渐渐围上来的强人引弓待发。

鸿翥道："你就是蒙家兴吧！"那衣襟沾满血迹的汉子腾地站起，睁着双目道："老子就是蒙家兴，要杀要剐随你的便！老子皱一皱眉头也不算好汉！"鸿翥用刀指着他说："你给我坐下！我也不会杀你，而这桌酒可是要送你上路的啊！至于谁要杀你，让他告诉你吧。"说毕，脚尖往尖嘴猴腮的腰际轻轻一点。悠悠醒转过来的尖嘴猴腮“唉”了一声，见明晃晃的腰刀正对着自己，吓得翻身跪起叩头不止，连喊饶命。

鸿翥道：“你也别老叩头了！快说说，你来这里饮酒是为了什么？说得清楚明白，我决不杀你。否则的话嘛……”故意停言不说，晃了一个刀花，尖嘴猴腮忙又“砰砰”地叩头道：“我说，我说！”就将奉命灌醉蒙家兴，然后用沙袋闷死以正山规之事，一五一十说了个清楚明白。

蒙家兴听了血脉贲张，一拳捶在桌上大骂道：“齐人玉，我操你八辈子祖宗！你比那狗官老财还要黑啊！”

鸿翥道：“蒙家兴！他们是一样黑呀！你上山为匪就是被他们所逼的。只要你改过从善，我可保你无罪！”“哼！你凭什么能保我无罪！”亲军喝道：“休得无礼！张将军乃是督台大人的办案特使，怎么保不了你啊！”“好！蒙家兴，我可以告诉你，此寨攻破在即，后果你该清楚。你只要把所窃库银藏在四湖口之事说个清楚，我定保你无事。”“此话当真?”“我岂会哄骗于你?”“唉！张将军哪！齐人玉心狠手毒。我那盲弟就是为这库银之事，死在他手上哪！”蒙家兴悲痛涌心头，泪流如雨。

蒙家兴这伙精悍强人在齐人玉的率领下，乔装潜入了德安府辖县城，按照疤瘌脸的情报顺利地窃取了库银。谁知天公作梗，刚掩饰好作案现场，偏偏刮起了暴风雨。齐人玉命令把银箱装上镖车，插上“三星镖旗”，实施“形西实东”的“由歪转倒”之计赶到城东门，唤醒守门吏卒，每人塞上二百两纹银，诡称是为官府押解镖货，赚开城门顶风冒雨急急而去。

沿途上接到探报，说城内封禁，西向盘查严格。“中我计了哇”！齐人玉大喜之余，不敢稍息。快近四湖口时，又接禀报说官府似已有所觉察，向西去的侦缉捕快转往东向，正在沿途各地要道设卡。于是他严令马不停蹄车不停轮地往前赶，可是到了预先设置的渡口，藏船却因雨骤洪水暴涨，将船绳冲断漂失无踪。眼看天就快亮，众人正在焦急时，蒙家兴突然想起了幼时和弟弟一块在湖里摸鱼捞虾，曾在上游发现临岸水下有一大岩窟，洞里多藏鲶鱼，捕捉很是容易，为了独享其利，从未告诉过他人。齐人玉听了立即驱车赶到此处，在蒙家兴的指点下，将银箱全部藏进了水下岩窟里，消除了岸上的所有行迹后，指派自己的贴身护卫尖嘴猴腮协同蒙家兴，领着粗嗓子、川东佬，留此隐蔽坚守，待机启运。

风声是越来越紧，哨卡侦缉遍布。蒙家兴虽是行动谨慎，可身近老家牵挂盲弟，实在是忍抑不住，就带着尖嘴猴腮携着酒坛，偷偷地溜回了家里。

哥俩相会抱头痛哭，尖嘴猴腮看着也觉心酸，左劝右劝，好不容易地才劝住了这兄弟二人的悲声。

在叙谈往事间，继兴突然站起来，说道：“哥！我来给你看看一样东西。”拉着家兴进到破房，从那以禾草铺垫由三块木板拼起来的床里边，拉过用破衣裹着的物件摸索着打开。家兴眼前一亮：“啊！是银元宝哇。从何处得来的?”继兴小声道：“前几天，我在那湖中岩洞里摸鱼摸到的。多着呢！也不知是谁放的，都用大箱子装着呢!”“你告诉过别人没有?”“没有。”“那就好。要知道，这元宝是好事，也是祸事啊！大哥先给你放着，过几天，我就接你走，以后就同哥在一起。啊!”

尖嘴猴腮在旁听着，苍白的脸色也不知为什么，却更是变得有如增霜添雪般的惨白。

第二天晚，家兴接飞马传令要他连夜赶赴山寨议事。第三天早上，继兴被尖嘴猴腮接走。当晚，家兴的亲信密告，他盲弟被灭口勒死。于是蒙家兴在大怒之下，拼斗聚义厅，结果力竭被缚。

蒙家兴越说越气愤，怒不可遏地裂枷而起，手起枷落砸得尖嘴猴腮脑浆迸溅身亡当场。蒙家兴弃枷，躬身拱手道：“张将军，我已同齐人玉恩断义绝，誓不二存。在下愿听将军吩咐!”

张鸿翥赞许道：“这才是不失好汉本色啊!”即请他将寨防画成一图。正要派遣亲军将图送出之时，墙外喊声大震，山贼如涨潮般地从围墙缺口涌入，在亲军箭矢的阻击下，又如退潮般地逃出。前面僵持着，后墙却在“轰隆”声中被撞出一个双人大洞。齐人玉大叫着“弟兄们，快往里灌哪”！可贼人刚冲进洞口，就“哎哟，哎哟”地乱蹦乱跳。没受伤的对着山上大骂：“我操你奶奶的！怎么打起自己人来了哇！你们瞎了狗眼哪!”山上对骂道：“我操了你奶奶的！贼子已在屋外，你们都不知道哇!”齐人玉挥着铁拐，气急败坏地吼道：“别吵了！快用火攻！烧死他们！快!”

举着火把的贼人正欲将火把抛上屋去，可火把尚未脱手，也都捂着头脸“哎哟，哎哟”地叫了起来，接着就响起了“老子叫你放火”的喊声。齐人玉闻声辨向，拄着铁拐跛脚单跳着咆哮着：“贼子藏在西边，快分头围上去，别让他们跑了！哎哟!”右眼睑即被弹丸击中，痛得单腿站立不稳跌坐在地上。

“姑奶奶叫你跳！看你还跳不跳！”娇叱声起。

张鸿翥大喜：“好！宗武、明白上来了！”

已经是两天三夜了。白天山贼在林中反复搜索，宗武、明白却得竹钉阵之助倒也无险，可就是无法出林，干粮饮水渐已告尽。明白焦急：“老待在树上，何时能了？”细细思量后，即小心翼翼地攀移到宗武藏身的树上，把宗武摇醒悄声说道：“我看贼人的防守越来越严，一定是官兵逼上来了。我们还想沿山往东，恐怕更难了！不如往北直渗入山寨内，然后寻机东向，这样可能还会安全顺利些。你看如何？”宗武揉着蒙眬的双眼道：“方法是好！可我没练过草上飞的功夫，不能在竹钉尖上行走啊！”“你啊！你看过谁能走钉板，又见过谁草上飞行草不倒呀！别贫嘴了！老办法，还是从树上攀援过去。”宗武憨笑道：“很好！在下遵令！”

出林上路，四下眺望。明白惊喜地欢呼道：“哎哟！这里竟是如此之美啊！”宗武也道：“怪不得这里叫齐城山哪！你看，山围东南西北，真的好似是城墙一般哪！”

远望梯田层叠，近看阡陌纵横。红花翠竹，溪渠流溢。大江南北春来早，秧苗已泛青。

“大爷请了！”宗武拱手揖礼。

在田除草的老人直起身来，打量着近到身畔的陌生人，惊诧道：“你们是谁？有什么事吗？”

“大爷，我们是江西老表，到此找人呢。”宗武套着近乎，“嘿！你老都这么大岁数了，也该歇歇啊！田里的事当放心让后生们干了啊！”

“怪不得口音像九江那边的。”老人走上田埂，提起陶罐倒了一碗凉水，递给宗武，“唉！后生家都到那边山上去了！说是官兵来剿山。你看看，稗草都快挤死苗了哇！哦！你们是要找谁啊？”

宗武道：“不瞒大爷，原先这个寨子的寨主胡尚兴是我们的好朋友。我们正是听到官兵围了山，才赶来相助的。还请大爷指点去山寨之路。”

老人听了宗武这么一说，脸色立时阴沉了下来，背过身子，从腰上取下旱烟筒，蹲在田埂上不再言语了。

宗武同明白交换了一下眼神，又道：“大爷，请恕我刚才莽撞，是不是在下言语上有什么得罪之处，惹得你老生气了吧！”老人呼出了一口烟，好一阵子才冒出了一句："唉！你们本是局外人，何必也来蹚这个浑水呢?""大爷此言怎讲?"

"怎么说呢？你往那边看看!"老人指着远处插着引魂白幡的新坟道，"那是我岑家的侄儿，前天齐寨主说他临阵脱逃给杀了。扔下七十多岁的寡母，叫她今后怎么活啊？唉!"

"也是的，临阵脱逃，责罚责罚也就可以了!"宗武满怀同情地说道，"何必先杀自己的人呢!"

"唉！看你说话也不像是个坏人，我才直言哪！你那个姓胡的朋友可不是好人啊。"

"哦！请大爷指教。"

"就说这个齐城山么！山里原只有二姓。我们姓岑，东边的姓齐。都是老辈避兵祸迁来的。过去称此山为齐岑山。后来齐家出了齐人玉，引来了你们的朋友胡尚兴等人，占山为主，大姓吃小姓，慢慢地我们就成他们的佃户了。你那朋友在外边被人杀了，瘸了腿的齐人玉就当了大寨主。谁想这次又惹来了官兵哪！还不知我儿子和孙儿能不能逃过这一劫呢？你们又何必来蹚这浑水啊!"

"谢谢大爷直言相教，在下有谢了!"从怀里掏出小银锞子塞在老人手中，对明白道："兄弟！我们既然来了，总要同齐寨主见见面。若是分不到银子，我们抬脚就走吧!"

夜已深，宗武、明白依照老人指点的路向，刚近山寨就听见喊杀声闹成一片，紧接着又看到二人背上负着人，边拼杀，边撤往那低矮的平房围墙内。明白手指前方道："是张大人。"宗武跳起来就冲，明白一把拉住道："不行！贼人已把房子围住了。他们人多，我俩冲不过去。这样吧！我们就在暗中策应，还更为有利。"于是二人移形换位向着平房潜掩了上去。两把弹弓连珠疾发，神弹挫贼威顿缓平房急危。

张鸿翥见贼焰稍挫，返身诚恳地说道："家兴哪！难得你能辨明是非，弃暗从善。此举有功于朝廷，事成我一定会竭力保荐。为牵制贼人，我须坚守在此。你地形熟悉，就拜托你领着我的两名亲军，携带此图突围出去，请兵破寨。"随即手书一封，递给蒙家兴。蒙家兴心存顾虑，不敢接函。鸿翥道："我信得过你，就放心去吧！路上一定要注意安全。我等着你领兵前来，破贼报仇在此一举了!"家兴礼揖道："将军如此信任在下，在下拼死不负使命！”他接过书函领着亲军，仗着地形熟悉顺利地突出了包围，迎头就遇上了率领一支精兵正向山上摸来的明月和刘迁。

略略问清了山寨的情况后，明月即派亲军速将山图送往军营，请千总按鸿翥的部署调兵攻山。自己则由蒙家兴领路向山寨摸去，虽然是顺利地接近了山寨，心里却十分纳闷：“贼人的防卫，怎么会是如此稀松？”

齐人玉屡攻牢房不下，外边又受到牵制，自己也险些被明白的弹丸击瞎了右眼。气怒之下，神志大乱，传令尽将设置在路口、关隘的抬枪、土炮运到牢房周围，准备轰平山牢平房。

轰！哗！抬枪、土炮喷吐着铁砂、铁条、铁片，直打得牢房硝烟弥漫，断砖碎瓦四迸飞溅。

鸿翥和亲军被炮火压伏在地上，已是弹尽矢绝。齐人玉大喜，狂叫着：“弟兄们！往里冲啊！谁先割下贼子首级，赏银五十两哪！”众贼呐喊着，挥着刀矛，争先恐后地压了过来。

宗武、明白同样地也被弩箭、霰弹压得抬不起身来，眼见鸿翥那边情况危急，却无法支援，直急得心如火焚。宗武连眼睛都红了，嗷嗷地大叫着腾身跃起往前冲去。轰地一团火光擦身而过，宗武差点被土炮散弹扫中，身躯一歪跌倒在地上。

“打中了！打中了！弟兄们上啊！”贼人呼啸着蜂拥冲来。明白不遑他顾，半跪起身来弹丸连放，可就是阻挡不住贼人的攻势。就在此危急之时，一排快枪声砰砰砰地响起，从背后打得贼人哭爹喊娘，纷纷乱窜往四处逃跑。

“弟兄们！我是蒙家兴哪！你们快放下刀枪，别再为齐人玉卖命了！我保你们无事啊！”那些被裹胁来的山民听到蒙家兴的喊声，尤其是岑氏族人立刻响应，高声呼叫着“蒙哥！我们听你的！”调转头来，反戈相向。

众叛亲离大势已去，齐人玉只好在几名贴心亲信的护拥下，边战边退地往落魂崖逃去。齐人玉遁入暗道不久，又被千总率兵堵个正着，待他返身逃到山顶绝崖时，只剩下了单身孤人，自知穷途末路，却不甘就俘受辱，仰天一声长啸，纵身跳下了悬崖。

天色大明，山寨已破。众人正在聚义厅里甄别良莠、安顿山民、布置取银等善后事宜。

急促的快马蹄声由远渐近。张鸿翥接到了督府急令，身后明月惊问何事？鸿翥脸色凝重地说道：“革命党人欲炸督府，自制的炸弹，因失误爆炸，乱党死伤多人，主犯在逃。据查炸药来自兵械厂，督台令我率德安营官兵速往整饬。”

明月听后，眼望着晴空万里的远方天际，神情振奋地说了一句令鸿翥感到十分莫名其妙的话：“暴风雨来了啊！”

第二十九回 平等相待照肝胆 良友反目兵械厂

没有一丝儿风，热得本不知疲倦的蝉儿，也躲在大树的高枝浓叶下，“知了知！知了知”地聒噪着。

张鸿翥身着青衫在宗武的陪伴下，带着通译和亲随漫步在林荫小道上。酷热心烦，张鸿翥以折扇轻击着掌心“唉！真的是身陷大火炉啊！”

从德安府齐城山山区接到督台急令后，张鸿翥将库银案和剿灭山匪齐人玉等善后事项，交由吴怼、钱师爷二人会同德安府处置，又同明月、刘迁等互道前程珍重，一一握手谢别。本来他打算将蒙家兴安排在德宁县，却担心自己离去后蒙家兴被人算计。他深知官场险恶，又怕失自己在山寨许诺之信，于是再三思虑后征得家兴同意，就将家兴带在了身边。在宗武、家兴伴随下，鸿翥率领德安营兵赶赴汉阳兵械厂，全力忙于整饬军务、厂务事宜。在摄政王载沣的帮助下，解决了拖欠已久的军饷、工饷，暂时稳住了工厂局面。而革命党人制造炸弹的火药，是否来源于兵械厂的缉查工作却无进展。

正以弹弓飞丸驱赶噪蝉的宗武，突然停下弹弓指着东山对鸿翥说，“快看！山那边起火了。”

东山麓，一幢中西式的小洋楼被翻滚的浓烟罩着，不时地蹿起暗红的火苗。通译忙道：“张军门，那起火的楼房就是泰克斯居住的别墅。”鸿翥听了一言未发，拔步就朝着火光处疾奔。

大火在噼噼啪啪的爆响中越烧越旺，很快就封住了楼房门窗。楼院里，几名洋人叽里哇啦地喊叫着，正慌得手足无措不知如何是好。这时从二楼浓烟烈焰中，传出了幼童的惊恐尖叫，又很快地被楼顶的轰然垮塌巨响所湮没。

"不好！楼上有人。"鸿翥迅即跳进楼前小溪水中，将长衫浸湿罩住头部，身如箭矢般地突破火帘闯入火窟，冒着呛人的黑烟直往楼上冲去。脚刚落在二楼楼梯转折处，火光陡蹿，又是一声轰然巨响，人和断梯同时向下坠落。鸿翥尚未挣起，一截着火的檩木重重地砸在了他背部，顿时砸得他眼冒金星仆倒在地上。

救人要紧！鸿翥忍着剧痛，微蹲身，强提气，一招蛰龙翻身转、飞龙冲天起纵上了二楼，凝聚目力屏息而进，很快就找到了躺在卧室楼板上被呛得窒息的两个小孩。他操起木凳，急急砸破楼窗，将床单、毛毯撕裂、缠转结绳，一端牢牢地拴绑在铁床架上，又把小孩分别缚在胸前、背部，双手握住结绳迅捷地翻出窗口，脚撑墙面而下。

"出来了，人救出来了！"院地上一阵喧嚷，人们呼喊着都往东南窗下奔去。被浓烟烈焰逼出楼房的宗武急得大叫："大伙快往后退！墙要塌了！"箭步冲到窗下，双手接援身带火苗的鸿翥，也来不及帮鸿翥、小孩扑灭身上的着火，迅速地拉着他们三人纵入了溪流水中，也就在此间不容发的时刻，整座楼房轰地倒塌，烟搅飞尘、木溅火星，漫天腾起。

白肤、蓝睛、金发的美丽洋少妇跪坐在地上，紧紧搂着经急救缓过气来的小孩，不停地吻着他们的头额，喃喃地唤着："汤姆、詹妮！迈高德、迈高德！"然后激动地站了起来，扑了上去，双手抱住全身水湿烟污的张鸿翥，深情地说着"塞尔！三扣幼物瑞马去！三扣！三扣"地撮嘴就要往他脸上"啧"地印去。张鸿翥窘得手足无措，忙以"霸王卸甲"之招，挣开身子，连连摇手道："不必如此，不必如此！"宗武急忙上前拦住道："你看！你看！你这个洋女人。救了你的孩子，不说感谢不要紧。反说什么：没搞的，塞尔，上来骂去。还要什么上扣、上扣的！你要骂谁，扣谁呀？真是岂有此理！"洋少妇也不知他说些什么，惊得后退数步，呆呆地愣望着他。通译忙把宗武拉开，对他说："你别误会，别误会！她不是说'没搞的'而说的是我的上帝啊！也不是要'塞尔，上来骂去，'而是说先生哪，太谢谢您了哇！'三扣、三扣'乃是谢谢、谢谢的意思，你怎么说是要扣谁呢！”“哦，她说的是这些话哟！嗨！这些洋人的话啊！也真是太麻烦了！”宗武不好意思地低头嘿嘿地憨笑了起来。

泰克斯跑得上气不接下气地赶了过来，望着被大火焚毁的别墅，拥抱着孩子抚摸着妻子的金色卷发，听完妻子的述说后，就激动地拉着鸿翥的双手，热泪盈眶：“三扣！三扣！”地谢不绝口。

泰克斯，美籍高级技师，在兵械厂创办之初，为原总督以高薪聘请而来，技术精专很负责任。但人虽正派，却十分傲慢，对工人粗暴，动辄斥骂、体罚，也瞧不起朝廷那些官员的自私、贪婪行径。在和其交往的人中，恐怕除了原总督外则目无余子了。

对泰克斯的再三感谢，张鸿翥也很感动，诚恳地说道：“救助危难，当尽之责。我国乃礼仪之邦。见义勇为，那是任谁也会挺身而往。此非钱所能买，也无须感谢。待人处事，应讲平等博爱么！您的上帝不也是这么讲的吗？您说是吗？”

泰克斯闻言有悟，双手紧紧握着张鸿翥的右手诚悦地说道：“张军门此言，实令我为昨天对您的不礼貌深感愧疚！”对着张鸿翥施礼鞠躬，“请军门接受我的歉意，原谅我对工人的粗暴。”

金字号工区，机器突然停止了轰鸣，人声嘈沸。正在巡视各工区的张鸿翥立即赶了过去，只见一名脸色苍白的工人，左手掌血肉模糊被强迫跪在烈日下暴晒，此时已是口吐白沫，晕倒地上。泰克斯技师仍是在那里“得么里（混蛋）！得么里（混蛋）！”不依不饶地骂着。

原来这名工人在钻孔时，不慎打断了洋钻头，手忙脚乱之下，又被迅转的机器轧伤了左手。泰克斯技师见了大怒，不仅不给治疗，反倒强迫他跪在暴日下罚晒。含愤的工人们道：“哼！这哪里是把我们工人当人待呀！”

鸿翥听后，即叫亲军通知厂医速为伤者疗治，又对泰克斯道：“工作不慎，应该处罚，可还应以教为主啊！此事就交我处理好了。”

“不行！”泰克斯毫无通融，“这是我的工作，也是我职责，你纵容工人的不好！惩罚他就是教他。你干预我的工作，我对你的做法表示抗议！”

“你这是在整人，难令人心服哇！我多次请您为工人讲习技术，您都不屑置理。您该知道，不教而诛是不道德的，也不是您常说的平等、博爱，泰克斯技师！”

“哼！你们太落后了！除了惩罚，靠嘴讲是教不好的，你明白吗！是教不好的！”

“不错！正因为落后才请您哪，才向您学啊！好了！待他的伤好后，我会处罚他的。您忙去吧！”

怒气冲冲的泰克斯满脸不悦，耸耸肩，双手一摊道：“不可理喻，真是不可理喻！”头也不回地走了。

而今望着张鸿翥被大火燎起满是水泡的手和脸，泰克斯打心眼里腾起了无限敬佩，从此一反过去的傲慢粗暴，也和鸿翥结为了朋友。

“欧克！欧克！”“好，好哇！”兵械厂的校枪场上，欢声雷动。

今天是校枪验弹之日，清风徐来，令人倍觉心爽。戴着花翎、拖着假辫子的泰克斯格外高兴，喜滋滋地对鸿翥道：“盛传张军门神箭绝射，卑职请您一展身手，以偿我久盼亲睹之夙愿，不知大人肯俯允否?”在座诸人闻听正中下怀，都纷纷助兴促请。鸿翥见推辞不脱，唤宗武取来硬弓，在众人的簇拥下步入场中。

泰克斯要过硬弓，先是漫不经心地一拉，弓弦竟是分毫不动，心里虽是惊异，却仍是不相信自己拉不开这张弓，于是拉开架势，屏息凝力，净白之脸涨为紫茄之色，可是此弓就是毫不买账地坚持不张开，这才“奇矣哉！奇矣哉”地双手捧弓交还张鸿翥。

鸿翥笑道：“技师，我也听说您的枪法绝佳。能否我二人同试，您先我后，您枪打何处，我箭随跟，以博众人一乐如何?”众人掌声哗然，一片赞成。

泰克斯更是兴致勃然：“好！卑职就不客套了！军门就瞧好吧。”望望站在身旁不远正张弓拈箭的张鸿翥，他瞄定靶子，砰！砰！砰！弹着靶心，品字形孔点呈为等边三角。只见他轻松地吹了吹枪口飘烟，抬头唤道：“军门请！”

鸿翥拱手道：“我已随技师射过了！”“什么？你已随我射过了！你箭射往哪里去了?”“技师弹着何处，我箭中何处！”“竟有此奇事？快呈上靶来！”

泰克斯亲验靶牌，见自己弹着三孔处均被箭镞在孔沿边上分左右添上了两个小点。忙问道："军门此系何种射法！"

鸿翥笑答道："小技矣！此射法名为'肝胆相照心相印'。同技师等边三角枪法相比，不足道也！"

泰克斯心忖道："弓射乃其常练之技，可枪法就不一定比我高。"于是说道："洋枪来自西方，敢问军门能否熟用？"

"可火药却始于华夏。我辈格物致知，中体西用，当然涉猎。岂敢落后，有辱先人。"

"听军门言下之意，那定是枪法精专了！"

"岂敢！"张鸿翥笑道。

泰克斯暗思："他不出枪，难知深浅。待我再激他一激！"把手一拱道："军门虽说岂敢，其实是自认精专了！嘿！贵国有言：厨师不用夸，先看炒腰花。我就不信您箭法高超，枪法也高超！若是您能五发三中靶心，我甘愿奉您为师！"

鸿翥笑道："技师使的好激将法啊！我只好献拙了！"说毕，心令手，手随眼，眼观靶，砰砰、砰砰砰五响连发。呈靶相验，靶心弹孔分布为四孔中间一点。

泰克斯测量孔距，以虚线相连，端端正正正方形，中心一孔斜线相交，不偏分毫对角线。

"欧克！欧克！神！太神了，请教军门此枪法又有何名呢？""这个么！乃是'平等相待心相通'。"宗武接言道："嘿嘿！此时若有飞鸟过，那还可以看到'笑口问喉寂无声'呢！"

泰克斯满心诚服，撩起衣襟就要行礼拜师，鸿翥连忙抱住深情地说道："技师别这样。平等相待心相通嘛！我要向您学的东西更多呢。以后可别吝赐教啊！"鸿翥、泰克斯二人三击掌大笑！

签押房内，张鸿翥听完厂巡捕有关火药失窃案情的缉查禀报后，面示道："泰克斯技师对凤凰山炮台退回的枪炮弹，进行了拆卸查验，已查明了弹出即坠，甚至卡在膛内的原因，发现内装火药不足一半。这就证实了乱党自制炸弹的原料，是来于本厂那少灌装的火药。缉查重点应在火字号工区及门卫兵丁身上，否则何以外流而出？"

"军门所言甚是！卑职手下近时发现火字号工区的何伯住处，经常有营兵及外来人等进出。”“那些人的身份查了没有？”“据报其中有一名女子善使弹弓，曾有人见她弹射枝上鸟雀，那是丸出头眼开花，很准！”“吩咐下去对何伯住处严密监控。一有异动，随时禀报。”“喳！卑职明白。”

宗武听了脸色突变，顿时心跳加剧，挠耳搔颈，坐立不安。鸿翥明白宗武心中所虑，说道：“你急什么！既然只见一人，那就不会是明白她们。你难道不知道她们是孟不离焦、焦不离孟，形影相随吗？何况天下善使弹弓者多呢！”宗武忧心忡忡地道：“必是她二人无疑！那眉开眼笑花满头的打法，还是我教的。不是我急，而是担心你呀！可不能反目成仇哇！”

鸿翥道：“就算是她们，我也自有分寸。怎么会反目成仇呢？这个你就放心好了！”

见屋内灯光下晃动着的人影，悄悄贴近窗户窥视的巡捕心中大喜，一边分人上房压顶，一边向屋里喊着：“听着，你们被包围了，快束手就……”却手捂左眼“哎哟！哎哟”地蹲了下来。

宗武一边喊道，“都别乱动！看住大门就行了，别让屋里的人冲出来。”一边就往屋后奔去，黑暗中耳听破风声迎面扑来，忙偏首避过，叱道：“好哇！还专打头脸呢。真是翻天印打师父，反了！反了！”“宗大哥！是你啊！我是明白呀！”“明白，明白！说的就是你明白。还不快往西跑！”掏出弹弓连珠打得东边屋上，噼噼啪啪一阵乱响，又大声喊道：“快，快！贼人上屋往东跑了！快去追啊！”顿时，砰砰的排枪声在东边一路响起，杂乱的呐喊声和脚步声渐渐远去。

策划内外结合、袭取兵械厂的秘密会议被扰令明月十分生气。明白劝慰道：“小姐，别生气了。若不是宗大哥暗中虚晃一枪，我们就全被抓住了呢！”“哼！那也不怕，拼呗。嗨！刘叔你到哪里去了哇，让人担心死了。快说说外边情况？”刘迁神色紧张地答道：“文先生和何伯都被兵械厂巡捕抓住了。唉！”“你不是护着他一道走的吗？”“是啊，我二人穿过几条巷弄后，就被迎面而来的清兵冲散围住。当我拼死突困冲去相助时，文先生已力竭被抓。而何伯却是听到哼哼声，误以为是自己人受伤赶去相救，谁知那哼声却是伤了眼睛的巡捕，也就这样落入了敌手。唉！怎么办哪？”明月把桌子一拍怒道：“找他张鸿翥要人去！想红顶子，做官忘义竟抓到本小姐头上来了。哼！”

张鸿翥从督署受命返厂，坐在小轿里思绪不定。明月二次约见，都被拒之门外；全厂工人联名请愿保何伯，群情激愤。自己进退维谷，自知事难善了。

“张大人，请下轿！”鸿翥掀起轿帘立见眼前有异，伸手入怀就欲掏枪。“张大人，别乱动！”两支长枪已由轿窗伸了进来，抵在他的左右太阳穴上。宗武见变伸胳膊刚要动手反抗，就被明白“宗大哥，别动手！我们无意伤害张大人”一声阻住。

熟悉的声音响在鸿翥耳旁“张大哥，出来吧！”见明月笑晏晏地望着自己，就满脸不悦地问道：“明兄，这是干什么嘛！”“不干什么！张大哥请吧。”

无奈的张鸿翥随着明月进入戒备森严的大厅里，这才明白除了紧跟身旁的宗武外，连四名贴身亲军和两名轿夫都是彼等一伙。思想到朝廷丧失军心、民心已到如此境地，也不由得仰天长叹了一声。

主客坐定，奉过茶后，明月道：“以此法相请大哥，确是失礼。兄弟二次请见，均被大哥拒之门外，也是没有办法啊！谁叫兄弟有求于大哥呢！”“明兄！你想说什么，大哥心里明白，可大哥做不到啊。”“你怎么做不到？人是你抓的，权在你手上。不管多难，也总该顺顺兄弟的薄面吧！”“唉！文先生是乱党。督台有令，后天就要在兵械厂就地正法。你说我还有什么办法啊？明兄，你就别叫我为难了！”明月勃然变色道：“是我叫你为难，还是你让我为难了？不管你难不难，我就是向你要人。文先生死，你也休想活，我也不活了！一句话，你放是不放？”

鸿翥瞑目不理，明月急了，拍案而起。宗武忙道：“明小姐，你别急！有话好说，有话好说！”

鸿翥道：“师兄，你别说了。我受朝廷之恩，岂可纵放乱党。为了义字，也为了尽忠我就死在明兄面前好了。”

“呸！你还有脸同我讲义字。你是不仁不义！受什么朝廷之恩？朝廷有什么恩赐给你呀？家中上三代搞了一个不能当饭吃的什么将军，至今你母亲妻儿仍在田地里种菜，贫困依旧，还好什么好？真是甘做奴才铁了心哪！好！你既然要为主子尽忠，我就成全你了！”越说越气愤的明月抬手直指鸿翥胸口，明白见状急忙抬手一托，明月右手虽是一偏，可袖箭仍是出匣。鸿翥不躲不避，左肩胛硬生生地受了一箭，血顺箭羽而淌。

明月呆呆地望着鸿翥，好一会才把脚一跺，双手捂脸大哭道：“你为什么不避啊！啊！你还是要气我啊！有这样欺负人的吗？啊！”头也不回地跑了出去。鸿翥听着屋外的哀哀痛哭声，双目同样溢出了热泪。

明白忙掏出刀创药，在宗武的协助下为鸿翥拔箭、上药、包扎。宗武埋怨道：“你也真是的！明小姐从未求过你，今天你是怎么了啊？”“别人不知，你该知我有多难哪！”

刘迁接言道：“张弟是难哪！设身处地想想，明纵党人必遭不忠之谗，也惧殃及宗亲族友之祸；不放，又为侠义不齿，担寡仁辜义、卖友求荣之耻。岂有不为难之理！明小姐救人心切是太急性了一点，可话又说回来，她可从未把你张弟当外人喽！为救文先生，明庄主宁毁义庄以身殉，高老大舍命相护行。哪一个不是义薄云天两肋插刀为义拼，这也就难怪明小姐急了啊！自己人好商量，既然人已抓了，不便明放，难道我们就不能想出一个两全之策吗？”

鸿翥双目霍地一亮道：“知我心者，刘兄也！有何良策，请讲无妨！”“好！张弟豪爽！不过嘛，就是让你受委屈了哇！”

第三十回 大势所趋奉义旗 情寄长弓鄱湖水

“笃”的一声脆响，睡梦不安的瑞澄惊起。他打开房门，就见明晃晃的带柬短刃仍在门上颤弹。当他抖索着双手拔刀取柬，灯下拆阅，更是魂魄俱散。

总督大人台鉴：参将鸿翥，擒在我手。欲赎其生，文、何相易。三日无信，飞刀寻你。

柬下方另附小注：若要联系，钱师爷宅前悬旗可也！

一夜没有合眼的瑞澄不敢稍息，天明立召辖属会议。会议上众说纷纭：一说宁死鸿翥，毋纵乱党；一说大员被伐，后果谁负？两议相争，莫衷一是。瑞澄摸摸颈喉，不敢自专，立刻电禀摄政王。载沣电谕：交换人质，确保无失。

双方斗智斗勇，几经周折。在钱师爷的斡旋下，文、何二人终于安然无恙地被秘密接回。

“大哥！箭伤还痛吗？”临别时，眼泪珠盈的明月悄声相问。“箭伤无碍，心却痛啊！”“若是大哥不肯谅小妹之过，就请赏我一箭。小妹决无怨艾！啊！”又掩面饮泣了起来。

“嘿！愚兄其实很敬佩你为人情深义重，怎会含恨于你。好了！别哭了啊！”“有大哥这句话，小妹死也心甘哪！”破涕为笑的明月执着鸿翥的手，情深如往地说道：“有句话你不爱听，但小妹还是要说。满清确是灭亡无日了，大哥千万别自误啊！”鸿翥长叹一声，拱手道：“我走了！咱们后会有期。”明月意味深长地说道：“大哥走好！我们定会后会有期啊！”

今宵明月似比十五那晚还要明亮清湛。就是没有督署那不许军民赏月的严令，心沉如铅的张鸿翥也照样无心赏月。谣言扰得人心乱，兵械厂内烦事沓来。原是井然有序的厂境，竟然难以令行禁止。就在前天，弹药仓储又莫名其妙地短少了二十余箱弹药。虽然抓捕了仓储总管，却仍然是查无着落。

“唉！”鸿翥望着午夜中天那轮烘云嵌托着的明月，心闷吁叹，耳畔隐约听见了武昌方向那如炒豆般、闷雷似的枪炮声。

“暴风雨来了啊！”此时此刻，鸿翥突然明白了那天在齐城山上，明月为什么那样兴奋地欢呼了。

坚固的嵌铁大门牢牢地关闭着。护厂石狮在星光月色下，雄踞在墩座上。雄狮睁着双目不减威武，只有那蜷伏依偎在母腹下的幼狮，双眼流露出些许胆怯。

汉阳兵械厂被急袭而来的义军，围得水泄不通。对峙双方隔着厚实的围墙，互相喊着话：“弟兄们，共和了！自己人不打自己人啦！”“我们也不愿打啊！”“那就快开门吧！”“张军门平日待我们够仁义的！这要由他定哪！”“那就请张军门出来讲话吧！”

“唉！这哪里是临阵对敌啊！”鸿翥带着宗武和将佐立即登上围墙。明月一见鸿翥就高声喊道：“张大哥，下令起义吧！”“我愿殉职兵械厂。你就别劝了！”返过身去，不再搭理明月等人的喊话了。

义军统带官见状，立即就要发起攻击。明月进言道：“将军请慢！兵械厂险地也。万一在乱弹之下引起大爆炸，那后果就不堪设想了。兵不血刃，伐交智取，全军为上乃用兵之道。是否让我再进入厂内，晓势喻理，说其奉义如何？”“恐其依然不听，反而贻误我军战机。”“厂内无论兵士或工人，都有我们的同志。在大势所迫下，我想他是会奉义的。只要我能进得去，就由不得他了，你就等着听佳音吧！”

在守厂官兵的撺掇下，鸿翥只好将明月用索篮拉上了围墙，迎进厂内。一路上见士兵和护厂工人们频频同明月打着招呼，心胆更寒。再经明月反复劝导，终于首肯，同意起义。

随着兵械厂大铁门的洞开，义旗矗立在高楼顶上，迎风猎猎地在晨光中飘扬。

茫茫长夜，星光暗淡。弃官返故里的张鸿翥站在船头身倚舷栏，领受着鄱阳湖上那浩浩渺渺的狂风急浪长吁短叹。往事一幕幕，又如走马灯似的浮现在脑海中……

炮弹轰鸣，枪弹如雨。尘土飞扬，硝烟弥漫。保卫汉阳，鏖战正激。整个市区，火光冲天。

刘迁率领着百余名义军赶回兵械厂，向已由军政府授命留任的鸿翥和明月禀告："汉口、汉阳城，正被冯国璋、段祺瑞率清兵攻陷。义军敢死队力竭不敌，仍在节节阻杀。军政府审时度势后，黄总司令领兵退守武昌。"

明月拳击案桌，厉声道："兵来将挡，水来土掩。张大哥，你就部署下令吧！"

泰克斯技师这时满头大汗地跑了进来，气喘连连地说道："我刚从汉口过来，沿途上冯、段的兵见人就杀，见物就抢，太残暴了！太残暴了！""技师，请您快携夫人、小孩去租界避避，那里比较安全。"张鸿翥关心地说道，"这里大危险了啊！"泰克斯道："谢谢军门！简和孩子已去了汉口租界，没事的了。我急赶回来，就是要和你们一起护厂的。"明月伸出拇指由衷地赞道，"技师，同志的欧克！"

张鸿翥胸有成竹，依据自身实力和战地地形，定下了慑敌于前、示乱于后、急军钳击、歼敌于厂区之外的方策。

在机关枪的掩护和督战队驱赶下的清军，三轮冲锋被挫退，死伤惨重，气势衰竭。

张鸿翥令旗一挥号角起，明月率先冲出阵地，领着守军发起了反冲锋，一鼓作气地将进犯之敌逐回到出发阵地前。

敌军管带怕被冲动阵脚，不惜舍弃溃兵性命，急令轻重武器交织成严密的火网，封锁阵前遏阻追兵。

张鸿翥见"慑敌"的阻击已达目的，立即实施"示乱"诱敌，下令弃胜退兵。

敌军管带见义军匆忙后撤，乱哄哄地只管夺路奔跑，连殿后掩护的都没有，就断定为对方若不是乌合之众，就是内生剧变，否则决不会在胜进之际兵乱如此，谋思一定，立即遣出主力鼓噪着跟进猛追。

追过山崖，出现在眼前的却是两山夹峙狭隘的谷地。原在前方奔跑的义军，若如上天遁地似的消失了。枪弹骤然密集若如暴雨从两边山上泼下，跑在前面的兵卒无处可躲成排成排倒地。管带知中了对方的埋伏，立命急退，然而去路已然被猛烈的火力阻死。至此时，无人再听指挥，满地逃窜，又被埋雷炸得血肉横飞。

鼓声震天，山峦回应。鸿翥、明月并肩站在工事高处，从千里镜里望见远处的敌方后续部队正增援上来。就立即传令担任从两边钳击的刘迁、宗武、明白迅速收队隐蔽，准备歼敌突击。

望着正向阵地冲来的敌军，鸿翥突然问道："为什么敌方的炮队，至今还没有参战呢?"明月刚要答言，尖锐的啸声已近临头上。明月急一挥掌，就将鸿翥推跌到工事里。"轰!"炮弹随着落地炸响。尚未来得及跳入工事的明月，被炮弹的爆炸冲击波抛出了丈余远。鸿翥大叫一声不顾飞尘溅石，纵身跃出工事，迅捷地抱起了明月。

浑身淌血的明月凤目怒张，豪气不减，喘息着说道："不要管我，快阻来敌，把他们给我压下去!"蒙家兴双目喷火，狂叫着："不怕死的跟我来，杀尽狗日的为小姐报仇哇!"甩掉上衣，赤膊上身，端起机关枪领着嗷嗷叫的敢死队员，奋勇冲向敌群，猛打猛杀如入无人之境，将攻上来的敌兵压了下去。

泰克斯技师在参战的工友配合下，迅捷地测出了敌炮方位，调整射距，旗落弹出膛，炮弹呼啸着连续在敌炮阵地上爆炸。直炸得敌人炮毁人亡，继而炮弹又罩住了主阵地前的敌方兵群。

呐喊声起，宗武率右队，刘迁率左队，有如猛虎下山合击残敌。随着炮声的前移，敌军全线崩溃。

明月咯血不止，气息微弱，明亮的双眸凝视着鸿翥，浑身打着寒战："好冷，我好冷!大哥，我、我怕是不行了!"紧紧搂抱着明月的鸿翥痛心裂肝，泪似泉涌："好兄弟!你要挺住啊!"

这时，明月喘息初定，气色如霞，微笑如花，伸手为鸿翥拂去脸上泪珠，又轻唤泣不成声的明白，为她解下系在腰际的长腰带，目含深情地说道："自黄河舟渡始，小妹始终是系在腰上，缠在心里，今天虽是物归原主，心却无悔怨!小妹真的是羡慕怡英大嫂的福、福分哪!"声息渐止，人却惬意安详地躺在鸿翥怀里，酣睡得很香、很甜。

张鸿翥望着怡英精心绣织在腰带上的那对荷花鸳鸯，现经明月血染更是显得艳丽夺目。睹物情伤，抑制不住心中悲楚，放声恸哭。

情动天公哀，电掣雷鸣，暴风雨在硝烟淡逝的阵地上，倾盆而下……

张鸿翥寒意侵心，猛一激灵惊沉思，伸手抹去满脸的浪花涛珠，仍觉得明月那飒爽英姿、似嗔似笑的倩影宛在眼前，就站在破浪行驶在鄱阳湖水面的船头上，放声长叹："唉！英年韶华，长空殒花！明月啊明月，鸿翥负你多矣！"

此时，宗武醒了，推开舱窗探头向湖面前方看去，见前方半天空闪烁着忽明忽暗的黄色光点，忙叫道："师弟，外边风太大，快进舱里吧！前边就是双港塔了。""嗯！"回到舱中的鸿翥道："记得当年回家省亲时，那是在午后吧？""是在午后。官船刚近双港塔时，我们就听见了炮声。"宗武伸了一个懒腰答道。

忆起当年硬弓长箭夺魁元，高中甲午恩科皇榜，奉旨返故里省亲，船近双港塔，就已隐隐听到县城接官亭码头上的隆隆礼炮声。

鞭炮连连，鼓乐喧天。"钦点花翎头等侍卫加三级武状元张"的执事牌竖立在船头上。府县官员率领着绅商、名流，在吴芮故城月波门码头上礼迎。

艳艳的阳光，暖暖的和风。张鸿翥热血沸腾在心中高喊道："爹、娘！儿子衣锦还乡了啊！"左右紧跟着宗武和随从，离船登岸，拱手向父母官及诸人叙礼致谢，坚辞知府的盛情，不肯上轿。弄得府台大人很是尴尬，不知如何是好。幸好知县世故练达，俯在府台耳畔，笑着悄声相告道："官轿不坐，为官不显。此是憨老表啊！倒不是有意故作姿态而拂大人美意。大人就随他去吧，勉强反是不妥！"知府听了也是一乐，忙施礼道："张军门如此谦逊，不失本色，实是令下官敬仰！那下官就恭敬不如从命，回衙相候了。"于是领着前来相迎的诸公同鸿翥礼揖而别。

宗武望着来迎的人、轿远去，笑着说道："你刚才要是上了轿，我跟在后边跑，那可惨了。"鸿翥道："我是奉旨省亲，又不是回乡抖威风。摆什么架子，坐什么轿啊？嘿！上了那轿哇，天天应酬，陪着吃喝，官官互拜团团转，那还省什么亲哪！烦都要烦死人了。"宗武鼻子哼了一声："弄不好哇！这些人在背后，还会说你是乡巴佬做官，上不了台面呢！”“让他们说去吧！我要是穿起黄马褂来，他们还要下跪呢。你看，那该是多难受啊！”

东湖松柏扎牌楼，人头攒动涌新桥。争看武状元，街坊乡亲执手热情相问候。

“爹爹！爹爹！”小金生边跑边喊着，张鸿翥伸开双臂把他抱起来，亲吻着：“好儿子啊！想爹爹吧！”“想！天天想！姆妈也天天想呢！”鸿翥偷眼望望跟在身边的妻子，轻轻问道：“真的！”“大家都在念着你呢！这几天来，金生就天天吵闹着：爹爹回来喽，快去接啊！”怡英抱过孩子道：“好儿子，让娘抱着，别累着爹了！”

鸿翥望见爹爹和先生志鸿都候在系虎桥上，急忙快步上前，纳头便拜。“岂敢！岂敢！”先生忙出手拉起笑道：“按规矩，我和你父尚要先礼见你呢。”淳憨的鸿翥道：“回家了，父师为大。只问家礼，休管他什么官规。”先生赞道：“好！这才是不忘本啦！”叔伯子侄师兄弟，搂头握手亲无忌。

张鸿翥欢欢喜喜地回到了家里，家里除了原来的茅屋翻盖成二进带天井的封檐瓦屋外，一切均未变。众人迅捷地安置好桌案燃亮香、烛，把御赐“状元及第”金匾挂在了厅堂上方。爆竹响得特脆，火热了全村。

张鸿翥祭奠了师父天明，又去拜谒荐福寺主持普明长老。在大佛殿里，志鸿先生谆谆叮嘱：“科场得意，朝廷恩宠。贤契当应谨记国在头上，民在心中。处世分善恶，立身顺潮流，不可自暴自弃，好自为之吧！”鸿翥喏喏领教。再又向普明长老请问前途。长老合掌诵唱道：“去时匆匆，来时淡淡。阿弥陀佛！”鸿翥不解，再问。普明长老道：“小友悟去吧！说是无奈是无奈，该去哪里去哪里。善哉善哉！”

宗武望着端坐舱中沉思不语的鸿翥，问道：“师弟，又在想些什么啊？”“我在想当年省亲之事呢！哦！此时船到何处？”“快到晏公庙了。你听！庙内钟声夜半响。”“钟声清越，发人深省哪！普明长老曾说过该去哪里去哪里，我们这不是淡淡而回吗？唉！想必此时，醇亲王爷也该到了津门了！”

想到醇亲王爷，张鸿翥就恨起了袁世凯。武昌首义，全国响应。剪掉了辫子，民国初立。“唉！怎么就没有防备狼子野心的袁世凯呢？真可说是无奈是无奈啊!”

兵械厂内，当鸿翥得知袁世凯同日本签订了“二十一条”之时，气得拍案大骂。明白在旁道：“张大人哪！袁贼是骂不倒的。我们该奋起讨袁护国，粉碎他的皇帝美梦。恕我直言，你和你的什么年兄呀！存的都是幻想。什么君主立宪其实就是卖国之变。前不久，我已收到明进兄转来明日大哥的来信，说他已从日本留学归来。要我们设法运送一批军火和设备去赣、湘山区，此事尚请张大人鼎力相助。”“我也想明白了！下定决心，弃官回家务农去。你所说的军火、设备等事，我当会尽力相助的。”

送别了押运兵械设备、军火去山区的明白、明进和志愿同去的工人师傅后，鸿翥返回到明月灵堂相告别。然后，在红颜知己、义情终生、守身如玉的明月墓前，将灵牌、断袖、染血腰带焚化。望着跳跃的火花，久久不舍离去。默默地祝祷：“明兄啊！我的好兄弟。我该走了！你若是在天有灵，当应知晓我心中是永远地铭记你啊!”

鸿翥把厂务移交给了留在兵械厂的刘迁和蒙家兴后，同着宗武星夜北上京城。

醇亲王府邸前，排列着十多辆骡马大车，亲丁们正忙着把大柜小箱装上车去。过往行人侧目相议论：“你看喽！瘦死的骆驼硬是比马壮呢。”“那还用说！三年清知府，还十万雪花银呢！何况是王府。”“这倒是不错！大船破了三箩钉嘛。百姓血汗哪!”

醇亲王爷吧嗒着黄铜水烟筒，喷云吐雾。周承光侍郎和张謇相陪在座。见鸿翥步进大厅，忙起身相揖。

鸿翥坚持行了参见礼，王爷亲趋扶起道：“我知道你是会来的。鸿翥，君子也！哼！袁世凯，小人奸雄啊！国破山河败，就败在这个诡诈小人之手哇。”张謇道：“签这个‘二十一条’他是铁了心要当日本人的儿皇帝了。昨天，我已辞去了农商总长之职，明天就回通州去。请王爷、侍郎、年兄多保重!”鸿翥道：“袁世凯先卖皇上求高爵，而今又卖国权欲称帝，那是决无好结果的。道不同不相为伍，我已弃职回家去务农，特地前来向王爷和诸位拜辞!”周侍郎感叹道：“袁世凯欲登帝位称洪宪，也是花难百日红，他登基之日，就是凋落之时。不管他了！老夫就在京城卖字画，乐哉吧。鸿翥志返故里，老夫无瑰宝送行，就赠你一诗!”于是凝神注力，笔走龙蛇：人醉我独醒，隐居绝人境。深念国事重，佳湖聊息影。

张謇击掌叫绝："侍郎好寓意！好一个人醉我独醒哪！"

"唉！"张鸿翥慨叹而道："现如今倭寇侵我东北，占我台湾诸岛，又正紧锣密鼓地谋我华北。古人有曰覆巢之下焉有完卵，长此以往国将不国，岂有绝人境能让我等隐居，真是人醉我醒都无奈了！"

载沣道："醉也好，醒也好！乱世浮尘，无须留恋。我已迁眷津门，过几天也就要离开成行了。我想，偌大的中国，将来必有能人出。候着吧！天下没有不散的筵席，我们是该去哪里就去哪里吧。"

"该去哪里就去哪里"，醇王此言一出，鸿翥顿悟当日普照、普明二高僧在当年自己奉旨省亲时所说之偈，想不到竟然应验在此时。当即拜辞王爷、侍郎和年兄，携带宗武起程返故里。

鄱阳湖浪动船摇，风拍篷帆响。就着舱内淡淡的马灯光亮，鸿翥目光落在了那伴随着自己进退的卸弦长弓，即双手执起重挂弓弦，随着弦声响起，那弃职的落寞却又涌上了心头。又是一阵劲风狂浪，鸿翥思绪在座船的剧烈颠簸中起伏，感叹复感叹，一声长啸破压抑："浩浩鄱湖，长夜风涛惊绝。忆当年，文勃武烈。雄心豪志，驭虎鸣镝决。傲群英，桂冠轻撷。图兴变法，怆涕谭君倾折。拒强夷，义师碧血。羞依枭窃，弃枪怀忧别。挽长弓，寄情九阙。"

唉！逝者如斯夫。鸿翥呆坐在船舱内，疲乏已极。在宗武的劝说下，和衣卧在舱床上。昏昏沉沉梦之中，似又见红彤碧血在流淌……可是张鸿翥在梦中不曾想到，也没有见到的却是在鄱阳湖之东，黎明前的黑暗夜幕被火热的朝霞撕裂。彤彤红日，正以雷霆万钧之势喷薄欲出。

正是：弓张箭啸鄱湖上，明日后人染天红。

附：

小说之外的武状元张鸿翥

“幼公庐畔，系虎桥边，产生英杰，风致翩翩。擅弓刀石，横扫无前，鳌头占独，蝥弧登先。金銮侍卫，执锐披坚，方图报国，倏赋归田。东湖玩水，荐福寻烟，避嚣远市，话隐招禅。以娱晚景，以终天年，吁嗟乎！其雄武不可及也，其高尚之忠节，夫岂搦管所能传。”此铭文为荐福古刹私学校长余浩先生在1931年所撰，成为了末代武状元张鸿翥的人生写照。

张鸿翥生于清同治七年（1868年），岁次戊辰四月初七日戌时，谱名世龙，又名显绎，字长河，号高腾。籍居江西省鄱阳县城东湖村，地处荐福寺西南，德新桥、系虎桥、磨子桥之东。

明洪武二十四年（1391年）秋，国史经筵官大学士、金华宋景濂撰文言张鸿翥始祖为黄帝之孙，青阳之子挥。挥公夜观天宇弧矢星而悟其运行之理，创制了弓箭被赐姓为张，并任职弓正（远古官称）。由此可见张鸿翥“蝥弧登先”，以射技为长的家学渊源之深了。

斗转星移，世事沧桑。自挥公得姓始，子裔蕃布华夏。鄱阳县城东湖张姓一脉，则因其上祖启一公爱东湖田园叠绕，稻蔬之腴；乐湖分上下，水聚一源之美；喜鱼玉鲫金鲤，鲜活之丰，怡果有红菱白莲采摘之利，举家由婺源清华街迁居于此，至张鸿翥时，已然是第九世之裔孙了。

张鸿翥幼随父永春业农牧牛，农忙时则送茶饭至田头，其食量颇大，众人在田头吃剩下的饭菜均由其一扫而光，尚言没有吃饱。于是近田邻农及家人常谑笑其为“饭桶子”，久之而成绰号。

牧牛野外，务农田间。饱受日晒雨淋锻炼的张鸿翥日渐长大，10 岁时已是体格魁伟，孔武有力。村中同龄人，甚至年岁较其大者与其挤棍角力，多认输以服。其时，有戴姓武师在东湖村妈妈墩上马王庙内设武馆授徒。戴武师深爱鸿翥资质，多次入其家劝说其父送入馆随己习武，并言明不收任何费用，从而张鸿翥也就成为了武馆中唯一的免费生。

张鸿翥随师学艺，虔心刻苦，一招一式，丝毫不苟。数年下来，在戴武师的严格教授督导下，练得桩功扎实，刀法刚劲，石担、石锁的挺举抓举及抛接均运转随心，只是弓射之技虽说有家学渊源，却因学不得法尚略逊不足。即使是如此，戴武师也还是觉得满意，鼓励他努力练习，以求科举成名。

俗言"穷文富武"。张鸿翥家境素为贫寒，虽在武馆就练不纳费，但家中农活尤其是农忙季节实在是需要人手。于是张鸿翥离开武馆，昼在田间劳作，湖上捕鱼，挣钱助家以奉父母。夜则入荐福寺颜真卿所辟射圃内，温习刀剑弓射，寒暑不辍。在此期间，张鸿翥刻苦习艺的精神感动了寓居在荐福寺的一位侠士，此人姓郑名志鸿，本邑白溪里人氏，武生出身，且重信义而精星相之术。

郑志鸿见识张鸿翥后也深奇之，对人尝言鸿翥日后必贵，不仅时常在射圃指点鸿翥功法，更又收鸿翥为徒，除尽心授艺外并教习文练字和兵法韬略论策。

张鸿翥得师志鸿之教，夜视燃香之星亮，终于练得香头火星在眼中如有麻筛之大，又雨天察檐水滴落之动，风吹枝叶之颤，逐步悟出了人、武器、目的物三者动静关联与规律，掌握了弓射提前修正量的运用要领和技巧，达到了三矢连发，百步穿杨，箭出随心。刀法也由一味刚猛而融为刚柔相济，气息耐力倍增。经入泮试而跻身武生列。

清光绪十四年（1888 年）岁次戊子，张鸿翥以刀弓石武技之精专，登乡举考试举人戊子榜，名列第四名。

清光绪十九年（1893 年），癸巳恩科后，郑志鸿亲至鸿翥家，督令鸿翥北上参加甲午科会试，当知其家难措行资，即慷慨解囊，赠白银一锭，番银二百元以助。

清光绪二十年（1894 年），张鸿翥赴京城参加会试，名列武进士榜第二名。四月二十日殿试，演武论策均为前茅，尤其是步射骑射，箭无虚发，一孔贯鹄，技惊御箭厅。“鳌头占独”，被钦点甲午科武状元，赏花翎顶戴头等带刀侍卫加三级，奉旨乾清门行走。八月十六日，谕旨追崇张鸿翥曾祖父母、祖父母和褒崇其父母。上三代均钦封武显将军、诰命夫人。其父覃恩援授头品顶戴，其兄世学钦赠太学生（虚衔）。

自此，张鸿翥随侍君侧十余年，历经国运风云变异，也深得鄱阳籍翰林院国史馆协修周承光侍郎的礼遇和教诲，文学知识大进。自能草文檄，作书翰，更练得书法端厚凝重。

光绪二十四年（1898 年），戊戌变法期间，张鸿翥不忘甲午海战耻，存求强图新心，毅然和同科文状元张謇联名上书，支持康有为、梁启超、谭嗣同等变法维新，甚得光绪帝和翁同龢的器重。

光绪二十九年（1903 年），其父张永春辞世。按大清律，张鸿翥丁忧归籍守制。“丁忧守制”，实际上就意味着去职失位，何况其尚有戊戌变法牵连之嫌。而从光绪三十年（1904 年）春三月所立的其父墓碑铭上，却在武显将军衔上又有晋赠为振威将军之镌，由此，还是能略见张鸿翥其人得朝廷优渥之厚宠。

张鸿翥虽是丁忧离职回籍，却依然未忘其责，有诗云：“人醉我独醒，隐居绝人境，深念国事重，佳湖聊息影。”

光绪三十四年（1908 年）十月二十日、二十三日，光绪、慈禧先后崩驾。十一月九日，宣统在太和殿即位。醇亲王载沣任摄政王。

清宣统元年（1909 年），张鸿翥奉旨起复，调授湖北任参将，官秩三品，统领绿营新军德安营兵，约 600 余人枪。究其能复起之因，当推其人品之正派及文武之专能，以及醇亲王载沣与在京本邑官员力荐之助。

张鸿翥任职湖北，始终保持平民本色，清廉自守，与士卒共甘苦。对所部常以自身幼失学事引以为喻，在严格军训外，必课以书识文化，很受属下爱戴。在兼管汉阳兵械厂任监造职时，善待工友，更尊重知识，礼遇外聘专家技师，虚心学习枪械制造原理和使用要领，做到了拆卸组装娴熟，举枪射击，稳准命的，对中外之军事学术，俱了然于心。故本县孝廉张尚贤先生赞他“上马能武，下马能文，为不可多得武将”。

1911 年，武昌首义。张鸿翥顺应历史潮流奉义旗留职，因而义军未费一枪一弹取兵械厂。

1912 年，袁世凯窃居民国临时大总统位，又于 1915 年 5 月 9 日接受日本提出的“二十一条”，出卖国家主权，并谋筹称帝洪宪。张鸿翥见“方图报国”之志难遂，即愤而解甲弃职归。

归家时张鸿翥年已至50余岁，仍然清贫自守，布衣草履，耕于田，渔于湖，荷担入市，价平秤足，老少无欺。正因其言不矜夸，行不张扬，街人多不识其曾身居帝侧高位，也不知其曾是状元第一人，真的是不失农家淳良之本分。而其对村中公益之事，却是尽力而为，不以势欺人。此年村民为东湖禁渔事，发生禁渔区权属和窃鱼之争，双方矛盾激化。张鸿翥受当事人之请，以长者身份出面调解。双方经其喻理分明，公道无偏的理论下，错者心诚折服，有理者礼让言和，一场冲突化于常理、化于人情。农闲时，其则在村内晒谷场上，教授本家子弟及村民武功以健身，也同荐福寺长老和尚于寺内“话隐招禅”谈佛理，并与在荐福寺内设塾任校长的余浩先生结为忘年之友，常促膝慨论世事之不平。

民国二十年（1931年）农历六月初三日子时，张鸿翥身卧躺椅中，溘然而瞑逝，享年63岁，奠墓于荐福寺后雷塘岭（今鄱阳一中北大门东侧）。

纵观末代武状元一生和史籍之载，在鄱阳两千多年以来的历史长河中，其也当属鄱阳历代记存的文武二状元一探花史中，俱能“富贵不能淫，贫贱不能移”的佼佼者了。

姚道生

后 记

宋贤范仲淹知饶州，览东湖而叹为观止。有“湖为砚，督军台为印；妙果寺塔为文笔，建学于此，当出状元”之赞。虽然文正公不是算命先生，其预言倒也不是偶然兴来之巧合。

东湖山水比西子，湖光潋滟，山色叠翠，赏心悦目，岂有不钟灵毓秀之理。从北宋景祐三年到清末光绪二十年，时隔八百五十余年，饶州府鄱阳县鄱阳镇东湖里村，农人之子张鸿翥攀桂登黄榜，高中甲午科，成为鄱阳武举科考历史上唯一的一名武状元，印证了范公于仁山智水中，所悟出的先天蕴必然、后天育发展的哲者远见。

如今又有贤哲提出“鄱阳人行”的名言。短短一句话，却是发聋振聩力千钧。令人认识自我观念更新，敢为人先奋起而进，深层次地揭示了鄱阳所特有的人文涵藏、精神风范和前进方向。

推介历史文化传统，显示代有人才辈出；述说与时俱进辉煌，昭彰崛起振兴未来。为家乡呐喊，此乃鄱阳人分内事耳。

幼时常听乡人老者讲说状元故事，而今思来，犹是历历在目。闻其褒则心往，闻其贬则心惑。为了察根究因，通过访录，查阅其族谱，网上探询，搜集相关之资料，去芜存菁以求其正后，循依光绪二十年甲午战争、戊戌变法、庚子事件直至辛亥首义，以及袁氏篡共和称帝的历史顺序，以通俗小说形式撰写出张鸿翥上马策兵戎，下马理民情，不阿附袁世凯，毅然弃职归故里为主线的传奇逸事，演义鄱阳的名胜佳景，特优物产和人文风情。

文中主要人物虽有的易名，却有其事和原型。如易名乐伯者是鄱阳镇解放街人，宗武者则是原磨刀石乡桂湖姓祖名武之人，易名为明月诸人即属皖省反清光复会中人。都是随着张鸿翥的故事而出，就不一一赘述了。拟文因心高手低，虽然难入大师之目，却是尽了心力也无奢望，唯求博看官茶余饭后一笑，知晓本县有这么一位武状元，于愿足矣。

张鸿翥虽身处于封建社会，但他能在当时内外矛盾尖锐、新旧斗争激烈的情况下，洁身自重并倾于新潮，尚有可取之处，不失为开明和有民族正义感之人。古人对此也多有评誉。除清孝廉张公尚贤老先生著文赞他“上马能武、下马能文，为不可多得武将”外，更有荐福寺私塾余浩先生在其六十岁影照画像上，将其一生经历写为“岂搦管所能传”而歌之：“幼公庐畔，系虎桥边，产生英杰，风致翩翩。擅弓刀石，横扫无前，鳌头占独，蝥弧登先。金銮侍卫，执锐披坚，方图报国，倏赋归田。东湖玩水，荐福寻烟，避嚣远市，话隐招禅。以娱晚景，以终天年，吁嗟乎！其雄武不可及也。其高尚之忠节，夫岂搦管所能传。”

有老师曾和我谈论过张鸿翥状元及第，为什么没有起造状元府事。我想张鸿翥家境贫寒，能将茅屋改成前后两进、中带天井的青砖封檐瓦屋，上悬御书状元及第匾，在当时也算是很不错了。

张鸿翥钦点花翎头等带刀侍卫加三级状元及第，奉旨乾清门行走，跻身君殿侧；前三代祖人诰封武显将军及诰命夫人（现存县博物馆中，1952年由其家取出的光绪圣旨和大刀等物，可为实证）。又于光绪三十年其父张永春殁时，在其武显将军的封号上再晋为振威将军，也可见朝廷的宠信之重。

考清史，汉人能在乾清门供职而获此殊荣者，除了嘉庆年间一位叫杨芳的汉侍卫，那就是鄱阳人张鸿翥了。考其忠节情操，当可为东湖之骄傲，鄱阳之骄傲。

《弓张鄱阳湖》共三十回、二十余万字，其中难免有差误和不妥之处，尚祈阅者诸君不吝指教和匡正。同时借此付梓之机，对此书在写作过程中予以关心和大力支持的上饶市政法委原书记孔宗亮，鄱阳县委宣传部原副部长胡柏涛，《鄱阳报》社原社长杜克锋、编辑刘志强、张新冬，省民政厅政权处虞烈东处长一并予以敬忱和谢意。

风雨山风雨相从，东湖浪湖浪激滔。古人已随风雨去，东湖依然涌波涛，却是换了人间，又听龙吟虎啸。浪花尖上看弄潮，当喜鄱阳英杰辈出倍自豪。

姚道生

2000 年 6 月至 2002 年 6 月撰稿毕

2003 年 1 月 8 日《鄱阳报》节选连载

2013 年 6 月修校毕

图书在版编目（CIP）数据
弓张鄱阳湖／姚道生著．—北京：中国社会出版社，2013.10
ISBN 978-7-5087-4558-9
Ⅰ．①弓…　Ⅱ．①姚…　Ⅲ．①章回小说－中国－当代
Ⅳ．①I247-4
中国版本图书馆 CIP 数据核字（2013）第 232872 号

书　　名：弓张鄱阳湖
著　　者：姚道生
全案策划：李春园
责任编辑：刘云燕

出版发行：中国社会出版社　　邮政编码：100032
通联方法：北京市西城区二龙路甲 33 号
电话：编辑部：（010）66064025
邮购部：（010）66081078
销售部：（010）66080300　（010）66085300　传真（010）66051713
（010）66080360　（010）66080880　（010）66080880
网　　址：www.shcbs.com.cn
经　　销：全国各地新华书店

印　　刷：中国电影出版社印刷厂
开　　本：170mm×240mm　1/16
印　　张：18
字　　数：285 千字
版　　次：2014 年 1 月第 1 版
印　　次：2014 年 1 月第 1 次印刷
定　　价：48.00 元